눈 1

KAR
by Orhan Pamuk

Copyright © Iletisim Yayincilik A.S., 2002
All rights reserved.

Korean Translation Copyright © Minumsa 2005, 2018

Korean translation edition is published by arrangement with
Orhan Pamuk c/o The Wylie Agency (UK) Ltd.

이 책의 한국어 판 저작권은 The Wylie Agency (UK) Ltd.와
독점 계약한 (주)민음사에 있습니다.

저작권법에 의해 한국 내에서 보호를 받는 저작물이므로
무단 전재와 무단 복제를 금합니다.

눈

1

오르한 파묵 장편소설
ORHAN PAMUK

이난아 옮김

민음사

뤼야에게

우리의 관심은 변방의 위험한 곳들을 향해 있다
정직한 도둑에게, 다정한 살인자에게
미신을 믿는 무신론자들에게

— 로버트 브라우닝 —

문학작품에서 정치는
음악회 막간에 발사된 권총처럼
투박하지만 간과할 수 없는 것이다
우리는 지금 아주 추한 것에 대해 언급하고 있다

— 스탕달, 『파르마의 수도원』 —

민중을 없애라, 권리를 박탈하라, 입 다물게 하라
왜냐하면 유럽의 계몽주의는 민중보다 훨씬 더 중요한 것이니까

— 도스토예프스키, 『카라마조프가의 형제들』의 작가 노트에서 —

내 마음속에 있는 서양인이 평정을 잃게 되었도다

— 조셉 콘래드, 『서양인의 눈으로』 —

차 례

1_ 카르스를 향하여 13
2_ 외떨어진 마을들 22
3_ 가난과 역사 34
4_ 카와 이페, 예니 하얏 제과점에서 52
5_ 살인자와 피살자 사이의 처음이자 마지막 대화 62
6_ 무흐타르의 슬픈 이야기 77
7_ 지구당 사무실, 경찰서 그리고 다시 거리에서 90
8_ 라지베르트와 뤼스템의 이야기 105
9_ 자살하고 싶지 않은 불신자 122
10_ 눈 그리고 행복 133
11_ 카, 교주 사데띤 에펜디와 함께 143
12_ 네집의 슬픈 이야기 153
13_ 눈 속에서 카디페와의 산책 165

14 _ 저녁 식탁에서 나눈, 사랑과 히잡 그리고 자살에 관한 대화	175
15 _ 밀렛 극장에서	195
16 _ 네집이 본 풍경과 카의 시	209
17 _ 히잡을 불태운 소녀에 대한 연극	218
18 _ 무대에서의 혁명	227
19 _ 혁명의 밤	240
20 _ 밤 그리고 아침	249
21 _ 카, 춥고 끔찍한 방에서	262
22 _ 수나이 자임의 군대 경력과 연극 경력	274
23 _ 수나이와 함께 사령부에서	292
24 _ 육각형 눈송이	308
25 _ 카와 카디페, 호텔 방에서	319

눈1

1
눈의 정적

카르스를 향하여

버스 운전석 바로 뒷자리에 앉은 사내는 눈의 정적, 이란 단어를 떠올렸다. 만약 시의 첫 구절이었다면, 그는 자신의 마음 안에 있는 그것을 눈의 정적이라고 표현했을 것이다.

그는 에르주룸에서 가까스로 카르스행 버스에 올라탔다. 이스탄불에서 시작된 버스 여행은 이틀 동안 계속된 눈보라를 뚫고, 중간 기착지인 에르주룸 버스 터미널에 그를 데려다 놓았다. 손에 가방을 든 채, 지저분하고 질퍽질퍽한 복도에서 카르스행 버스가 어디에서 출발하는지 알아보는데, 누군가 그곳으로 향하는 버스가 곧 출발하려 한다고 일러주었다.

그는 마기루스 마크가 찍힌 낡은 버스를 가까스로 세웠다. 차장은 이미 닫아버린 짐칸을 다시 열기 싫어 "당장 출발해야 합니다."라고 말했다. 하는 수 없이 그는 발리 상표가 붙은 커다란 짙은 감색 가방을 손에 든 채 버스에 올랐고, 그것을 좌석 밑 다리 사이에 끼워놓았다. 창가에 자리를 잡은 그 사내는 5년 전 프랑크푸르트의 카우프호프 백화점에서 산 두툼한 회색 코트를 입고 있었다. 카르스에서 보낼 나날 속에서 이 멋지고 부드러운 털 코트가 그에게 수치심과 불안감은 물론이고, 자신감의 원천이 될 것임을 미리 말해두겠다.

버스가 출발한 직후, 창가의 그 사내는 '어쩌면 새로운 것을 볼 수 있을 거야.'라는 기대에 차서 눈을 크게 뜨고 에르주룸 주변의 변두리 마을을 바라봤다. 작고 초라한 구멍가게들, 빵집, 허름한 찻집 같은 것을 훑고 있을 때 눈발이 흩날리기 시작했다. 이스탄불에서 에르주룸에 올 때까지 계속 보아온 것보다 훨씬 굵고 세찬 눈발이었다. 만약 여독이 없어 창가에 앉은 그 사내의 정신이 맑기만 했다면, 그래서 하늘에서 하염없이 쏟아지는 굵은 눈송이들을 조금만 더 주의 깊게 보았더라면, 그는 서서히 다가오고 있던 세찬 눈보라를 예감할 수 있었으리라. 그리고 어쩌면 이번 여행이 그의 인생을 통째로 바꿔놓으리라는 것을 예견하고 되돌아갈 수 있었을는지도 모른다.

하지만 그의 머릿속에 되돌아가겠다는 생각은 전혀 없었다. 어둠이 깔리면서 더욱더 환해지는 하늘에 시선을 고정시켰고, 갈수록 굵어지며 바람에 흩날리는 눈송이들을, 다가오는 재앙의 조짐이 아니라 행복하고 순수했던 어린 시절을 향한 회귀의 신호로 여겼을 뿐이다. 그는 일주일 전 독일에서 어머니의 부음 소식을 듣고 12년 만에 고향으로 돌아왔다. 그리고 행복한 어린 시절의 추억이 담긴 이스탄불에서 나흘을 보낸 후, 예정에 없던 카르스 여행길을 나선 참이었다. 형언할 수 없이 아름답게 내리는 눈은 수년 만에 다시 본 이스탄불보다도 더 그를 행복하게 만들었다. 그는 시인이었다. 아주 소수의 터키 독자들만이 기억하는 오래전 어떤 시에서 그는, 눈은 평생

한 번 우리의 꿈속에서도 내린다고 말했다.

꿈속에서 내리듯 조용히 눈이 내리고 있을 때, 창가에 앉은 그 여행객은 오랜 세월 그가 열렬히 찾아 헤맨 순수함과 순진함의 기억 속에서 정화되었고, 이 세상이 집처럼 편하게 느껴지리라는 것을 긍정적인 마음으로 믿게 되었다. 잠시 후 오랫동안 하지 못했던 어떤 생각을 하게 되었고, 그는 의자에서 스르르 잠이 들었다.

그가 잠들어 있는 사이, 그에 대해 약간의 정보를 귀띔해 주고자 한다. 그는 정치적인 이유로 12년 동안 독일에서 망명 생활을 했다. 하지만 그가 정치에 크게 관심을 가진 적은 한 번도 없었다. 그의 진정한 관심과 열정은 전적으로 시를 향해 있었다. 마흔두 살. 독신이며 결혼을 했던 적도 없다. 의자에 웅크리고 있어 눈치 채지 못하겠지만 터키인치고는 큰 키라고 할 수 있었고, 갈색 머리에, 여행 때문에 더욱더 그렇기는 하지만 안색이 창백한 사람이었다. 혼자 있기를 좋아하는 수줍음 많은 타입으로, 잠에 곯아떨어진 후 버스가 흔들거리는 통에 자기의 머리가 옆 좌석에 앉은 사람의 어깨로, 급기야는 그의 가슴으로 떨어진 것을 알았다면 몹시 부끄러워했을 것이다. 옆 좌석에 앉은 사람에게 몸을 기대고 있는 이 여행객은 너무나 정직하고 선한 사람이다. 해서 그는, 온갖 선의에도 불구하고 인생에서 성공을 거두지 못하는 체호프*의 등장인물들처럼 항상 우울함에 젖어 있다. 그의 우울함에 대해서는 이후에 많은 언급이 있을 것이다. 매우 불편한 자세로 앉아 졸고 있는 이 여행객의 이름은 케림 알라쿠쉬 오울루이다. 하지만 그는 이 이름을 전혀 좋아하지 않기 때문에 이름의 첫 글자를 따 '카'라고 불리기를 선호하며, 이 책에서도 그 이

---

* 러시아의 소설가이자 극작가.

름을 사용할 것임을 밝혀둔다. 우리의 주인공은 학창 시절부터 숙제 노트와 시험지에 자신의 이름을 고집스레 '카'라고 썼으며, 대학 출석부에도 '카'라고 사인을 했다. 이 문제로 인해 선생님들이나 공무원들과 매번 논쟁을 해야 하긴 했지만, 결국 어머니, 가족, 친구들에게 인정을 받은 이 이름으로 시집도 냈기 때문에, 그의 이름은 터키 그리고 독일에 있는 터키인들 사이에서는 작지만 신비스런 명성을 얻었다. 에르주룸 버스 터미널을 빠져나오면서 여행객들에게 즐거운 여행을 기원했던 버스 운전사처럼, 나도 이 말을 덧붙이고 싶다. 카, 즐거운 여행이 되게나……. 나는 독자 여러분을 속이고 싶지 않다. 나는 카의 옛 친구이다. 그리고 이 이야기를 쓰기 시작하기 전부터 카르스에서 그에게 무슨 일이 일어날지를 이미 알고 있다.

버스는 호라산을 지나 북쪽으로, 카르스를 향해 접어들었다. 구불거리며 가팔라지는 비탈길에 갑자기 마차가 나타나 운전사가 급브레이크를 밟는 바람에 카는 잠에서 깨어났다. 버스 안에 있던 승객들은 너나없이 앞쪽을 향해 고개를 들며 일어섰다. 버스는 커브 길을 따라 바위 절벽 가를 지나면서 서행하고 있었고, 운전사 바로 뒤에 앉아 있던 카 역시 길을 더 잘 보기 위해 뒤에 앉은 여행객들처럼 자리에서 일어섰다. 운전사를 도와주기 위해 김이 서린 앞 차창을 닦고 있던 여행객에게 그가 소홀히 한 구석을 손가락질로 알려주려고 했으나, 카의 의도는 무시되었다. 눈보라가 심해져 앞유리가 갑자기 새하얗게 변해 와이퍼로도 역부족이 되자, 운전사처럼 그도 보이지 않는 길을 파악하기 위해 무진 애를 써야 했다.

도로 표지판 역시 눈이 얼어붙어 있어 읽을 수가 없었다. 눈보라가 격렬해지자, 운전사는 하이 빔*을 껐다. 희끄무레한 어둠 속에서 길의 윤곽이 드러나긴 했지만, 버스 안은 어두워졌다. 두려움에 사로잡힌 승객들은 아무런 말이 없었다. 그저 눈 속에 파묻힌 가난한 마을의 거리, 허름한 단층집의 희미한 램프, 벌써 막혀버린 먼 마을로 향하는 도로, 가로등이 보일 듯 말 듯 밝히는 절벽을 바라볼 뿐이었다. 말을 할 경우에도 속삭이는 소리 외에는 엄두를 내지 못했다.

  카가 머리를 내맡긴 채 잠들어버렸던 옆 좌석의 승객도 카에게 속삭이는 목소리로 물었다. 카르스에는 무슨 일로? 그가 카르스 사람이 아님을 알아보기는 쉬웠던 것이다.

  "저는 신문기자입니다."

  카도 역시 속삭이는 소리로 대답했다. 그건 사실이 아니었다.

  "지방 선거와 소녀들의 자살 사건을 취재하러 갑니다."

  이건 사실이었다.

  "카르스 시장이 자살했을 때 이스탄불의 모든 신문들이 그 내용을 다뤘지요. 소녀들의 자살 사건도 그렇고요."

  옆 좌석의 사내는, 카로서는 자부심인지 수치심인지 알 수 없는 걱앙된 어조로 이렇게 말했다.

  카는, 사흘 후 눈이 펑펑 내리는 카르스의 할릿파샤 대로(大路)에서 눈물을 흘리고 있을 때 만날 운명인, 이 마르고 잘생긴 촌 사내와 여행 내내 드문드문 대화를 나누었다. 그는 카르스에 있는 병원에서는 치료가 여의치 못해 어머니를 에르주룸으로 모시고 갔으며, 카르스 근교에서 가축을 기르며 살고 있다고 말했다. 그리고 겨우 입에 풀칠이나 하며 살아가기는 하지만 반란자는 되지 않았으며, (카에게는 설명할 수 없는 비밀스런 이유로) 국가를 걱정하고 있는데, 카 같은 지식인이 카르스의 문제 때문에 멀리 이스탄불에서 찾아오다니 대

---

* 원거리용 상향 헤드라이트.

단히 기쁘다고 했다. 말투가 솔직 담백하고 태도에 자신감이 느껴져, 카로서는 존경심이 생기는 품위 있는 사람이었다.

카는 그 남자의 존재가 자신에게 평안함을 준다는 느낌이 들었다. 독일에서 지낸 12년 동안 느끼지 못했던 이러한 평안함은, 카가 자신보다 힘없는 누군가를 이해하고 그에게 연민을 표현하던 때의 느낌과 같은 것이었다. 이제 그는 동정과 사랑을 느끼는 사람의 눈으로 세상을 바라보고 싶었다. 이렇게 세상을 바라보자 끝없이 계속되는 눈보라가 조금이나마 덜 두려워졌고, 자신들을 태운 버스가 절벽으로 굴러 떨어지지 않고 늦게라도 반드시 카르스에 도달할 것이라는 믿음이 생겨났다.

예정보다 세 시간 늦은 10시쯤, 버스가 눈 덮인 카르스 거리에 들어섰다. 카는 도시를 전혀 알아볼 수가 없었다. 20년 전 어느 봄날 증기 기관차를 타고 왔을 때 그의 앞에 서 있던 역사 건물도, 마부가 온 도시를 헤맨 후에 그를 데려다 주었던, 방마다 전화기가 놓여 있던 줌후리엣* 호텔도 어디에 있는지 가늠할 수가 없었다. 눈 속에서 모든 것이 지워지고 사라진 것 같았다. 버스 터미널에서 기다리는 한두 대의 마차가 과거의 모습을 기억나게 했지만, 도시는 수년 전에 카가 보았던 것보다, 기억 속에 있는 모습보다 훨씬 더 우울하고 초라해 보였다. 카는 얼음이 언 차창 너머로, 최근 10년 동안 터키 도처에 우후죽순처럼 생겨난 아파트들, 판에 박은 듯 만들어져 거리를 뒤덮은 플렉시 유리 간판과 도처에 걸린 선거 현수막들을 보았다.

버스에서 내려 발이 부드러운 눈에 닿자마자 바지 끝자락을 통해 살을 에는 추위가 느껴졌다. 이스탄불에서 전화 예약을 마친 카르팔라

---

* 터키어로 '공화국' 이라는 뜻.

스* 호텔의 위치를 묻고 있을 때, 차장에게서 가방을 건네받는 승객들 사이에서 어딘가 낯익은 얼굴들이 눈에 띄었다. 하지만 눈발 때문에 그 사람들이 누구인지 정확히 기억해 내진 못했다.

호텔에 짐을 푼 후 찾아간 예실유르트** 식당에서 다시 그들을 보았다. 피곤하고 지친 모습이었지만 여전히 멋지고 잘생긴 남자와 그의 인생의 동반자인 듯한 뚱뚱하지만 활발한 여자. 카는 1970년대 이스탄불의, 슬로건이 많이 붙어 있던 정치적 성향의 연극 무대에서 그들을 본 기억이 났다. 남자의 이름은 수나이 자임이었다. 멍하니 그들을 바라보고 있노라니, 여자 때문에 초등학교 때 같은 반이었던 한 소녀가 기억나기도 했다. 테이블에 앉아 있는 다른 남자들 역시 특유의 안색으로 보아 연극을 하는 배우들임을 알 수 있었다. 눈 내리는 2월의 밤, 잊혀진 도시에, 이 작은 연극단이 무슨 일일까? 20년 전만 해도 넥타이를 맨 공무원들이 자주 왔던 이 식당에서 나가기 전, 카는 또 다른 테이블에서 당시 손에 총을 들었던 좌익 영웅들 중 한 명을 본 것 같은 생각이 들었다. 그러나 쇠락한 도시와 식당을 휘감으며 내리는 눈이, 그의 기억을 덮어버리고 있었다.

눈 때문이었을까, 거리에는 아무도 없었다. 아니면 혹, 이 얼어붙은 거리에는 원래 아무도 없었던 것일까? 벽에는 선거 포스터며 학원이나 식당에서 붙여놓은 광고들이 나붙어 있었다. 시청에서 새로 걸어놓은, '인간은 신의 걸작이며, 자살은 신에 대한 모독이다'라고 적힌 자살 반대 포스터도 보였다. 좌석이 반쯤 차 있는 찻집의 언 유리창 너머로는 텔레비전을 보고 있는 남자들의 모습이 눈에 들어왔다. 그의 기억 속에서 카르스를 특별한 도시로 남아 있게 해준 낡은

* '눈(雪)의 궁전.'
** '푸른 조국.'

러시아풍 석조 건물을 보자 그나마 마음이 편해졌다.

카르팔라스 호텔은 발트해 건축 양식으로 지어진 우아한 러시아풍 건물이었다. 창이 좁고 길고 높은 2층 건물로, 내부로 들어가려면 정원으로 통하는 아치를 지나야 했다. 110년 전에 마차가 쉽게 지나갈 수 있도록 높게 지은 이 아치 밑을 지나면서 카는 왠지 모를 흥분을 느꼈다. 하지만 너무나 피곤했기 때문에 이에 대해 생각할 틈이 없었다. 그러나 나는 이 흥분이 그로 하여금 카르스에 오게 만든 원인 중 하나라는 점을 짚고 넘어가고 싶다.

사흘 전 카가 이스탄불에서 《줌후리엣 신문》 사옥을 방문했을 때, 청년 시절 친구인 타네르를 만났었다. 그는 카에게 카르스에서 곧 지방 선거가 있을 것이고, 또한 바트만에서 그랬듯이, 카르스에서도 소녀들이 이상한 자살 증후군에 걸렸다는 얘기를 들려주었다. 그리고 이 문제에 대해 기사를 쓰고, 그가 부재했던 12년 세월이 흘고 간 진정한 터키의 모습을 보고 알고 싶다면, 카르스에 가라고 했다. 아무도 취재를 원치 않는 이 일을 위해 그에게 임시 기자증을 발급해 주겠다고 제의했고, 대학 친구인 아름다운 이펙이 카르스에 있다는 말을 덧붙였다. 이펙은 무흐타르와 이혼한 후, 그곳 카르팔라스 호텔에서 아버지와 여동생과 살고 있다고 했다. 《줌후리엣 신문》에 정치면 기사를 쓰는 타네르의 말을 들으며 카는 이펙의 아름다운 모습을 떠올렸다.

카는 천장이 높은 호텔의 로비에 앉아 텔레비전을 보고 있던 직원 자빗이 준 열쇠를 들고 2층 203호실로 들어갔다. 방문을 닫자, 비로소 마음의 안정을 찾을 수 있었다. 그는 자신의 마음의 소리를 주의 깊게 들었다. 여행 내내 두려움이 그를 옥죄었던 것은 사실이지만, 이펙이 호텔에 있을지도 모른다는 생각은 그의 이성이나 감성에 영향을 주지 못했다. 그는 짧았던 사랑의 순간을 단지 고통과 수치의 시간으로만 기억하는 사람들에게 생겨나는 직관으로, 사랑에 빠지는 것을 죽도록 두려워했다.

한밤중, 어두운 방 안에서, 카는 잠옷을 입고 침대에 들어가기 전에 커튼을 살짝 들췄다. 커다란 눈송이들이 하염없이 내리고 있었다.

2

우리 도시는
평화로운 곳입니다

외떨어진 마을들

    눈은 항상 도시의 더러움, 진흙, 어둠을 덮어 잊혀진 순수한 감정을 그에게 일깨워줬었다. 하지만 카르스에서 보낸 첫날, 카는 눈과 관련된 이 순수한 감정을 잃어버렸다. 이곳에서의 눈은 그를 지치게 하고, 지겹게 하고, 위축시키는 종류의 것이었다. 눈은 밤새 내렸다. 카는 아침에 거리를 걸어 다녔고, 실업자 쿠르드인들로 가득 찬 찻집에 앉아 있기도 했다. 의욕에 가득 찬 신문기자처럼 연필과 메모장을 들고 유권자들을 만나기도 했다. 가난한 마을의 가파르고 얼어붙은 길을 오르고, 전임 시장, 주지사 보좌관 그리고 자살한 소녀들의 인척들을 만날 때에도 눈은 그칠 줄 몰랐다. 어린 시절 니샨타쉬*의

---

* 이스탄불의 중상류층 사람들이 사는 지역.

안락한 집의 창문을 통해 바라보곤 했던, 마치 동화 속 세상의 일부처럼 느껴졌던 눈 덮인 거리의 모습은 이제 없었다. 그는 이제 더 이상, 오랜 상상 속에서 마지막 은신처럼 품고 있었던 중산층의 생활로 돌아갈 수 없었다. 눈은 그에게 희망 없는 빈곤을 말하고 있었다.

도시가 막 깨어나는 아침 무렵, 카는 내리는 눈에도 아랑곳하지 않고 아타튀르크* 대로 아래로, 빈민촌으로, 카르스에서 가장 가난한 지역인 칼레알트 마을로 서둘러 발걸음을 옮겼다. 얼어붙은 가지를 내뻗고 있는 보리수나무와 플라타너스 나무 밑을 잰걸음으로 걸어가자니, 난로 연통이 창문을 뚫고 밖으로 나와 있는 오래되고 낡은 러시아풍 건물이 보였다. 장작 창고와 전기 변압기 사이에 우뚝 솟은, 천 년의 세월을 견디어온 아르메니아 교회의 텅 빈 앞마당에 눈이 내리고 있었고, 얼어붙은 개천 위로 놓인 500년 묵은 석조 다리를 지나가는 사람들에게 개들이 무례하게 컹컹댔다. 눈 속에 버려진 듯 보이는 칼레알트 마을의 작은 빈민가에서 피어오르는 가느다란 연기가 얼마나 슬펐던지 눈에 눈물이 고였다. 개천의 반대편에서는 심부름을 나온 듯한 여자아이와 남자아이가 품에 따끈한 빵을 안고 서로 밀고 당기기를 하고 있었다. 그들이 얼마나 행복하게 웃는지 카의 얼굴에도 미소가 번졌다. 그의 가슴을 저며오는 것은 가난도 속수무책도 아니었다. 다만 앞으로 계속해서 보게 될 외로움이 문제였다. 도시의 사방에서, 사진관의 텅 빈 쇼윈도에서, 카드놀이로 시간을 죽이는 실업자들로 북적대는 찻집의 성에 낀 창문에서, 눈 덮인 텅 빈 광장에

---

* '터키의 아버지'라고 불리는 아타튀르크의 원래 이름은 무스타파 케말(1881~1938)이다. 국부라는 뜻의 '아타튀르크'는 1934년에 국회가 그에게 부여한 성이다. 그는 터키 국민의 정신적 지주로 1923년 터키 공화국을 선포하면서 초대 대통령이 되었고, 종래의 이슬람 전통을 크게 탈피한 서구식 근대화 개혁 작업을 급진적으로 추진한 인물이다.

서 마주하게 될 이상하고도 강력한 외로움. 이곳은 모두에게 잊혀진 장소인 듯했고 소리 없는 눈은 세상의 끝에 내리고 있는 것 같았다.

아침에 카는 운 좋게도 모든 사람들이 궁금해하며 악수를 하고 싶어하는 이스탄불 출신의 유명한 신문기자처럼 영접을 받았다. 주지사 보좌관에서부터 시작해 가장 가난한 사람까지 모두 그에게 문을 열며 기꺼이 이야기를 해주었다. 카르스 사람들에게 그를 소개한 사람은 《국경 도시 신문》(판매 부수는 320부)의 발행인이자 한때 《쥼후리엣 신문》에 지역 소식을 보내기도 했던(기사는 대부분 실리지 않았지만) 세르다르 씨였다. 카가 아침에 호텔에서 나오자마자 첫 번째로 한 일은 이스탄불 본사에서 '지방 주재기자'라는 타이틀을 붙여준, 이 과거의 신문기자를 그의 신문사에서 만나는 것이었다. 그는 카르스 전체를 훤히 꿰고 있었다. 카르스에서 보내게 될 앞으로의 사흘 내내 카가 수백 번도 넘게 받을 질문을 맨 처음 세르다르 씨가 했다.

"우리 국경 도시에 오신 걸 환영합니다. 그런데 이곳에 무슨 볼일이 있으신지요?"

카는 선거도 취재하고, 가능하면 소녀들의 자살 사건에 대해서도 알고 싶어 왔다고 대답했다.

"바트만 시에서 그랬던 것처럼 자살한 소녀들에 대한 내용은 너무 과장된 측면이 있지요. 경찰청 차장인 카슴 씨에게 갑시다. 만일의 경우를 대비해 당신이 온 것을 알아야 하니 말입니다."

마을에 온 이방인들은, 비록 신문기자일지라도 경찰에게 가 얼굴을 보이는 것이 40년대 이후 계속된 이곳의 관행이었다. 자신이 수년 만에 고국에 돌아온 정치적 망명자인 데다, 비록 아무도 언급하지

---

* 쿠르드족 노동자당. 쿠르드 민족의 독립을 위해 터키 정부와 무력으로 충돌했다.

는 않았지만 PKK*의 존재를 어떤 식으로든 느꼈기 때문에 카는 이의를 제기하지 않았다.

천천히 내리는 눈 속에서 그들은 에미시 할리 거리와 철물상과 부품 가게들이 줄줄이 늘어서 있는 캬즘 카라베키르 대로를 걸었다. 그리고 우울한 실업자들이 텔레비전과 내리는 눈을 지켜보는 찻집과 커다랗고 동그란 치즈 덩어리를 바퀴 모양으로 진열해 놓은 유제품 가게를 지났다. 그들은 15분 만에 도시 전체를 대각선 방향으로 훑은 셈이었다.

세르다르 씨는 잠시 가던 길을 멈추고 시장이 총에 맞은 모퉁이를 가리켰다. 소문에 의하면 시장이 총에 맞은 이유는 단순한 시청 업무, 그러니까 불법 발코니 철거 문제 때문이었다고 한다. 살인자는 사건 발생 사흘 후 자신의 집 헛간에서 소지하고 있던 무기와 함께 발각됐다. 이 사흘 동안 얼마나 많은 소문이 나돌았던지, 범인이 잡히자 처음에는 그가 그런 범죄를 저지를 만한 인물인지 의아해했고, 살인 동기가 그렇게 단순했다는 것에 대한 실망도 이만저만이 아니었다.

카르스 경찰청은, 예전에는 러시아인과 부유한 아르메니아인들이 살았으나 이제는 대부분 공공 건물로 사용되는 오래된 석조 건물이 줄지어 서 있는 파익베이 대로에 위치한 3층짜리 기다란 건물이었다. 경찰청 차장을 기다리는 동안 세르다르 씨는 카에게 장식이 새겨진 천장을 보여주며, 이 건물을 러시아 점령 당시(1877~1918) 어떤 부유한 아르메니아인이 소유했었고, 방이 마흔 개나 되던 대저택이었으며, 이후에는 러시아 병원으로 사용되었었다고 말했다.

술배가 나온 경찰청 차장인 카슴 씨는 복도로 나와 그들을 방으로 안내했다. 카는 그가 《줌후리엣 신문》을 좌익 성향으로 받아들이기 때문에 읽지 않는다는 것을, 세르다르 씨가 누군가를 재능 있는 시인으로 칭찬하는 것이 그에게 긍정적인 영향을 미치지 않는다는 것을, 하지만 세르다르 씨가 카르스에서 가장 많이 판매되는 지역 신문의 발행인이기 때문에 그의 눈치를 본다는 것을 즉시 알게 되었다. 세르다르 씨의 말이 끝나자 그가 카에게 물었다.

"경호원을 원하십니까?"

"예?"

"사복 경찰을 붙여드리죠. 신변의 안전을 느끼실 겁니다."

카는 의사로부터 지팡이를 짚고 다니라고 권유받은 환자가 된 듯한 느낌을 받았다.

"그게 꼭 필요한 겁니까?"

"우리 도시는 평화로운 곳입니다. 분열주의 테러리스트들도 쫓아냈지요. 그래도 만약을 대비해야지요."

"그렇다면 굳이 필요할 것 같지 않군요."

카는 속으로 경찰청 차장이 카르스가 평화로운 곳이라는 점을 재차 장담해 주기를 원했지만 그는 이 말을 반복하지 않았다.

그들은 먼저 도시의 북쪽에 위치하고 있는 가장 가난한 마을인 칼레알트 그리고 바이람파샤로 갔다. 끊임없이 내리는 눈을 맞으며 세르다르 씨는 돌, 고형 연료, 아연으로 덧씌운 재료로 만든 무허가 집들의 문을 두드렸고 문을 연 여자들에게 남편이 있는지를 물었다. 세르다르 씨는 자신을 소개한 후, 자신을 알아보는 경우에는 신뢰감을 주는 목소리로 이 유명한 신문기자 친구가 선거 때문에 이스탄불에서 왔다고 말했다. 하지만 선거뿐만 아니라, 카르스의 문제, 소녀들이 자살하는 이유에 대해서도 취재할 것이고, 고민을 이야기해 준다면 카르스를 위해서도 좋을 것이라고도 말했다. 개중에는 이들을,

식용유가 가득 든 깡통이나 비누 상자 혹은 비스킷이나 국수 꾸러미들을 들고 온 시장 후보들로 생각하고 기뻐하는 사람들도 있었다. 호기심과 예의에서 그들을 안으로 들이며, 카에게 컹컹 짖어대는 개를 두려워하지 말라고 말해 주는 사람도 있었다. 수년 동안 계속된 경찰의 급습이나 가택 수색의 새로운 방식이 아닐까 하는 의구심에서 두려워하며 문을 여는 이들도 있었는데, 방문자들이 국가 기관에서 온 사람들이 아님을 알고는 침묵했다. 자살한 소녀들의 가족들은 (카는 짧은 시간 안에 여섯 가지 사건을 알게 되었다.) 이구동성으로 그녀들에게는 아무런 문제가 없었고, 자신들도 그 사건 때문에 너무 놀라고 가슴 아팠다고 말했다. 그들은 흙바닥에 기계로 짠 카펫이 깔린, 얼음장처럼 차갑고 손바닥만 한 방에서 낡거나 뒤틀린 의자 위에 앉았다. 집을 옮길 때마다 살고 있는 가족의 숫자는 더 많아지는 것 같았다. 아이들은 깨지고 부서진 플라스틱 장난감(자동차, 한쪽 팔이 떨어진 인형), 유리병 그리고 빈 약통과 차(茶) 상자들을 들고 서로 밀치며 놀았다. 그들은, 계속해서 쑤셔대지 않으면 절대로 훈훈해지지 않는 장작 난로 앞에서, 불법 전기를 끌어다가 쓰고 있는 전기난로 앞에서, 그리고 소리는 없지만 계속 켜져 있는 텔레비전 앞에서, 카르스를 덮치고 있는 끝없는 고민과 빈곤 그리고 직장에서 쫓겨난 사람과 자살한 소녀들의 이야기를 들었다. 직장이 없거나 교도소에 들어간 아들 때문에 계속해서 우는 어머니들, 하루에 열두 시간 목욕탕에서 일하며 여덟 식솔의 입에 겨우 풀칠을 한다는 때밀이들. 찻값이 없어 찻집에 갈 것인지 말 것인지 고심하는 실업자들은 자신들의 팔자, 정부, 시 당국에 대해 불만을 토로하며 자신들의 이야기를 마치 국가와 정부의 고민처럼 얘기했다. 이 모든 이야기를 듣던 카는 문득, 창문을 통해 안으로 들어오는 하얀 빛에도 불구하고, 자신이 마치 아무런 형체를 분간할 수 없는 어둠의 세계에 들어와 있는 듯한 기분이 들었다. 밖에서 내리는 눈을 향해 시선을 돌렸지만 이내 그의 눈을 멀게 만들었다. 마치 어떤 망사 커튼이 그의 눈앞에 내려 쳐진 듯, 마치 이 모든 불행과 빈곤의 이야기로부터 도망치기 위해 눈의 침묵 속으로 도망치려는 듯.

카는 자신이 들은 자살 이야기들을 떨쳐버릴 수 있을 것 같지 않았다. 카를 이렇게까지 당혹스럽게 했던 것은 이야기들 속의 가난, 속수무책 혹은 무관심이 아니었다. 딸들을 구타하고 혹사시키며 외출조차 허락하지 않는 이해심 없는 부모들이나 질투심 많은 남편의 폭압 혹은 가난도 아니었다. 카를 진정으로 두렵고 놀라게 했던 것은 자살이 평범한 일상 안으로 소리 소문 없이, 의식이나 경고도 없이, 불현듯 자리했다는 사실이었다.

집안에서 늙은 찻집 주인과 억지로 결혼시키려 했던 어떤 소녀는 여느 밤처럼 어머니, 아버지, 세 형제 그리고 친할머니와 함께 저녁을 먹었다. 여느 때처럼 형제들과 웃고 장난치면서 접시를 치운 후, 후식을 가지러 갔던 부엌에서 정원으로 나갔다. 그녀는 창문을 통해 부모님 침실로 들어가 사냥총을 꺼내 들고 자신을 쐈다. 총 소리가 들린 곳으로 달려간 부모는 부엌에 있을 거라고 생각했던 딸이 자신들의 침실에서 피투성이가 되어 쓰러져 있는 것을 발견했다. 그들은 딸이 왜 자살을 했는지, 왜 부엌에 갔던 딸이 자신들의 침실로 들어갔는지 이해하지 못했다. 열여섯 살짜리 또 다른 소녀 역시, 여느 저녁처럼, 텔레비전 채널과 리모컨 때문에 두 형제들과 머리채를 쥐고 싸움을 했다. 그들을 떼어놓으려던 아버지에게서 세게 따귀를 맞은 후 자기 방으로 들어갔는데, 그만 커다란 병에 든 농약을 사이다를 마시듯 단숨에 들이켜고 말았다. 사랑해서 결혼을 한 열다섯 살짜리 소녀도 있었다. 6개월 된 아이가 있었지만, 실업자 남편의 구타가 너무 심했다. 어느 날 별것 아닌 문제로 부부싸움을 한 후 부엌으로 들어간 그녀는 안에서 문을 걸어 잠갔다. 낌새를 알아차린 남편이 고함을 지르며 문을 부수려고 하자, 그녀는 미리 준비한 갈고리와 밧줄을 이용해 단번에 목을 매달아버렸다.

이 모든 이야기 속에는 카를 사로잡는, 평범한 삶의 흐름에서 죽음으로 넘어가는 전이 과정에 존재하는 속도와 절망이 있었다. 천장에 박아놓은 갈고리, 총알들을 장착해 놓은 무기들, 침실로 가져다놓은 약병들은 소녀들이 오랫동안 마음속에 자살에 대한 생각을 품고 있었음을 증명했다.

소녀들과 젊은 여성들의 갑작스런 자살은 카르스에서 수백 킬로미터 떨어진 바트만에서 처음 발생했다. 전 세계적으로는 남성 자살자의 숫자가 여성 자살자의 숫자보다 서너 배 많았지만 바트만에서는 그 반대였다. 자살률이 세계 평균의 네 배로 올라가자 처음으로 앙카라의 통계청에서 일하는 어떤 젊은 공무원이 관심을 갖게 되었고, 그의 신문기자 친구가 《줌후리엣 신문》에 작은 기사를 썼다. 정작 터키에서는 별 관심을 불러일으키지 못했는데, 기사를 읽은 독일과 프랑스 신문의 터키 특파원들이 바트만에서 했던 인터뷰 기사를 자국 언론에 보도했다. 그러자 터키 신문기자들도 이 자살 사건을 중요시 여기게 되었고, 국내외의 많은 신문기자들이 그 도시로 갔다. 사건에 관여한 터키 공무원들의 견해에 따르면 이러한 관심과 보도가 오히려 더 많은 소녀들에게 자살을 부추겼다고 한다. 카가 만난 주지사 보좌관은 카르스에서의 자살은 통계적으로 바트만 수준에 이르지 않았고, 자살한 여성들의 가족과의 만남도 '현재로서'는 반대하지 않겠다고 말했다. 그리고 그는 가족들과 이야기를 나눌 때 '자살'이라는 단어를 자주 사용하지 말 것이며, 《줌후리엣 신문》에 사건을 과장해 기사화하는 일이 없게 해달라고 당부했다. 바트만으로부터 자살 문제 전문가인 심리학자, 경찰, 검찰 그리고 종교성 관리들로 구성된 위원회가 파견될 예정이었고, 종교성에서 제작한 '인간은 신의 걸작이며 자살은 신에 대한 모독이다'라고 씌어진 자살 반대 포스터들이 벌써부터 나붙어 있었다. 또한 같은 제목의 종교 소책자도 주(州) 관청에 도착해 배포를 기다리고 있는 터였다. 하지만 주지사 보좌관은 이러한 예방 조치가 카르스에서 새로 시작된 자살 증후군의 확산을 멈추게 할 것인가에 대해서는 확신이 없었다. 오히려 '예방 조치'가 정반대의 결과를 초래하지나 않을까 두려워하고 있었다. 여자들이 자살에 관한 기사만큼이나, 정부, 아버지, 남자, 설교자들이 계속해서 떠들어대는 훈계에 대한 반작용으로 자살 결정을 내린다고 생각하고 있었기 때문이다.

"물론 자살의 원인은 이 소녀들이 극도로 불행했다는 것이지요. 이 점에 대해서는 의심의 여지가 없습니다. 하지만 불행이 자살의 진짜 원인이었다면, 터키 여성의 절반은 자살을 했을 거요."

수세미 같은 수염이 난, 다람쥐같이 생긴 주지사 보좌관은 '자살하지 말라'라고 훈시하는 정부, 아버지, 이맘*의 목소리에 여성들이 반항한다고 말했다. 이 때문에 자살 반대 캠페인을 위해 파견될 위원회에 최소한 여성의원 한 명을 포함시켜야 한다는 내용의 공문을 앙카라에 보냈다고 자랑스럽게 말했다.

자살이 마치 흑사병처럼 전염성이 있다는 발상은 바트만에서 카르스로 와 자살을 한 어떤 소녀의 사건 이후 처음으로 제기되었다.

---

* 이슬람 사원의 예배 지도자.

오후에 아타튀르크 마을에 가 그녀의 삼촌을 만났다. 눈으로 뒤덮인 보리수나무가 있는 어떤 정원에서 담배를 피우며 카와 이야기를 나눈 소녀의 삼촌(그는 그들을 집 안으로 들이지 않았다.)은, 조카는 2년 전에 바트만으로 시집을 갔는데 아침부터 저녁까지 집안일을 했고, 애가 생기지 않는다고 시어머니로부터 계속 구박을 받았다고 했다. 하지만 그렇다고 해서 자살할 리가 없으며, 자살하겠다는 생각 자체가 모든 여자들이 자살을 하는 바트만에서 살다 보니 전염된 것이고, 특히 이곳 카르스에서 가족과 함께 있을 때는 아주 행복해 보였다고 했다. 소녀는 바트만으로 돌아갈 예정이었던 날 아침 수면제 두 통을 삼켰다. 그는 머리맡에 놓인 유서와 함께 침대에서 시신을 발견하고는 크게 놀랐다고 밝혔다.

한 달 후 열여섯 살 먹은 사촌이 이 소녀를 모방해 자살을 했다. 그 사건에 대해 신문에 소상하게 쓰겠다고, 눈물을 글썽이는 부모에게 약속해야 했던 이 자살은, 교실에서 그녀에게 넌 처녀가 아니라고 말한 선생 때문이었다. 소문은 삽시간에 카르스 전역에 퍼졌고, 소녀의 약혼자는 파혼을 선언했으며, 이전에 그 아름다운 소녀에게 청혼하기 위해 그녀의 집을 드나들던 사람들의 발길도 뚝 끊겼다. 소녀의 어머니는 그녀에게 "어차피 넌 결혼을 못 할 거다."라고 말하기 시작했다. 사건이 일어난 날 밤, 그들은 텔레비전을 보고 있었다. 결혼식 장면이 나오자 술 취한 아버지가 그만 울기 시작했고, 소녀는 어머니의 약병에서 훔쳐 모아놓은 수면제를 단번에 털어 넣었다.(발상만큼이나 자살의 방법도 전염성이 있었다.) 자살한 소녀가 처녀라는 사실이 부검 결과 밝혀지자 소녀의 아버지는 소문을 퍼뜨린 선생뿐만 아니라 바트만에서 카르스로 와 자살을 한 친척 딸에게 비난을 퍼부었다. 그들은 카가 기사를 통해, 딸에 대한 비방이 사실무근이었음을 밝히고, 거짓말을 꾸며 낸 선생의 신분이 알려지기를 원했다.

이런 모든 이야기들을 들을 때 카를 이상한 절망감으로 빠트린 것은, 자살한 소녀들은 자살을 하기 위해 필요한 은밀한 장소를 찾고 시간을 내는 일조차 빠듯했다는 점이다. 수면제를 먹고 자살한 소녀들은 몰래 죽을 때마저 다른 사람들과 방을 같이 쓰고 있었다. 서양 문학을 읽으며 이스탄불 니샨타쉬에서 자란 카는, 자살을 생각할 때마다, 이를 실행에 옮기기 위해서는 충분한 시간과 장소가 필요하고 며칠 동안은 그 누구도 자신의 방문을 두드리지 않아야만 한다고 생각했었다. 수면제와 위스키로 자유롭고 여유롭게 실행해 옮길 자신의 자살에 대한 상상에 빠질 때마다, 카는 방이 주는 무한한 외로움이 너무나 두려워, 한 번도 자살을 본격적으로 생각하지 못했다.

카에게 이 외로움을 상기시킨 유일한 사람은 한 달하고 일주일 전에 목을 매고 자살한 '히잡*을 쓴 소녀'였다. 그녀는 머리에 쓴 히잡을 벗지 않았기 때문에 처음에는 수업에, 나중에는 정부에서 내려온 명령 때문에 학교 건물로도 들어가지 못했던 학생들 중 한 명이었다. 그녀의 가족은 카가 만났던 가족들 중 그래도 생활이 괜찮은 편이었다. 카는 슬픔에 빠진 아버지가 자신이 운영하고 있는 작은 구멍가게의 냉장고에서 꺼내 뚜껑을 따 건네준 코카콜라를 마시며, 소녀가 죽기 전 자살하겠다는 생각을 가족과 친구들에게 털어놓았다는 사실을 알게 되었다. 그 소녀는 머리에 히잡 쓰는 것을 어머니나 가족에게서 배웠을 것이다. 하지만 그녀가 이를 이슬람주의자들의 정치적 투쟁 방식의 상징으로 간주하게 된 것은, 히잡을 금지하는 학교 당국에 저항하는 친구들로부터 배운 것이었다. 가족의 설득에도

---

* 무슬림 여성들이 머리를 가리기 위해 쓰는 천. 터키어로는 바쉬 외르튜슈(머릿수건, 머리덮개)라고 한다.

불구하고 소녀는 히잡을 벗기를 거부했고, 경찰이 교문을 막고 서서 그녀를 되돌려 보냈기 때문에 출석미달로 퇴학당할 위기에 처해 있었다. 그녀는 몇몇 친구들이 저항을 포기하고 히잡을 벗거나, 히잡을 벗고 가발을 쓴 것을 볼 때마다, 아버지와 친구들에게 "인생에는 아무런 의미가 없다.", "살고 싶지 않다."라고 말했다고 한다. 당시 정부 산하에 있던 종교성과 이슬람주의자들은 전단지와 포스터를 통해 자살은 가장 커다란 죄악 중 하나라는 점을 강조했기 때문에, 이 독실한 소녀가 자살하리라는 생각은 그 누구도 상상조차 할 수 없었다. 테스리메라는 이름의 이 소녀는 생전의 마지막 밤에 연속극 「마리안나」를 조용히 시청했고, 차를 끓여 어머니와 아버지에게 대접한 후 자기 방으로 갔다. 몸을 정갈히 한 후 기도를 했고, 오랫동안 혼자 상념에 잠겨 기도문을 읽은 후 히잡을 전등 갈고리에 묶고 목을 매달았다.

3

당신의 표를
신의 당(黨)에 주십시오

가난과 역사

어린 시절 카에게 가난은 변호사인 아버지, 주부인 어머니, 귀여운 여동생, 충직한 하인, 가구, 라디오, 그리고 커튼이 드리워진, 니샨타쉬에 있는 자신의 중산층 삶과 '집' 너머, 그 바깥에 있는 다른 세상에 존재하는 것이었다. 손으로 만질 수도 없고 위험한 어둠이 도사리고 있었기 때문에, 이 다른 세상은 카의 어린 시절 상상 속에서는 형이상학적인 차원으로만 존재했다. 이후의 삶에서 이 차원의 내용이 그렇게 많이 바뀌지는 않았지만, 이스탄불에서 카르스로 가는 급작스런 여행을 결정하는 데, 왜 부분적으로나마 어린 시절로 되돌아가고자 하는 충동이 발동했는지는 설명하기 어렵다. 카는 터키 밖에 멀리 떨어져 살았지만 카르스가 그즈음 이 나라에서 가장 가난하고 가장 잊혀진 지역이 되었다는 사실을 알고 있었다. 프랑크푸르트에서 12년을 보내고 돌아온 그는, 어린 시절을 함께 보낸 친구들과 걸었던 거리를 찾았다. 그러나 상점과 영화관은 물론이고 영혼까지 사라진 고향의 모습을 발견했을 뿐이었다. 카의 마음속에는 어린 시절과 그때의 순수를 찾고 싶은 충동이 생겨났다. 어쩌면 카가 카르스 여행에 나선 것은 어린 시절을 찾아줄 빈곤과 대면하기 위해서였는지도 모른다. 실상 어린 시절 이후로는 이스탄불에서 볼 수 없었던 가스라베드 상표의 운동화와 난로, 어린 시절 카르스에 대해 첫 번째로 배웠던, 여섯 개의 삼각형 조각으로 이루어진 동그란 치즈 상자를 상점의 진열대에서 발견하게 되자, 카는 너무나 행복해서 소녀들의 자살 사건조차 잊고 카르스에 있다는 것이 너무나 평화롭게 느껴지기도 했었다.

   정오 무렵 카는 신문기자 세르다르 씨와 헤어지고 국민 평등당과 알레비 아제르바이잔인 지도층 인사들과 만난 후 커다란 눈송이를 맞으며 도시에서 홀로 돌아다녔다. 아타튀르크 대로를 걸어 다리를 지나 가장 가난한 마을을 향해 슬프게 걷고 있을 때, 주위는 개 짖는 소리를 제외하고 완벽한 고요 속에 잠들어 있었다. 먼 곳으로 희미하게 보이는 가파른 산 위로, 셀주크 시대 유적인 성과 역사적 폐허들과 형체가 희미한 빈민촌 위로, 마치 시간을 초월한 듯 눈이 내렸다. 자기 혼자 외따로 그 눈을 바라보고 있다는 생각이 들자, 카의 눈에 눈물이 고였다. 끊어진 그네와 부서진 미끄럼틀이 있는 유스프파샤 마을의 공원 옆 공터에서, 석탄 창고를 비추는 높은 가등주(街燈柱) 밑에서 축구를 하는 고등학생들을 바라보았다. 눈 속에서 미끄러지는 아이들의 고함 소리와 욕설을 들으며 전등의 희미한 노란 빛과 하얀 눈 빛 속에 있으려니, 이 지역이 세상의 모든 것으로부터 멀리 떨어진 너무나 적막한 곳이라는 느낌이 들었다. 그 느낌이 어찌나 강렬하던지, 마음속에 신이 자리하고 있는 것 같았다.

이것은 어떤 생각이라기보다는 하나의 그림 같은 것이었다. 하지만 미술관에서 서둘러 전시실을 돌아다닐 때 아무 생각 없이 보고, 나중에 기억하려고 애를 써도 절대로 눈앞에 떠올리지 못하는 그림처럼 불확실한 이미지였다. 그림이라기보다는 한순간 나타났다 사라져버리는 환영이라고 할까. 그러나 이번이 처음은 아니었다.

카는 이스탄불에서 세속적인 공화주의 가정에서 자랐고, 초등학교 때 받은 종교 수업 외에는 그 어떤 이슬람 교육도 받은 적이 없었다. 최근 때때로 지금과 비슷한 환영들을 경험한 적이 있었지만, 그렇다고 당황스러워하거나 하지는 않았으며 그 미동을 따라가고 싶은 시인으로서의 충동도 느끼지 않았다. 그저 세상이 아름다운 곳이라는 낙천적인 생각이 들 뿐이었다.

몸을 녹이고 잠깐 눈을 붙이기 위해 돌아온 호텔 방에서, 카는 아직 행복한 감정에 휩싸인 채, 이스탄불에서 가져온 카르스 역사책들을 뒤적거렸다. 어린 시절 읽은 동화의 내용을 상기시키기도 했던 책의 내용은, 하루 종일 들은 이야기들과 함께 그의 머릿속에서 뒤섞였다.

한때 카르스에는, 카의 어린 시절 기억 속의 형태와는 약간 거리감이 있기는 하지만, 자신의 저택에서 파티를 열고 며칠씩 사람들을 초대하는 부유한 중산층이 살았었다. 카르스는 그루지야, 타브리즈, 카프카스로 통하는 무역의 관문이며, 근세기에 몰락한 거대한 두 제국인 오스만 제국과 제정 러시아의 국경 지역이었다. 이 때문에 제국에서는 산으로 둘러싸인 분지에 자리 잡은 이 도시를 지키기 위해 군대를 파견했고 이곳의 부유한 중산층은 이들 군대로부터 힘을 얻었다. 오스만 제국 시기에는 다양한 민족, 예를 들면, 아르메니아인, 몽골인, 군대에서 도망친 이란인, 비잔틴과 폰투스 왕국에서 살았던

룸*, 그루지야인, 쿠르드인, 다양한 체르케스인들이 살았으며, 천 년 전에 세워진 교회들 중 몇 개는 지금도 여전히 위풍당당하게 서 있었다. 1878년에 500년 된 성이 러시아 군대에게 이양된 후, 무슬림들 가운데 일부가 추방되었다. 하지만 도시의 부유함과 각양각색의 다양함은 여전히 지속되었다. 러시아 통치기에는 제정 러시아의 건축가들이, 성의 비탈에 있는 칼레알트 마을의 파샤 저택들과 목욕탕 및 오스만 제국 건축들을 허물고, 카르스 개천의 남쪽 평지에 서로 평행하게 일직선으로 뻗은 다섯 개의 주요 간선도로와 그 어떤 동쪽 도시에서도 볼 수 없는 바둑판 같은 거리들과 함께, 빠르게 부를 쌓아가는 새로운 도시를 세웠다. 제정 러시아의 알렉산더 3세가 정부(情婦)와 몰래 만나 사냥을 즐기기 위해 행차했던 이 도시는, 남쪽 지중해로 내려가는 무역로를 확보하기 위한 러시아인들의 계획에 따라 막대한 재정 지원을 받으며 재건설되었다. 20년 전에 카르스에 왔을 때 카를 매료시켰던 것은 민족주의와 종족 전쟁으로 목조 건물들이 완전히 불타고 파괴된 오스만 제국 도시의 면모가 아니라, 커다랗고 네모반듯한 돌이 깔린 길과 정돈된 거리, 터키 공화국 설립 이후에 심어진 보리수나무와 밤나무들 그리고 도시의 우울한 분위기였다.

 이 도시는 끝나지 않는 전쟁, 잔악 행위, 대학살 그리고 반란 등의 역사로 점철되며, 아르메니아인, 러시아인, 영국 군대의 손으로 넘어갔다. 그러다 제1차 세계대전이 끝나고 러시아와 오스만 제국의 군대가 철수하자 짧은 기간 동안 독립 정부가 출범했다. 역 광장에 동상이 세워진 캬즘 카라베키르 통치 하의 터키 군대는 1920년 10월에 도시

---

* 무슬림 지역에 거주하는 그리스인.

로 입성했다. 43년 만에 카르스를 탈환한 터키인들은 제정 러시아 건축물들을 자기네들 것으로 만들고 이곳에 정착했다. 제정 러시아가 도시에 유입시킨 문화는 터키 공화국의 서구화 열기에 부응했기 때문에 곧바로 수용되었다. 그들은 군인 이외에 다른 위인들을 몰랐으므로, 러시아가 남기고 간 다섯 개의 도로에 다섯 명의 위대한 파샤들의 이름을 붙였다.

인민당원인 전임 시장 무자페르 씨는 때로는 자랑스럽게 때로는 울분을 토하며 터키에 서구화가 진행되던 시기에 관해, 장황한 설명을 늘어놓았다. '국민의 집'*에서는 무도회를 열었고, 카가 아침에 그 위를 지나갔던, 곳곳이 녹이 슬어 썩어가는 철교 밑에서는 스케이트 대회를 열곤 했다. 비극 『오이디푸스 왕』을 공연하기 위해 앙카라에서 온 연극인들은, 그리스와의 전쟁이 끝난 지 20년도 채 지나지 않았건만, 카르스의 공화주의 중산층에게 환호의 갈채를 받았고, 모피 코트를 입은 나이 든 부자들은 장미와 반짝이로 장식된 건강한 헝가리 산 말들이 끄는 썰매를 타고 산책을 나가곤 했다. 축구팀을 후원하기 위해 '국립공원'의 아카시아 나무 밑에서 벌어진 무도회에서는 피아노, 아코디언 그리고 클라리넷 연주에 맞춰 최신 유행하는 춤들이 선보였다. 여름이면 반팔 옷을 입은 카르스 처녀들이 자전거를 타고 자유롭게 돌아다녔고, 겨울이면 스케이트를 타고 등교를 하는 고등학생들이 나비넥타이를 맴으로써 공화국을 향한 열정을 드러냈다. 몇 년이 지나 시장 후보로 출마하기 위해 돌아온 변호사 무자페르 씨가 고등학교 시절 맸던 그 나비넥타이를 선거 열기가 한창 무르익던 때 다시 매려고 하자 당원 친구들은 그런 '스타일'은

---

* 할크 에브레리 1923년 2월 19일 주로 대도시에서 성인 교육과 공화인민당 선전을 위해 설립되었다.

표를 잃는 원인이 될 거라고 충고했지만 그는 듣지 않았다.

그치지 않고 계속 내리는 눈과 도시의 몰락, 빈곤 그리고 불행 사이에는 마치 어떤 관련이 있는 것 같았다. 전임 시장은 과거의 아름다웠던 겨울에 대해 이러한 해석을 내리고, 그리스 연극을 무대에 올리기 위해 앙카라에서 왔던, 얼굴에 분칠을 하고 반쯤 벗은 연극인들에 대해 언급한 후, 1940년대 말 자신을 포함한 젊은이들이 '국민의 집'에서 올린 혁명주의적 연극에 대해 말하기 시작했다.

"검은색 히잡을 쓴 한 소녀의 각성을 다루었는데, 결국에는 히잡을 벗고 그것을 무대에서 불사르는 내용이었지요."

그는 당시 연극에 필요한 검은색 히잡을 구하기 위해 카르스 전체를 뒤졌지만 찾지 못했고, 하는 수 없이 에르주룸에 전화를 넣어 변통을 해왔다고 설명했다.

"지금은 거리에 히잡을 쓰거나 온 몸을 감싼 소녀들이 넘쳐나고 있지요. 정치적 이슬람의 상징인 히잡을 쓰고 수업에 들어가는 것을 막기 때문에 자살을 하는 기랍니다."

카는 정치적 이슬람의 우세와 히잡을 한 소녀들에 관한 문제에 대해 입을 다물었다. 카르스에서는 히잡을 구할 수도 없을 정도로 히잡을 쓴 여자가 한 명도 없었음에도 불구하고, 젊은이들이 그것에 반대하는 연극을 올려야 했던 이유에 대해서도 질문하지 않았다. 카는 하루 종일 도시의 거리를 걸어 다니면서도 히잡을 쓴 여자들에게서 별다른 점을 발견하지 못했다. 히잡을 쓴 여자들을 보기만 해도 즉시 정치적인 결론을 내릴 수 있는 세속 지식인들의 지식과 습관을 일주일 안에 습득할 수는 없지 않은가. 게다가 어린 시절 이후로는 히잡을 쓰거나 이슬람 의상으로 몸을 가리고 돌아다니는 여자들에게 신경을 쓰지도 않았다. 카가 어린 시절을 보낸 서구화된 이스탄불에서는, 히잡을 쓴 여자는 포도를 팔기 위해 이스탄불 근교, 예를 들면 카르탈의 포도밭에서 온 사람이거나 우유 장사의 아내 혹은 하층계급 사람들뿐이었다.

카가 투숙하고 있는 카르팔라스 호텔의 옛 주인들에 대해 나는 이후에 아주 많은 이야기를 들었다. 짜르에 의해 시베리아 대신 선택된 카르스로 유배된 서구 선망주의자였던 어느 대학 교수, 소 장사를 하던 아르메니아인이 주인이었던 적도 있고, 룸들을 위한 고아원으로 이용된 적도 있었다고 한다. 첫 주인이 누구였든 간에 이 110년 된 건물에도 당시의 다른 건물들처럼, 벽 안쪽에 설치되어, 방 네 개의 난방을 동시에 가능하게 하는 '페치'라는 난로가 있었다고 한다. 하지만 공화국 시기의 터키인들은 이 러시아 난로를 사용하지 않았기 때문에 집을 호텔로 개조한 첫 번째 터키인 주인은 마당 쪽으로 열리는 현관문 앞에 커다란 놋쇠 난로를 놓았다. 그리고는 나중에는 중앙난방 장치를 설치했다.

카가 코트를 입은 채 침대에 누워 상상에 빠져 있을 때 누군가 방문을 두드렸다. 하루 종일 난로 앞에서 텔레비전을 보면서 시간을 보낸 자빗이, 방 열쇠를 건네주면서 카에게 전했어야 했던 메시지를 전달하기 위해 카의 방으로 올라온 것이다.

"깜박했는데요,《국경 도시 신문》의 세르다르 씨가 손님을 급히 찾는다고 하던걸요."

카는 자빗과 함께 로비로 내려갔다. 하지만 로비 밖으로 막 나가려는 순간, 멈춰 설 수밖에 없었다. 이펙이 안내 데스크 옆쪽의 문으로 들어오고 있었던 것이다. 그녀는 카가 상상했던 것보다 훨씬 아름다웠다. 대학 시절 모습 그대로였다. 그는 당황스러웠다. 그렇다, 그녀는 그토록 아름다웠다. 그들은 일단 이스탄불 출신의 서구화된 부르주아들답게 악수를 했다. 그러고는 잠시 주춤하다가 얼굴을 앞으로 내밀고 몸의 아랫부분을 가까이 대지 않은 채 볼 인사를 했다.
"네가 올 거라는 것을 알고 있었어."
이펙이 몸을 떼면서 무심하게 말했다.
카는 놀랐다.
"타네르가 전화로 말해 줬거든."
그녀는 카의 눈을 뚫어지게 쳐다보았다.
"선거와 소녀들 자살 사건을 취재하러 왔어."
"얼마 정도 머물 거야? 아시아 호텔 옆에 예니 하얏*이라는 제과점이 있어. 지금은 아버지와 할 일이 있어 바쁘거든. 1시 반에 그곳에서 만나자."

그렇게 이상한 기분이 드는 이유는, 그들의 만남이 예를 들어 이스탄불의 베이오울루 거리 같은 곳이 아니라 카르스에서 이루어졌기 때문인 것 같았다. 카는 자신이 그토록 당황스러운 기분이 드는데 그녀의 미모가 어느 만큼 영향을 끼치는 것인지 가늠할 수 없었다. 그러나 어쨌든 거리로 나가 한동안 눈을 맞으며 거닌 후, 이 코트를 사길 정말 잘했어, 라고 생각했다.

신문사를 향해 걷는 동안, 그의 이성은 인정하고 싶지 않지만 그의 마음은 인정할 수밖에 없는 두 가지 사실이 자연스럽게 떠올랐다. 카가 12년 만에 이스탄불로 돌아온 것은 어머니의 장례식 때문이기도 했지만, 동시에 결혼할 터키 여자를 물색하려는 목적도 있었다. 그리고 카르스에 온 것은 자신이 결혼할 여자는 이펙이라고 믿었기 때문이었다.

---

* 터키어로 '새로운 인생'이라는 뜻.

어떤 민감한 친구가 이 두 번째 생각을 눈치 채고 그에게 말한다면 카는 이를 극구 부인할 것이지만, 한편으로는 이것이 진실이기 때문에 평생 부끄러움 속에서 자신을 비난할 것이다. 카는, 최고의 행복은 개인적인 행복을 추구하지 않는 데서 비롯된다고 믿는 도덕주의자들 중 한 명이었다. 게다가 자신처럼, 교육받고 서구화되고 학식 있는 사람이, 잘 알지도 못하는 사람과의 결혼을 희망한다는 것도 적절한 처신이 아니라고 생각했다. 하지만 그럼에도 불구하고 신문사에 도착했을 즈음 불안감은 가시고 없었다. 이펙과의 첫 만남이, 이스탄불에서 이곳으로 올 때 버스 안에서 상상했던 것보다 훨씬 더 좋았기 때문이었다.

《국경 도시 신문》 건물은 카가 머무는 호텔에서 한 블록 아래 떨어진 파익베이 대로에 위치하고 있었다. 편집실과 인쇄실이 대부분을 차지하는 신문사의 전체 면적은 카의 호텔 방보다 약간 더 넓은 정도였다. 그 작은 공간은 아타튀르크 사진, 달력, 명함, 청첩장 견본, 세르다르 씨가 카르스를 방문한 명사들이나 기타 유명한 터키인들과 함께 찍은 사진들, 40년 전에 발행한 신문의 초판 액자를 걸어 놓은 나무 칸막이를 기준으로 둘로 나뉘어 있었다. 칸막이 뒤에서는 흔들리는 페달이 달린 전동 인쇄기가 듣기 좋은 소리를 내며 작동하고 있었다. 이것은 110년 전 라이프치히의 바우만 사(社)가 처음 제작한 후 함부르크에서 25년 동안 사용되다가, 오스만 제국의 제2입헌정부 이후 출판 자유화 시기인 1910년에 이스탄불에 판매되었고, 그곳에서 45년 동안 사용되다가 폐기 처분 될 즈음, 1955년에 작고한 세르다르 씨의 아버지가 기차로 카르스로 가지고 온 것이었다. 세르다르 씨의 스물두 살짜리 아들은 침을 묻힌 오른손 손가락으로 기계에 빈 종이를 넣으며 왼손으로는 인쇄된 신문을 노련하게 모았다.(신문 집산 장비는 11년 전 형제끼리 싸우다가 망가뜨렸다.) 그는 재빠르게 카에게 인사까지 했다. 둘째 아들은 형과는 달리, 카가 즉시 상상으로 떠올린, 눈은 치켜 올라가고, 달덩이 같은 얼굴에다 작고 뚱뚱한 어머니의 모습을 닮은 듯했다. 그는 잉크 때문에 새까맣게 되고 위쪽이 셀 수 없이 많은 구획으로 나뉜 작업대 앞에 앉아, 크기가 다른 흑연 알파벳, 주형, 망판(網版)들을 가지고, 세상을 초월한 서예가의 인내와 섬세함으로 사흘 후에 나올 신문의 숫자들을 배열하고 있었다.

"동 아나톨리아의 신문사들이 어떤 상황에 놓여 있는지 보고 계시는 겁니다."

세르다르 씨가 말했다.

이 말과 동시에 전기가 나갔다. 인쇄기가 멈추고 신문사가 마법 같은 어둠에 파묻히자 카는 밖에서 내리는 아름다운 백색의 눈을 보았다.

"몇 부나 찍었지?"

세르다르 씨는 이렇게 물으며 촛불을 켜고는, 카에게 편집실 앞쪽 의자를 권했다.

"160부요, 아버지."

"전기가 들어오면 340부를 채우도록 해라. 오늘은 연극인 손님들이 있으니까 말이다."

《국경 도시 신문》은 카르스에서 오로지 한 곳, 민족 극장 맞은편에 있는, 하루에 20명이 들르는 신문배급소에서 팔리고 있었다. 하지만 세르다르 씨가 자랑스럽게 말했던 것처럼 정기구독자들 때문에 신문의 총 판매 부수는 320부였다. 이 정기구독자들 중 200명은 가끔 세르다르 씨가 그들의 업무 성과를 신문에 실지 않으면 안 되는, 카르스의 공공기관 혹은 작업장 종사자들이었고, 80명 정도는 카르스를 떠나 이스탄불에 정착했지만 카르스에 대한 관심을 끊지 않고 정부에 영향력을 행사하는 '중요하고 도덕적인' 사람들이었다.

"우리와 헤어진 후 부적절한 사람들과 만나셨더군요. 우리 국경 도시에 대해 잘못된 정보를 얻으셨습니다."

세르다르 씨가 말했다.

"제가 누구를 만났는지 어떻게 아셨습니까?"

"경찰이 당신을 추적하고 있지요. 우리도 직업상 무전기로 경찰 대화를 듣습니다. 기삿거리의 8할 정도를 카르스 주 관청과 경찰청이 제공해 주고 있지요. 사람들에게 카르스의 낙후 요인과 소녀들의 자살 원인을 물으셨지요? 그 내용을 경찰이 알고 있습니다."

카는 기실 카르스가 왜 이렇게 빈곤한 곳으로 변했는지에 대해 많은 설명을 들었다. 냉전 시기 소련과의 무역량 감소, 세관 폐쇄, 1970년대 도시를 지배했던 공산주의자들이 부자들을 위협하고 납치한 사건들, 자본력이 있는 부자들이 이스탄불이나 앙카라로 이주해 버린 사실, 정부와 신의 배신, 아르메니아와의 끝없는 전쟁 등…….

"당신에게 진실을 말해 주기로 결정했소."

세르다르 씨가 말했다.

수년 동안 경험하지 못했던 투명한 이성과 긍정적인 감정을 가지고, 카는 진정한 문제가 부끄러움이라는 것을 깨닫게 되었다. 독일에 있는 동안의 그 자신에게도 진정한 문제는 항상 이것이었다. 하지만 그는 이것을 숨겨두고 있었다. 행복에 대한 희망을 발견한 지금에서야 이 사실을 받아들일 수 있었다.

세르다르 씨는 마치 무슨 비밀이라도 털어놓는 듯 말했다.

"예전의 우리는 모두가 형제였소. 하지만 최근 들어서는 모두들

이렇게 말을 합니다. '난 아제르바이잔인이야.' '난 쿠르드인이야.' '난 테레케미아인이야.' 물론 이곳에는 여러 민족이 살고 있지요. 카라칼팍인이라고도 부르는 테레케미아인들은 아제르바이잔인들의 형제이지요. 쿠르드인들은, 우린 부족이라고 부르지요, 과거에는 자신들이 쿠르드인인 줄도 몰랐었소. 오스만 제국 몰락 이후 남은 사람들이 어디 '난 오스만 제국 사람이야' 라며 외쳐댔는 줄 아시오? 투르크멘인, 포소프 출신 라즈인들, 재정 러시아가 유배를 보낸 게르만인들, 누구 하나도 자기들이 다른 민족이라는 이유로 자만하지 않았지요. 이런 풍토는 터키를 분열시켜 붕괴를 초래하려는 목적으로 공산주의 성향의 티프리스 라디오가 퍼트린 것이오. 결과적으로 가난은 심해지고 자만심은 강해졌소."

카가 이 말에 영향을 받았다고 결론을 내린 세르다르 씨는 또 다른 문제로 화제를 돌렸다.

"이슬람주의자들은 집집마다 돌아다니지요. 손님으로 가장해 그룹으로 가정을 방문하여 여자들에게 그릇, 냄비, 오렌지 짜는 기계, 비누 상자, 익혀서 말린 밀, 세제를 나눠 주지요. 가난한 마을을 찾아다니고 여자들을 공략합니다. 아이들의 옷깃에는 도금된 옷핀을 달아준답니다. 그러면서 신의 낭인 복지당에 한 표를 주십시오, 라고 말들 하지요. 우리에게 닥친 이 가난과 빈곤은 신의 길에서 멀어졌기 때문이라고도 합디다. 남자들은 남자들에게만, 여자들은 여자들에게만 말을 하지요. 비참한 분노에 찬 실업자들의 신뢰를 얻고, 저녁 식사 때 냄비에 무엇을 끓일지 모르는 실업자 주부들을 기쁘게 하고, 나중에는 새로운 선물들을 주겠다고 약속을 하며 표를 줄 것을 맹세시킵니다. 단지 아침저녁으로 무시당하는 가장 가난한 실업자들뿐만이 아니에요. 하루에 한 번 따스한 수프를 간신히 뱃속으로 흘려 넣는 대학생들, 어머니들, 게다가 상인들의 존경도 얻게 되었지요. 왜냐하면 그들이 누구보다도 더 근면하고, 정직하고, 겸손하니까요."

그는 살해당한 전임 시장은 '현대적이 아니다' 라는 이유로 마차 통행 금지령을 내렸기 때문이 아니라(암살 사건 이후 이 금지령은 무용지물이었다.), 실상은 뇌물과 비리 때문에 모든 사람이 혐오했었다고 말했다. 하지만 피의 보복, 인종 차별, 민족주의 때문에 분열되어 버린, 서로 치명적으로 경쟁 중인 좌·우익 공화주의 정당들 중 그 어떤 당에서도 강력한 시장 후보를 내세우지 못하고 있었다.

"유일하게 신의 당에서 나온 후보의 도덕성을 믿고 있답니다. 그 사람은 바로 당신이 묵고 있는 호텔 주인인 투르굿 씨의 딸 이펙 부인의 전남편인 무흐타르 씨지요. 그리 영리하지는 않지만 쿠르드인입니다. 이곳 인구의 40퍼센트를 쿠르드인들이 차지하고 있습니다. 시 선거에서 신의 당이 승리할 겁니다."

눈은 더더욱 많이 내리기 시작했고, 카는 다시 외로운 기분이 들었다. 어린 시절부터 알아온 터키의 서구화된 삶이 끝날지도 모른다는 두려움이 엄습했다. 이스탄불에 있을 때 그는 어린 시절에 친숙했던 거리를 찾았다. 그러나 친구들이 살았던, 20세기 초부터 자리를 지켜온 오래되고 우아한 건물들은 부서져 있었고, 나무들은 말라 비틀어져 있었으며, 영화관들은 폐쇄되어 좁고 어두운 옷가게로 변해 있었다. 이는 단지 어린 시절의 모든 것뿐만이 아니라, 어느 날 다시 이스탄불에서 살게 되리라는 상상마저도 마지막이 되었다는 의미였다. 터키에 강력한 이슬람 원리주의 정권이 자리 잡는다면 여동생이 맨머리로 거리에 나갈 수 없을 거라는 생각도 들었다. 카는 신문사의 네온 전등 빛이 비추는, 동화에서나 나올 법한 커다란 눈송이와 천천히 내리는 눈을 바라보며, 자신이 이펙과 프랑크푸르트로 돌아가는 모습을 상상했다. 상상 속에서 그는 이펙과 함께, 지금 꼭꼭 여며 입고 있는 회색 코트를 샀던 카우프호프 백화점의 2층 여성용 신발 매장에서 쇼핑을 하고 있었다.

"이 모든 것이 터키를 이란처럼 만들려고 하는 국제 이슬람주의 운동의 일환이지요."

"소녀들의 자살 사건도 그런가요?"

"안타깝지만 그 소녀들이 꾐에 빠졌다는 보고를 받았습니다. 하지만 이를 계기로 자살이 더 증가할까봐 신문에 싣지도 못합니다. 유명한 이슬람주의 테러리스트 라지베르트*가 우리 도시에 있다고들 합니다. 머리에 히잡을 쓰는 여성과 자살을 원하는 소녀들에게 지혜를 주려고요."

"이슬람교는 자살에 반대하지 않습니까?"

세르다르 씨는 이에 대답하지 않았다. 또다시 정적이 흐르자 카는 밖에서 내리는 눈을 바라다 보았다. 곧 이펙을 만날 거라는 생각에 그는 초조했다. 카르스의 문제들로 고민스럽기는 했지만, 지금은 오로지 이펙을 생각하며 제과점에서 그녀를 만나기 위해 자신을 준비하고 싶었다. 벌써 1시 20분이었다.

세르다르 씨는 키가 크고 건장한 아들이 가지고 온 새로 인쇄한 신문의 1면을 아주 정성스레 준비한 선물을 건네듯이 카의 앞에 펼쳐놓았다. 수년 동안 문학잡지에서 자신의 이름을 찾는 데 익숙한 카의 눈은 귀퉁이에 있는 기사를 즉시 알아보았다.

---

* '군청색'을 의미한다.

유명한 시인 카(KA), 카르스에 오다

모든 터키인들이 알고 있는 시인 카가 어제 우리의 국경 도시에 왔다. 시집 『재(災)와 귤』, 『석간신문』으로 온 터키인의 찬사를 받으며, 베흐쳇 네자티길 문학상*을 수상한 이 젊은 시인은 《줌후리엣 신문》 기자 자격으로 시 선거를 참관할 것이다. 시인은 오랫동안 독일의 프랑크푸르트에서 서유럽 시(詩)를 연구했다.

"제 이름이 잘못 인쇄되었군요. A가 소문자여야 하는데요."
카는 이 말을 뱉어놓고 후회가 되어 즉시 말을 덧붙였다.
"기사가 좋군요."
"저희도 그 문제 때문에 당신에게 연락을 취했었습니다. 애들아, 이리 와봐라, 우리 시인의 이름이 잘못 인쇄되었다는구나."
그는 전혀 당황하지 않는 목소리로 아들들을 질책했다. 이런 실수는 흔히 있는 것임이 분명했다.
"지금 당장 교정을 해야겠어."
"그럴 필요 없습니다."
카가 말했다. 그는 다른 주요 기사의 마지막 줄에서 제대로 된 자신의 이름을 발견했다.

밀렛 극장에서 열린 수나이 자임 극단의 승리의 밤

민중주의, 아타튀르크주의 그리고 개화주의 연극으로 전 터키에 알려

---

* 현대 터키 시의 기틀을 잡은 베흐쳇 네자티길(1916~1979)을 기려 1980년에 제정한 것으로 최고 권위를 자랑하는 터키 시문학 상이다.

진 수나이 자임 극단이 어제 밀렛 극장에서 상연한 연극은 커다란 관심과 반향을 불러일으켰다. 주지사 보좌관, 시장 대변인 그리고 카르스의 유지들도 참석한 프로그램은 자정까지 지속되었고, 때때로 흥겨운 함성과 박수가 터져 나왔다. 오랫동안 이러한 예술 향연에 목말라 있던 카르스 시민들은, 만원사례의 밀렛 극장 말고도 각자 집의 안방에서도 프로그램을 관람할 수 있었는데, 국경 카르스 텔레비전이 창사 2년 이래 최초로 이 멋진 연극을 생방송으로 제공했기 때문이다. 국경 카르스 텔레비전이 스튜디오 밖에서 생방송을 하게 된 것은 이번이 처음이다. 아직 생방송용 중계차가 없기 때문에 할릿파샤 대로에 있는 본부에서 밀렛 극장에 있는 카메라까지 두 블록 정도 케이블을 연결시켰으며, 너그러운 카르스인들은 케이블이 눈의 피해를 입지 않도록 자신들의 집 안을 통해 케이블이 지나가게끔 해주었다. (치과 의사 파들 씨 가족은 케이블을 앞 발코니 창에서 받아 멀리 뒤 정원으로 넘겨주기도 했다.) 카르스 시민들은 이러한 생방송을 자주 중계해 줄 것을 바라 마지않았다. 텔레비전 관계자들은 스튜디오 밖에서 했던 이 첫 생방송으로 인해 카르스에 있는 모든 업체들이 방송국으로 광고 의뢰를 해왔다고 밝혔다. 국경 도시 전체가 함께 시청한 이 프로그램에서는 아타튀르크주의 연극, 서구 계몽주의를 다룬 작품들 중 가장 훌륭한 씬들, 우리의 문화를 갉아먹는 광고들을 비판한 소극들, 조국과 아타튀르크를 찬양하는 시들이 선보였고, 우리 도시를 방문한 유명한 시인 카(Ka) 본인이 직접 낭송한 그의 최신작 「눈(雪)」 이외에, 공화국 초기 작품인 『조국 또는 베일』이라는 계몽주의 걸작을 각색한 「소국 혹은 히잡」이 공연되었다.

" '눈' 이라는 제목으로 시를 쓴 적이 없는데요. 그리고 저녁 때 극장에도 가지 않을 겁니다. 잘못된 기사가 나갈 것 같습니다."

"그렇게 확신하지 마십시오. 아직 사건이 실현되기 전에 기사를 쓰기 때문에 우리를 무시하는 사람들, 그러니까, 우리가 하는 일이 신문 발행이 아니라 예언 수준이라고 생각하는 많은 사람들이, 후에 상황이 완전히 저희가 쓴 대로 흘러가는 것을 보고 놀라움을 금치 못한답니다. 많은 사건들이 단지 우리가 미리 기사를 썼기 때문에 일어난 적도 있었습니다. 이거야말로 현대적인 저널리즘이지요. 당신도 우리가 현대화되는 것을 방해하지 않기 위해, 우리 마음을 상하게 하지 않기 위해, 「눈」이라는 시를 쓸 것이고, 그리고 극장에 나와 그것을 낭독하게 될 것입니다."

선거 유세 공고, 에르주룸에서 가져온 예방 주사 접종 소식, 시가 수도세 수납을 두 달 연기해 카르스인들에게 선처를 베풀었다는 기사들 사이에서, 카는 처음에는 알아채지 못했던 또 다른 소식을 접했다.

카르스로 향하는 모든 길이 봉쇄되다

이틀 동안 계속해서 내린 눈 때문에 세상과 우리 도시와의 모든 차량 왕래가 중단되었다. 어제 아침 차단된 아르다한 도로 문제가 오후에는 사르카므시 도로의 정체를 가져왔다. 통행 금지 지역에서 폭설과 얼음으로 인해 차량 왕래가 중단되자 에르주룸으로 향하던 일마즈 사(社) 버스가 카르스로 되돌아왔다. 기상청은 시베리아에서 시작된 추위와 함박눈이 사흘 더 지속될 것이라고 발표했다. 카르스는 예년 겨울에도 그러했듯이 누구의 도움도 없이 앞으로 사흘을 견뎌내야 할 것이다. 이는 집안 정리를 할 수 있는 기회이기도 하다.

카가 일어나 막 나가려던 참에 세르다르 씨가 자리에서 벌떡 일어났다. 그는 마지막으로 하려는 말을 카가 듣도록 문을 가로막았다.

"투르굿 씨와 딸들도 그들 나름대로 당신에게 별의별 이야기를 다 할 것입니다! 그들은 나와 저녁마다 이야기를 나누며 지내는 진정한 친구들이오. 하지만 잊지 마시오. 이펙 부인의 전남편은 신의 당의 시장 후보요. 아버지와 이펙 부인이 여기에서 공부하라고 데리고 온 부인의 여동생 카디페에 대해 사람들은 히잡을 쓴 처녀들 중 가장 맹렬한 투사라고 합니다. 투르굿 씨는 과거의 공산주의자요! 4년 전 카르스 최악의 시절에 그들이 왜 이곳에 왔는지 아는 사람은 아무도 없다는 걸 명심하길 바라오."

4

정말로 기사 때문에
이곳에 온 거야?

카와 이펙, 예니 하얏 제과점에서

신문사에서 불유쾌한 소식을 들었음에도 불구하고, 눈을 맞으며 예니 하얏 제과점을 향해 파익 대로를 걷고 있는 카의 얼굴에는 희미한 미소가 떠올랐다. 귓가에 페피노 디 카프리의 「로베르타」가 들려왔다. 카는 자신이 투르게네프의 소설에 나오는, 몇 년 동안 상상만 해오던 여자를 만나러 가는 낭만적이고 슬픈 주인공처럼 여겨졌다. 카는 투르게네프와 그의 우아한 소설들을 좋아했다. 조국에 산재한 문제들과 전근대성에 지친 투르게네프는 결국 조국을 떠나 유럽으로 갔고, 그곳에서 사랑하는 고국을 그리워했다. 하지만 정직하게 말한다면, 그가 투르게네프의 소설에 나오는 것처럼 수년 동안 이펙을 그리워한 것은 아니었다. 이펙 같은 여자에 대한 상상을 했던 것은 사실이지만, 간혹 그녀를 생각하기 시작한 것은 그녀가 남편과 이혼했다는 소식을 들은 후의 일이었다. 그는 지금 이펙과 더 깊고 실제적인 관계를 맺기 위해, 그녀를 충분히 그리워하지 않았다는 낭패감을 방금 들었던 음악과 투르게네프의 낭만주의로 감추고 싶어했다.

하지만 제과점으로 들어가 같은 테이블에 앉자마자 카의 머릿속에 들어 있던 투르게네프의 낭만주의는 사라지고 말았다. 이펙은 호텔에서 보았던 것보다, 아니 대학 시절보다 더욱더 아름다웠다. 그 아름다움이 실제라는 것, 엷게 칠한 립스틱, 창백한 안색, 반짝이는 눈, 그리고 친근한 시선이 카를 당황하게 만들었다. 한 순간 이펙이 너무나 진실해 보였기에 카는 자신이 애써 유지하고 있는 침착함을 잃어버릴 것만 같았다. 카의 삶에 있어 형편없는 시를 쓰는 것 다음으로 두려운 것이 바로 그것이었다.

카는 무슨 말이든 해야 할 것 같아 이렇게 말했다.

"오다가 국경 카르스 텔레비전에서 밀렛 극장으로 생방송 케이블을 끌어당기고 있는 일꾼들을 봤어. 마치 빨랫줄처럼 말야."

하지만 이곳 생활을 무시하는 것처럼 보일까봐 웃지는 않았다.

한동안 그들은 서로를 이해하려는 긍정적인 결정을 내린 커플들처럼 마음 편히 말할 수 있는 주제들을 찾았다. 한 가지 주제가 끝나면 새로운 주제로 옮아갔다. 내리는 눈, 카르스의 빈곤, 카의 코트, 서로가 별로 변하지 않았다고 생각하는 것, 담배를 끊지 못한 것, 둘 다 소원했던 친구들……. 둘 다 어머니가 돌아가셨고 두 분 다 이스탄불의 페리쾨이 묘지에 묻혔다는 사실도, 그들이 바라는 대로 서로를 가깝게 느끼게 했다. 그다지 자연스럽지는 않더라도, 별자리가 같다는 것을 알게 된 남녀가 서로에게 느끼는 친밀함이 주는 일시적인 평안함으로, 그들은 자신들의 인생에 있어 어머니의 자리가 어떠했는지(짧게 언급), 카르스의 옛 기차역이 왜 철거되었는지(약간은 길게 언급), 지금 자신들이 앉아 있는 제과점 자리에 1967년까지 그리스 정교회가 있었다는 것에 대해, 박물관에 있는 아르메니아인 학살 특별전시관에 대해(어떤 관광객들은 이곳이 터키인들에 의해 희생된 아르메니아인들을 위한 장소라고 생각하다 나중에 그 반대라는 것을 알게 된다고 한다.), 반쯤은 유령 같아 보이는 가는귀먹은 제과점 종업원에 대해, 비싸서 실업자들이 마시지 못하는 관계로 커피를 팔지 않는 찻집에 대해, 카를 안내한 신문기자와 다른 지역 신문들의 정치적 관점에 대해(모두 군대와 현 정부를 지지하고 있었다.), 카의 호주머니에서 꺼낸 《국경 도시 신문》의 내일 자 기사에 대해 얘기를 나누었다.

이펙이 신문의 첫 페이지를 정신을 집중하여 읽기 시작했다. 이스탄불에서 만났던 옛 친구들처럼 그녀에게도 유일한 현실은 터키의 고통스럽고 가련한 정치 세계인 것만 같았다. 독일에 가 산다는 것은 그녀에게 털끝만큼의 고려의 대상도 될 수 없을 것만 같은 두려움이 일었다. 카는 이펙의 손과 여전히 놀랄 만큼 아름답게 보이는 우아한 얼굴을 한참 동안 바라보았다.

"어떤 조항 때문이었지? 몇 년형이었어?"

이펙은 인자한 미소를 지으며 물었다.

1970년대 말엽 터키에서는 규모가 작은 정치 신문에 무슨 내용이든 실을 수가 있었다. 재판을 받고 형법 조항에 의거하여 선고를 받아도 모두가 자랑스러워했다. 감옥에 간 사람은 아무도 없었다. 주거지를 자주 바꾸는 편집장들, 작가, 번역자들을 경찰들이 애써 수소문하지 않았기 때문이다. 하지만 이후에 군사 혁명이 일어나자 예전과는 상황이 달라졌다. 자신이 쓰지도 않았을뿐더러 읽지도 못한 채 급히 발행된 어떤 정치 논설 때문에 카가 형을 선고받은 것이 이 시기였다. 그는 독일로 도망갔다.

"독일에서 힘들지 않았어?"

"독일어를 배우지 않은 게 나를 보호해 주었어. 내 몸이 독일어에 저항했지. 나는 나의 순수함과 영혼을 보호할 수 있었어."

카는 갑자기 모든 것을 털어놓아 우스운 사람이 되는 것이 두려웠지만 이펙이 자신의 말에 집중하는 모습을 보니 행복했다. 자신이 파묻혀 있던 침묵, 최근 4년 동안 시를 쓸 수 없게 만들었던 아무도 모르는 이야기를 그녀에게 털어놓았다.

"나는 기차역에서 가까운 작은 집에 세 들어 살았어. 창문을 열면 프랑크푸르트의 지붕들이 바라다 보이는 곳이었지. 밤마다 내가 두고 온 날들을 회상했지만, 기억은 마치 침묵에 휩싸인 듯했어. 처음에는 이것이 내게 시를 쓰게 했어. 그 후 내가 터키에서 시인으로서 약간 유명했다는 사실을 알게 된 터키 이민자들과 터키인들을 끌어들이고 싶어했던 시(市) 당국, 도서관, 학교는 물론이고, 아이들에게 터키 시인을 만날 기회를 주고 싶어하는 단체들에서 나를 초청하기 시작했어."

초청을 받은 때면, 카는 항상 경이로운 정시 운행을 지키는 독일의 기차를 탔다. 뿌얀 차창 너머로는 변두리 마을의 가느다란 교회 첨탑이 보였다. 그는 마음속 어둠을 찾으며 너도밤나무 숲 속을 바라보았고, 책가방을 어깨에 메고 집으로 돌아가는 건강한 아이들을 응시하며 침묵을 느꼈다. 그 나라의 말을 전혀 이해하지 못하기 때문에 자신이 조국에 있는 것처럼 느껴졌고, 그렇게 시를 썼다. 시 낭독을 하기 위해 다른 도시에 가지 않을 때면, 매일 아침 여덟 시에 집을 나가 카이저 가(街)를 따라 걸어가 차일 거리에 있는 시립도서관에서 책을 읽었다.

"그곳에는 20년 동안 읽고도 남을 영어 책들이 있었어."

너무나 좋아했던 19세기 소설, 영국 낭만주의 시인들, 공학 역사와 관련된 책들, 박물관 목록 등, 그는 마치 죽음과는 너무나 멀리 있다는 것을 아는 아이들처럼, 자신이 원하는 모든 것을 평안하게 읽곤 했다. 오래된 백과사전을 보았고, 그림이 있는 페이지들 앞에서 시선을 멈추었다. 투르게네프의 소설을 다시 읽을 때는, 도시의 소음이 들려옴에도 불구하고 기차에서 느꼈던 침묵을 다시 느끼곤 했다. 길을 바꿔 유대인 박물관 앞에서 마인 강을 따라 걷는 밤에도, 도시의 끝에서 다른 끝으로 걷는 주말에도 침묵은 그의 주위에 맴돌았다.

"침묵이 어느 순간 내 인생에서 너무나 큰 자리를 차지해 버렸지. 시를 쓰기 위해 고뇌하며 들어야 할 불안한 소음들이 사라져버린 거야. 원래 독일인들과는 말을 섞지 않았어. 나를 잘난 척하는 반미치광이 지식인으로 보는 터키인들과도 사이가 좋지 않았고. 아무도 만나지 않고 말도 하지 않고 시도 쓰지 않았어."

"하지만 이 기사는 오늘밤 네가 가장 최근에 쓴 시를 낭독한다고 씌어져 있는걸."

"최근에 쓴 시가 없는데 어떻게 읽겠어?"

제과점에는 그들 이외에도, 정반대쪽 끝 창가의 어두운 탁자에 왜소한 젊은이와 마르고 지쳐 보이는 중년 남자가 앉아 있었다. 젊은이는 인내심을 갖고 중년 남자에게 무엇인가를 설명하려 애쓰고 있었다. 그들 바로 뒤에 있는 커다란 창문을 통해, 제과점 네온 간판에서 깜빡이는 분홍빛을 받으며 어둠 속에서 펄펄 내리는 눈이 보였다. 제과점의 한구석에서 대화에 집중한 두 사람은 마치 화면 상태가 안 좋은 흑백 영화의 일부 같았다.

"내 여동생 카디페는 대학교 1학년 때 기말고사를 통과하지 못했어. 그 다음해 이곳에 있는 교육연구원에 합격할 수 있었고. 저쪽에 앉아 있는 중년 남자가 그 연구원장이야. 여동생을 아주 좋아하는 아버지는 엄마가 교통사고로 돌아가신 후에 홀로 남게 되자, 이곳의 우리들 곁으로 오시기로 결정하셨어. 아버지가 오시고 나서 3년이 지날 무렵 난 무흐타르와 이혼했어. 우리 가족은 함께 살기 시작했지. 사자(死者)들이 한숨을 내쉬고 유령들이 들끓는 호텔 건물은 우리 친척과 공동소유야. 우린 호텔의 방 세 개에서 살고 있어."

카와 이펙은 대학 시절과 좌익단체 활동 시절에는 아무런 친분도 없었다. 하지만 대학에 들어가 천장이 높은 문과대학의 복도를 걷게 되었을 때, 카도 대부분의 다른 학생들처럼 미모의 이펙에게 눈이 가지 않을 수 없었다. 이듬해 그녀는 같은 단체에서 활동하던 친구이자 시인이었던 무흐타르의 부인이 되었다. 그들 둘은 모두 카르스 출신이었다.

"무흐타르는 자기 아버지가 경영하던 아르체릭 전자와 아이가즈 전자 대리점을 인계받았어. 여기로 돌아온 그 다음해에 아이가 생기지 않자, 나를 에르주룸과 이스탄불에 있는 의사들에게 데리고 다니더라. 아이가 생기지 않아 헤어졌어. 하지만 무흐타르는 재혼하는 대신 종교에 자신을 바쳤지."

"왜 모두들 종교에 몰두하지?"

이펙은 대답하지 않았다. 그들은 한동안 벽에 있는 흑백텔레비전을 바라보았다.

"왜 이 도시에서는 모두들 자살을 하지?"

"모두는 아니야. 소녀들과 부인들이 자살을 하는 거야. 남자들은 종교에 헌신하고 여자들은 자살을 해."

"왜?"

이펙이 자신을 바라보는 눈길을 느낀 카는, 자신의 질문 그리고 서둘러 답을 찾고자 하는 자신의 모습이 무례하고 건방지다고 생각했다. 둘 사이에 잠시 침묵이 흘렀다.

"선거 취재 때문에 무흐타르를 만나야 하는데."

이펙은 즉시 일어나 계산대 옆으로 가 전화를 했다. 그리고 돌아와 앉으며 말했다.

"오후 5시에 지구당사에서 널 기다리고 있겠대."

정적이 흐르자 카는 초조감에 휩싸였다. 길이 폐쇄되지 않았더라면 지금 바로 버스를 타고 여기에서 도망쳤을 것이다. 그는 카르스의 저녁 무렵과 그곳에 사는 잊혀진 사람들에게 깊은 연민을 느꼈다. 시선이 자연스럽게 바깥에서 내리는 눈으로 향했다. 둘은 삶을 신경 쓰지 않는 한가한 사람들처럼 눈을 구경했다. 카는 왠지 자신이 무력하게 느껴졌다.

"정말로 기사 때문에 이곳에 온 거야?"

이펙이 물었다.

"아니. 네가 무흐타르와 헤어졌다는 소식을 이스탄불에서 듣게 되었고, 너와 결혼하기 위해 이곳에 왔어."

한순간 이펙은 마치 재미있는 농담을 들은 듯 웃음을 머금었다. 하지만 얼마 지나지 않아 얼굴이 새빨개졌다. 오랫동안 침묵이 흐른 후 카는 이펙의 눈이 그의 모든 마음을 꿰뚫어 보고 있음을 느꼈다. 이펙의 눈은 '너는 자신의 마음을 숨길 의도도, 내게 우아하게 다가와 섬세한 시간을 보낼 인내심도 없구나. 너는 나를 사랑하거나 특별하게 생각했던 게 아냐. 단지 내가 이혼했다는 걸 알게 되었고, 나의 미모를 기억하고 있었고, 내가 카르스에서 사는 것을 일종의 약점으로 보았기 이곳에 온 거야.' 라고 말하고 있었다.

시간이 흐를수록 자신의 모습이 부끄러워졌고, 자신의 행복을 위해 뻔뻔스러운 바람을 내뱉은 자신을 응징하고 싶어졌다. 그는 이펙이 가혹한 진실을 말하고 있다고 상상했다. '우리의 결합을 운위한다는 것은 인생에 대한 우리의 기대치가 하락했기 때문일 거야.' 하지만 이펙은 카가 상상했던 것과는 전혀 다른 말을 했다.

"난 언제나 네가 좋은 시인이 될 거라고 믿었어. 시집 나온 거 축하해."

카르스에 있는 모든 찻집, 식당 그리고 호텔 로비에 그러하듯, 이곳에도 카르스인들이 자랑하는 자신들의 산이 아니라, 스위스 알프스의 경치가 걸려 있었다. 조금 전 그들에게 차를 날라다 준 늙은 종업원은 계산대 옆에 앉아 있었다. 희미한 전등 빛 밑에는 반들반들 빛나는 은박지로 포장한 똬리 모양의 빵과 초콜릿이 가득 담긴 접시가 놓여 있었다. 그는 몸은 카와 이펙을 향한 채 테이블을 등지고 앉아, 벽에 걸려 있는 흑백텔레비전을 행복하게 바라보고 있었다. 카는 이펙의 눈을 더 이상 응시할 수 없어 시선을 텔레비전 영화로 돌렸다. 영화에서는 금발에 비키니를 입은 터키 배우가 백사장에서 도망을 치고 있었고, 콧수염이 난 두 명의 남자가 그녀를 뒤쫓고 있었다. 그때 창가 끝 어두운 테이블에 앉아 있던 왜소한 남자가 일어섰다. 그는 손에 들고 있던 권총을 연구원장에게 거누었다. 그리고 카가 알아들을 수 없는 무슨 말인가를 했다. 연구원장이 그에게 대답을 할 때, 총이 발사되었다. 하지만 총성이 너무나 희미했기 때문에, 총이 발사되었다는 것을 안 것은, 몸에 박힌 총알의 위력으로 교육연구원장이 흔들거리며 의자 아래로 쓰러졌을 때였다.

이펙도 몸을 돌려 카의 눈이 향해 있는 장면을 쳐다보았다.

카가 조금 전에 보았던 늙은 종업원은 그 자리에 없었다. 왜소한 몸집의 그 남자는 여전히 같은 자리에 서서 바닥에 쓰러진 연구원장을 향해 총을 거누었다. 연구원장도 그에게 무슨 말인가를 하고 있었다. 텔레비전이 켜져 있었기 때문에 그가 무슨 말을 하는지 알아들을 수가 없었다. 남자는 연구원장의 몸에 세 발을 더 쏘고는 뒤쪽 문을 통해 사라져버렸다. 카는 그의 얼굴을 보지 못했다.

"여기에 있지 말고 나가자."

이펙이 말했다.

"도와주시오!"

카가 메마른 목소리로 소리쳤다. 그리곤 "경찰에 전화하자."라는 말을 덧붙였다. 하지만 자리에서 움직이지는 않았다. 잠시 후 바로 이펙의 뒤를 따라 뛰어갔다. 양쪽으로 밀며 여닫는 예니 하얏 제과점의 문 앞에도, 급히 내려갔던 계단 주변에도 인기척은 느껴지지 않았다.

그들은 눈 깜짝할 사이에 눈 덮인 거리에 있는 자신들을 발견했다. 걸음이 빨라졌다. 카는 '우리가 그곳에서 나오는 것을 아무도 보지 못했어'라고 생각했다. 그러자 마음이 편안해졌다. 마치 자신이 살인을 저지른 사람처럼 느껴졌기 때문이다. 사랑 고백 때문에 느꼈던 부끄러움과 후회가, 결혼하고자 했던 욕심이 응당한 벌을 받은 것 같았다. 그 누구하고도 눈을 마주치고 싶지 않았다.

캬즘 카라베키르 대로의 모퉁이에 다다랐을 때 카는 너무나 많은 것이 두려웠다. 하지만 이펙과 공유한 비밀이 있었기에 그들 사이에 생긴 조용한 친밀감으로 인해 행복했다. 그런데 할릴 파샤 상가의 문 앞에 있는 오렌지와 사과 궤짝들을 밝힌 후 바로 옆에 있는 이발소의 거울에 반사된 전등 빛 아래서 그녀의 눈물을 보자, 카는 당황했다.

"연구원장이 히잡을 착용한 학생들을 교실에 들여보내지 않았어. 그 때문에 그 가련한 남자는 살해된 거야."

"경찰에 알리자."

카는 이 말을 한때 좌익들이 혐오했었다는 사실을 떠올렸다.

"결국 모든 것을 알아낼 거야. 어쩌면 벌써 모든 것을 알고 있을 거야. 복지당의 지역당사는 이 건물 2층에 있어."

이펙은 건물의 입구를 가리켰다.

"네가 본 것을 무흐타르에게 말해 줘. 국가 정보국 관계자들이 그를 찾아왔을 때 놀라지 않도록 말야. 그리고 이 말도 해야 할 것 같아. 무흐타르는 나와 재결합하고 싶어해. 그와 이야기를 나눌 때 이 사실을 잊지 마."

5

교수님,
질문 하나 해도 되겠습니까?

살인자와 피살자 사이의 처음이자 마지막 대화

예니 하얏 제과점에서 카와 이펙의 시선을 받으며, 왜소한 남자에게 가슴과 머리에 총을 맞은 교육연구원장의 몸에는 두꺼운 테이프로 비밀 녹음기가 묶여 있었다. 그룬디히 상표의 이 수입품은 국가정보국 카르스 지사에 근무하는 주도면밀한 정보부원들에 의해 교육연구원장의 몸에 부착되었다. 히잡을 쓴 여학생들을 교육원 내부와 수업에 들여보내지 않았기 때문에 최근 연구원장은 개인적으로 협박을 받고 있었으며, 카르스에 있는 민간인 정보부원들이 종교인들 주변에서 얻은 첩보들로 보더라도 이 보호 조치가 필요했던 것이다. 세속적인 사람이기는 했지만 신실한 종교인만큼이나 운명을 믿었던 연구원장은, 몸집 큰 경호원을 따라 붙이는 것보다는 협박꾼들의 목소리를 녹음해 나중에 그들을 체포하여 단념시키는 것이 더 좋을 것이라는 계산이었다. 그는 평소 아주 좋아하는 호두가 든 초승

달 모양의 빵을 먹기 위해 무심코 들어간 애니 하얏 제과점에서 어떤 낯선 사람이 자신에게 다가오는 것을 보고는, 예전에도 이러한 상황에서 했던 대로, 몸에 지니고 있던 녹음기를 작동시켰다. 두 발의 총알을 맞은 녹음기는 연구원장을 구하지는 못했지만, 안에 들어 있던 테이프가 망가지지 않고 남아 있어서, 나는 후에, 그때까지도 눈물을 감추지 못하는 늙은 미망인과 당시에는 유명한 모델이 되어 있던 딸에게서 대화 내용을 건네받을 수 있었다.

"안녕하세요 교수님, 절 알아보시겠습니까?"
"아니, 기억이 안 나는군."
"저도 그렇게 생각합니다, 교수님. 왜냐면 우린 만난 적이 없으니까요. 어제저녁 그리고 오늘 아침 교수님을 만나기 위해 두 번 시도를 했었습니다. 어젠 교문 앞에 있는 경찰들이 들여보내 주지 않더군요. 오늘 아침에는 학교 안으로 들어가는 건 성공했는데, 비서가 교수님과의 면담을 주선해 주지 않았고요. 그래서 교수님께서 수업에 들어가시기 전에 강의실 문 앞에서 만나 뵙고 싶었습니다. 그때 저를 보셨지요. 기억하시는지요, 교수님?"
"기억을 못 하겠네."
"저를 본 것을 기억 못 하시는 건가요, 아니면 절 기억 못 하시는 건가요?"
"내게 무슨 용무가 있었는가?"
"실은 당신과 몇 시간이고 몇 날이고 모든 문제에 대해 의견을 나누고 싶었습니다. 당신은 많이 배운 데다가 존경받는 지식인이고 농학 교수입니다. 저는 불행히도 많이 배우지 못했습니다. 그렇지만 한 가지 문제에 대해서는 아주 많이 공부했습니다. 당신과 이야기를 나누고자 했던 문제도 이것입니다. 제가 교수님의 시간을 뺏고 있지는 않은가요?"

"천만에, 아닐세."

"실례지만 허락하신다면 앉아도 될까요, 교수님? 왜냐하면 문제가 좀 세부적이라서."

"물론. 자, 앉으시게." (의자를 끌어당기고 앉는 소리.)

"호두 빵을 드시는군요, 교수님 우리 토캇 시에는 아주 큰 호두나무들이 있습니다. 토캇에 오신 적이 있으신지요?"

"안타깝게도 가보지 못했네."

"안타깝습니다, 교수님. 오신다면 저의 집에서 머무시지요. 저는 36년 평생을 토캇에서 보냈습니다. 토캇은 아름다운 곳이지요. 터키도 아주 아름답지요. (잠시 정적.) 하지만 안타깝게도 우린 우리나라를 잘 모르고, 사람들을 사랑하고 있지 못합니다. 더욱이 이 나라와 이 민족을 무시하고 배반하는 것을 자랑으로 여기기도 하지요. 교수님, 실례지만 질문 하나 해도 되겠습니까? 당신은 무신론자가 아니시지요?"

"아니네."

"그렇게들 말하더군요. 전 당신처럼 학식 있는 사람이 신을 부인할 거라고는 전혀 생각지 않습니다. 당치도 않는 말이지요. 말할 필요도 없지요. 유대인도 아니시지요?"

"아니지."

"무슬림이시지요?"

"그렇지. 신께 감사하게도."

"교수님, 웃고 계시는데, 그러면 제발 제 물음을 진지하게 받아들이시고 대답해 주십시오. 왜냐하면 저는 이 질문에 대한 답을 듣기 위해 이 눈과 추위를 뚫고 토캇에서 이곳으로 왔으니까요."

"토캇 어디에서 나에 대해 들었는가?"

"교수님, 이스탄불에서 발행되는 신문들은 종교와 코란에 복종하여 히잡을 쓴 여학생들이 학교에서 거부당하고 있다는 사실을 기사화하지 않습니다. 그들은 이스탄불 여자 모델들의 천박한 짓거리들을 써대는 일로 바쁩니다. 그런데 아름다운 토캇에 '바이락' 이라는 무슬림 라디오 방송이 있습니다. 우리나라 어디에서고 신자들이 부당한 일을 당하면 그 소식들을 알리고 있지요."

"난 신자들에게 부당한 일을 하지 않네. 나도 신이 두려워."

"교수님, 저는 이틀 동안 눈 내리고 폭풍이 몰아치는 길을 왔습니다. 버스에서 계속 당신만 생각했습니다. 전 당신이 '난 신을 두려워하네!' 라고 말할 것임을 아주 잘 알고 있었습니다. 그러면 교수님께 이 질문을 해야지, 라고 계속 상상했습니다. 존경하는 누리 일마즈 교수님, 만약 신을 두려워한다면, 코란이 신의 말씀이라는 것을 믿는다면, 누르장* 31절에 여성에 대해 어떻게 쓰여 있는지 말씀해 보시지요."

"그 절에서는 여자들은 히잡을 써야 하고, 얼굴을 감추라고 아주 명확하게 밝히고 있지."

"아주 솔직하게 대답하시는군요. 고맙습니다, 교수님! 그렇다면 질문 하나 해도 될까요? 신의 명령을 그렇게 잘 아신다면, 히잡 쓴 여학생들을 학교에 들이지 않는 행동을 어떻게 설명하실 겁니까?"

"그건 우리 세속 정부의 명령이네."

"교수님, 죄송하지만 질문 하나 더 해도 되겠습니까? 국가의 명령

---

* 코란의 제24장.

이 신의 명령보다 더 우위에 있습니까?"

"좋은 질문이군. 그것은 세속 국가에서는 서로 다른 범주의 것이네."

"지당하신 말씀입니다, 교수님. 존경의 표시로 손에 입을 맞추어도 되겠습니까? 두려워하지 마시고 손을 주시지요. 맘껏 당신의 손에 입을 맞추겠습니다. 아, 신이 항상 당신과 함께 하시길, 감사합니다. 제가 당신을 얼마나 존경하는지 이해하셨으리라 믿습니다. 교수님, 지금 질문을 해도 되겠습니까?"

"물론, 말해 보시게."

"교수님, 세속에 산다는 것이 신을 부정하라는 뜻입니까?"

"아니네."

"그렇다면 종교의 의무를 이행하는 신실한 여학생들을 세속 정부의 명령이라는 핑계로 수업에 받아들이길 거부하시는 이유가 무엇입니까?"

"여보게, 이러한 문제는 토론을 통해 결론에 이를 수 없네. 하루 종일 이스탄불 텔레비전에서 이 문제들을 다루고 있지만 어떤가? 여학생들은 히잡을 벗지 않고, 정부도 정책을 바꾸지 않아."

"좋습니다 교수님, 질문 하나 해도 되겠습니까? 용서하십시오. 하지만 히잡을 쓴 여학생들, 애써 키운 그 부지런하고 예의바르고 순종적인 우리 딸들이 교육받을 권리를 박탈하는 것이 우리 헌법에 명시한 교육과 종교의 자유에 부합합니까? 당신의 양심이 그것을 받아들입니까? 교수님, 말씀 좀 해보시지요?"

"그 여학생들이 그렇게나 복종을 잘한다면 히잡도 벗을 테지. 여보게, 자네 이름이 뭔가? 어디 사는가? 직업은 무엇인가?"

"교수님, 저는 토캇에서 왔습니다. 유명한 페르와네 목욕탕 바로 옆에 있는 쉔네르 찻집 주방에서 일하고 있습니다. 화덕 관리를 하지요. 화덕과 차를 우려내는 주전자가 제 소관이지요. 제 이름은 중요하지 않습니다. 저는 하루 종일 바이락 라디오 방송을 듣습니다. 그런데 때로 신자들에게 가해진 부당함에 의아해지곤 합니다. 교수님, 전 민주 국가에서 소신대로 사는 사람이기 때문에, 의아한 행동을 하는 사람이 있다면 어디든지 찾아가 면전에 대고 이 부당함을 물을 수 있습니다. 그러니 제발 제 질문에 대답해 주십시오. 국가의 명령이 더 우위에 있습니까, 아니면 신의 명령이 더 우위에 있습니까?"

"그건 논쟁으로 어떤 결론에 도달할 수 있는 것이 아닐세. 자네는 어느 호텔에 묵고 있는가?"

"경찰에 신고하실 생각입니까? 절 두려워하지 마십시오. 전 그 어떤 종교 단체의 일원도 아닙니다. 테러를 혐오하고 사상 투쟁과 신의 사랑을 믿고 있을 뿐이지요. 신경질적이긴 하지만, 사상 투쟁을 하며 누구에게도 해를 입힌 적은 없습니다. 단지 제 물음에 대답해 주십시오. 교수님, 신의 말씀이신 코란의 아흐잡장*과 누르장에 아주 명백하게 적혀 있음에도 불구하고 여학생들은 학교 정문에서 학대를 당해야 했습니다. 당신의 양심은 학생들의 고통을 느낄 수 없습니까?"

"이보게, 코란은 도둑의 손도 자르라고 하고 있지만, 국가는 그렇게 하지 않네. 여기에는 왜 반대하지 않는가?"

"답변을 교묘히 피해 가시는군요, 교수님. 존경스럽습니다. 하지만 도둑의 팔과 여성들의 정조가 같은 것입니까? 미국인 무슬림인 흑인 교수 마빈 킹이 조사한 통계에 따르면 여성들이 히잡을 착용한

---

* 코란의 제33장.

이슬람 국가에서는 겁탈 사건들이 거의 없다시피 할 정도로 감소하고 있고, 인권을 침해하는 경우는 거의 발견되지 않았다고 합니다. 히잡을 착용한 여성은 그 히잡으로 남성들에게 이렇게 말하고 있기 때문이지요. '제발 절 귀찮게 하지 마세요.' 교수님, 질문 하나 해도 되겠습니까? 히잡을 착용한 여성들에게서 교육의 기회를 박탈하는 이유가 무엇입니까? 몸을 드러내놓고 다니는 여자들에게 커다란 가치를 부여하고, 우리 여성들의 정조를 성 혁명 이후의 유럽에서 그러했던 것처럼 가치 없게 만드는 이유가 무엇입니까? 우리 자신이, 오신이시여, 포주로 전락하는 것을 원하십니까?"

"여보게, 난 빵을 다 먹었네. 미안하지만 가야겠어."

"그대로 앉아 있어! 이걸 사용하지 않도록 말야. 이게 뭔지 보이나 교수?"

"권총이군."

"그래. 미안하지만 난 당신을 만나기 위해 먼 길을 왔어. 난 바보가 아냐. 어쩌면 내 말을 듣지도 않을 거라는 생각도 했어. 그래서 조치도 취했지."

"이보게 자네 이름이 뭔가?"

"와힛 슈즈메, 살림 페시메, 이름이 뭐 그리 중요하지? 난 이 세속주의 물질주의 국가에서 신자들을 위해 투쟁하는, 부당한 대우를 받는 이름 없는 영웅들의 이름 없는 변호인일 뿐이야. 그 어떤 단체의 일원도 아니고. 인권을 존중하고 폭력은 절대 싫어하지. 이러한 이유로 권총을 호주머니에 넣겠어. 단지 내 질문에 당신이 대답을 해주었으면 할 뿐이야."

"알겠네."

"그 학생들은 수년 동안 교육을 받았어. 부모들이 애지중지 키운 똑똑하고 부지런한 학생들이었지. 그런데 당신이 앙카라에서 온 명령이랍시고 그녀들을 어떻게 대했지? 출석부에 이름이 적혀 있어도, 히잡을 썼다는 이유만으로 무시했어. 히잡을 쓴 여학생을 포함해서 일곱 명의 학생이 앉아 있으면, 당신은 홍차를 여섯 잔만 주문했어. 그 여학생을 울게 만들었지. 이게 다가 아니야. 앙카라에서 온 새로운 명을 받들어 그들을 교실 밖으로 내쫓았어. 급기야는 복도에서 문 밖으로 내몰았지. 이에 저항하면서, 맨머리를 드러내놓지 않았던 일련의 용감한 여학생들이 자신들이 당한 부당한 대우를 알리기 위해 교문에서 추위에 덜덜 떨며 기다리고 있을 때, 전화를 해 경찰을 부르셨다고 하더군."

"경찰은 우리가 부르지 않았네."

"호주머니에 권총이 있으니 두려운가 보지? 거짓말을 하시는군. 경찰들이 여학생들을 질질 끌고 간 날 밤, 잠을 잤나? 양심이 있다면 잠을 잘 수 있었을까? 내 질문은 이거야."

"히잡은 문제의 상징이야. 정치 게임의 희생양이 된 것이 우리 딸들을 더 불행하게 했다네."

"게임은 무슨 게임! 학교와 정조 사이에서 정신적 고뇌를 겪고 있던 여학생 한 명이 불행히도 자살을 했어. 이게 게임이야?"

"자네는 아주 분노하고 있군. 하지만 이 문제가 이렇게 정치적인 상황으로까지 온 근간에, 터키를 둘로 나눠 무력하게 만들려는 외부의 힘이 있다는 생각은 해보지 않았나?"

"그 여학생들을 학교가 받아들인다면, 문제는 없어질 거야."

"오로지 나의 의지로 말인가? 중요한 건 앙카라의 의지야. 내 아내도 히잡을 쓴다네."

"뻔한 아부는 집어치우고 조금 전 내 질문에 대답이나 하시지."

"어떤 질문 말인가?"

"양심의 가책을 느끼지 않았냐고!"

"나도 아버지라네. 물론 그 여학생들 때문에 가슴이 아파."

"이봐, 난 나 자신을 제어할 줄 아는 사람이야. 하지만 신경질적인 사람이기도 하지. 신경질이 극에 달하면 내가 무슨 짓을 할지 나도 몰라. 교도소에 있을 때, 손으로 입을 가리지 않고 하품을 하는 놈이 있기에 그놈을 두들겨 패준 사람이라고 난. 그 감방에 있던 놈들을 모두 인간다운 인간으로 만들어놓았지. 나쁜 습관을 모두 버리고 기도를 하게 만들었다고. 빠져나갈 생각 말고 대답이나 해. 조금 전 내가 뭐라 그랬지?"

"글쎄. 그 권총을 내려놓게나."

"당신도 딸이 있어? 정말 마음이 아파? 이것을 묻는 걸 잊었군."

"미안하지만 내게 뭘 물어봤었는가?"

"권총이 두려워 내게 아부할 생각은 하지 마. 내가 무엇을 물어봤는지 기억해 내!" (잠시 정적.)

"뭘 물어보셨는가?"

"양심의 가책을 느끼지 않느냐고 물었다, 이 이단자야!"

"물론 느끼지."

"그렇다면 왜 그런 짓을 하지, 이 불명예스러운 놈!"

"이보게, 난 자네의 아버지뻘 되는 교수네. 코란에 어른에게 권총을 들이대고 모욕을 주라는 가르침이 있는가?"

"코란을 입에 올릴 자격이 있다고 생각해? 가만있어! 도움을 요청할 생각은 하지 않는 게 좋아. 소리치면 동정의 여지없이 쏴버릴 테니. 알아듣겠어?"

"알겠네."

"그러면 지금 하는 질문에 대답해 봐. 여자들이 히잡을 벗고 머리를 내놓는 것이 이 나라에 무슨 이익을 주지? 가슴으로 믿고 이해하는 이유를 지금 대봐. 히잡을 벗으면 유럽인들의 대우가 달라지나? 최소한 목적이라도 알아야겠어. 일단 권총을 호주머니에 도로 넣겠다."

"자네를 존경하네. 나도 딸자식이 있어. 히잡을 쓰지 않았지. 아내가 히잡을 쓰는 일에 간섭하지 않는 것처럼, 난 내 여식에게도 간섭하지 않네."

"네 딸은 왜 히잡을 쓰지 않았지? 연예인이 되고 싶은 모양이지?"

"내게 그런 말은 하지 않았네. 앙카라에서 언론학을 공부하고 있지. 이 히잡 문제 때문에 내가 목표물이 되어 고통과 비방, 협박 그리고 자네처럼 당연히 분노하는 적들의 표적이 되었을 때 딸은 내게 많은 지지를 해주었네. 앙카라에서 전화를 해서……"

" '아이고, 아버지 참으세요, 내가 연예인이 될게요.' 라고 했어?"

"아닐세, 그애는 이렇게 말하네. '아버지, 저 역시 모든 여학생들이 히잡을 쓰고 들어오는 교실에 머리를 드러내놓고 입실하는 용기를 내지는 못할 거예요. 할 수 없이 히잡을 쓸 거예요.' "

"히잡을 쓰지 않으면 무슨 피해가 있지?"

"이봐, 난 그 문제에 대해 논쟁하고 싶지 않아. 자네가 그저 변명을 하라고 해서 말했을 뿐이네."

"그러니까, 이 불명예스런 놈아, 신의 명령을 따르는 신실한 여학생들을 넌 네 딸 기분 좋으라고 정문에서 몽둥이를 맞게 했단 소리야! 그래서 자살하게 만들었다는 소리를 하는 거냐?"

"내 딸의 변명은 동시에 다른 많은 터키 여성들의 변명이기도 하네."

"터키 여성의 90퍼센트가 히잡을 쓰고 있는데, 어떤 연예인의 변명이 있는지 이해할 수가 없군. 불명예스럽고 잔인한 네놈은 딸이 벗는 것을 자랑스러워하나 보지. 하지만 이걸 잊지 마. 난 교수는 아니지만 이 문제에 대해 너보다 더 많이 공부했어."

"신사양반, 제발 그 권총을 거두게. 지금 흥분을 하고 있잖은가, 발사되면 마음이 아플 수도 있으니."

"내가 왜 마음이 아프겠어? 난 이단자를 처단하기 위해 눈길을 헤치며 이틀 동안 길을 왔어. 코란은, 신을 믿는 자를 학대하는 사람은 죽여야 한다, 라고 했어. 하지만 그래도 네가 불쌍하니 마지막 기회를 주겠어. 히잡을 쓰는 여학생들이 맨머리를 드러내야 한다는 명령을 따르는 네 양심의 당위성을 한 가지만 대봐, 그러면 맹세컨대 네게 총을 쏘지 않겠어."

"여성이 히잡을 벗는다면, 사회에서 살아가기가 더 편하고 더 존경받는 위치에 있게 될 걸세."

"연예인이 되고자 하는 네 딸에게는 어쩌면 통하는 말이겠지. 하지만 히잡은 여성을 불편, 겁탈, 모욕으로부터 보호하고, 사회 속에 더 편히 나갈 수 있게 만들어. 과거에 밸리 댄서였던 멜라핫 샨드라를 포함해 나중에 히잡을 쓰게 된 많은 여성들이 밝혔듯이, 히잡은 여성들로 하여금, 길거리에서 남자들의 동물적인 감정에 호소하는가 하면 더 매력적으로 보이기 위해 다른 여성들과 경쟁을 하고 이때문에 계속해서 화장을 해대야 하는 가련한 존재에서 벗어나게 했지. 마빈 킹도 밝혔듯이, 유명한 배우 엘리자베스 테일러가 최근 20년 동안 히잡을 착용했더라면, 비만을 부끄러워하며 정신 병원에 들어가지 않았을 테고 행복해졌을 거야. 그런데 교수님 실례지만 질문 하나 해도 될까? 왜 웃지? 내가 한 말이 그렇게 웃기나? (잠시 정적.) 말해, 이 불명예로운 무신론자야! 왜 웃어?"

"여보게, 난 웃지 않았네. 만약 웃었다손 치더라도 그것도 무의식중에 신경과민으로 웃었을 것이네."

"아니야, 의식적으로 웃었어!"

"여보게. 내 마음 역시 자네나 히잡을 착용한 여학생들처럼, 이 나라의 정치적 관점 때문에 고통을 당하는 젊은 사람들을 향한 연민으로 가득 차 있네."

"쓸데없이 아부하지 마. 난 전혀 고통스럽지 않아. 하지만 자살한 여학생들을 비웃었기 때문에 넌 지금 당하게 될 거야. 웃는 것으로 봐서 후회는 되지 않겠지. 그러면 당장 너에게 상황을 알려주겠다. 이슬람주의 뮤자힛 아다렛*은 너에게 벌써 사형선고를 내렸어. 닷새 전 토캇에서 실시한 투표 결과 만장일치로 결정이 났어. 제거하라고 나를 보냈지. 웃지 않고 후회를 했더라면, 어쩌면 내가 용서했을 거야. 자 이 종이를 받아, 선고문을 읽어봐. (잠시 정적.) 이 불명예로운 놈아, 여자처럼 울지 말고 큰 소리로 읽어! 그렇지 않으면 당장 총을 쏴버릴 테니."

"'나 무신론자 교수 누리 일마즈는,' 여보게 난 무신론자가 아닐세……"

"빨리 읽어."

"이보게, 읽으면 날 쏠 텐가?"

"읽지 않으면 쏠 거야. 자, 읽어."

"'종교를 따르며 믿는 여학생들이 머리를 드러내지 않고 코란의 말씀을 위반하지 않는다는 이유로, 터키 공화국의 무슬림들을 서양의 노예로 만들고 불명예를 안겨주고 그들로부터 종교를 빼앗기 위

---

* 성스런 이념을 위해 싸우는 비밀 단체.

한 비밀스런 계획에 도구로서 봉사했기 때문에, 결국 한 신실한 여학생으로 하여금 그 고통을 견디지 못하고 자살하게 했습니다…….'
이보게, 허락한다면 이의가 있는데…… 제발 자네를 보낸 단체에 알려주게나. 그 여학생은 학교에 들어오지 못하게 해서가 아니라, 혹은 그 아버지의 압력 때문이 아니라, 국가 정보국이 우리에게도 알려준 바대로, 안타깝지만 사랑 때문에 목을 매달았다네."

"죽을 때 남긴 유언에는 그렇게 쓰여 있지 않아."

"자네에게 용서를 비는 마음으로 말하겠네. 제발 총을 내리게나. 아직 결혼도 하기 전에 그 무지한 여학생은 처녀성을 자신보다 스무 살이나 많은 경찰에게 내준 후에, 그 남자가 자신은 결혼한 사람이며 그녀와는 결혼할 생각이 추호도 없다고 말하자……."

"닥치지 못해! 그런 말은 너의 창녀 같은 딸이나 했을 테지!"

"제발 그러지 말게. 나를 죽이면 자네의 미래도 사라져."

"후회한다고 말해!"

"후회하고 있네, 제발 총을 쏘지 말게."

"입을 벌려, 권총을 넣을 테니. 내 손가락 위에 있는 방아쇠를 네가 당겨. 이단자처럼, 하지만 최소한 명예롭게 뒈져!" (잠시 정적.)

"이보게, 내 꼴을 보게나. 이 나이에 울면서 빌고 있네. 내가 아니라 자신에게 연민을 느끼게나. 자네의 젊음이 아깝지 않나, 살인자가 되는 걸세."

"그러면 방아쇠를 네가 당겨! 자살이 어떤 고통인지 너도 느껴봐!"

"여보게, 난 무슬림이네, 자살을 반대하네!"

"입을 벌려!" (잠시 정적.)

"그렇게 울지 마. 어느 날 값을 치를 거라는 생각은 해보지 않았어? 울지 마, 그렇지 않으면 총을 쏠 거야!" (멀리서 늙은 종업원의 목소리가 들린다.) '저기 교수님, 차를 좀 더 드릴까요?'"

"아니 됐네, 지금 일어날 걸세."

"종업원을 쳐다보지 마, 사형선고문을 계속 읽어."

"제발 날 용서해 주게나."

"읽으라고 하잖아."

"'나는 내가 한 모든 일이 부끄럽습니다. 죽을 만한 짓을 했다는 것을 알고 있습니다. 숭고한 신에게 용서를 받기 위해서는……'"

"계속 읽어."

"여보게, 이 늙은이가 조금 울게 내버려 두게. 마지막으로 아내와 딸을 생각하고 싶네."

"네가 학대한 여학생들을 생각해. 한 명은 신경쇠약에 걸렸고, 네 명은 3학년 때 퇴학당했어. 한 명은 자살했고, 학교 정문에서 추위에 벌벌 떨었기 때문에 모두 고열이 나 자리에 누웠어. 그들 모두의 삶이 엉망진창이 되었다고."

"난 정말 후회막급이네. 하지만 자네도 나처럼 누군가를 죽이고 살인자가 되고 싶나, 그걸 생각하게."

"알겠어. (잠시 정적.) 나도 생각해 봤어. 내 머리에 무슨 생각이 떠올랐는지 알아?"

"뭔가?"

"난 널 찾아 단죄하기 위해 이틀 동안 이 가난한 카르스 도시에서 하릴없이 돌아다녔어. 운명이 아닌가 보다 하고 토캇으로 가는 버스 표를 사고는 마지막으로 차를 마시고 있었는데……"

"내게 총을 쏘고 마지막 버스로 카르스에서 도망치려고 생각한다면, 길은 눈 때문에 차단되었네. 버스 여섯 대는 출발하지 않을 걸세. 나중에 후회하지 말게."

"막 돌아가려고 했는데, 신이 이 예니 하얀 제과점으로 널 보내셨지. 그러니까 신도 널 용서하지 않으신 거야. 죽기 전에 마지막으로 할 말 있으면 하고 기도해."

 "제발 의자에 앉게나. 이 정부는 자네들 모두를 붙잡아 교수형에 처할 걸세."

 "기도해."

 "진정하게, 제발 앉게나, 한 번 더 생각해, 그걸 당기지 마, 멈춰! (총성과 의자에 몸이 부딪는 소리.) 제발! (두 발의 총성, 정적, 신음 소리, 텔레비전 소리, 한 발의 총성. 정적.)

6

사랑, 종교 그리고 시

무흐타르의 슬픈 이야기

이펙이 할릴 파샤 건물의 문까지 그를 데려다 주고 호텔로 돌아가자, 카는 2층 계단을 올라갔다. 그러나 복지당 지구당사로 곧장 가지 않고 건물 복도에 있는 실업자, 심부름꾼 소년들, 떠돌이들 사이에서 시간을 보냈다. 총에 맞은 교육연구원장이 여전히 사경을 헤매고 있는 모습이 눈앞에 선했다. 후회와 죄책감이 들었다. 아침에 이야기를 나누었던 경찰청 차장에게, 이스탄불에,《줌후리엣 신문》에, 알고 있는 그 누군가에게라도 전화를 하고 싶었다. 하지만 찻집과 이발소들로 시끌벅적한 건물에서는 전화하기에 마땅한 장소도 찾을 수 없었다.

이렇게 해서 문에 '동물애호가 단체'라는 간판이 걸려 있는 곳으로 들어갔다. 그곳에는 전화가 있었지만 통화 중이었다. 이제는 전화를 하고 싶은 건지 그렇지 않은지도 확신할 수 없었다. 그 단체 사무실 한편에 반쯤 열린 문을 열고 들어가자 벽에 닭 그림들이 걸려 있고, 가운데에는 작은 투계장이 있는 커다란 방이 나왔다. 카는 닭싸움이 이루어지는 방 안에서, 두려움을 느끼며 자신이 이펙을 사랑한다는 것을, 이 사실이 자신의 남은 인생을 결정지으리라는 것을 깨달았다.

닭싸움에 관심이 많은 부유한 동물애호가 중 한 명이 그날 그 시간에 카를 목격했다. 그는 카가 단체 사무실로 들어와 링 주위에 놓인 관람 벤치 중 하나에 앉아 생각에 잠겨 있던 모습을 기억했다. 카는 그곳에서 홍차 한 잔을 마시고 커다란 글씨로 써 벽에 걸어놓은 싸움 규칙들을 읽었다.

> 링에 올라온 수탉은 주인의 허락 없이 만질 수 없다.
> 수탉이 연속으로 세 번 쓰러지고, 부리로 쪼지 않으면 패배로 인정한다.
> 며느리발톱에 끼우는 쇠 발톱이 부러지면 3분, 발톱이 부러지면 1분간 소독을 한다.
> 싸움에서 쓰러진 수탉의 상대가 그 닭의 목을 밟으면, 수탉을 일으켜 세워 싸움을 계속 진행한다.
> 정전이 되면 15분 기다리며,
> 그래도 전기가 들어오지 않으면 싸움은 취소된다.

오후 2시 15분이 지나 동물애호가 단체에서 나올 때 카는, 어떻게 하면 이펙을 설득해 이 도시에서 도망칠 수 있을 것인지를 생각하고 있었다. 복지당 지구당사는 가게 두 군데('친구 찻집'과 '초록 양복점')를 사이에 두고, 지금은 전등이 꺼져 있는 인민당원이자 전임 시장인 무자페르 씨의 변호사 사무실과 같은 층에 있었다. 아침에 변호사를 방문했던 일이 너무나 먼 과거처럼 느껴졌기 때문에, 이 두 곳이 같은 건물의 같은 층에 있다는 것이 놀라웠다.

카가 무흐타르를 마지막으로 본 것은 12년 전이었다. 그들은 서로 포옹을 했다. 그는 배가 좀 나왔고, 머리숱도 적어지고 새치도 많아 보였다. 하지만 이 정도는 미리 예상했던 바였다. 대학 시절 그러했던 것처럼 무흐타르는 별다른 특징이 없었다. 입가에는 그때도 항상 피웠던 담배가 물려 있었다.

"교육연구원장이 살해되었어."

카가 말했다.

"죽지는 않았다는군. 방금 라디오에서 들었어. 그런데 넌 어떻게 알았지?"

"그도 우리처럼, 이펙이 너에게 전화했던 예니 하얏 제과점에 앉아 있었거든."

그리고 카는 자신이 본 그대로 그 사건을 설명했다.

"경찰에 연락했어? 그 후에 뭘 했지?"

카는 이펙은 집으로 돌아갔고 자신은 곧장 여기로 왔다고 말했다.

"선거가 닷새밖에 남지 않았어. 우리 쪽 승산이 커지자 정부는 우리를 수렁에 빠트리기 위해 갖은 시도를 다하고 있지. 히잡을 쓴 자매들을 보호하는 것은 우리 당의 범터키적 정책이야. 그런데 지금 그 자매들을 교육연구원 안으로 들여보내지 않았던 가련한 놈은 총에 맞았고, 사건 현장에 있던 목격자는 경찰에 알리지도 않고 곧장 이곳 우리 정당 당사로 왔군."

무흐타르는 이렇게 말한 후 정중하게 행동했다.

"지금 경찰에 전화해서 모든 걸 설명해 주면 좋겠어."

손님에게 무엇인가를 대섭하며 자랑스러워하는 집주인처럼 그는 수화기를 카에게 건넸다. 카가 수화기를 건네받자 무흐타르는 어떤 수첩을 보며 번호를 돌렸다.
"경찰청 차장 카슴 씨를 알아."
카가 말했다.
"어떻게?"
무흐타르는 카의 신경을 돋우는 의심스러운 어조로 물었다.
"아침에 세르다르 씨가 날 맨 처음 그에게 데리고 갔었지."
바로 그때, 여자 교환원이 경찰청 차장을 연결시켰다. 카는 예니 하얏 제과점에서 목격한 것들을 그대로 설명했다. 무흐타르는 급하고 어설프게 두 걸음을 내디뎠다. 그러고는 어색한 미소를 띠며 귀를 가까이 대고 카와 함께 대화를 듣고 싶어했다. 카도 그가 잘 들을 수 있도록 수화기를 그의 귀 쪽으로 갖다 댔다. 상대가 내쉬는 숨을 서로의 얼굴에서 느끼고 있었다. 자신과 경찰청 차장과의 전화 통화에 굳이 그를 끼워 넣는 이유는 모호했다. 하지만 이렇게 하는 것이 더 좋을 거라는 막연한 예감이 들었다. 전혀 보지 못한 살인자의 얼굴은 말고, 대신 그의 왜소한 체구를 경찰청 차장에게 두 번이나 설명해 주었다.
"최대한 빨리 이곳으로 오셔서 진술을 해주시지요."
경찰청 차장은 친근한 듯한 어투로 말했다.
"전 복지당에 있습니다. 늦지 않게 가도록 하겠습니다."
"잠깐만요,"
두 사람은 경찰청 차장이 수화기에서 입을 떼고는, 그의 사무실에 있는 누군가와 낮은 목소리로 얘기하는 것을 들었다.
"죄송합니다. 근무 차량이 있는지 물어봤습니다. 눈이 전혀 그칠 것 같지 않군요. 잠시 후 당사에 차를 보내겠습니다. 이곳으로 모시고 오도록 하지요."

"여기에 있다고 말한 거 잘했어. 어쨌든 알고 있을 테지만. 그들은 사방을 도청하고 있으니까. 조금 전 자넬 죄인 취급했던 것 오해하지 말았으면 좋겠군."

전화 통화가 끝나자 무흐타르는 이렇게 말했다.

예전에 자신을 니샨타쉬 출신 부르주아로 취급하던, 정치적 성향이 강한 사람들에게 느껴지던 분노가 카의 마음속에서 스쳐 지나갔다. 이 사람들은 계속해서 서로를 비난하며 파멸시키려 했었다. 이후 이들의 행태는 서로를, 특히 정적(政敵)을 경찰 스파이로 전락시키려는 음모전으로 변했다. 카는 경찰차에 탄 채 덮칠 집을 가리키는 밀정으로 전락할지도 모른다는 두려움 때문에 항상 정치와 거리를 두었다. 무흐타르는 지금, 10여 년 전에는 그 자신도 부시했던 이슬람 원리주의 당(黨)의 후보자가 되어 있고, 카는 핑계나 구실을 대는 역할을 맡은 셈이 되었다.

전화벨이 울렸다. 무흐타르는 책임감 있는 자세로 수화기를 들었다. 그는 오늘밤 생방송에 내보낼 자신의 가전제품 대리점의 광고 건에 대해서 방송국 관계자와 광고료를 흥정하기 시작했다.

전화를 끊고, 무슨 이야기부터 시작해야 할지 알지 못하는 삐친 아이들처럼 둘 다 입을 다물자 12년 동안 그들 사이에 오가지 않았던 모든 대화들이 카의 상상 속에서 이루어졌다.

먼저 그의 상상 속에서 둘 사이의 대화는 대충 이렇게 시작되었다.

"지금 우린 둘 다 일종의 망명 생활 중이야. 그렇게 성공적이거나 행복한 삶을 살고 있지 않은 것으로 봐서, 인생이란 그리 호락호락하지 않은 것 같군. 시인이 되는 것으로는 충분하지 않았던 게지. 정치의 그림자가 여전히 이렇게 우리에게 드리워져 있으니 말야."

일단 이렇게 말한 이상 다시 상상 속에서 다음과 같은 말을 덧붙이지 않을 수 없었다.

"시에서는 행복을 찾을 수 없었겠지. 그래서 정치의 그림자가 필요하게 되었을 테고."

카는 지금의 무흐타르를 이전보다 더 경멸하고 있었다.

카는 무흐타르가 선거에서 승리를 목전에 두고 있기 때문에 만족스러워하고 있다는 것을 알 수 있었다. 자신 역시 터키의 중간급 시인 정도의 명성을 얻었고 그것이 전혀 없는 것보다는 낫다는 생각을 하고 있었다. 하지만 둘 다 이 만족감을 절대 실토하지 않을 뿐만 아니라, 진짜 커다란 문제, 그러니까 인생에 대한 상심은 서로에게 절대 털어놓을 수 없을 것이었다. 그들은 가장 불쌍한 인간이 되어 있었던 것이다. 인생에서의 패배를 인정하고 세상의 잔인한 부조리에 익숙해져 있었으니까. 이 상황에서 벗어나기 위해 두 사람 모두에게 이펙이 필요하다는 생각이 카를 두렵게 만들었다.

"오늘밤 극장에서 최신작 시를 읽을 거라며?"

무흐타르는 희미하게 미소 지으며 말했다.

카는 한때 이펙과 결혼했던 이 남자의 무표정하고도 아름다운 담갈색 눈을 적의감을 가지고 바라보았다.

"이스탄불에서 파히르를 만났어?"

그는 이번에는 조금 더 또렷한 미소를 지으며 물었다.

카는 이번에는 그와 함께 미소를 지을 수 있었다. 적의 없는 미소였다. 무흐타르가 언급한 그 사람을 둘은 존경했었다. 파히르는 그들과 동시대 사람으로, 20년 동안 변함없이 모더니스트 서구 시를 강력히 비호해 온 인물이었다. 생조셉에서 공부를 했으며, 정신은 오락가락했지만 궁전에서 살았다는 소문이 있는 부유한 친할머니에게서 받은 돈으로 1년에 한 번 파리 생제르맹의 서점들에서 시집을 사 이스탄불로 싸들고 왔다. 그리고 자신이 발행하는 잡지며 자신이 설립한 출판사의 시선집에 그 시집들에 실린 시들의 터키어 번역본, 자신의 시, 다른 모더니스트 터키 시인들의 시를 실었다. 모두가 그의 이러한 면모를 존경했다. 하지만 그에 반해, 상투적으로 번역된 파리 시인들의 시에 영향 받아 쓴 파히르의 시들은 영감이 결여되었거나 형편없고 이해할 수 없는 것들이기도 했다.

카는 이스탄불에서 파히르를 만나지 못했다고 말했다.

"한때 그가 내 시를 좋아해 주었으면 하고 바란 적이 있었지."

무흐타르가 말했다.

"하지만 그는 나 같은 사람들을 아주 무시하곤 했었어. 순수한 시가 아니라 민속과 '모국의 아름다움'에 열중한다고 말이야. 세월이 흘렀고 군사 혁명이 일어나 모두들 감방에 들어갔다 나왔지. 다른 사람들이 그러했듯이 나도 바보처럼 이곳저곳을 떠돌았어. 내가 닮고자 했던 사람들은 변했고, 내가 선망했던 사람들은 사라졌어. 내 인생도, 시도, 내가 원했던 그 어떤 것도 실현되지 않았어. 이스탄불에서 불행하고 불안하고 가난하게 사느니 카르스로 돌아오는 게 낫다고 결정했지. 과거에 부끄러워했던 아버지의 가게를 인수받았어. 하지만 이것도 나를 행복하게 하지는 못했지. 이곳 사람들을 무시하고, 파히르가 내 시를 보고 그랬듯이, 그들을 보며 얼굴을 찡그렸으니까. 카르스에서는 도시도 사람도 진짜 같아 보이지 않았어. 이곳에 있는 사람들은 모두 죽거나 떠나고 싶어했지. 하지만 나에게는 더 이상 갈 곳도 없었어. 마치 역사 밖으로 유배되고 문명 밖으로 내던져진 것 같았어. 문명이 얼마나 먼 곳에 있었던지 그것을 모방조차 할 수 없었으니까. 나는 나의 2세가 내가 이루지 못한 일들을 해내길 바랐어. 그 아이가 서구화되고 현대적이며 개성 넘치는 사람으로 자라날 것이라고 상상했었지. 하지만 나에게는 2세조차 허락되지 않았어."

무흐타르가 희미하게 미소 지으며 진심으로 스스로를 비웃는 것이 카의 마음에 들었다.

"밤마다 술을 마셨고, 아름다운 나의 이펙과 다투는 것을 피하기 위해 늦게 집으로 돌아왔지. 모든 것이, 날아다니는 새조차 얼어붙을 것 같은 어느 날 밤이었어. 늦은 시간 예실유르트 술집에서 가장 마지막으로 나온 사람이 나였어. 그 당시는 이펙과 같이 살았는데, 오루드 대로에 있던 집으로 걸어가고 있었지. 걸어서 10분 이상 걸리지 않는 거리였어. 하지만 카르스에서 그건 먼 거리에 속해. 라크*를 너무 많이 마신 탓이었는지, 그만 길을 잃고 말았던 거야. 거리에는 인적 하나 없었고, 추운 밤에 항상 그러하듯이 카르스는 버려진 도시 같았어. 내가 문을 두드렸던 집들은 80년 동안 아무도 살지 않은 아르메니아인의 집이거나, 아니면 사람이 살고 있어도 이불을 겹겹이 덮은 채, 동면에 빠져든 동물처럼 숨어 있는 구멍에서 나오지 않거나 했어.

버려진 도시, 아무도 없다는 상황이 갑자기 그렇게 좋을 수가 없더군. 술과 추위 때문에 온 몸에 달콤한 잠기운이 퍼지고 있었어. 나도 조용히 죽기로 결심을 했지. 서너 걸음 걸었을까, 어떤 나무 밑 얼어붙은 인도에 누워 잠과 죽음을 기다리기 시작했어. 그 추위 속에서 술에 취한 채 얼어 죽는 건 5분이면 충분했을 거야. 부드러운 잠이 혈관으로 퍼져 나가고 있을 때, 내 눈앞에 내 아이가 나타났어. 난

---

* 터키 특유의 술로, 대회향 냄새가 나며 물을 타면 뿌연 우윳빛으로 변한다.

아주 기뻤어. 남자아이였고, 성인이 되어 넥타이도 매고 있었어. 넥타이를 매고 있는 모습이 유럽인을 닮았더군. 아이는 내게 막 무슨 말을 막 하려다 말고는 어떤 노인의 손등에 입을 맞추었어. 그 노인에게서 사방으로 빛이 반사되고 있었지. 그러다 그 빛이 내 눈 안을 비추더니 내가 누워 있던 곳에서 나를 깨우더군. 난 후회와 희망으로 일어섰어. 앞을 보니 밝은 문이 열려 있었고, 사람들의 모습이 보였어. 나는 마음의 소리를 들으며 그들의 뒤를 따라갔지. 그들은 나를 받아들이고는 밝고 따스한 집으로 나를 데리고 들어갔어. 그곳에는 삶의 희망을 버린 지친 사람들이 아니라, 행복한 사람들이 있었어. 카르스 사람들이었어, 더군다나 내가 알고 있는 사람들 말이야. 그 집이 소문으로 들었던 쿠르드인 교주 사데띤 에펜디의 비밀 집회소라는 걸 알게 되었어. 공무원 친구들로부터, 교주가 매일 늘어나는 부유한 종도(宗徒)들의 초대로 산에 있는 거처에서 카르스로 내려와 가련한 빈자들, 실업자들, 불행한 카르스인들을 그 비밀 집회소에서 행해지는 의식에 불러들인다는 말을 들었었지. 하지만 난 경찰이 이 공화국 적대자들에게 집회 허가를 하지 않을 거라고 생각하며 신경도 쓰지 않았어.

나는 눈물을 흘리며 교주의 계단으로 올라가고 있었어. 수년 동안 내가 몰래 두려워했던, 그리고 내가 무신론자였던 시절에 허약하고 보수적이라고 여겼던, 그런 부류의 사람이 되고 말았던 거야. 이슬람으로 돌아가고 있었던 거지. 풍자 만화에 묘사된, 그 둥근 수염에 가운을 입은 보수주의 교주들을 실상 난 두려워하고 있었어. 교주는 좋은 사람이었어. 그는 내가 왜 우는지 물었어. 물론 '수구주의 교주들과 신자들 사이로 갑자기 들어왔기 때문이오.'라고 말할 생각은 없었어. 게다가 입에서 폴폴 나는 라크 냄새 때문에 부끄러웠거든.

난 열쇠를 잃어버렸다고 말했지. 죽기 위해 누운 곳에서 열쇠고리를 떨어뜨린 것이 갑자기 떠올랐거든. 그의 옆에 있던 아첨꾼 신자들이 즉시 나서서 열쇠의 은유적 의미들을 설명하고 있을 때, 그는 내 열쇠를 찾아보라고 그들을 밖으로 보내더군. 우리 둘만 남게 되자 그는 내게 달콤한 미소를 지어 보였지. 그가 조금 전에 꿈에서 보았던 마음씨 좋은 노인이라고 생각하자 마음이 편해졌어.

난 마음속에서 우러나, 성인처럼 보이는 그 전능한 사람의 손등에 입을 맞추었지. 그런데 그가 아주 놀라운 행동을 했어. 그도 나의 손등에 입을 맞추는 거야. 내 마음속에 수년 동안 느끼지 못했던 평온함이 퍼졌어. 그와 모든 것을 얘기할 수 있고, 그에게 나의 모든 삶을 말할 수 있으리라는 걸 곧 알게 되었지. 그는 내게, 내가 무신론자 시절에도 그 존재를 알고 있었던 숭고한 신의 길을 보여줄 참이었지. 그 기대감이 벌써 나를 행복하게 만들었어. 신자들이 내 열쇠를 찾아 돌아왔어. 그날 밤 집으로 돌아가 잠을 잤지. 아침에 일어나자 그 모든 경험들이 부끄러워졌어. 내게 일어났던 일들이 희미하게 떠올랐지만, 기억하고 싶지도 않았어. 다시는 그 집회소에 가지 않을 거라고 속으로 맹세를 했지. 그곳에서 나를 본 신자들과 혹시 만날까 봐 두려웠고, 정신이 혼란스러웠지. 그런데 어느 날 밤 예실유르트 술집에서 나오자 내 발이 저절로 나를 그곳으로 데려갔어. 낮이면 느껴지는 모든 후회와 불안감에도 불구하고 그런 일들이 그 이후의 많은 밤에도 지속되었지. 교주는 그와 가장 가까운 자리에 날 앉히고, 내 고민을 들어주고, 내 가슴에 신의 사랑을 심어주었어. 나는 계속 울면서도 마음의 평안을 느꼈지. 다른 사람들이 집회소 출입을 눈치챌까봐, 낮에는 가장 세속적인 신문이라고 정평이 난 《줌후리엣 신문》을 손에 들고 공화국의 적인 이슬람 신자들이 도처에 깔려 있다고 불평을 퍼부어대곤 했었지. 아타튀르크를 지지하는 단체들은 왜 집회를 열지 않느냐고 떠들면서 말이야.

이 이중생활은 어느 날 밤 이펙이 '다른 여자가 있어?' 라고 물었을 때까지 계속되었어. 나는 울면서 모든 것을 자백했지. 그녀는 '신자가 되었어? 내게 히잡을 뒤집어쓰게 할 거야?' 라며 울더군. 나는 그러한 요구는 절대 하지 않을 거라고 맹세했지. 나의 변화가 가난 때문에 생겨난 일이라고 느낄까봐, 나는 가게 일은 잘 돼가고 있고, 잦은 정전에도 불구하고 신제품 아르첼릭 전기난로의 판매에는 이상이 없다고 말하며 그녀를 안심시키려 했지. 실은 집에서 기도를 올릴 수 있게 되어 행복했다네. 서점에서 기도 안내서를 샀어. 내 앞에 새로운 인생이 시작되고 있었지.

약간 제정신이 들자 어느 날 밤 순간적인 영감으로 위대한 시를 쓰게 되었어. 나의 모든 정신적 고뇌, 수치, 내 마음속에서 솟아나는 신에 대한 사랑, 평안, 교주의 신성한 계단을 처음으로 올라갔을 때의 느낌과 열쇠의 진정한 의미와 은유적 의미를 그 시에서 표현했지. 그 시는 완벽했어. 파히르가 번역한, 최근에 가장 인기 있는 서구 시인들의 시들보다 맹세코 수준이 떨어지지 않았어. 편지와 함께 그 시를 그에게 부쳤지. 6개월을 기다렸어. 당시 그가 발행하고 있던 잡지 《아킬레우스의 잉크》에는 게재되지 않더군. 기다리는 동안 난 세 편의 시를 더 썼어. 그것들도 두 달 간격으로 그에게 보냈어. 1년 동안 인내하며 기다렸지만 내 시는 한 편도 실리지 않았어.

그 시절 내 인생에서의 불행은, 자식이 없다는 것도, 이펙이 이슬람의 가르침에 대해 저항하는 것도, 세속적인 좌익 친구들이 내가 신자가 되었다고 나를 무시하는 것도 아니었어. 나처럼 흥분해서는 이슬람의 가르침으로 돌아간 많은 사례가 있었기 때문에, 그들은 특별히 나에 대해 신경을 쓰지도 않았지. 치명적인 것은, 이스탄불에 보낸 나의 시들이 게재되지 않았다는 점이었어. 매달 초 잡지가 나올 시점이 되면 시간이 아주 더디게 흘렀고, 매번 또 다음 달에는 게재될 것이라며 나 자신을 위안해야 했지. 내가 그 시들에서 표현한 것들의 실체는 오로지 서구 시들의 실체와 비교할 수 있는 종류의 것이었어. 터키에서 이것을 이해할 수 있는 사람은 오로지 파히르뿐일 거라고 생각했었지.

파히르에 대한 원망과 분노는 이슬람의 가르침이 내게 준 행복을 오염시키기 시작했어. 그즈음 나가기 시작한 사원에서 기도를 할 때면 파히르를 생각했지. 그 불행한 느낌을 주체할 수 없던 나머지, 어느 날 나의 고민을 교주에게 털어놓았어. 하지만 모더니즘 시가 무엇인지, 르네 샤르의 잘려진 문장도, 말라르메도, 주베르 시의 텅 빈 연(聯)의 고요함도 이해하지 못했어.

이는 교주에 대한 나의 믿음을 흔들어놓았지. 오래전부터 그가 내게 해준 것이라곤 '마음을 깨끗하게 가져라'라든가 '신의 사랑으로 이러한 압박에서 벗어나길 기원한다' 등과 같은 어구의 반복뿐이었어. 그의 가치를 하락시키고 싶지는 않아. 그는 단순한 사람은 아니야. 단지 그의 지식이 단순했던 것이지. 내가 무신론자였던 시기에 가지고 있던, 절반은 합리적이며 절반은 공리주의자인 악마가 내 마음속에서 나를 선동하기 시작했어. 나 같은 사람은 정치판에 끼어서, 나와 비슷한 사람과 정치 문제를 놓고 논쟁이나 벌이며 그 속에서 평안을 찾아야 한다고 말야. 이곳에, 이 지구당사를 오가는 것이 집회소보다 더 깊고 의미 있는 정신적 삶을 줄 거라고 생각했어. 마르크스주의를 지지하던 시기에 가입했던 정당 활동 경험이 있으니까, 종교와 영혼에 중요성을 부여하는 이 정당 활동에도 도움이 될 거라고 말야."

"어떤 점에서?"
카가 물었다.
정전. 긴 정적이 흘렀다.
무흐타르는 알 수 없는 목소리로 잠시 후 이렇게 말했다.
"전기가 나갔어."
카는 대답 없이 어둠 속에서 꼼짝 않고 앉아 있었다.

7

정치적 이슬람주의자라는 말은 서구인들과 세속주의자들이 우리에게 부여한 이름이다

지구당 사무실, 경찰서 그리고 다시 거리에서

아무 말 없이 어둠 속에 있는 것이 오싹하지 않은 건 아니었다. 하지만 카는 절친한 옛 친구를 만난 것처럼 밝은 데서 무흐타르와 이야기하는 어색한 느낌보다는 어둠 속이 편했다. 지금 무흐타르와 자신을 연결하는 유일한 끈은 이펙이었다. 카는 한편으론 어떤 형태로든지 이펙에 대해 언급하고 싶었지만, 다른 한편으로는 그녀를 사랑하게 되었다는 사실을 드러내는 것이 두려워졌다. 그는 또한, 무흐타르가 더 많은 이야기를 주절거린다면 지금 생각하고 있는 것보다 그가 더 바보처럼 여겨질 테고, 그러면 이펙에 대해서 간직하고픈 선망 같은 순수한 감정이 이런 남자와 수년 동안 결혼생활을 했다는 이유만으로 뿌리째 흔들릴 것 같아 두려웠다.

그래서 화젯거리가 떨어진 무흐타르가 옛 좌파 친구들과 독일로 도망간 정치 망명자들에 대한 이야기를 시작했을 때 카는 안도감을 느꼈다. 카는 웃으면서, 한때 여러 잡지에 제3세계에 대한 글을 썼던 말라트야 출신의 곱슬머리 투판이 미쳤다는 소문을 들었노라고 얘기해 주었다. 그를 마지막으로 본 것은, 슈투트가르트 중앙역에서 끝에 젖은 천을 매단 긴 막대를 들고 휘파람을 불며 바닥을 닦는 모습이었다. 무흐타르는 생각 없이 말을 함부로 해 혼이 나곤 했던 마흐뭇에 대해서도 물었다. 카는 그가 하이룰라 에펜디의 이슬람 원리주의 신도회에 합류했고, 한때 좌익 사상에 젖어 투쟁을 했던 그 열정으로, 지금은 독일에 있는 터키인 사원과 신도회들의 주도권 싸움에 휩쓸려 있다고 말했다. 또 다른 인물, 카가 또 미소 지으며 상기했던 사랑스런 슐레이만은 제3세계 정치 망명자들에게 팔을 벌린 어떤 교회 재단의 돈을 가지고 작은 트라운스타인 시에서 사는 것이 너무나 지루해, 감옥에 처넣어질 것을 뻔히 알면서도 터키에 귀국했다. 그들은 또, 베를린에서 운전기사를 하다가 의문의 살해를 당한 히크멧, 나치 장교의 나이 든 미망인과 결혼하여 함께 펜션을 운영하고 있는 파들, 함부르크에 있는 터키 마피아와 일해 부자가 된 이론가 타륵에 대해 이야기했다. 한때 무흐타르, 카, 타네르 그리고 이펙과 함께 인쇄소에서 막 나온 잡지들을 접었던 사둑은 지금 알프스에서 독일로 불법 노동자들을 이송하는 조직의 두목이 되어 있었다. 곧잘 삐치던 무하렘은 지하철 시스템이 냉전과 장벽으로 인해 정지되어 있는, 베를린의 유령 전철역 중 한 곳에서 가족과 함께 행복한 지하 생활을 하고 있다는 소문이 돌았다. 전차가 크뢰츠베르크와 알렉산데르플라트 역 구간을 빠르게 질주할 때, 객차에 타고 있는 은퇴한 터키 사회주의자들은 아르나붓쾨이를 지나갈 때마다 소용돌이치는 물속을 들여다보며, 자동차와 함께 사라진 전설적인 갱단에게 예를 표하는 이스탄불 도둑들처럼 경례를 했다. 객차에 있던 정치 망명자들은 서로를 알지는 못했지만, 사라진 전설적인 영웅에게 예를 표하는 동지를 곁눈질로 흘끗 쳐다보곤 했다. 카는 한때 정신에 관심을 갖지 않는다고 하며 좌익 친구들을 계속 비판했던 루히를 베를린의 객차에서 우연히 만났다. 그는 최저 임금을 받는 이민 노동자들에게 판매할 훈제 쇠고기가 든, 새로 나온 피자류 광고 효과를 조사하는 실험 대상이 되어 있었다. 카가 독일에서 알게 된 정치 망명자들 중 가장 행복했던 사람은 페르핫이었다. 그는 PKK에 들어가 열렬한 민족주의자처럼 터키항공 사무실들을 공격하고, 터키 영사관에 최루탄을 던질 때 CNN 방송을 타고, 어느 날 쓸 시를 상상하며 쿠르드어를 배우고 있었다. 무흐타르는 이상한 호기심을 갖고 다른 이름들에 대해서도 물었다. 카 역시도 오래전에 잊어버린 이름들이었지만, 그들이 많은 다른 사람들처럼 사라지거나, 소리 없이 살해당해 수로에 던져졌다는 풍문을 들은 적이 있었다.

옛 친구가 성냥불을 켜자, 카는 지역 당사에 있는 유령 같은 물건들, 낡은 탁자, 가스난로의 위치를 가늠할 수 있었다. 그는 창문으로 걸어가 내리는 눈을 감탄스레 바라보았다.

눈[雪]은 눈[目]을 즐겁게 하는 커다란 송이로 천천히 내리고 있었다. 느린 속도감, 풍만함 그리고 도시의 어디에서 온 것인지 확실치 않은 푸르스름한 빛 아래서 꽤나 확연해진 희디흰 색감에는 사람에게 평안과 믿음을 주는 강력한 어떤 것, 카를 감탄케 하는 우아함이 있었다. 카는 눈이 내리던 어린 시절의 저녁이 떠올랐다. 이스탄불에서도 한때 눈과 폭풍으로 전기가 나갔었고, 집에서는 카의 어린 심장을 빠르게 뛰게 하는 두려운 속삭임들, "신이 보호하시길!" 등의 기원들이 들렸었고, 카는 자신에게 가족이 있다는 것 때문에 행복을 느꼈었다. 카는 눈이 내리는 가운데 어렵사리 전진하는 마차를 끄는 말들을 슬프게 바라보았다. 어둠 속에서 말이 긴장하며 머리를 좌우로 흔드는 것만 겨우 알아볼 수 있었다.

"무흐타르, 에펜디 교주에게 아직도 가는 거야?"

"사데띤 에펜디? 가끔, 왜?"

"그가 너에게 뭘 주는데?"

"약간의 우정, 영구적인 것은 아니지만 약간의 이해. 그런 쪽으로는 지식이 풍부한 사람이야."

하지만 카는 무흐타르의 목소리에서 기쁨이 아닌 실망감을 느낄 수 있었다. 카는 말했다.

"난 독일에서 아주 고독한 생활을 하고 있어. 한밤중 프랑크푸르트 시내의 지붕들을 바라다보면 이 모든 세상 이 모든 삶이 공허한 것만은 아니고, 어떤 목적이 있을 거라는 생각을 하게 돼. 내 마음속 어딘가에서 어떤 소리를 들어."

"어떤 소리?"

카는 부끄러워하며 말했다.

"어쩌면 늙거나 죽는 것을 두려워하기 때문일 수도 있겠지. 내가 작가이고 카가 그 캐릭터라면, 나는 '눈은 카에게 신을 연상시킨다!'라고 썼을 거야. 정확한 표현인지는 모르겠어. 하지만 눈의 고요함은 나를 신에게 가까이 가게 만드는 것 같아."

무흐타르는 오도된 희망에 휩싸여, 카의 말이 끝나자마자 엉뚱한 억측을 하고 성급히 말을 던졌다.

"독실한 우파들인 이 나라의 무슬림 수구 세력들은, 무신론 좌익으로 살아온 나에게 그 세월 이후 위안이 되었어. 그들을 만나봐. 너를 따뜻하게 맞아줄 거야."

"정말로 그렇게 생각하는 거야?"

"일단 이 독실한 신자들은 겸손하고 부드럽고 이해심이 많아. 서구화된 사람들처럼 사람들을 지레 경멸하지도 않고. 정 많고, 본인들 스스로 상처가 많은 사람들이야. 너를 알게 되면 그들도 너를 좋아할 거야. 과격한 행동은 하지 않아."

카는 처음부터 알고 있었다. 터키에서 신을 믿는다는 것은, 가장 숭고한 사고 가장 위대한 창조자와 홀로 만나는 것이 아니라, 어떤 집단 어떤 단체에 들어가는 것에서 시작된다는 것을. 무흐타르는 신에 대해, 개인의 믿음에 대해 언급하지 않았다. 단지 종교 집단의 유용성에 대해 언급할 뿐이었다. 그것이 실망스러웠고, 그렇기 때문에 무흐타르를 높이 볼 수 없다는 생각이 들었다. 창문에 이마를 대고 밖을 보면서, 카는 자기 안의 어떤 본질적인 힘에 이끌려, 평상시라면 상상도 할 수 없었던 말을 무흐타르에게 꺼냈다.

"하지만 무흐타르. 내가 신을 믿기 시작하면 너는 나에게 더욱더 실망하고 날 경멸할 거라는 생각이 든다."

"왜?"

"서구화되고, 외롭고, 홀로 신을 믿는 개인은 널 두렵게 하지. 넌, 어떤 집단에 속한 무신론자를 홀로 신을 믿는 개인보다 더 신뢰할 수 있다고 생각하니까. 외로운 사람은 신을 믿지 않는 사람보다 가련하고 비참한 존재라고 생각하니까."

"난 외로워."

이 말이 얼마나 진실하게 들렸던지, 카는 그에게 어떤 적의와 동정심을 함께 느꼈다. 방에 내려앉은 어둠이 자신과 무흐타르에게 술에 취한 것 같은 특별한 감상에 젖게 한다는 생각이 들었다.

"내가 그런 사람이 될 리는 없겠지만, 내가 하루 다섯 번 기도를 하는 독실한 신사가 되는 것이 너를 두렵게 하는 진짜 이유를 알아? 나 같은 세속적인 무신론자들이 나랏일과 사업을 돌봐야 너 같은 사람이 비로소 종교나 단체에 전적으로 몰두할 수 있기 때문일 거야. 종교 외적인 일, 서양과의 사업 교류 그리고 정치를 온전히 잘 할 수 있는 무신론자의 근면함을 신임하지 않고서는 이 나라에서 맘 편히 기도를 할 수 없으니까."

"하지만 넌 그런 무신론자 사업가가 아니잖아. 네가 원할 때 널 교주에게 데리고 갈게."

"경찰들이 온 것 같군."

둘은 창문에 엉겨 붙은 얼음 사이로, 상가 건물 앞에 주차된 경찰차에서 눈을 맞으며 천천히 내리는 두 명의 사복 경찰을 조용히 바라보았다.

"카, 부탁이 있어. 잠시 후면 저 사람들이 위로 올라와 우리를 경찰서로 데리고 갈 거야. 너는 진술만 들은 후 풀어줄 거야. 그럼 호텔로 가. 밤에 호텔 주인인 투르굿 씨가 저녁 식사에 초대할 거야. 호기심 많은 딸들도 참석하겠지. 그때 이펙에게 이 말 좀 전해 주었으면 해. 내 말 듣고 있지? 이펙에게 내가 재결합을 원한다고 전해 줘. 이전에 그녀에게 몸을 가리고 다니고, 이슬람 관습에 따라 옷을 입으라고 했던 것은 나의 큰 실수였어. 말해 줘. 이제 다시는 근시안적이고 질투심 많은 시골 남편처럼 행동하지 않을 거라고 말야. 나의 행동이 후회되고 부끄럽다고 말야."

"전에도 이런 말을 했었어?"

"했었지, 하지만 효과가 없었어. 어쩌면 내가 복지당 지구위원장이 되었기 때문에 날 믿지 못하는 것 같아. 넌 이스탄불 아니 독일에서 온, 우리와는 다른 사람이야. 네가 말한다면 믿을 거야."

"복지당의 지구위원장인 마당에, 아내가 이슬람의 가르침을 따르지 않으면 정치계에서의 처신이 힘들어질 텐데?"

"난 나흘 후면 신의 허락으로 시장이 될 거야. 하지만 그것보다 더 중요한 것은 내가 후회하고 있다는 사실을 너를 통해 이펙에게 알리는 일이야. 난 여전히 감금되어 있을 테지만, 날 위해 이 일을 해 줄 수 있지?"

카는 순간 주저했다. 하지만 잠시 후, "그래."라고 대답했다.

무흐타르는 카를 껴안고는 볼에 입을 맞추었다. 카의 마음에 연민과 혐오 사이의 감정이 느껴졌다. 그리고 무흐타르만큼 순수하고 솔직하지 못한 자신을 경멸했다.

"이스탄불에 가면 이 시를 파히르에게 전해 주겠어? 조금 전에 언급했던 「계단」이야."

카가 어둠 속에서 시를 호주머니에 넣고 있을 때, 방으로 세 명의 사내가 들어왔다. 두 사람의 손에는 커다란 손전등이 들려 있었다. 그들은 유능하고 호기심이 많았다. 카와 무흐타르가 여기에서 무엇을 하고 있었는지 아주 잘 아는 것 같았다. 카는 그들이 국가 정보국에서 나온 사람들임을 직감했다. 하지만 그래도 카의 신분증을 보면서 이곳에 무슨 일 때문에 왔는지를 물었고, 카는 시장 선거와 자살한 여자들에 대해 기사를 쓰기 위해 왔다고 대답했다.

"당신 같은 사람들이 기사를 써대기 때문에, 자살들을 하는 것이오!"

그들 중 한 명이 말했다.

"아니오, 그렇지 않습니다."

카는 단호하게 말했다.

"그럼 무엇 때문이라는 거지?"

"불행하기 때문에 자살을 하는 겁니다."

"우리도 불행하지만 자살은 하지 않소."

그들은 손에 들고 있는 전등 빛을 비추며 캐비닛과 서랍들을 열어 안에 있는 것들을 책상 위에 쏟아 붓고는 연신 무엇인가를 찾았다. 무흐타르의 책상을 넘어뜨려 그 밑에 무기가 있는지 점검했고, 캐비닛들 중 하나를 앞으로 끌어당겨 그 뒤를 수색했다. 카에 대한 대우는 무흐타르보다는 나은 편이었다.

"사건을 목격하고도 왜 경찰서로 곧장 오시지 않고 이곳으로 오셨소?"

"여기에서 약속이 있었습니다."

"무슨 약속이었소?"

무흐타르가 사죄하는 듯한 투로 말했다.

"우린 대학 동창입니다. 그가 머무는 카르팔라스 호텔의 여주인은 내 아내이지요. 내 아내가 사건 발생 직전에 이곳 당사로 전화를 하여 만날 약속을 정했습니다. 정보원들이 우리 당의 전화를 도청하고 있으니 사실 여부를 확인할 수 있을 것입니다."

"우리가 전화를 도청한다는 것을 어떻게 알고 있소?"

"죄송합니다. 확실히 알지는 못합니다. 그저 추측했을 뿐입니다. 어쩌면 제가 오해했을 수도 있지요."

무흐타르는 당황하는 기색 없이 말했다.

카는 그에게 일말의 존경심마저 느꼈다. 그는 경찰이 거칠게 대하는 것도 유유자적 넘어갔고, 그들의 막된 행동과 무시를 침착하게 받아들였으며, 경찰과 정부의 매정함, 정전(停電), 진흙 투성이 도로도 자연스러운 것으로 받아들였다.

그들은 지구당 사무실을 오랫동안 수색하고, 캐비닛과 서류들을 흩트리고는 일부는 끈으로 묶어 자루에 넣었다. 그리고 수색일지를 쓴 후 카와 무흐타르를 경찰 차량에 태웠다. 경찰 차 뒷좌석에 죄지은 아이들처럼 나란히 앉아 있을 때 카는, 뚱뚱하고 늙은 개처럼 얌전히 올려놓은 무흐타르의 크고 하얀 손에서 자신이 가지고 있는 것과 똑같은 피해 의식을 보았다. 경찰 차량이 눈 덮인 카르스의 어두운 거리를 천천히 지났다. 오래된 아르메니아 저택의, 커튼이 반쯤 열린 창문에서 빛바랜 오렌지색 불빛이 새어나오고 있었다. 그들은, 비닐 봉투를 들고 얼음이 얼어 미끄러운 인도를 천천히 걸어가는 노인을, 유령처럼 외롭고 텅 빈 오래된 집들을 슬픔에 차 바라보았다. 밀렛 극장의 게시판에는 저녁에 있을 공연 포스터가 걸려 있었다. 생방송을 하기 위해 골목에서 방송 케이블을 끌어오고 있는 인부들은 여전히 작업 중이었다. 길을 봉쇄당한 버스가 머물고 있는 버스 터미널에는 초조한 기다림의 기운이 맴돌고 있었다.

물로 가득 찬 '눈보라'라는 이름의 장난감 안에 들어 있던, 확대되어 보이던 눈송이처럼, 길은 동화 속 같은 인상을 남기며 계속되었다. 운전사가 조심스레 그리고 아주 천천히 차를 몰았기 때문에 아주 짧은 거리였는데도 칠팔 분은 걸리는 것 같았다. 카의 눈은, 옆에 앉아 있는 무흐타르의 눈과 딱 한 번 마주쳤다. 옛 친구의 슬프고 고요한 시선을 통해 경찰이 무흐타르를 구타하리라는 것을 알 수 있었다. 자신에게는 손도 대지 않을 거라는 예감이 들자 안도감과 수치심이 동시에 밀려왔다.

몇 년이 지난 후에도 잊을 수 없었던 친구의 시선에서 카는 또 하나의 이야기를 읽었다. 그는 자신이 구타당할 만한 짓을 했다고 생각하고 있었다. 나흘 후에 있을 시장 선거에서의 승리를 확신하고 있음에도 불구하고, 그의 눈에는 자신의 믿음과 앞으로 벌어질 일들에 대해 뉘우치는 기미가 역력했다.

'나는 구타를 당할 거고 그래 마땅해. 내가 세상의 하고많은 곳을 마다하고 이 촌구석에 살기를 고수하기 때문이 아니라, 내가 여기서 다시 한 번 힘을 얻고 싶어하기 때문이야. 나는 그들이 내 자존심을 망가뜨리게 하지 않을 거야. 하지만 앞서 말한 사실을 나 자신이 알고 있어. 그래서 나는 너보다 열등한 존재라고 생각해. 제발 네 시선을 내 눈 속에 고정시키지 마, 네 눈을 통해 내 수치심을 보지 않도록 해줘.'

경찰은 눈으로 덮인 경찰청 마당에 차를 세웠다. 카와 무흐타르를 떼어놓지는 않았지만 아주 눈에 띄게 차별 대우를 했다. 카에게는 이스탄불에서 온 유명한 신문기자, 자신들에 대해 부정적인 기사를 써서 입장을 곤란하게 만들 수 있는 영향력 있는 사람, 그래서 협력할 준비가 되어 있는, 사건의 목격자 대우를 했다. 무흐타르에게는 '또 너냐!' 라는 식의 무시하는 듯한 행동과 분위기가 일관되게 이어졌다. 그들은 마치 카에게, '당신 같은 사람이 이런 자와 무슨 볼일이 있습니까?' 라는 식의 분위기를 만들어냈다. 카는 순진하게도 그들이 무흐타르를 무시하는 태도에서 그를 아둔하고(너에게 이 정부를 양도할 거라고 생각하냐!) 어리벙벙한 인간(먼저 네 인생이나 잘 건사하지 그러냐!)으로 취급한다고 여겼다. 하지만 그들이 암시하던 바는 아주 다른 내용이었다는 것을 아주 나중에야 고통스럽게 이해하게 되었다.

연구원장을 쏜 왜소한 살인자를 알아볼 수 있는지 확인하기 위해, 그들은 카를 기록 보관소로 데리고 가 백 장 가까이 수집한 흑백 사진들을 보여주었다. 거기에는 카르스는 물론이고 인근의 정치적 이슬람주의자들 중 경찰에 연금된 적이 있는 모든 사람들의 사진이 있었다. 대부분이 젊은이들이었고, 쿠르드족이었다. 시골 출신이나 실업자들도 있었고, 노점상인, 신학교 학생, 대학생, 교사 그리고 순니파 터키인들도 있었다. 카는 분노와 슬픔으로 경찰청 카메라를 쳐다보고 있는 젊은이들의 사진들 속에서, 카르스 거리에서 보냈던 하루 중에 우연히 마주친 두 젊은이의 얼굴을 알아보았다. 하지만 조금 더 나이가 들어 보이는 인상이었고, 몸집이 작았다고 생각되는 그 살인자를 흑백 사진에서 가려내는 것은 불가능했다.

다른 방으로 되돌아왔을 때 여전히 등받이가 없는 의자에 등을 구부리고 앉아 있는 무흐타르의 코에서는 피가 흐르고 있었고, 한쪽 눈에는 피가 고여 있었다. 무흐타르는 수치심으로 몸을 두어 번 떨고 난 뒤에 손수건으로 피를 닦았다. 정적이 흘렀다. 순간 카의 머릿속에는, 무흐타르가 나라의 빈곤과 아둔한 현실로 인해 느끼는 죄책감과 정신적 피해의식 따위가 이 구타로 정화되었다는 상상이 떠올랐다. 이틀 후 자신을 일생에서 가장 불행하게 만든 소식을 고통스럽게 접하기 직전, 이번에는 자신이 무흐타르의 처지로 전락해서야 카는 자신의 바보 같은 상상을 기억해 낼 터였다.

무흐타르와 눈이 마주친 후 1분이 지나 그들은 진술을 듣기 위해 카를 다시 방으로 데리고 갔다. 어린 시절 변호사였던 아버지가 일거리를 집으로 가져온 밤이면 탁탁거리는 소리를 내곤 했던, 레밍턴 상표의 오래된 타자기 기종을 사용하는 젊은 경찰에게 사건의 정황을 설명하고 있을 때, 그들이 무흐타르의 모습을 보여준 것은 자기를 겁주기 위해서였다는 생각이 들었다.

잠시 후 자유의 몸이 되었지만, 안에 남아 있는 무흐타르의 피투성이 얼굴이 한동안 눈앞에서 사라지지 않았다. 옛날에는 지방 도시의 보수적인 경찰들이 종교적 보수주의자들을 이렇게까지 쉽게 구타하지는 못했었다. 하지만 무흐타르는 모국당(母國黨) 같은 핵심 우익당 소속이 아니었다. 그는 급진적인 이슬람주의자가 되려는 정치 성향을 가지고 있었다. 모든 상황이 무흐타르의 개인적인 성격과도 관련이 있는 것 같았다. 그는 눈을 맞으며 오랫동안 걸었다. 오루드 대로의 끝자락에 있는 담벼락 밑에 앉았다. 가로등 불빛을 맞으며, 눈이 쌓인 언덕길에서 썰매를 타는 아이들을 구경하며 담배를 피웠다. 온종일 목격했던 빈곤과 폭력 때문에 피로가 밀려왔다. 하지만 이펙의 사랑으로 아주 새로운 인생을 시작할 수도 있을 거라는 희망이 마음속에서 꿈틀거리고 있었다.

잠시 후 카는 다시 눈 속을 걷고 있었다. 어느새 예니 하얏 제과점의 맞은편 인도에 있는 자신을 발견했다. 창이 깨진 제과점 앞에 서 있는 경찰 차량의 깜박거리는 암청색 경광등이 제과점을 구경하고 있는 군중들과 카르스의 땅 위에 신과 같은 인내력으로 내리고 있는 눈을 비추고 있었다. 카도 군중 사이로 들어갔다. 경찰들이 제과점의 늙은 종업원에게 여전히 무엇인가를 묻고 있었다.

누군가 두려워하는 듯한 행동으로 카의 어깨를 건드렸다.

"시인 카 맞지요, 그렇지요?"

커다란 초록색 눈을 한, 착한 아이 같은 얼굴의 젊은이였다.

"제 이름은 네집입니다. 저는 선생님이 선거와 자살한 여자들에 대해 《줌후리엣 신문》에 기사를 쓰기 위해 카르스에 왔으며, 많은 사람들과 만났다는 것을 압니다. 하지만 선생님이 만나야 할 중요한 사람이 한 명 더 있습니다."

"누구?"

"잠시 저쪽으로 좀 가실까요?"

카는 그 젊은이가 가장하고 있는 비밀스런 분위기가 마음에 들었다. 그들은 '세상에 둘도 없는 음료수와 살렘 차*를 파는' 현대식 가게 앞으로 갔다.

"선생님이 만나야 할 사람이 누구인지는 오로지 선생님이 그를 만나기로 결정을 하신 연후에야 말씀드릴 수가 있겠습니다."

"누구인지도 모르고 어떻게 그와 만날 결정을 내릴 수 있겠나?"

"그건 그렇습니다. 하지만 그 사람은 숨어 지냅니다. 왜, 누구를 피해 숨어 있는지는 선생님이 그를 만나기로 결정하기 전에는 말할 수 없습니다."

"알겠네. 그를 만나기로 하지."

카는 이렇게 말하고는 만화책에서 뛰쳐나온 것 같은 분위기로 덧붙였다.

"이게 무슨 함정은 아니겠지."

"사람을 믿지 못하면 인생에서 아무것도 할 수 없을 겁니다."

네집도 만화책에서나 등장할 법한 분위기로 말했다.

"자네를 믿지. 내가 만나야 할 사람이 누구지?"

"일단 그의 이름을 알게 되면 그를 만나야 합니다. 하지만 그가 숨어 지내는 곳은 비밀로 해야 합니다. 한 번 더 생각해 보십시오. 그가 누구인지 알고 싶으신가요?"

"그래. 자네도 날 믿게나."

네집은 마치 전설적인 영웅의 이름을 상기하듯 흥분하며 말했다.

"그 사람의 이름은 라지베르트입니다."

카가 아무 반응도 보이지 않자 그는 실망감을 감추지 못했다.

"독일에 계실 때 그분의 이름을 들어보지 못했나요? 그는 터키에

---

* 식용, 약용으로 쓰이는 난초과 구근. 이 구근으로 만든 차.

서 유명합니다."

"모르겠는걸. 난 그를 만날 준비가 됐어."

카는 진정시키는 듯한 어투로 말했다.

"하지만 전 그가 어디 있는지 모릅니다. 게다가 평생 한 번도 그를 보지 못했습니다."

순간 그들은 의심스럽게 미소를 지어 보이며 서로를 응시했다.

"다른 사람이 선생님을 라지베르트에게 데리고 갈 겁니다. 내게 주어진 임무는 선생님을 그에게 데려다 줄 사람과 만나게 해주는 겁니다."

그들은 큐축 캬즘베이 대로를 따라 작은 선거 깃발들과 포스터 사이를 걸어갔다. 카는 흥분을 잘하고 어린아이 같은 행동을 하는 마른 체구의 이 젊은이를 보고는 자신의 젊은 시절이 떠올라 그에게 친근감이 들었다. 문득 세상을 그의 눈으로 보고 싶었다.

"라지베르트에 대해 독일에서 어떤 얘기를 들으셨나요?"

"터키 신문에서 그가 정치적 이슬람주의자 투사라는 것을 읽었네. 그에 관해 다른 나쁜 내용들도 읽었고."

네집은 급히 카의 말허리를 잘랐다.

"정치적 이슬람주의자는 종교를 위해 싸울 준비가 되어 있는 우리 무슬림들에게 서양의 세속 언론이 부여한 이름입니다."

그리고 말을 이었다.

"선생님도 세속주의자입니다. 하지만 세속 언론들이 쓴 거짓말에 제발 넘어가지 마세요. 그는 아무도 죽이지 않았습니다. 무슬림 형제들을 변호하기 위해 갔었던 보스니아에서도, 러시아 폭격으로 인해 부상을 당했던 그로즈니에서조차도."

그는 카를 어떤 모퉁이에서 멈추게 했다.

"맞은편에 있는 가게가 보이시죠? 테브리이* 서점 말입니다. 그의 추종자들의 것이지요. 하지만 카르스의 모든 이슬람주의자들이 저기에서 만납니다. 모든 사람이 이 사실을 알고 있고, 물론 경찰도 알고 있어요. 점원들 중 스파이들도 있습니다. 저는 이슬람 신학고등학교 학생입니다. 우리는 저곳 출입이 금지되어 있습니다. 들어가면 규율을 위반한 벌을 받습니다. 하지만 제가 안에 있는 누군가에게 소식을 전하겠습니다. 3분 후에 빨간 모자를 쓰고 턱수염이 난, 키 큰 청년이 나올 겁니다. 그 청년의 뒤를 따라가세요. 골목 두 개를 지난 후에도 경찰이 따라붙지 않는 것 같으면, 청년이 선생님께 다가갈 겁니다. 그러고는 선생님이 가야 할 곳으로 데리고 갈 겁니다. 아셨나요? 신이 도우시길."

폭설 속에서 네집은 눈 깜짝할 사이에 사라졌다. 카는 마음속에서 그를 향한 사랑을 느꼈다.

---

* 터키어로 '소식'이라는 뜻.

8

자살하는 사람은
죄인이다

라지베르트와 뤼스템의 이야기

 카가 테브리이 서점 맞은편에서 기다리고 있을 때, 눈이 더욱더 많이 내리기 시작했다. 머리와 몸에 쌓이는 눈을 털며 기다리는 일이 지루해 막 호텔로 돌아가려고 하는데, 큰 키에 턱수염이 난 젊은이가 맞은편 인도에서 가로등 빛 아래로 걷고 있는 것이 눈에 들어왔다. 머리에 쓰고 있는 빨간 모자가 눈 때문에 새하얗게 변하는 것을 보자 그의 심장 박동은 빨라졌고, 그는 그를 따라가기 시작했다.
 그들은 모국당 시장 후보가 이스탄불을 모방해 오로지 보행자들만 다니게 하겠다고 약속한 캬즘 카라베키르 대로를 처음부터 끝까지 걸었다. 파익베이 대로로 접어들어 골목 두 개를 지나 오른쪽으로 돌아 역 광장에 도달했다. 광장 가운데에 있는 캬즘 카라베키르 동상은 눈 때문에 모습을 감추고, 어둠 속에서 커다란 아이스크림처럼 변해 있었다. 카는 턱수염의 젊은이가 역 건물로 들어가는 것을 보고는 뒤따라 뛰어갔다. 대합실에는 아무도 없었다. 젊은이는 플랫폼으로 나간 것 같았다. 플랫폼이 끝나는 곳에 이르자 어둠 속에서 젊은이가 보이는 것 같았다. 그는 두려움에 떨며 철로를 따라 걸었다. 이곳에서 한순간, 총에 맞아 살해된다면 봄이 올 때까지 아무도 그의 시체를 발견하지 못할 거라는 생각이 들던 찰라, 그 젊은이가 바로 코앞에서 얼굴을 내밀었다.

"우리 뒤를 따라오는 사람은 없어. 원한다면 바로 지금 마음을 돌릴 수 있어. 그렇지 않고 나와 함께 갈 거라면 입을 꼭 다물어야 해. 어떻게 이곳까지 오게 되었는지는 절대 입 밖에 내면 안 돼. 변절자들의 최후는 죽음이야."

하지만 마지막 말조차 카를 두렵게 하지는 못했다. 왜냐하면 그의 목소리가 우스울 정도로 가늘었기 때문이다. 그들은 철로를 따라 계속 걸었고, 창고를 지나, 장교 관사 바로 옆에 있는 야흐니레르 거리로 접어들었다. 가느다란 목소리의 젊은이는 카가 들어갈 아파트를 가리켜주었다. 그러고는 어떤 벨을 누를 것인지도 말해 주었다.

"어르신께 불손하게 행동하지 마! 그분의 말을 가로막지 말고, 일이 끝나면 지체하지 말고 떠나!"

추종자들 사이에서 라지베르트의 또 다른 별명이 '어르신'이라는 것을 카는 이렇게 해서 알게 되었다. 실상 카는 라지베르트에 대해, 그가 꽤 유명한 정치적 이슬람주의자라는 것 외에는 아는 것이 거의 없었다. 독일에서 발행되는 터키 신문에서 그가 몇 년 전에 살인 사건에 연루되었다는 내용을 읽은 적이 있었다. 사람들을 죽이는 정치적 이슬람주의자들은 많이 있다. 이들 중에는 유명한 사람이 없다. 라지베르트가 유명해진 것은, 그가 그다지 유명하지 않은 텔레비전 퀴즈 프로그램의 진행자를 죽였다는 소문이 돌면서부터였다. 그는 화려하고 현란한 옷을 입고, 노골적이며 수준 낮은 농담을 지껄이며, 잘난 척하며 '무식한 사람들'을 비하하는 발언을 즐기는 사람이었다. 얼굴에 점이 많고 촐싹거리기를 즐기던, 규네르 베네르라는 이름의 이 진행자는 생방송으로 진행되는 퀴즈 프로그램에서 가난하고 우둔한 참가자를 비꼬았는데, 도중에 말이 잘못 나와 예언자에 대해서 부적당한 발언을 했다. 졸면서 그 프로를 보던 몇몇 신실한 시청자들의 분노를 불러일으킨 이 농담이 잊혀져갈 무렵, 라지베르트가 이스탄불에 있는 모든 신문사에 편지를 보내, 그 진행자가 같은 프로그램에서 실언을 인정하고 사과를 하지 않으면 그를 죽이겠다는 협박을 쏟아 부었다. 이러한 종류의 협박에 익숙한 이스탄불 언론은 이 편지를 중요하게 여기지 않았다. 하지만 선동적인 세속주의자들의 편에 서 있던 그 텔레비전 채널에서, 무기를 든 정치적 이슬람주의자들이 얼마나 사나운가를 알리기 위해 라지베르트를 프로그램에 초대했다. 그는 협박을 과장하여 반복했다. 이 프로그램이 성공하자 그는 '손에 칼을 든 미친 이슬람주의자' 역할에 만족하며 다른 텔레비전 채널에서도 모습을 드러냈다. 검찰은 '생명 위협' 죄목으로 그를 수배했고, 자신이 처음으로 유명해지던 그 시기에 라지베르트는 숨어 지내야 했다. 그 사건이 여론의 관심을 불러일으킨 것을 본 규네르 베네르도 생방송 프로그램에서 의외의 열띤 반응을 보이며, "아타튀르크와 공화국의 적인 보수주의 변태들을 두려워하지 않는다."라고 말하며 도전장을 던졌다. 그는 어느 날 방송 때문에 간 이즈미르의 호화 호텔 방에서 프로그램에 나갈 때 입었던 물놀이 공무늬가 있는 형형색색의 넥타이로 목이 졸린 채 살해되었다. 라지베르트는 같은 날 같은 시간에 마니사에서 히잡을 쓴 여학생들을 지지하는 연설을 했다는 것이 입증되었음에도 불구하고, 그 사건과 그의 이름을 전국에 퍼뜨린 언론으로부터 도망치느라 계속 숨어 지내야 했다. 이슬람주의 언론의 일부도 정치적 이슬람을 유혈적 성격이 강한 것으로 보도했으며, 라지베르트는 세속 언론의 장난감이며 이슬람주의자에게 어울리지 않을 정도로 유명세와 매스컴을 좋아하는 CIA 스파이라는 식으로 그에게 공격을 가했다. 해서 라지베르트는 오랫동안 세상에서 모습을 감추었다. 이 사이 그가 세르비아에 대항해 보스니아에서, 러시아에 대항해 그로즈니에서 영웅적으로 싸웠다는 소문이 이슬람주의자들 사이에 퍼졌다. 하지만 이러한 것들이 거짓말이라고 말하는 사람들도 있었다.

라지베르트가 이 문제에 대해 어떻게 생각하는지 궁금한 사람들은 '나는 그 누구의 스파이도 아닙니다' 라는 제목을 단 이 책의 서른다섯 번째 장에서 "나의 사형이"로 시작되는 그 자신의 짧은 인생 이야기를 읽어보면 될 것이다. 하지만 우리의 등장인물이 그 부분에서 말한 것들이 모두 사실인지 확신할 수는 없다. 그에 관해 언급되는 꽤 많은 거짓말, 일종의 전설의 수준까지 이른 어떤 소문들은 라지베르트 자신의 비밀스런 분위기에서 만들어진 것들이다. 이후에 라지베르트의 종적이 묘연했던 이유는, 그를 처음 유명하게 만든 방법이 일련의 이슬람주의자들 사이에서 비판받기도 했거니와, 세속 시오니스트 부르주아 매스컴에 자주 모습을 드러내는 일을 자제해야 한다는 비판을 그 자신도 수긍했다고 해석할 수도 있을 것이다. 하지만 앞으로 우리의 이야기에서도 볼 수 있듯이, 실은 매스컴에 대고 말하기를 좋아하는 것이 라지베르트의 본모습이다.

그가 카르스에 왔다는 소문들은, 좁은 지역에서 순식간에 퍼지는 소문들이 다 그렇듯이 대부분 서로 앞뒤가 맞지 않았다. 어떤 이들은 라지베르트가 정부에 의해 공격받은, 디야르바크르에 근거지를 두고 있는, 이슬람주의 쿠르드족 단체의 카르스 내 기반을 다지고 그들의 비밀들을 보호하기 위해 왔다고 말했다. 하지만 실상은 위에서 언급된 단체의 지지자는 카르스 내에 한두 명 정도의 광신도밖에 없었다. 양쪽의 평화주의자와 좋은 관계를 유지하고 있는 투사들은, 최근에 동부 도시에서 시작하여 점점 그 세를 확대하고 있던 마르크스주의 쿠르드족과 이슬람주의 쿠르드족들 간의 전투를 약화시키기 위해 그가 왔다는 말을 하곤 했다. 이슬람주의 쿠르드족들과 마르크스주의 쿠르드 민족주의자들 간의 논쟁, 욕설, 구타, 길거리에서의 싸움으로 시작된 불화는 많은 도시에서 칼부림으로 변했고, 최근 몇 달 동안 양쪽 진영 모두가 서로에게 총질을 하거나 납치하여 고문을 동반한 취조를 했으며(양쪽 모두, 나일론을 녹여 살갗에 방울방울 떨어뜨리기, 고환 압박 같은 방법을 사용했다.) 서로를 죽이지 못해 안달이었다. 많은 사람들이 "정부에게 좋은 일!"이라고 했던 이 전쟁에 종지부를 찍을 비밀 중재인단을 돕기 위해 라지베르트가 마을마다 돌아다니며 점검을 하고 있다는 말도 있었다. 하지만 그의 적들이 말했던 것처럼 그의 어두운 과거사와 젊은 나이는 이 중대하고 어려운 임무에 적합하지 않았다. 젊은 이슬람주의자들은, 그가 카르스에 있는 텔레비전 방송국 세르핫 카르스에서 일하는 '전도양양한' 진행자와 디제이를 제거하기 위해 왔다는 소문도 퍼뜨렸다. 그는 부도덕한 농담과 이슬람에 대한 은근한 야유를 즐겼고, 번쩍거리는 의상을 입는 사람이었다. 이 때문에 하칸 외즈게라는 이름을 가진, 아제르바이잔 혈통의 그 진행자는 최근 프로그램에서 자주 신과 기도 시간에 대해 언급하기 시작했다. 라지베르트가 국제 이슬람 테러조직의 터키 책임자로 활동하고 있다고 상상하는 사람들도 있었다. 사우디아라비아의 지원을 받은 이 조직이 옛 소비에트 연방 국가들로부터 매춘을 위해 터키에 오는 수천 명의 여자들을 위협하기 위해 그들 중 일부를 죽이려 한다는 계획을 카르스에 있는 국가 정보국과 보안국에 알려주었다. 라지베르트는, 그가 자살하는 여성들, 히잡을 쓴 소녀들 혹은 시장 선거를 위해 카르스에 왔다는 종류의 소문들도 부인하지 않았다. 모습을 드러내지 않고 쌓여만 가는 풍문에 일일이 대응하지 않았기에, 신학고등학교 학생들이나 많은 젊은이들이 좋아하는 신비스런 존재로 부각되고 있었다. 그는 단지 경찰의 눈을 피하기 위해서가 아니라 이 전설적인 분위기를 깨트리지 않기 위해서라도 카르스 거리에 전혀 모습을 드러내지 않았고, 해서 그가 도시에 체류하고 있는 것이 사실인지에 대한 의심마저 들 정도였다.

카는 빨간 모자를 쓴 젊은이가 알려준 대로 벨을 눌렀다. 아파트 문을 열고 자신을 안으로 들인 키 작은 남자는 한 시간 반 전에 예니 하얏 제과점에서 연구원장을 총살한 사람이었다. 카의 심장이 빠르게 뛰기 시작했다.

"죄송합니다."

남자는 팔을 공중에 올리라는 모양을 해 보이며 말했다.

"최근 2년 동안 우리 어르신을 살해하려는 시도가 세 번이나 있었습니다. 몸수색을 좀 하겠습니다."

카는 대학 시절 몸에 밴 습관대로 몸수색을 당하기 위해 팔을 양쪽으로 벌렸다. 남자의 작은 손이 그의 셔츠 위와 등에서 무기를 찾으려고 세심하게 움직이고 있을 때, 카는 자신의 고동치는 심장 소리가 그에게 들릴까봐 두려웠다. 하지만 곧 심장의 박동수가 정상으로 돌아왔다. 그것은 카의 오해였다. 이 사람은 연구원장을 쏜 사람이 아니었다. 에드워드 G. 로빈슨을 연상시키는 이 사랑스러운 중년의 남자는 사람을 총으로 쏠 정도로 결단력이 있거나 강한 사람처럼 보이지 않았다.

카는 울기 시작하는 아기의 흐느낌과 아기를 다정하게 어르는 엄마의 달콤한 목소리를 들었다.

"신발을 벗을까요?"

카는 이렇게 물었다. 그리고 대답을 기다리지 않고 신발을 벗기 시작했다.

그때 두 번째 목소리가 들려왔다.

"우리는 이곳에 손님으로 있습니다. 집주인에게 폐가 되고 싶지 않군요."

카는 작은 현관에 또 다른 누군가가 있다는 것을 그제야 알아챘다. 그 사람이 라지베르트라는 것을 직감했음에도 불구하고, 한편으로 더 인상적인 만남을 기대하고 있었기 때문에 단정 짓지는 않았다. 그는 라지베르트의 뒤를 따라 흑백텔레비전이 켜져 있는 허름한 방으로 들어갔다. 손목까지 입에 넣고는, 기저귀를 갈며 쿠드어로 달콤한 말을 하는 엄마의 목소리를 심각하고 만족스럽게 경청하던 어린아이가, 먼저 라지베르트를, 이어 그 뒤를 따라오는 카를 바라보았다. 옛 러시아 집이 그러하듯이 복도는 없었다. 그들은 두 번째 방으로 들어갔다.

카의 모든 생각은 라지베르트에게 집중되어 있었다. 군인의 섬세함으로 손질된 침대, 세심하게 접어 베개 옆에 놓은 파란색 줄무늬 파자마, '에르신 전기(電氣)'라는 글씨가 적힌 재떨이, 베네치아 풍경을 담은 달력. 눈 속에 잠긴 카르스의 슬픈 불빛이 바라다 보이는 넓은 창문이 바깥을 향해 양쪽으로 활짝 열려 있었다. 라지베르트는 창문을 닫고 카를 향해 돌아섰다.

터키인에게는 드문 군청색(라지베르트) 눈동자였다. 머리칼은 밝은 갈색이었고, 턱수염은 없었다. 카가 생각했던 것보다 훨씬 더 젊었다. 피부는 놀랄 만큼 창백하고 새하얬으며, 코는 오뚝했다. 눈이 휘둥그레질 만큼 잘생긴 외모였다. 그에게는 자신감 있는 사람에게서 풍기는 어떤 매력이 있었다. 그의 태도, 행동, 모습에서는 세속 매스컴이 묘사한, 한 손에는 염주 다른 한 손에는 무기를 든 시골 출신의 공격적인 이슬람 원리주의자가 연상되지 않았다.

"난로가 방을 따스하게 덥힐 때까지 코트를 벗지 마십시오. 멋진 코트군요. 어디서 샀습니까?"

"프랑크푸르트에서 샀습니다."

"프랑크푸르트…… 프랑크푸르트."

라지베르트는 천장에 눈을 고정시키고는 생각에 빠졌다.

그는 자신이 종교에 입각한 국가 체제를 세우는 사상을 전파했기 때문에 '한때' 국가보안법 163조를 위반한 혐의로 처벌을 받았으며, 이 때문에 독일로 도망친 적이 있었다고 말했다.

정적이 흘렀다. 카는 호의적으로 행동하기 위해 무슨 말이든 해야 한다고 생각했다. 하지만 당혹스럽게도 아무 말도 머릿속에 떠오르지 않았다. 라지베르트 역시 자신을 진정시키기 위해 말을 하는 것 같았다.

"독일에 있을 때, 그 어떤 도시에 있는 무슬림 단체들을 방문하든지 간에 프랑크푸르트에서, 쾰른에서, 돔과 기차역 사이에서, 혹은 함부르크의 부촌에서, 어디서 걷든지 간에, 길에서 본 독일인을 머릿속에서 자동적으로 다른 사람들과 분리시켜 그에게 집중을 했습니다. 중요한 것은 내가 그에 대해 어떻게 생각하는지가 아니었습니다. 그가 나에 대해 어떻게 생각했는지를 상상하며 나의 옷차림, 나의 행동, 나의 걸음걸이, 나의 역사, 나는 어디에서 와 어디로 가는

지, 내가 누구인지를 그의 눈을 통해 보려고 노력했습니다. 이는 아주 끔찍한 느낌이었지요. 하지만 익숙해졌습니다. 나 자신을 비하하지 않았습니다. 나의 형제들이 얼마나 무시당하고 있는지를 알았습니다. 유럽인은 대부분 사람들을 비하하지 않습니다. 우리들이 그들을 보고 우리 자신을 비하하지요. 순례는 단지 집에서의 학대로부터 도망치기 위해서가 아니라 우리 영혼의 깊은 곳에 도달하기 위해 이루어집니다. 어느 날인가는, 용기를 내지 못해 조국을 떠나지 못하는 사람들과 공범자들을 구출하기 위해 돌아옵니다. 당신은 왜 돌아오셨습니까?"

카는 대답하지 않았다. 볼품없고 초라한 방, 페인트칠도 되어 있지 않고 흙이 벗겨진 벽, 천장에 달린 벌거벗은 전구의 강한 빛이 눈 속으로 들어와 그를 불안하게 만들고 있었다.

"질문들로 당신을 불편하게 하고 싶지는 않습니다."

라지베르트가 말했다.

"지금은 저 세상에 계신 몰라 카즘 엔사리가 티그리스 강가에 머물고 있을 때, 그와 부족들이 머물고 있던 곳으로 온 이방인들에게 던진 첫 번째 말은 이러했답니다. '만나서 반갑습니다. 당신은 누구를 위해 스파이 짓을 하십니까?'"

"《줌후리엣 신문》을 위해……."

"그 정도는 압니다. 하지만 이곳에 사람을 보낼 정도로 카르스에 관심을 갖는 것이 의심스럽군요."

"자원했습니다. 옛 친구인 무흐타르와 그 아내가 이곳에 있다는 소식을 들었지요."

"그들은 이혼했습니다. 모르고 있었습니까?"

라지베르트는 카의 눈 속을 자세히 들여다보며 카의 말을 정정했다.

"알고 있었습니다."

카의 얼굴은 새빨개졌다. 그 순간 그의 뇌리 속에 스쳐가는 모든 것을 라지베르트가 알아챘다는 생각이 들자 그가 혐오스러웠다

"경찰청에서 무흐타르를 구타했습니까?"

"그렇습니다."

"그가 맞을 짓을 한 건가요?"

라지베르트는 넌지시 떠보듯 말했다.

"물론, 아닙니다."

카는 당황하며 대답했다.

"그들은 왜 당신은 구타하지 않았습니까? 당신은 자신이 맘에 드십니까?"

"이유는 나도 모릅니다."

"그럴 리가 있나. 당신은 이스탄불 출신의 부르주아입니다. 피부와 시선을 보면 즉시 알 수 있지요. 어찌되었든 당신이 반드시 고위직에 끈이 있을 거라고들 생각했겠지요. 무흐타르에게는 그러한 관계나 힘이 없다는 것도 알고 있고. 무흐타르도 그들 앞에서 당신처럼 안전할 수 있기 위해 정치에 입문한 겁니다. 하지만 선거에서 승리한다고 하더라도, 고위직에 앉으려면, 정부가 때리는 매를 감내할 수 있는 사람이라는 것을 그들에게 증명해야 하지요. 어쩌면 기꺼이 만족하며 구타를 당했을 겁니다."

라지베르트는 웃지 않았다. 오히려 슬픈 기미가 보이는 듯했다.

"그 누구도 구타당하는 것을 만족스럽게 여기지는 않습니다."

카는 라지베르트 앞에 있는 자신이 평범하고 깊이 없는 사람처럼 느껴졌다.

라지베르트의 얼굴에서 이제 우리 일을 얘기하자는 듯한 표정이

나타났다.

"자살한 소녀들의 가족을 만났더군요. 왜 그들과 만났습니까?"

"어쩌면 그 문제에 대해 기사를 써볼 수 있을까 해서요."

"서양 언론에 말입니까?"

"그렇습니다. 서양 언론에."

카는 갑자기 우월감이 느껴져 희열이 생겨났다. 하지만 그 어떤 독일 신문에도 자신의 글을 실어줄 만한 지인은 없었다. 그는 후회를 하며 이렇게 덧붙였다.

"터키에서는《줌후리엣 신문》이지요."

"터키 신문들은 서양인들이 관심을 갖지 않으면 자국민의 빈곤과 고통에 관심을 갖지 않습니다. 빈곤이나 자살에 대해 언급하는 것은 그들에게 수치일 뿐이고, 구시대의 낡은 것으로 치부해 버리지요. 그러니까 선생은 선생의 글을 유럽에서 실어야만 할 것입니다. 하지만 내가 당신을 만나고 싶어한 것도 바로 이 때문입니다. 국내에서든 국외에서든 자살한 여자들에 대해 절대 쓰지 마십시오! 자살은 커다란 죄악입니다! 관심을 가질수록 이 병은 확산되지요! 특히 가장 최근에 자살한 소녀가 '히잡을 고수하기 위해 저항'을 했던 무슬림 여학생이라는 소문은 독보다도 더 치명적일 것입니다!"

"하지만 그건 사실입니다. 그 여학생은 자살하기 전에 몸을 청결히 한 후 기도를 했다고 하더군요. 히잡을 고수하기 위해 저항하는 여학생들도 그녀를 존경한다고 합니다."

"자살한 여학생은 무슬림이 아니었습니다! 그녀가 히잡을 위해 투쟁을 했다는 것도 사실일 리가 없어요. 이 거짓 기사를 퍼트린다면 소문만 더 무성해질 것입니다. 히잡을 위해 투쟁하는 무슬림 여학생들에 대해, 가발을 쓰는 가련한 여학생들에 대해, 그들이 경찰과 부모들의 압력에 얼마나 시달리고 있는지 말입니다. 이곳에 그 때문에 왔습니까? 그 누구도 자살을 선망하게 만들어서는 안 됩니다. 신의 사랑과 가족, 학교 사이에서 어찌할 바를 모르는 이 소녀들은 너무나 불행하고 너무나 외로워 모두 그 자살한 순교자를 모방하기 시작할 겁니다."

"주지사 보좌관도 카르스의 자살을 과장하지 말라고 말했습니다."

"주지사 보좌관은 왜 만났습니까?"

"하루 종일 따라다니며 불편하게 하지 말라고 말하기 위해서였지요. 경찰들을 만난 것도 같은 이유고."

"그들은 '학교에서 쫓겨난 히잡 착용 여학생들 자살하다' 라는 기사를 아주 만족스럽게 받아들일 것입니다!"

"난 내가 아는 대로 쓸 뿐입니다."

"그 말은 세속주의자 주지사뿐만 아니라, 나에게도 해당되는 사항이겠군요. '세속주의자 주지사도, 정치적 이슬람주의자도 여학생들의 자살이 기사화되는 것을 원치 않는다!' 라는 말을 하고 싶은 겁니까?"

"그렇습니다."

"그 여학생은 학교에 들여 보내주지 않았기 때문이 아니라, 사랑 문제 때문에 자살했습니다. 사랑 때문에 자살한 평범한 사건에 대해 '히잡 착용 여학생들의 투쟁 그리고 그녀가 범한 죄' 라는 식으로 기사를 쓴다면 신학고등학교 젊은 이슬람주의자들이 당신에게 아주 분노할 겁니다. 카르스는 작은 도시이니까요."

"여학생들 본인에게도 한번 묻고 싶군요."

"그렇게 하십시오! 히잡 착용을 고수하다가 겁을 먹고 자살을 하고는 죄인으로 죽었다는 내용이 독일 신문에 등장하길 원하는지 여학생들에게 직접 물어보십시오."

"그러겠습니다!"

카는 당당하게 말했다. 하지만 두려웠던 것도 사실이다.

"선생을 부른 이유가 또 한 가지 있습니다. 조금 전 연구원장이 모든 사람이 보는 앞에서 사살되었습니다. 이는 히잡 착용 여학생들에게 정부가 가한 압력에 대한 무슬림들의 분노의 결과입니다. 하지만 이 사건은 정부가 선동을 목적으로 조작한 것입니다. 가련한 연구원장을 동포들을 억압하는 데 이용한 후 미친놈을 시켜 죽어버리고는, 무슬림들에게 죄를 뒤집어씌우려는 거지요."

"그 사건을 타당한 결과라고 보는 겁니까, 아니면 잘못되었다고 보는 겁니까?"

카는 마치 진짜 신문기자라도 되는 것처럼 날카롭게 물었다.

"내가 카르스에 온 것은 정치적인 목적이 아닙니다. 난 자살이 확산되는 것을 막기 위해 카르스에 왔을 뿐입니다."

그는 갑자기 카의 어깨를 잡고 자신 쪽으로 당긴 후 두 뺨에 입을 맞추었다.

"당신은 수많은 세월을 시 쓰는 고통으로 살아온 수도승입니다. 억압당하는 무슬림들에게 나쁜 짓을 하는 사람들의 도구가 되지는 않을 것이라 믿습니다. 내가 선생을 신뢰하는 것처럼 당신도 나를 신뢰했고, 이 눈 속을 헤치고 여기까지 왔습니다. 당신에게 고마움을 표시하기 위해 교훈이 담긴 이야기를 하나 해드리지요."

그는 반은 배우처럼 반은 진지한 분위기로 카의 눈을 뚫어지게 쳐다보았다.

"해드릴까요?"

"하십시오."

"아주 오랜 옛날 이란에 그 누구와도 비교할 수 없는 영웅이자 지칠 줄 모르는 전사가 있었습니다. 모든 사람들이 그를 알고 좋아했지요. 그를 좋아한 사람들처럼 우리도 그를 뤼스템이라고 부릅시다. 어느 날 뤼스템이 사냥을 하다가 길을 잃었습니다. 밤에 잠을 자다가 말까지 잃어버리고 말았지요. 말의 이름은 락쉬였는데, 말을 찾아 돌아다니다가 적의 땅인 투란으로 들어가고 말았습니다. 하지만 그의 명성이 그보다 먼저 그곳에 갔던 터라 사람들은 그를 알아보고는 환대했지요. 투란의 샤는 그를 손님으로 맞아들여 잔치를 베풀었습니다. 잔치가 끝나고 그가 방으로 돌아가자 샤의 딸이 방으로 찾아와 그에게 사랑을 고백했지요. 그리고 그의 아이를 갖고 싶다고 말했습니다. 그녀는 미모와 화술로 그를 현혹시켜 사랑을 나누었답니다. 아침에 뤼스템은 태어날 아이에게 줄 징표로 팔찌를 남겨두고 자신의 나라로 되돌아갔습니다. 태어난 아이는, 이름이 수흐랍이었으니 우리도 그렇게 부릅시다, 세월이 흐른 후 어머니로부터 자신의 아버지가 전설적인 전사 뤼스템이라는 말을 듣고는 이렇게 말했답니다. '이란에 가겠습니다. 포악한 이란의 샤 케이카부스를 폐위시킨 후 아버지를 왕위에 오르시도록 하겠습니다. 그리고 나서 이곳 투란으로 돌아오겠습니다. 그리고 케이카부스처럼 포악한 투란 왕 에프라시얍을 폐위시키고 그 자리에 제가 앉겠습니다! 그래서 아버지 뤼스템과 저는 이란과 투란 그러니까 전 세계를 공정하게 다스리겠습니다!' 순진하고 마음씨 좋은 수흐랍은 이렇게 말했지만, 적들이 자신보다 더 음흉하고 간교하다는 것을 모르고 있었지요. 투란의 샤 에프라시얍은 수흐랍의 속마음을 알면서도 이란과 전쟁을 하려는 의도로 그를 지지했지요. 하지만 그가 아버지를 알아보지 못하도록 그의 군대에 스파이들을 투입했습니다. 술수, 속임수, 운명의 장난 그리고 숭고한 신의 비밀스런 우연 끝에, 전설적인 뤼스템과 아들 수흐랍은 군대를 이끌고 전쟁터에 나갔습니다. 하지만 둘 다 갑옷을 입었기 때문에 서로를 알아보지 못하고 대적을 했답니다. 갑옷을 입은 뤼스템은 상대 용사가 온 힘을 모으지 못하도록 자신의 모습을 감추었지요. 오직 아버지를 이란의 왕위에 앉히는 것이 목표였던 아이 같은 수흐랍도 자신이 대적하는 상대가 누구인지는 신경조차 쓰지 않았습니다. 이렇게 해서 두 명의 착한 영혼을 지닌 위대한 전사 아버지와 아들은, 군사들을 뒤로한 채 칼을 빼들며 앞으로 나갔습니다."

라지베르트는 입을 다물었다. 그는 카의 눈을 바라보지 않고 아이처럼 이렇게 말했다.

"수백 번 읽은 이야기인데도 이 부분에 오면 소름이 끼치고 심장이 뛰기 시작합니다. 이유는 모르겠지만 아버지를 죽여야 하는 운명에 처한 수흐랍과 나 자신을 동일시하게 됩니다. 누가 아버지를 죽이길 원하겠습니까? 어떤 영혼이 이 죄의 고통, 이 죄의 짐을 견디낼 수 있겠습니까! 게다가 나와 동일시되는 아이 같은 마음을 지닌 수흐랍! 아버지를 죽여야 한다면, 그나마 가장 좋은 것은 그가 아버지라는 사실을 알아채지 못하고 죽이는 것이지요.

내가 이런 생각을 하고 있을 때, 갑옷으로 무장한 두 용사는 결투를 하기 시작했습니다. 몇 시간 동안 대결이 이어졌지만 승부가 나지 못하고, 서로 피와 땀으로 범벅이 되어 뒤로 물러섰지요. 이 첫째 날 밤 난 수흐랍 만큼이나 그의 아버지에게 골몰하기 시작했지요. 그리고 이야기를 읽을 때마다 마치 처음 읽는 것처럼 흥분해서, 서로 상대를 이기지 못하는 아버지와 아들이 어떤 식으로든지 상황을 극복해 낼 거라고 긍정적인 상상을 하곤 합니다.

두 번째 날 다시 군대는 마주 보며 정렬을 합니다. 다시 갑옷으로 무장한 아버지와 아들이 앞으로 나와 혹독하게 맞붙기 시작했지요. 기나긴 결투가 있은 후 그날의 행운의 여신은, 혹은 행운이라는 게 이것일까요, 수흐랍의 손을 들었습니다. 그는 뤼스템을 말에서 떨어뜨렸습니다. 수흐랍이 검을 빼들고 아버지에게 치명적인 타격을 막 가하려 할 때 사람들이 달려와 이렇게 말했답니다. '이란에서 적의 목을 단번에 치는 것은 전통이 아닙니다. 그를 죽이지 마십시오. 애송이 같은 행동이 될 겁니다.' 이에 수흐랍은 아버지를 죽이지 않았습니다.

이 부분을 읽을 때 나는 항상 혼란스럽습니다. 내 마음은 수흐랍을 향한 사랑으로 가득 찹니다. 신이 부자(父子)를 위해 적합하다고 생각한 운명의 의미는 무엇일까요? 내가 호기심에 가득 차 기다렸던 세 번째 날의 결투는 기대와는 달리 한순간에 끝이 납니다. 뤼스템은 수흐랍을 말에서 떨어뜨리고 단번에 검으로 수흐랍의 가슴을 찔러 죽입니다. 사건의 진행은 공포스러운 만큼이나 놀랍습니다. 팔찌를 보고 자신이 죽인 사람이 아들이라는 것을 안 뤼스템은 무릎을 꿇고 피투성이가 된 아들의 시체를 껴안고는 통곡합니다.

이 부분에 다다르면 난 매번 울지 않을 수 없습니다. 뤼스템의 고통을 나누기보다는 가련한 수흐랍의 죽음의 의미를 이해하기에 그렇습니다. 아버지에 대한 사랑으로 전쟁을 감행한 수흐랍을 자신의 아버지가 죽입니다. 그러다 착한 아이 같은 수흐랍의 아버지를 향한 사랑에서 느꼈던 나의 설렘은, 더 깊고 성숙한 감정, 규율과 전통을 지키는 뤼스템의 침통한 고통으로 대체됩니다. 이야기 내내 지속된 나의 사랑과 선망하는 마음은 반항적이며 개인적인 수흐랍에게서, 힘 있고 강하며 책임감 있는 뤼스템에게로 향하지요."

라지베르트가 순간 아무 말을 하지 않자, 카는 이야기를, 더욱이 평범한 이야기를 이렇게나 신념에 차 설명할 수 있는 그에게 질투심을 느꼈다.

"하지만 내가 이 이야기를 들려드린 까닭은, 이 아름다운 이야기로 인해 내 인생이 얼마나 의미 있게 되었는지를 말하기 위해서가 아니라, 이 이야기가 잊혀졌다는 사실을 말하기 위해서입니다. 적어도 그 기원이 천 년은 지났을 이 이야기는 피르다우시의 『왕서』에 수록되어 있습니다. 한때 타브리즈에서 이스탄불까지, 보스니아에서 트라브존까지 수백만 명의 사람들이 이 이야기를 알고 있었고, 이를 기억하며 삶의 의미를 이해하곤 했지요. 오늘날 서구 사람들이 아버지를 죽이는 오이디푸스를, 맥베스의 왕위와 죽음에 대한 집착을 생각하는 것처럼 말이지요. 하지만 지금은 서양에 대한 선망 때문에 이 이야기를 잊었지요. 교과서에서는 옛 이야기들이 사라졌어요. 이스탄불에는 이제 『왕서』를 살 수 있는 서점조차 없습니다! 왜 그럴까요?"

그들은 잠시 침묵했다.

"선생은 지금 이렇게 생각하고 있을 겁니다. '이 이야기가 너무 아름다워서 사람들을 죽이는 것일까?' 그렇지요?"

"모르겠습니다."

"생각해 보십시오, 그렇다면."

라지베르트는 이렇게 말하고는 방에서 나가버렸다.

9
죄송합니다만, 무신론자십니까?

자살하고 싶지 않은 불신자

라지베르트가 갑자기 방에서 나가자 카는 한동안 주저했다. 처음에는 라지베르트가 곧 되돌아올 거라고 생각했다. "생각해 보십시오!"라고 했던 문제를 묻기 위해서라도 말이다. 하지만 상황이 그렇게 되지는 않으리라는 것을 곧 이해하게 되었다. 그는 폼 나게, 약간 이상한 형태이기는 했지만 카에게 어떤 메시지를 주었던 것이다. 혹은 일종의 협박이었을까?

하지만 카는 위험을 느꼈다기보다는 자신이 이 집에서 이방인처럼 느껴졌다. 바로 옆방에 있던 엄마와 아기가 보이지 않았다. 그가 밖으로 나오는 것을 본 사람은 아무도 없었다. 그는 어서 빨리 계단을 내려오고 싶은 심정뿐이었다.

눈이 너무나 천천히 내려, 마치 눈송이들이 공중에 매달려 있는 것처럼 보였다. 시간이 멈춰버린 것 같은 인상을 주는 느린 느낌이었다. 그런데 웬일인지 카는 많은 것이 변했고 많은 시간이 흐른 것만 같았다. 라지베르트와 만났던 시간은 단지 이십 분이었는데 말이다.

철길을 따라 걸었고, 쌓인 눈 때문에 마치 거대한 하얀 구름 같아 보이는 창고 옆을 지나 역으로 들어갔다. 더럽고 텅 빈 역사 안을 지날 때, 끝이 말린 꼬리를 호의적으로 흔드는 개 한 마리가 자신에게 다가오는 것을 보았다. 이마에 동그랗게 하얀 점이 있는 검은 개였다. 세 명의 젊은이가 개에게 시밋*을 주고 있었다. 그중 한 명은 네집이었다. 그는 제일 먼저 뛰어서 카의 곁으로 와 말했다.

"학교 친구들이, 당신이 이곳을 지나가리라는 것을 내가 어떻게 알았는지 눈치 채지 못하게 해주세요. 저의 제일 친한 친구가 당신에게 아주 중요한 문제에 대해 질문이 있답니다. 바쁘지 않으시면 파즐에게 잠시 시간을 내주시면 좋겠습니다만."

"그러지."

카는 두 젊은이가 앉아 있는 벤치를 향해 걸었다.

그들 뒤에 붙은 포스터들에서 아타튀르크는 철도의 중요성을 상기시키고 있었고, 정부도 자살하고 싶어하는 소녀들에게 겁을 주고 있었다. 젊은이들은 일어서 카와 악수를 했다. 하지만 그들은 주춤거리고 있었다.

"파즐이 질문하기 전에 메숫이 먼저 자신이 들은 이야기를 할 겁니다."

"아니야, 말하지 않을 거야. 나 대신 네가 설명하면 안 될까?"

메숫이 흥분하며 말했다.

네집이 하는 이야기를 들으며, 카는 더럽고 반쯤 그늘진 빈 역사

---

* 깨가 뿌려진 동그란 고리 모양의 빵.

에서 신이 나게 뛰어다니고 있는 검은 개를 구경했다.

"이것은 이스탄불에 있는 이슬람 신학고등학교에서 일어난 일입니다. 저도 그냥 들은 이야기입니다. 변두리 마을에 있는 별 볼일 없는 이슬람 신학고등학교의 교장이 공적인 일로 이스탄불에 갔는데, 텔레비전에서나 볼 수 있는 신축 고층 빌딩에 들어갔지요. 커다란 엘리베이터를 탔는데, 키가 크고 젊은 남자가 타고 있었다고 합니다. 그는 교장 곁으로 오더니 손에 들고 있던 어떤 책을 교장에게 보여주었습니다. 그리고 호주머니에서 자개 손잡이가 달린 종이칼을 꺼내어 무슨 말인가를 했다고 합니다. 교장은 19층에 도착했습니다. 그런데 그 이후로 이상한 일이 생겼습니다. 죽음이 두려워지고, 아무것도 하고 싶지 않고, 계속 엘리베이터에서 만난 남자만 생각이 났다는군요. 그는 종교가 전부인 사람이었기 때문에 자신의 문제에 대한 해결책을 찾고자 제라히 집회소로 갔습니다. 유명한 교주는 그의 마음속 상황에 대한 이야기를 아침까지 들은 후 진단을 내렸습니다. '신에 대한 믿음을 잃었군. 게다가 그 사실을 깨닫지도 못하면서, 그것을 자랑스러워하기까지 하는군! 이 병은 엘리베이터에 있던 그 남자에게서 전염된 거야. 자네는 신을 믿지 못하는 사람이 되어버리고 말았어.' 교장은 눈물을 흘리며 상황을 부인하려고 했지만, 여전히 정직한 가슴 속 한편에서는 교주가 한 말이 맞다는 생각이 들었습니다. 여고생들을 희롱하는가 하면, 학생들의 어머니와 단 둘이 남아 있고 싶은 생각이 들었으며, 평소 질투하고 있던 어떤 선생의 돈을 훔치고 있는 자신을 발견했다고 합니다. 게다가 이런 죄를 저지르면서도 교장은 자신이 자랑스러웠다고 합니다. 그는 학교의 모든 사람을 모아놓고는, 사람들은 맹목적인 믿음과 엉터리 같은 관습 때문에 자유를 잃었다며, 사람은 누구나 모든 것을 할 자유가 있다고 말했습니다. 그는 말하는 중간 유럽 단어를 자주 사용했고, 훔친 돈으로 최신 유행하는 유럽 스타일의 옷을 사 입었다고 합니다. 사람들을 '시대에 뒤떨어졌다.'라고 비난하면서 말입니다.

상황이 이렇게 되자, 학교에서는 학생들이 반 친구들을 능욕하는 사태가 생겨나기 시작했고, 늙은 코란 선생을 구타하는 등 반란이 시작되었답니다. 교장은 눈물을 흘리며 자살을 할까 생각도 했지만, 이를 실행에 옮길 만큼의 용기가 없었기 때문에 누군가가 자신을 죽이기를 기다리고 있었다지요. 이러한 목적으로 그는, 학교에서 가장 신실한 학생들 옆에서 우리 예언자에게, 당치도 않게, 욕설을 퍼부었다고 합니다. 하지만 사람들은 그가 정신이 나갔다고 여겼기 때문에 그가 원하는 조치를 취하지 않았습니다. 그는 거리에 나가, 당치도 않게, 신은 없다고, 이슬람 사원은 디스코텍으로 업종을 변경해야 하며 우리 모두는 오로지 기독교인이 되어야 서구인들처럼 부유하게 될 거라고 말하기 시작했답니다. 무슬림 청년들이 그를 쏴 죽이려고 했지만 그는 숨을 수밖에 없었답니다. 절망과 자살 충동에서 해결책을 찾지 못하자, 그는 문제의 그 고층 건물을 찾아갔습니다. 엘리베이터에서 예의 그 남자를 만났습니다. 그 남자는 교장에게 일어난 모든 일을 안다는 듯한 눈길로 미소를 지었답니다. 그러고는 손에 들고 있던 책의 표지를 보여주었다고 합니다. 무신론자의 해결책은 그곳에 있다고 하면서. 교장은 떨리는 손으로 책을 집으려고 했는데, 그만, 그 키 큰 남자가 엘리베이터가 멈추려는 순간, 자개 손잡이가 달린 종이칼로 교장의 가슴을 찔렀답니다."

이야기가 끝날 즈음 카는 이와 비슷한 이야기가 독일에 있던 터키 이슬람주의자들 사이에서 회자되었다는 것을 기억해 냈다. 네집은 이야기의 마지막에 나오는 비밀스런 책에 대해서는 모호하게 처리

했다. 하지만 인간을 무신론으로 끌고 갈 작가들로, 카가 전혀 들어본 바 없는 두 명의 유대인 작가와 정치적 이슬람의 주요한 적들이기도 한 몇 명의 칼럼니스트들의 이름을 언급했다. 그중 한 명은 3년 후에 저격당했다.

"악마의 꾐에 빠진 무신론자들은 이 이야기에 나오는 불행한 교장처럼, 행복과 평안을 찾으며 우리 주위를 돌아다니고 있습니다. 선생님도 이 관점에 동의하십니까?"

메슷이 물었다.

"모르겠네."

"어떻게 모를 수가 있지요?"

메슷은 약간 화를 내며 말했다.

"당신은 무신론자가 아닙니까?"

"모르겠네."

"그렇다면 이걸 말해 주세요. 이 세상 모든 것, 밖에서 펄펄 내리는 저 눈을 숭고한 신이 창조했다고 믿습니까, 믿지 않습니까?"

"눈은 내게 신을 연상시키네."

"알겠습니다, 하지만 눈을 신이 창조했다고 믿습니까?"

정적이 흘렀다. 검은 개가 플랫폼으로 통하는 문으로 뛰쳐나가, 네온 가로등의 희미한 불빛 아래에서 눈을 맞으며 신나게 뛰고 있었다.

"대답을 하지 못하는군요. 신을 알고 사랑한다면 그의 존재에 대해 절대 의심하지 않습니다. 그러니 당신이 무신론자라는 것을, 하지만 이를 말하는 것을 주저한다는 의미가 되겠지요. 이미 우리는 알고 있었습니다. 파즐을 대신하여 이것도 물어보고 싶습니다. 이야기에 나오는 무신론자처럼 당신도 고통을 느낍니까? 자살을 원합니까?"

"아무리 불안하다고 해도 자살한다는 것은 두렵게 느껴지네."

"어떤 이유에서입니까? 인간이 존엄한 창조물이라는 이유로 정부가 자살을 금지했기 때문인가요? 인간은 걸작이라는 잘못된 해석 때문인가요. 왜 자살하는 것이 두려운지 제발 말씀해 주세요."

파즐이 말했다.

이에 네집이 말했다.

"제 친구들의 강요를 호의적으로 봐주세요. 이 문제는 파즐에게 아주 특별한 의미가 있습니다."

"불안감 그리고 불행을 참지 못하기 때문에 자살을 하고 싶지 않으신가요?"

파즐이 물었다.

"아닐세."

약간 화를 내며 카가 대답했다.

"제발 숨기지 마세요. 당신이 무신론자라고 해도 해를 입히지는 않을 겁니다."

메숫이 말했다.

팽팽한 긴장감이 흘렀다. 카는 일어섰다. 자신이 두려움에 휩싸이고 있음을 내색하고 싶지 않았다. 그는 걸었다.

"가시나요? 제발 가지 마세요."

파즐이 말했다. 카가 발걸음을 멈추자 그는 아무 말도 하지 못하고 가만있었다.

네집이 말했다.

"파즐 대신 제가 설명하겠습니다. 우리 셋 모두는 믿음을 위해 인생을 내건 '히잡 착용 소녀'들을 사랑하고 있습니다. 세속 언론은 그녀들을 그렇게 지칭하지요. 우리들에게 있어 그녀들은 무슬림 처녀들일 뿐입니다. 무슬림 여성들은 믿음을 위해 인생을 걸어야 합니다."

"남자들도 그렇고."

파즐이 말했다.

"물론이지. 난 히즈란을 사랑합니다. 메슛은 한데를 사랑하고, 파즐은 테스리메를 사랑했었습니다. 하지만 테스리메는 죽었습니다. 혹은 자살했습니다. 하지만 우린 믿음을 위해 모든 인생을 바칠 준비가 되어 있는 무슬림 처녀들이 자살을 할 수 있다고 믿지 않습니다."

네집이 말했다.

"어쩌면 그녀는 자신이 당한 고통을 견딜 수 없었을 수도 있어. 그녀의 가족은 히잡을 벗으라고 압력을 가했고, 학교에서도 쫓겨났다고 하더군."

"어떠한 압력도 진정으로 신실한 사람이 죄를 범할 만큼의 무게는 되지 못합니다. 우리들은 아침 기도 시간을 놓치면 죄를 지었다는 생각에 밤잠을 이루지 못합니다. 사원에 더 이른 시간에 뛰어나가기 위해 늘 노력합니다. 이러한 열정으로 믿는 사람은 죄를 범하지 않기 위해 모든 것을 합니다. 필요하면 산 채로 피부 가죽이 벗겨지는 것도 감수하지요."

네집이 말했다.

이때 갑자기 파즐이 끼어들었다.

"당신이 테스리메의 가족과도 만났다는 걸 알고 있습니다. 가족은 그녀가 자살했다는 것을 믿고 있습니까?"

"믿고 있던걸. 어머니 아버지와 함께 「마리안나」를 보고 나서, 몸을 정결히 한 후 기도를 드렸다고 하더군."

"테스리메는 연속극을 보지 않아요."

파즐이 조용하게 말했다.

"그녀를 아나?"

"개인적으로는 알지 못하고 말도 해보지 못했습니다. 먼발치에서 한 번 보았을 뿐입니다. 물론 이슬람의 가르침에 따라 온 몸을 가리고 있었습니다. 하지만 한 영혼으로서는 그녀를 알고 있습니다. 사람은 그가 가장 사랑하는 사람에 대해 잘 압니다. 나는 나 자신처럼 그녀를 내 마음속에서 느끼고 있었습니다. 내가 알고 있는 테스리메는 자살하지 않습니다."

파즐이 말했다.

"어쩌면 자네가 그녀를 충분히 모르고 있을 수도 있어."

"어쩌면 테스리메의 살인자를 은닉하라고 서구인들이 당신을 이곳에 보냈을 수도 있겠군요."

메슛이 무례하게 말했다.

"아니야, 아니야. 우리는 선생님을 믿습니다. 어른들께서 선생님은 수도승이며 시인이라고 말씀하셨습니다. 선생님을 믿기 때문에 우리를 아주 불행하게 만드는 이 문제에 대해 묻고 싶었던 것입니다. 파즐이 메슛 대신 용서를 청할 것입니다."

네집이 말했다.

"죄송합니다."

이렇게 말하는 파즐의 얼굴은 새빨갛게 상기되어 있었다. 그의 눈에 갑자기 눈물이 어렸다.

메슛은 화해의 순간에 조용히 있었다.

네집은 이렇게 말했다.

"파즐과 저는 의형제입니다. 우리는 같은 순간에 같은 것을 생각합니다. 서로 무엇을 생각하는지도 압니다. 저와는 반대로 파즐은 정치에 전혀 관심이 없습니다. 지금 우리 둘 다 당신에게 부탁이 있습니다. 사실 우리는 테스리메가 부모와 정부의 압력을 받아 죄를 짓고 자살을 했다는 것을 받아들일 수 있습니다. 아주 슬픈 일이지만, 파즐은 때로, '내가 사랑하는 여자가 죄를 범했어, 그리고 자살을 했어'라고 생각합니다. 하지만 테스리메가 사실은 비밀스런 무신론자였다면, 이야기에서처럼 무신론자라는 사실을 모르는 불행한 무신론자였다면, 그리고 무신론자이기 때문에 자살을 했다면, 그것은 파즐에게 파멸을 의미합니다. 왜냐하면 그가 무신론자를 사랑했다는 의미이니까요. 우리 마음속에 있는 이 커다란 의심에 대한 대답을 오로지 선생님만이 해줄 수 있습니다. 당신이 파즐을 안도하게 만들 수 있습니다. 우리의 생각을 이해하시겠습니까?"

파즐이 호소하는 눈빛으로 물었다.

"당신은 무신론자입니까? 무신론자라면 자살을 원하십니까?"

"나 자신이 무신론자라고 확신하는 순간조차도 난 자살 충동을 느끼지 않네."

"정직하게 대답을 해주셔서 감사합니다. 당신은 가슴은 선함으로 가득 차 있지만 신을 믿는 것을 두려워하고 있군요."

파즐은 안도하며 말했다.

카는 메숫이 적의에 가득 찬 시선으로 자신을 바라보는 것을 보았다. 그곳에서 멀어지고 싶었다. 그의 생각이 마치 멀리 어떤 곳에 가 있는 것 같았다. 마음속에 어떤 간절한 바람, 어떤 환상이 꿈틀거리고 있는 것을 느꼈다. 하지만 주위의 움직임 때문에 이 환상에 집중할 수 없었다. 머지않아 그는 이 순간에 대해 아주 많이 생각할 것이고, 머릿속에 이런 환상이 이는 것이, 죽음 그리고 신을 믿지 못한다는 사실에 대한 생각만큼이나 이펙에 대한 그리움 때문이라는 것을 이해하게 될 것이다.

그리고 네집이 말했다.

"오해하지 마십시오. 우리는 어떤 사람이 무신론자일 수 있다는 것에 이의가 없습니다. 이슬람 사회에는 무신론자들을 위한 자리도 있으니까요."

그리고 메슷이 말을 이었다.

"단지 다른 곳에 묻혀야 합니다. 신을 믿지 않는 사람과 같은 묘지에 묻히는 것은 신자들의 영혼을 능욕하는 겁니다. 신을 믿지 않으면서 일생 동안 그것을 성공적으로 감추었던 무신론자들은 단지 이 세계에서가 아니라 죽어서조차 신을 믿는 사람들을 불안하게 만듭니다. 종말의 날까지 같은 묘지에 묻히는 고통이 다가 아닙니다. 더 두려운 것은, 종말의 날 우리가 무덤에서 일어났을 때 재수 없는 무신론자를 보는 고통을 겪는 일입니다. 시인 카 선생님, 당신은 한때 당신이 무신론자였다는 사실을 숨기지 않았습니다. 어쩌면 아직도 그러하겠지요. 그렇다면 이 눈을 내리게 하는 분은 누구입니까. 이 눈의 비밀은 무엇입니까? 말해 보시지요?"

모두 함께 순간적으로 빈 역사에서 밖을, 네온 가로등 불빛 아래의 빈 철로로 내리는 눈을 바라보았다.

나는 이 세상에서 뭘 하고 있는 거지? 카는 생각했다. 멀리서 보이는 눈송이들은 정말로 가련해 보였다. 가련한 인생. 사람은 살고, 지치고 나이 들고, 사라진다. 그는 자신이 한편으로 사라지고 있다는 것을, 그러면서도 한편으로는 존재하고 있다는 것을 느꼈다. 그는 자신을 사랑했다. 한 송이의 눈처럼, 자신이 살아온 날들을 사랑과 슬픔으로 바라보았다. 아버지는 면도 후 로션을 사용했다. 문득 그것의 향이 되살아났다. 부엌에서 아침을 준비하는 어머니. 슬리퍼 속에 있는 그녀의 차가운 발, 빗, 밤에 기침을 할 때 마시곤 했던 분홍빛 달콤한 시럽, 입에 있던 수저, 그의 삶을 구성하고 있던 사소한 것들, 그 모든 것의 총체, 눈송이들…….

문득 카는, 오로지 영감을 얻은 순간에만 행복해지는 진정한 시인들이 느끼는, 그 깊은 부름의 소리를 들었다. 4년 만에 처음으로 머릿속에 시가 떠올랐다. 시의 존재, 분위기, 소리 그리고 힘이 너무나 확실하게 느껴져 그의 마음은 행복으로 가득 찼다. 세 명의 젊은이에게 급한 일이 있다고 말하고는, 반쯤 어두운 텅 빈 역사에서 나왔다. 시를 생각하면서 눈 속을 바삐 걸어 호텔로 향했다.

10
이 시는 왜 아름다울까?

눈 그리고 행복

호텔 방으로 들어가자마자 카는 코트를 벗고, 프랑크푸르트에서 산 초록색 표지의 노트를 폈다. 그리고 머릿속에 떠오르는 단어로 시를 쓰기 시작했다. 누군가가 그의 귀에 대고 시를 속삭이는 것 같았다. 그는 자신이 쓰고 있는 것에 몰입했다. 이전에는 이런 식으로 영감을 받아 쉬지 않고 시를 쓴 일이 없었기 때문에, 카는 자신이 쓰고 있는 것의 가치에 대해 한편 의심이 갔다. 하지만 시를 완성해 갈수록 시어와 시행이 완벽하다는 것을 이성으로 느낄 수 있었다. 그의 마음속에서 흥분과 행복이 배가되었다. 아주 가끔씩 펜을 멈추고, 몇 군데는 잘 들지 못한 듯 단어 몇 개를 비워놓고, 34행을 써 내려갔다.

시는 조금 전에 머릿속에 동시에 스쳐 지나간 많은 것들로 형성되었다. 내리는 눈, 묘지, 역사에서 흥겹게 뛰어다니던 검은 개, 어린 시절의 많은 추억들, 호텔로 돌아오는 길에 발걸음을 재촉할수록 행복감과 다급함 사이의 어떤 감정으로 눈앞에 떠올랐던 이펙. 시 제목을 '눈'이라 붙였다. 나중에 이 시를 어떻게 썼는지를 생각했을 때, 그의 머릿속에는 한 송이 눈이 떠올랐다. 그 눈송이는 자신의 인생을 보여주는 어떤 형태였다. 이 시는 그의 인생의 중심에 서 가까운 곳에, 인생의 논리를 설명하는 어떤 지점에 자리 잡아야 했다. 이 시의 탄생이 그러했듯이, 그가 이러한 마음가짐 중 어느 정도를 그 순간에 내린 것인지, 어느 정도가 이 책에서 밝히려고 하는 그의 인생의 은밀한 균형의 결과인지는 말하기 어렵다.

카는 시의 결구를 준비하려는 순간 창가로 갔다. 그리고 밖에서 커다란 송이로 우아하게 내리는 눈의 정적을 바라보기 시작했다. 눈을 바라본다면 예정되었던 것처럼 시의 마지막 부분을 끝낼 수 있다는 느낌이 들었다. 그런데 순간 누군가 방문을 두드렸다. 카는 문을 열었다. 그리고 막 떠오르려고 했던 마지막 2행을, 카르스에서 머무는 내내, 잊어버리고 말았다.

이펙이었다.

"네게 편지가 왔어."

카는 편지를 쳐다보지도 않고 한구석에 놔두었다.

"난 행복해."

그는 오로지 아주 평범한 사람만이, '난 행복해.'라고 말할 수 있을 거라고 믿었었다. 하지만 지금 그는 전혀 부끄럽지 않았다.

"안으로 들어와. 오늘 아주 아름다워 보여."

이펙은 자기의 집으로 들어오듯 편히 안으로 들어왔다. 카는 지난 세월이 그들을 더 가까워지게 만들었다고 느꼈다.

"어떻게 된 건지 모르겠어. 어쩌면 너 때문에 이 시가 내게 온 것 같아."

"연구원장의 상태가 심각하대."

이펙이 입을 열었다.

"죽었다고 생각했던 누군가가 살아 있다는 건 좋은 소식이야."

"경찰이 불심 검문을 하고 있어. 대학 기숙사와 호텔을. 우리 호텔에도 와서 투숙객 명단을 뒤졌어. 호텔 투숙객들에 대해서도 일일이 물었고."

"나에 대해서 뭐라고 했어? 우리 둘이 결혼할 거라고 말했어?"

"넌 정말 좋은 사람이야. 하지만 난 지금 결혼 같은 거 생각하고 있지 않아. 무흐타르를 검거하고 구타했대. 그러고는 풀어주었고."

"메시지를 전해 달라고 하더군. 자기는 너와 재결합할 모든 준비가 되어 있다고. 히잡을 쓰라고 강요한 것을 많이 후회한대."

"자주 그러는 걸 뭐. 경찰서에서 풀려 나온 후 뭐 했어?"

"그냥 여기저기 돌아다녔는데, 그게……"

카는 순간 주저했다.

"뭐야, 말해 봐."

"누가 날 라지베르트에게 데리고 갔어. 아무에게도 말하지 말라고 하면서."

"말하지 마. 그에게 우리에 대해, 우리 아버지에 대해 절대 언급해선 안 돼."

"그를 만난 적이 있어?"

"한때 무흐타르가 그에게 빠졌었어. 우리 집에 들락거리기도 했었지. 하지만 무흐타르가 온건하고 민주적인 이슬람주의를 선택한 뒤에는 사이가 소원해졌어."

"자살하는 소녀들을 위해 이곳에 왔다고 하더군."

"그는 무서운 사람이야. 그에 대해서는 말도 꺼내지 마. 아마 그가 머무는 곳에는 경찰의 도청장치가 설치되어 있을 거야."

"그렇다면 왜 체포하지 않고 내버려두는 거지?"

"그럴 필요성을 느낄 때 체포할 거야."

"우리 카르스에서 도망치자."

어린 시절과 청년 시절 가슴 터지도록 기뻤던 때에도 항상 그랬듯이, 불행과 절망도 아주 가까운 곳에 있다는 두려움이 마음속에서 끓어오르고 있었다.

카는 이후에 올 불행이 더더욱 커지지 않도록, 행복한 순간을 되도록 빨리 끝내고 싶어하는 사람이었다. 그래서 바로 그 순간에, 사랑보다는 혼란에 휩싸인 이펙이 자신을 밀쳐낼 것이고, 그들 사이에 있던 친밀감은 한순간 산산조각이 날 것이고, 그에게는 당연해질 수 없는 행복이 거절과 무시로 끝이 나버려, 결국에는 마음이 홀가분해질 거라고 생각하고 있었다.

그런데 그 정반대의 결과가 생겼다. 이펙이 그를 포옹한 것이다. 카는 갑작스런 포옹에 희열을 느꼈다. 행복감이 흘러 넘쳐 키스를 했다. 그러고는 함께 침대로 몸을 던졌다. 카의 몸은 뜨거워졌다. 그리고 조금 전 들었던 비관적인 느낌과는 정반대로 끝없는 욕망과 낙관적인 생각이 생겨나, 그들이 서로의 옷을 벗기고는 오랫동안 사랑을 나눌 거라고 상상하기 시작했다.

하지만 이펙은 일어나 앉으며 말했다.

"넌 아주 멋져. 나도 너와 사랑을 나누고 싶어. 하지만 3년 동안 그 누구와도 사랑을 나누지 않았어. 준비가 되어 있지 않아."

'나도 4년 동안 그 누구와도 육체관계를 갖지 않았어.' 카는 속으로 말했다. 그리고 이펙은 그의 마음을 그의 얼굴에서 느낀 것 같았다.

"준비가 되었다 하더라도, 아버지가 이렇게 가까운 곳에 있는데, 아버지가 같은 집에 있는데 그럴 수는 없어."

"나와 옷 벗고 침대로 들어가기 위해서는 네 아버지가 호텔에서 나가야 한단 말이야?"

"그래. 하지만 아버지는 호텔에서 거의 나가시지 않아. 카르스의 빙판 길을 좋아하지 않으셔."

"좋아. 그럼 키스해, 우리."

"그래."

이펙은 침대 가에 앉은 카에게 몸을 숙였다. 몸을 밀착시키지 못하게 하면서, 오랫동안 진지하게 키스를 했다.

"내 시를 읽어줄까? 궁금하니?"

카는 이펙이 키스를 끝낼 거라는 것을 느끼고는 이렇게 말했다.

"먼저 저 편지를 읽어. 어떤 청년이 가지고 왔대."

카는 편지를 뜯고는 큰 소리로 읽었다.

나의 아들 카. 내가 당신을 아들이라고 부르는 것이 적합하지 않는다면 날 용서해 주시오. 어젯밤 꿈에서 당신을 보았소. 꿈속에서는 눈이 오고 있었고, 모든 눈송이들은 빛만 같았지. 좋은 징조겠지, 라고 기대하고 있었는데 오후에 꿈속에서 보았던 그 눈이 내 창문 앞에 내리기 시작했소. 바이타르하네 가 18번지에 있는 누추한 우리 집 문 앞을 지나가시오. 신의 시험을 거친 무흐타르 씨가 당신이 이 눈에 어떤 의미를 부여했는지 내게 말해 주었소. 우리의 길은 같소. 당신을 기다리고 있겠소.

사데띤 제브헤르

"교주 사데띤이야. 그에게 갔다 와. 아버지와 함께 저녁 식사를 하자."

"내가 왜 카르스에 있는 모든 미치광이들과 만나야 하지?"

"라지베르트를 조심하라고 말했지만, 그는 미치광이가 아니야. 교주도 영악한 사람이야. 바보가 아니란 말이지."

"난 모든 걸 잊고 싶어. 지금 내 시를 읽어줄까?"

"읽어봐."

카는 작은 탁자 앞에 앉아, 새로 쓴 시를 흥분과 신념에 가득 차 읽기 시작했다. 그러고는 갑자기 멈췄다.

"이쪽으로 와. 네 얼굴을 보면서 읽고 싶어."

카는 그녀의 얼굴을 가끔씩 쳐다보며 시를 읽기 시작했다.

"어때, 괜찮아?"

"응, 아주 아름다워."

"어떻게?"

"모르겠어. 하지만 아주 멋져."

"무흐타르가 네게 이렇게 시를 읽어준 적이 있어?"

"아니."

카는 다시 흥분하여 읽기 시작했다.

"어때, 아름다워?"

같은 부분에서 똑같은 물음이 몇 번이나 반복되었다.

이펙은 그때마다 아름답다고 대답했다.

카는 너무나 행복했다. 문학 입문 초기에 썼던 어떤 동시에서처럼 마치, '주위에 멋지고 이상한 빛'이 퍼지고, 이 빛의 일부가 이펙을 비추는 것 같아 행복해졌다. 이 '중력 없는 시간'의 규칙에 적응하며 이펙을 다시 안으려 했다. 하지만 그녀는 우아하게 물러섰다.

"내 말 잘 들어. 지금 당장 교주 에펜디*에게 가봐. 그는 이곳에서 아주 중요한 사람이야. 내가 생각하는 것 이상으로. 이 도시에서는 많은 사람들이 그를 찾아가. 비종교인들도 말야. 사단장, 주지사의 아내도 그에게 갔다고들 해. 부자들, 군인들 중에도 가는 사람들이 있어. 그는 정부 편이지. 그가 대학생과 히잡을 쓴 소녀들이 수업 시간에는 히잡을 벗어야 한다고 말했을 때 급진 이슬람당인 복지당원들도 그에게 아무 말도 하지 못했어. 카르스 같은 곳에서는, 그렇게 힘 있는 사람이 널 부를 때 거부하면 안 돼."

"가련한 무흐타르도 네가 그에게 보냈어?"

"내가 네 마음속에 있는 신에 대한 두려움을 발견하고는 널 위협해 신자로 만들까봐 걱정하는 거야?"

"난 지금 아주 행복해. 종교의 필요성을 느끼지 않아. 내가 터키에 온 건 그 때문이 아냐. 오직 한 가지만이 날 그곳으로 데려갈 수 있어. 너의 사랑. 우리 결혼할까?"

이펙은 침대 가에 앉았다.

"그곳에 가."

이펙은 몽환적이고 따뜻한 시선으로 카를 바라보았다.

"하지만 조심해. 일단 누군가의 영혼에서 연약하고 나약한 면을 찾아낸다면, 그 사람 안으로 들어가는 데 그를 따를 사람이 없거든."

"그가 나에게 이떻게 할까?"

"너와 이야기를 나눌 거야. 그리고 갑자기 바닥에 자신의 몸을 던질 거야. 네가 말한 평범한 말 안에 얼마나 커다란 지혜가 들어 있는지 모른다며, 네가 경지에 이른 사람이라고 극찬할 거야. 어떤 사람

---

* '선생' 혹은 '님'에 해당하는 존칭.

들은 그가 자신을 희롱한다고 생각하기도 하지. 하지만 교주 에펜디의 힘은 바로 거기에 있어. 너무나 진지하게 행동하기 때문에, 그가 정말로 네가 경지에 이른 사람이라고 믿고 있다고 너 자신도 믿게 돼. 그는 네 속에 너보다 더 숭고한 누군가가 있는 것처럼 행동할 거야. 잠시 후면 너 자신도 그 속에 있는 아름다움을 보기 시작하지. 네가 미처 알아내지 못한, 네 속에 있는 아름다움이 신의 아름다움이라고 예단하고는 행복해질 거야. 그의 곁에 있을 때 세상은 정말 아름다워. 너는 그런 행복으로 널 이끈 교주를 사랑하게 될 거야. 뇌리 한편에서는 이러한 모든 것들이 교주의 장난이며 너는 가련하고 불쌍한 바보일 뿐이라고 속삭이지만, 무흐타르의 경우에도 그랬듯이, 너에게는 더 이상 그 가련하고 불쌍한 일부에 집착할 힘이 남아 있지 않게 돼. 너무나 가련하고 불행하기 때문에 오로지 신만이 널 구해 줄 것이라 생각하지. 영혼이 갈구하는 바에 무지한 너의 뇌는 약간의 저항을 할 수 있을 뿐이야. 그럼 너는 이 세상에서 살아남기 위해 교주가 네게 제시한 길로 들어가게 돼. 가련한 사람으로 하여금 자신이 숭고한 존재라고 느낄 수 있게 만드는 것이 교주 에펜디의 가장 커다란 재능이야. 카르스의 남자들 대부분은 자신들이 누구보다 가련하고 가난하고 무능한 사람들이란 것을 잘 알고 있으니까. 그들은 먼저 교주를 믿게 되고, 그리고 나중에는 잊혀졌던 이슬람을 믿게 돼. 그렇다고 이게 독일에서 생각하는 것처럼, 지적인 비종교인들이 주장하는 것처럼, 나쁜 건만은 아니야. 모든 평범한 사람들처럼 될 수 있고, 모든 평범한 사람들 속에 속해 있게 되는 것이니, 조금이나마 불행에서 벗어날 수 있지.”

"난 불행하지 않아.”

"사실 불행한 사람들은 절대로 불행하지 않지. 비밀스럽게 자신들을 감싸 안는 숨겨진 위로와 희망이 있게 마련이니까. 이곳은 이스탄불 같지 않아. 조롱하는 듯한 불신자들은 없어. 이곳에서는 모든 것이 더 단순하지."

"가겠어. 하지만 네가 원하기 때문에 가는 거야. 바이타르하네 가가 어디야? 그곳에서 어느 정도 머물까?"

"마음이 편해질 때까지 머물러! 그리고 믿는 것을 두려워하지 마."

이펙은 코트를 입는 카를 거들며 물었다.

"이슬람에 관한 지식들 잘 기억하고 있어? 초등학교 때 배웠던 기도는 기억하고 있는 거야? 나중에 창피당하지 말고."

"어렸을 때 일하는 아주머니가 날 테쉬비키에 사원에 데려가곤 했어. 기도보다는 다른 아주머니들과 만나기 위해서였지. 아주머니가 기도 시간을 기다리며 긴 수다를 떨고 있을 때 난 다른 아이들과 카펫 위에서 뒹굴며 놀았던 거 같아. 학교 다닐 때는 기도를 외우기도 했어. 선생 하나가, 뺨을 때리는가 하면, 책상 위에 놓인 '종교' 책에 머리를 쾅쾅 찧으며 파티하*를 외우게 했어. 그의 눈 밖에 나지 않기 위해 기도를 아주 잘 외웠던 기억이 나. 학교에서도 이슬람에 관한 것을 배웠는데, 지금은 다 잊어버렸어. 이제 이슬람에 대해 유일하게 아는 것은 앤서니 퀸이 주연으로 나왔던 「메시지」라는 영화뿐이야."

카는 미소 지으며 말했다.

"얼마 전 독일 터키 채널에서 웬일인지 독일어로 방영하더군. 저녁 때 여기 있을 거지?"

"응."

---

* 코란의 첫 번째 장.

"네게 한 번 더 시를 읽어주고 싶어."
카는 공책을 코트 호주머니에 넣으며 말했다.
"정말 내 시가 아름답다고 생각하니?"
"응, 정말."
"어떤 점이 아름다워?"
"몰라. 그냥 아름다워."
이펙은 문을 열며 나가려고 했다.
카는 황급히 그녀를 안고는 입맞춤을 했다.

11
유럽에는 다른 신이 있단 말인가?

카, 교주 사데띤 에페디와 함께

호텔에서 나온 카가 눈과 선거 유세 깃발 아래서 바이타르하네 가를 향해 뛰어가는 것을 본 사람들이 있다. 그는 너무나 행복하여, 어린 시절 극도로 행복했던 순간에 그러했던 것처럼, 흥분된 상상 속의 스크린에서 두 편의 영화가 상영되고 있었다. 첫 번째 영화에서 그는 프랑크푸르트에 있는 집은 아닌, 독일의 어떤 곳에서 이펙과 사랑을 나누고 있었다. 환상은 계속해서 이어졌고, 가끔 그들이 사랑을 나누는 장소는 카르스에 있는 호텔 방이 되기도 했다. 머릿속 또 다른 극장에서는 시「눈」의 마지막 두 행과 관련된 단어와 이미지들이 상연되고 있었다.

그는 길을 묻기 위해 예실유르트 식당으로 들어갔다. 벽에 걸린 아타튀르크 사진과 눈 덮인 스위스 풍경 바로 옆에 있는 선반 위 병들이 영감을 주었기 때문에 그는 테이블에 자리를 잡았고, 아주 급한 일이 있는 사람의 말투로 라크 한 잔과 흰 치즈 그리고 병아리 콩을 주문했다. 텔레비전 앵커는, 폭설에도 불구하고 카르스 텔레비전 방송국 역사상 최초로 오늘밤 실현될 스튜디오 밖에서의 생방송을 위한 만반의 준비가 끝나가고 있는 중이라고 말했다. 그리고 지역 및 국내 소식도 요약해 주었다. 주지사 보좌관은 방송국에 전화를 해, 일이 더 이상 커지지 않고, 적들을 더 이상 자극하지 말라는 뜻으로 총 맞은 연구원장 사건에 대한 보도를 금지시켰다. 이 모든 소식을 들으며, 카는 라크 두 잔을 연거푸 들이켰다.

세 번째 라크를 마신 후, 그는 걸어서 4분 거리인 집회소로 향했다. 벨을 누르자 문이 자동으로 열렸다. 카는 가파른 계단을 오르며, 무흐타르가 쓴 「계단」을 아직도 코트 호주머니에 넣고 다니고 있다는 기억이 났다. 모든 것이 잘 될 거라고 확신했다. 하지만 주사를 맞지 않을 거라는 엄마의 약속을 받아냈음에도 불구하고 불안하기만 한, 진료실에 들어갈 때의 아이 같은 심정이었다. 위로 올라가자마자 그곳에 온 것을 후회했다. 라크를 마셨음에도 깊은 두려움이 그의 마음속을 휘감았다.

교주 에펜디는 카를 보자마자 카의 두려움을 즉시 감지했다. 카도 자신의 두려움을 교주가 알아챘다고 느꼈다. 하지만 교주는 카가 느끼는 두려움을 부끄러워하지 않게끔 하는 능력을 가지고 있었다. 계단참의 벽에는 호두나무로 프레임을 만든 거울이 있었다. 카는 그 거울을 통해 처음 교주 에펜디를 보았다. 사람들로 꽉 차 있어서, 사람들의 숨결과 체온으로 집 안이 훈훈했다. 카는 순간 교주 에펜디의 손등에 입을 맞추는 자신을 발견했다. 모든 일이 눈 깜짝할 사이에 일어났고, 카는 주위나 방 안에 있는 사람들을 신경 쓰지도 않았다.

방에는 화요일 밤마다 진행되는 의식에 참가하여 교주의 이야기를 듣고, 자신들의 고민을 털어놓기 위해 모인 20명 정도의 사람들이 있었다. 기회가 있을 때마다 교주와 함께 있는 것을 행복이라고 여기는 유제품 가게 주인들, 소규모 상인들, 찻집 주인들, 반신마비가 된 젊은이, 눈이 사시인 버스회사 사장과 그의 늙은 친구, 전력회사의 야간 수위, 카르스 병원에서 40년간 근무하고 있는 수위와 또 다른 몇몇 사람들……

교주는 카의 망설임을 그의 얼굴에서 읽은 후, 그의 손등에 입을 맞추었다. 마치 존경을 표하는 듯, 혹은 어린아이의 사랑스런 손에 입을 맞추는 듯한 자세였다. 교주의 이런 행동을 미리 예상했음에도 불구하고 카는 놀라지 않을 수 없었다. 모든 사람의 시선을 받으며, 모두가 주의 깊게 듣고 있다는 것을 알면서 둘은 이야기를 시작했다.

"나의 초대에 응해 줘서 고맙네. 자네를 꿈속에서 보았네. 눈이 오고 있었지."

"저도 당신을 꿈에서 보았습니다. 행복해지기 위해 이곳에 왔습니다."

"행복이 이곳에 있다는 것을 마음속으로 알다니, 그게 우릴 기쁘게 하는군."

"이곳, 이 도시, 이 집이 두렵습니다. 당신들은 내게 아주 낯선 존재이기 때문입니다. 전 이런 것을 항상 두려워했습니다. 누구의 손에도 입맞추고 싶지 않았습니다. 그리고 그 누구도 내 손에 입맞추는 걸 원하지 않았습니다."

"무흐타르 형제에게 마음속에 있는 아름다움을 토로했다고 하더군. 하늘에서 내리고 있는 이 신성한 눈이 자네에게 무얼 연상시키나?"

카는 교주가 앉아 있는 긴 방석의 오른쪽 끝, 창가에 앉는 사람이 무흐타르인 것을 알아보았다. 이마와 코에 반창고가 하나씩 붙여져 있었다. 눈가에 든 멍을 감추기 위해, 천연두로 인해 장님이 된 노인처럼 큼직한 검은색 선글라스를 끼고 있었다. 그는 카에게 미소를 지어 보이고 있었지만 호의적으로 보이지는 않았다.

"눈은 내게 신을 연상시켰습니다. 이 세상이 너무나 비밀스럽고 아름답다는 것을, 삶은 실은 행복이라는 것을 말입니다."

잠시 입을 다물자 방에 있던 사람들의 눈이 자신에게 몰려 있는 것을 보았다. 그 상황에 대해 만족해하는 교주의 모습이 카의 화를 돋우었다.

"저를 여기로 왜 부르셨습니까?"

"부르다니 당치도 않은 말이군. 우린 무흐타르의 설명을 듣고, 자네가 마음을 열고 대화를 나눌 수 있는 친구를 찾고 있다고 생각했는데."

"그렇다면 이야기를 나눠보지요. 전 여기에 오기 전 두려움 때문에 라크 세 잔을 마셨습니다."

"왜 우리를 두려워하는 건가?"

교주는 아주 놀랐다는 듯이 눈을 크게 뜨고 물었다. 그는 뚱뚱하고 친근감을 주는 인상이었다. 그의 주위에 있는 사람들도 진심으로 미소를 짓고 있었다.

"왜 우릴 두려워하는지 말해 주지 않겠나?"

"말하겠습니다. 하지만 기분이 상하지 않았으면 합니다."

"그러지. 내 옆에 와서 앉으시게나. 자네가 가지고 있는 두려움에 대해 아는 것은 우리에게도 아주 중요하니까."

교주에게는 매순간 종도(宗徒)들을 웃길 준비가 되어 있다는 듯 반은 배우 같고 반은 진지한 분위기가 있었다. 카는 그 태도가 마음에 들었고, 자리를 잡고 앉자 그것을 모방하고 싶은 생각이 들었다.

"전 우리나라가 발전하고 현대화되기를, 사람들이 자유로워지기를 순수하고 좋은 의도로 항상 원했습니다. 하지만 우리 종교가 항상 이러한 것에 엇나가는 것처럼 느껴왔습니다. 어쩌면 제가 틀릴 수도 있습니다. 죄송합니다, 지금 제가 술에 취해서 이런 고백을 하고 있는지도 모르겠습니다."

"아닐세."

"저는 이스탄불 니샨타쉬의 상류층 환경에서 자랐습니다. 전 유럽인들처럼 되고 싶었습니다. 제가 여자들을 히잡 속에 파묻고 얼굴을 가리게 하는 신을 믿는 것과 유럽인이 된다는 것, 이 두 가지를 동시에 원할 수 없다는 것을 깨달은 이후로 제 삶은 종교에서 멀어졌습니다. 유럽에 가서 보니, 턱수염이 난 보수적이며 촌스러운 사람들이 설명했던 것과는 전혀 다른 신이 있었습니다."

"유럽에는 다른 신이 있단 말인가?"

교주는 농담하는 투로 반문하며 카의 등을 어루만졌다.

"전 신 앞에 나아가기 위해 신발을 벗지 않아도 되고, 서로의 손등에 입을 맞추며 무릎을 꿇지 않아도 되는 신을 원합니다. 저의 외로움을 이해할 줄 아는 신 말입니다."

"신은 유일무이하다네. 그분은 전지전능하시고, 모든 사람들을 이해하시지. 자네의 외로움도 말이야. 그분을 믿었더라면, 그분이 당신의 외로움을 내려다보고 개심을 알았더라면 자신이 외롭다고 느끼지 않았을 걸세."

"맞는 말씀이십니다, 교주 에펜디."

카는 자신이 방에 있는 모든 사람들을 향해 이 말을 하고 있다는 것을 느꼈다.

"외롭기 때문에 신을 믿을 수 없습니다. 신을 믿을 수 없기 때문에 외로움에서 헤어날 수가 없습니다. 어쩌지요?"

술에 취했지만, 마음속 생각을 진짜 교주에게 용기 있게 말함으로써 전혀 기대하지 않았던 희열이 느껴졌다. 하지만 그럼에도 불구하고 마음속 다른 한구석에서는 자신이 위험한 지대에서 배회하고 있다는 것을 아주 잘 알았기 때문에 교주의 침묵이 두려웠다.

"내게서 정말 조언을 원하는가? 우린 자네가 말하는 그 턱수염이 난, 보수적이며 촌스런 사람들이네. 턱수염을 자른다 해도 촌사람이라는 점은 어찌할 수 없지."

"저도 촌사람입니다. 더욱더 촌사람이 되고 싶고, 세상에서 가장 알려지지 않은 곳 위로 눈이 내릴 때 잊혀지고 싶습니다."

그는 다시 교주의 손등에 입을 맞추었다. 자연스레 우러나온 행동이었기 때문에 기분이 좋았다. 하지만 다른 한편으로는 여전히 서양인처럼, 아주 다른 사람처럼 마음이 움직이고 있다는 것을, 이 상황으로 인해 자기 자신을 경멸한다는 것 또한 알고 있었다.

"죄송합니다. 여기 오기 전에 한잔했습니다."

그는 다시 말했다.

"교육받지 못한 사람들, 히잡을 쓴 여자들과 염주를 든 남자들이 믿는 가난한 사람들의 신을 믿지 않았기 때문에 죄책감을 느낍니다. 제가 신을 믿지 않는 것은 저의 오만함 때문입니다. 하지만 저기 저 아름다운 눈을 내리게 하는 신을 믿고 싶습니다. 세상의 은밀한 균형을 주시하고, 인간을 더욱더 문명화하고, 더 섬세하게 만들 신은 있습니다."

"물론 있지."

"하지만 그 신은 이곳 당신들 사이에는 없습니다. 밖에, 텅 빈 밤에, 어둠 속에, 버림받은 사람들의 가슴에 내리는 눈 속에 있습니다."

"신을 혼자서 찾을 기라면 가게나. 밤거리에서 눈이 자네 가슴을 신의 사랑으로 채우도록 말일세. 우린 자네 길을 가로막고 싶지 않네. 하지만 자만심에 가득 찬 사람은 홀로 남는 법. 신은 오만한 사람들을 사랑하지 않아. 악마는 오만했기 때문에 천국에서 쫓겨났지."

카는 이후에는 부끄럽게 여기게 될 두려움을 극복했다. 그리고 자신이 여기서 나가고 나면 뒤에서 자신에 대해 언급될 내용들이 두려웠다.

"제가 어떻게 해야 합니까, 교주 에펜디?"

그는 다시 그의 손등에 입을 맞추려 하다가 그만두었다. 자신의 망설임과 술에 취한 모습을 들키고, 멸시당하는 듯한 기분이었다.

"당신들이 믿는 신을 믿고, 당신들처럼 단순한 사람이 되고 싶습니다. 하지만 내 속에 있는 서양인의 모습 때문에 혼란스럽습니다."

"의도가 선하니, 시작이 좋은 셈일세. 자네는 먼저 겸손해지는 것을 배우게나."

"그렇게 되기 위해 먼저 뭘 해야 합니까?"

카의 마음속에 또다시 조롱하는 악마가 들어앉으려 하고 있었다.

"밤마다 대화를 원하는 모든 사람들은 자네가 앉고 있는 그 긴 방석 위에 앉는다네. 모두가 형제들이지."

카는 의자와 방석에 앉은 사람들이 실은 긴 방석의 한쪽 끝에 앉기 위해 줄을 서고 있다는 것을 알게 되었다. 교주가 원하는 것은 자신이 그 줄에 존경심을 갖는 것이었다. 그러니 그는 이 가상의 줄의 끝으로 가서 유럽인처럼 인내심을 갖고 기다려야 했다. 그는 교주의 손등에 다시 한 번 입맞춤을 하고는 줄의 끄트머리에 가 앉았다.

그의 곁에는 이뇌뷔 대로에서 찻집을 경영하는, 작은 키에 금니를 한 귀여운 남자가 앉아 있었다. 그 남자의 키가 너무나 작았고 카는 머리가 너무나 복잡했기 때문에, 그는 그 사람이 자신의 작은 키 문제로 교주를 찾아왔다고 생각했다. 어렸을 때 니샨타쉬에 아주 점잖은 난쟁이가 살고 있었다. 그는 매일 저녁 무렵 니샨타쉬 광장의 집시들에게서 제비꽃 한 다발 혹은 카네이션 한 송이를 사곤 했었다. 금니의 사내는, 카가 찻집 앞을 지나가는 것을 보았는데 안으로 들어오지 않아 섭섭했다며 내일 들러주면 좋겠다고 했다. 그러자 눈이 사시인 버스회사 사장이 대화에 끼어들었다. 그는 자신도 한 여자 때문에 아주 불행했으며, 그래서 술로 마음을 달랬고 신에 불평하는 반항아로 살았지만, 그 시련기를 넘기고 나니 모두 지나간 일이 되었다고 속삭이듯 말했다. 카가 "그 처녀와 결혼했습니까?"라고 묻기도 전에 그 사시 사장은, "그 처녀가 우리에게 적합하지 않다는 것을 알게 되었지요."라고 말했다.

교주는 후에 자살에 대해 말했다. 모두 조용히, 어떤 사람들은 고개를 끄덕이며 들었다. 셋은 다시 속삭이며 말을 계속했다. 키 작은 사람이 말했다.

"자살한 사람들이 몇몇 더 있어요. 하지만 마치 기온이 더 떨어진다는 사실을 알리기를 꺼리는 기상청처럼, 정부가 이를 감추고 있답니다. 하지만 이 자살 전염병의 진짜 이유는 돈 때문에 처녀들을 나이 많은 공무원들이나 사랑하지도 않는 사람들에게 팔아버리는 데 있지요."

버스 회사 사장이 말했다.

"내 아내도 나를 만나고 처음에는 사랑하지 않았소."

실업, 떨어질 줄 모르는 물가, 타락한 도덕, 잃어버린 신앙이 자살의 원인들로 열거되었다. 카는 그들이 말하는 모든 것이 타당하다고 여겨졌기 때문에 자신이 위선자처럼 느껴졌다. 늙은 친구가 졸기 시작하자 사시 사장은 그를 깨웠다. 긴 정적이 흘렀다. 카는 마음속이 평온해지는 것을 느꼈다. 그들은 세상의 중심에서 너무나 멀리 있었다. 아무도 그곳으로 다가갈 생각을 할 수 없을 듯했다. 마법에 걸린 듯 공중에 매달려 있는 눈송이들처럼, 자신이 마치 중력 없는 세상으로 들어선 것만 같았다.

아무도 그에게 관심을 갖지 않게 되자 새로운 시상이 떠올랐다. 그는 노트를 꺼냈다. '눈'이라 제목을 단 첫 번째 시를 썼을 때의 경험을 살려 모든 신경을 마음속에서 솟아오르는 목소리에 집중했다. 그리고 이번에는 시의 36행을 하나도 놓치지 않고 단번에 써 내려갔다. 라크 때문에 머리가 아파 그 시에 많은 믿음은 가지 않았다. 하지만 새로운 영감이 떠올랐을 때 그는 자리에서 일어나 교주의 양해를 구하고는 밖으로 나갔다. 집회소의 계단에 앉아 노트에 쓴 시를 읽기 시작하자 그 시가 첫 번째 시와 다름없이 완벽하다는 감이 왔다.

시는 카가 조금 전에 경험하고 목격했던 것들을 제재로 삼고 있었다. 네 행은 신의 존재에 대해 교주와 대화를 나눈 것에 관한 내용이었다. '가난한 사람들의 신'을 향한 수치심 가득 찬 그의 시선, 외로움 그리고 세상의 숨겨진 의미와 인생의 구조에 대한 언급, 금니를 한 남자, 사시인 남자 그리고 손에 카네이션을 들고 있던 점잖은 난쟁이와 함께 그에게 떠오른 인생의 모든 것들이 시에 담겨 있었다. 그는 자신이 쓴 아름다운 것에 놀라며, '이 모든 것의 의미는 뭘까?'라고 생각했다. 그 시를 다른 사람이 쓴 시처럼 읽을 수 있었기 때문에 그 시가 아름답다고 여겨졌다. 아름답다고 여겼기 때문에, 시의 소재들이, 자신의 인생이 놀랍게 여겨졌다. 시에서 아름다움의 의미는 무엇일까?

계단의 전등이 자동으로 꺼졌다. 사방이 껌껌해졌다. 그는 누름단

추를 찾아 전등을 켠 후 손에 있던 노트를 다시 한 번 보았다. 시의 제목이 떠올랐다. 그는 '은밀한 균형'이라고 적었다. 후에 그는 이 제목을 이렇게나 빨리 지었다는 것을, 이 시와 그 이후의 모든 시들이, 마치 세계처럼, 자기 자신만의 창작물이 아니라는 증거로서 제시할 것이었다. 이런 생각으로 그 시를, 이성 축 위에 첫 번째 시로 배치할 것이었다.

12
신이 없다면 가난한 사람들이 겪는
그 많은 고통의 의미는 무엇입니까?

네집의 슬픈 이야기

카는 교주의 집회소에서 나와 눈을 맞으며 걸었다. 잠시 후 호텔로 돌아가면 다시 이펙을 볼 수 있으리라는 생각이 들었다. 할릿과 샤 대로에 이르렀을 때 국민당의 혼잡한 선거유세 대열에 사로잡혔다. 그 다음에는 대입 학원에서 나오는 학생들 속에 파묻혔다. 그들은 저녁에 볼 텔레비전 프로에 대해, 멍청한 화학 선생님에 대해 말하고 있었다. 그 나이 때의 카나 나 역시 그랬다. 어떤 아파트 건물 문 앞에서는, 위층 치과에서 눈물을 흘리며 나오는 어린 여자아이와 그 아이의 손을 잡고 있는 부모를 보았다. 옷차림으로 보건대 겨우 입에 풀칠이나 하고 사는 사람들이었지만, 애지중지하는 딸인 만큼, 국립보건소가 아니라 덜 아프게 치료한다는 개인 병원으로 데리고 온 것임을 알 수 있었다. 여성용 양말, 실패, 색연필, 건전지 그리고 카세트테이프를 파는 가게의 열린 문을 통해, 어렸을 적 겨울 아침에 삼촌의 자가용을 타고 보스포루스 해안에 놀러 갔을 때 라디오에서 들었던 페피노 디 카프리의 「로베르타」가 흘러나왔다. 마음속에서 솟아오르는 감상을 또 다른 시상이라고 여기며 눈에 띄는 첫 번째 찻집으로 들어갔다. 첫 번째로 눈에 띄는 빈자리에 앉아 연필과 노트를 꺼냈다.

카는 손에 연필을 쥐고 눈물에 젖어 한동안 백지를 응시했다. 이내 시가 떠오르지는 않았다. 하지만 낙관적인 마음을 버리지 않았다. 실업자들과 학생들로 꽉 찬 찻집의 벽에는 스위스 풍경 이외에 연극 포스터, 신문에서 오린 풍자 그림과 기사, 공무원 시험 자격 요건에 관한 공고, 카르스 축구팀의 올해 대진표들이 붙어 있었다. 대부분 패배로 끝난 경기 결과가 다양한 필기도구로 표시되어 있었다. 6대1로 패배한 에르주룸 축구팀과의 경기 결과 옆에, 누군가, 다음 날 카가 탈리히리 카르데쉬레르* 찻집에 앉아 있을 때 쓰게 될 「모든 인류와 별들」에 인용할 낙서를 적어놓았다.

어머니가 천국에서 나와 우릴 안아도,
신을 믿지 않는 아버지가 하룻밤 어머니를 때리지 않아도,
그래도 쓸데없다, 춥고 메마른 영혼에게는 희망도 없다!
재수 없게 카르스에 갔다면, 화장실 물을 당겨 그 물에 휩쓸리는 게 나으리.

행복하게 웃으며 이 4행시를 노트에 적고 있을 때, 뒷자리에 있던 사람들 중 뜻밖에도 네집이 다가와 앞자리에 앉았다. 그는 뜻밖의

---

* 터키어로 '운 좋은 형제들'이라는 뜻.

기쁜 표정을 짓고 있었다.

"선생님을 다시 뵙게 되어 아주 기뻐요. 시를 쓰고 계신가요? 선생님에게 무신론자라고 말했던 친구들을 대신해 사과드릴게요. 태어나서 처음으로 무신론자를 봤거든요. 하지만 실은 선생님은 무신론자도 될 수 없으세요. 왜냐하면 선생님은 아주 좋은 사람이거든요."

그리고 그때 미처 말하지 못했다는 이야기를 했다. 그는 친구들과 함께, 저녁에 무대에 오를 연극을 보기 위해 학교 담을 넘었다. 하지만 극장에서는 뒷좌석에 앉을 거라고 했다. 텔레비전 생방송을 통해 교장선생님이 그들을 알아보는 것을 원치 않기 때문이었다. 그는 학교를 빠져나온 것에 대해 아주 행복해했다. 친구들과 밀렛 극장에서 만나기로 했는데, 카가 그곳에서 시를 낭독한다는 일정을 알고 있었다. 그는, 카르스에서는 모든 사람이 시를 쓰지만, 지면에 시를 발표한 시인 가운데 자신이 만나본 유일한 사람은 카라고 했다. 그는 카에게 차를 대접해도 되냐고 물었다. 카는 급한 볼일이 있다고 대답했다.

"그렇다면 한 가지, 마지막 질문을 하고 싶습니다. 저의 의도는 친구들처럼 선생님에게 무례한 행동을 하고자 하는 게 아닙니다. 전 아주 궁금할 뿐입니다."

"무엇이?"

네집은 먼저 떨리는 손으로 담배에 불을 붙였다.

"신이 없다면 천국도 없다는 의미입니다. 그렇다면 평생을 빈곤과 결핍 그리고 억압받으며 살았던 수백만 명의 사람은 천국에도 갈 수 없을 겁니다. 그렇다면 가난한 사람들이 겪는 그 많은 고통의 의미는 무엇입니까? 우리는 무엇 때문에 삽니까, 이 많은 고통을 쓸데없이 왜 겪고 있습니까?"

"신은 있어. 천국도 있고."

"아니에요, 선생님은 절 위로하기 위해서 그렇게 말씀하시는 거예요. 우리를 불쌍히 여기기 때문에. 독일로 돌아가면 선생님은 다시 옛날처럼 신은 없다고 생각하며 사실 겁니다."

"정말 오랜만에 난 행복하네. 자네가 믿는 신을 나는 왜 믿어서는 안 되지?"

"왜냐하면 당신은 이스탄불의 상류 사회 출신이니까요. 그들은 절대 신을 믿지 않아요. 유럽인들이 믿고 있는 것을 믿기 때문에 자신을 자신의 민족보다 우월하다고 여기지요."

"한때 이스탄불의 상류 사회 사람이기는 했지. 하지만 독일에서는 아무도 관심을 갖지 않는 하잘것없고 가련한 사람일 뿐이야. 그곳에서 난 소외된 사람이지."

카는 네집의 아름다운 눈을 우울한 시선으로 바라보았다. 젊은이는 머릿속으로 카의 특별한 상황을 따져보고 있었다.

"그렇다면 왜 정부의 심기를 건드리고 독일로 도망갔지요? 아무튼 뭐, 내가 부자였다면 그 상황이 부끄러워 신을 더욱더 많이 믿었을 거예요!"

"언젠가 우리 모두 부자가 되길 바라고 있네."

"하지만 난 그 어떤 것도 선생님이 추측하는 것만큼 간단하다고 생각하지는 않아요. 난 그렇게 단순하지 않아요, 그리고 부자도 되고 싶지 않아요. 시인, 작가가 되고 싶어요. 난 지금 공상과학 소설을 쓰고 있어요. 카르스에서 발행되는 《창〔矛〕》에 어쩌면 실릴지도 모르지요. 하지만 난 내 소설이 75부가 판매되는 신문이 아니라 수천 부가 팔리는 이스탄불의 신문에 실렸으면 해요. 소설의 요약본을 지금 가지고 있어요. 선생님께 읽어드릴 테니 이스탄불에서 출판될 수 있을지 말해 주시겠어요?"

카는 시계를 봤다.

"아주 짧아요!"

바로 그 순간 정전이 되었다. 카르스 전체가 어둠 속에 파묻혔다. 주방의 가스 불만이 주위를 밝혀주고 있었다. 네집은 뛰어가 계산대에서 초를 가지고 왔다. 초에 불을 붙였다. 접시에 촛농을 떨어뜨려 거기에 초를 세우고는 탁자에 놓았다. 호주머니에서 꺼낸 구겨진 종이를, 떨리는 목소리로, 가끔 흥분하여 침을 삼키면서 읽어 내려갔다.

3579년, 아직 알려지지 않은 가잘리 행성의 사람들은 아주 부유하고 편하게 살았다. 하지만 물질주의자들이 예견했던 것과는 반대로 '이제 우린 부자야'라고 말하는 사람들은 정신을 등한시하지 않았다. 정반대로 유(有)와 무(無), 인간과 우주, 신과 종교 문제에 대해 아주 관심이 많았다. 이 때문에 이 붉은 행성의 가장 소외된 곳에도 가장 영리하고 가장 열심히 공부하는 학생들만 입학하는 이슬람학, 수사학 고등학교가 개설되었다. 이 고등학교에 아주 절친한 두 친구가 있었다. 이들은 1,600년 전에 쓰어졌지만 동서양 문제를 마치 어제의 일인 듯 생생하게 다룬 네집 파즐의 책을 아주 감동하며 읽으면서 작가에게서 받은 영감이 아주 컸기 때문에, 네집 그리고 파즐이라는 가명을 사용했다. 이 두 명의 절친한 친구는, 그 위대한 작가의 걸작인 『위대한 동양』을 여러 번 읽는다. 그들은 밤마다 기숙사 침대 맨 위층에 있는 파즐의 잠자리에서 남몰래 만나, 이불 속으로 들어가 나란히 누워, 크리스털 지붕 위로 내리면서 사라지는 푸른 눈송이들을 하나씩 사라지는 행성에 비유하면서 구경했다. 그러고는 삶의 의미와 앞으로 자신들이 할 일들에 대해 서로의 귀에 대고 속삭이곤 했다.

그러나 나쁜 마음을 가진 사람들의 질투 섞인 장난에도 얼룩지지 않았던 이 순수한 우정에도 어느 날 그늘이 드리워지고 말았다. 그들은 한적한 도시에 순간 이동을 하여 나타난 히즈란, 이라는 이름의 처녀를 동시에 사랑하게 되었다. 히즈란의 아버지가 무신론자라는 것을 알고서도 그들은 이 속수무책의 사랑에서 헤어날 수 없었다. 오히려 열정은 날이 갈수록 더욱더 강렬해져만 갔다. 이렇게 해서 둘은 이 붉은 행성에는 둘을 위한 자리가 없다는 것을, 한 명은 죽어야 한다는 것을 깨닫게 되었다. 그리하여 그들은 서로에게 약속을 했다. 누가 죽든지, 저 세상이 몇 광년 멀리 떨어져 있다 하더라도, 그는 반드시 되돌아와야 하며, 그들이 가장 궁금해했던 것, 죽음 이후의 삶에 대해 이 세상에 남아 있는 사람에게 말해 주어야 한다고.

누가 어떻게 죽을 것인가에 대해서는 도저히 결정을 내리지 못했다. 둘 다 상대방의 행복을 위해 자신을 희생하는 것이 진정한 행복이라는 것을 이미 알고 있었기 때문이다. 한 명은, 예를 들면 파즐은, 동시에 전류에 몸을 맡기자, 라고 했지만, 네집은 이것이 파즐이 자기 자신을 희생하고자 궁리해 낸 교묘한 속임수라는 것을 알았다. 자기가 잡을 소켓의 전류가 약하다는 것을 곧 알게 되었기 때문이다. 몇 달 동안 지속되고, 둘 다에게 커다란 고통을 안겨준 이러한 유의 일치되지 않는 결정은 어느 날 밤 한순간에 끝이 났다. 밤에 학교에서 돌아온 네집이, 무자비한 총알 세례를 받아 죽어 있는 사랑하는 친구의 시체를 침대에서 발견했던 것이다.

다음해 네집은 히즈란과 결혼했다. 결혼식 날 밤 네집은 그녀에게 친구와 했던 합의에 대해, 어느 날엔가는 파즐의 유령이 되돌아올 거라고 말해 주었다. 히즈란도 그에게 실은 자신이 파즐을 사랑하고 있었다는 것을, 그의 죽음 때문에 며칠 동안 피눈물을 흘렸다는 것을, 네집과 그가 오로지 파즐의 친구이고 그를 닮았기 때문에 결혼했다는 사실을 말했다. 이렇게 해서 그들은 잠자리를 하지 않았고, 파즐이 다른 세상에서 되돌아올 때까지 사랑을 멀리 했다.

하지만 몇 년이 흐르자, 처음에는 영혼이, 후에는 육체가 서로를 격렬하게 갈망하기 시작했다. 이렇게 커져만 가는 욕망을 자제하기 위해 순간 이동을 하여 지구에 있는 작은 도시 카르스로 온 어느 날 밤, 그들은 더 이상 욕구를 억제하지 못하고 미친 듯이 사랑을 나누었다. 치통처럼 양심을 아프게 했던 파즐을 마치 잊은 것만 같았다. 하지만 그들의 가슴 속에는 갈수록 커지는 죄책감이 자리 잡고 있었다. 그리고 이는 그들을 두렵게 만들었다. 순간 둘 다 두려움이 섞인 이상한 감정으로 숨이 막힐 것 같아 침대에서 몸을 일으켰다. 그 순간 맞은편에 있던 텔레비전이 자동으로 켜졌다. 그리고 그곳에서 맑고 반짝거리는 파즐의 모습이 유령처럼 나타났다. 이마와 아랫입술 밑에는 여전히 살해되던 날 맞은 총알로 인한 상처와 피가 생생하게 남아 있었다.

"난 고통 속에 있어. 다른 세상의 모든 곳을 가봤어. (이 여행에 대해서는 가잘리의 『메카의 승리』 그리고 이브니 아라비에게서 받은 영감으로 세세하게 쓸 겁니다, 라고 네집이 말했다.) 신의 천사들로부터 최고의 찬사를 받아 행복했어. 절대 다다르지 못할 거라고 했던 천국까지 올라갔어. 그리고 넥타이를 맨 무신론자와 서민의 믿음을 조롱하는 오만한 식민 실증주의자가 지옥에서 겪는 끔찍한 형벌들을 보았어. 하지만 그래도 난 행복하지 않았어. 왜냐하면 내 마음이 여기 너희들과 있었기 때문이야."

부부는 불행한 유령의 말을 경악과 두려움에 떨며 듣고 있었다.

"수년 동안 날 불행하게 했던 것은, 오늘밤처럼 너희들이 행복해하는 모습이 아니었어. 반대로 나는 네집이 행복해지기를 나의 행복보다 더 바랐어. 친구로서 너무나 사랑했기 때문에 도저히 우리 자신을, 서로를 죽일 수 없었지. 자신의 삶보다 우리 서로의 삶에 더 가치를 두었기 때문에 우리 둘 다 불멸의 갑옷에 감싸여 있었지. 그건 정말 행복한 감정이었어. 하지만 나의 죽음은 이 감정을 믿는 것이 실수였다는 것을 내게 즉시 증명해 주었지."

"아니야! 난 한 번도 네 삶보다 내 삶에 더 큰 가치를 부여한 적이 없어."

네집이 말했다.

"그게 사실이었더라면 난 절대 죽지 않았을 거야. 너도 아름다운 히즈란과 절대 결혼하지 않았을 거고. 네가 나의 죽음을 암암리에, 더욱이 자신에게조차 숨기면서 원했기 때문에 죽었어, 난."

파즐의 유령이 말했다.

네집이 다시 강하게 부정을 하고 나섰지만 유령을 그의 말을 듣지 않았다.

"네가 내 죽음을 바랐다는 의심뿐만이 아니야. 밤의 어둠 속에서 자고 있다 이마와 여기를 총알로 가혹하게 맞는 일에 네가 관여되었을 거라는 생각, 네가 이슬람 원리주의자들과 협력을 했다는 두려움이 저 세상에서도 내게 전혀 평안을 주지 못했어."

파즐은 입을 다물고 더 이상 반발하지 않았다.

"내가 이 불안감에서 벗어나 천국으로 가려면, 네가 이 끔찍한 죄를 저질렀다는 의심에서 벗어나려면 한 가지 방법밖에는 없어! 살인자가 누구든지 그를 찾아. 7년 7개월 동안 용의자 한 명도 찾지 못했어. 내 죽음에 관여된 자, 내 죽음을 바랐던 자에게 보복을 하고 싶어. 그를 벌하지 않고는 이 세상에도, 너희들이 진짜 세상이라고 생각하는 잠시 머무는 이 세상에도 평안은 없을 거야, 이제."

경악과 눈물 속에 파묻혀 있던 부부가 항의를 하기도 전에 유령은 눈 깜짝할 사이에 화면에서 사라져버렸다.

"그래서, 그 다음은 어떻게 되었지?"
카가 물었다.
"아직 결정하지 못했습니다. 이 이야기를 쓴다면 팔릴까요?"
네집이 물었다. 카가 대답을 하지 않자 바로 덧붙였다.
"전 진실로 믿는 것만 씁니다. 이 이야기가 뭘 말하고 있다고 생각하시나요? 제가 읽을 때 뭘 느끼셨나요?"
"자네가 이 세상의 삶은 오로지 다음 세상을 위한 준비라는 것을 진심으로 믿고 있다고 느꼈어. 놀랍지만."
"네, 전 그렇게 믿어요."
네집이 흥분하며 말했다.
"하지만 이걸로는 충분하지 않아요. 신은 우리가 이 세상에서도 행복하기를 원해요. 이건 정말이지 어렵지요!"
네집은 그 어려움을 생각하며 입을 다물었다.
동시에 전기가 들어왔다. 하지만 찻집에 있는 사람들은 마치 어둠이 지속되는 것처럼 침묵으로 일관했다. 찻집 주인이 작동하지 않는 텔레비전을 주먹으로 탕탕 치기 시작했다.
"우린 지금 20분 동안 앉아 있습니다. 친구들이 궁금해 죽을 겁니다."
"친구들이 누군데? 파즐도 포함되나? 그것이 자네들의 진짜 이름인가?"
"물론 이야기에서 나오는 네집처럼 내 이름도 가명이에요. 경찰처럼 묻지 말아요! 파즐은 이런 장소에 절대 오지 않습니다."

네집이 은밀한 분위기로 말했다.

"우리들 중 가장 신실한 무슬림은 파즐입니다. 제가 이 세상에서 가장 믿는 사람이기도 하지요. 하지만 그는 정치에 연루되어 전과자가 되거나 퇴학당하게 되는 일을 두려워합니다. 독일에 그의 삼촌이 있어요. 그를 그쪽으로 부를 겁니다. 이야기에서처럼 우리도 서로를 아주 사랑합니다. 누군가 날 죽이면 그가 복수를 하겠지요. 사실 이 야기에서 말했던 것보다 더욱 친밀하다고 할 수 있습니다. 서로 멀리 떨어져 있다 하더라도 그 순간 상대방이 뭘 하고 있는지 알 수 있지요."

"지금 파즐은 뭘 하고 있지?"

"음……."

네집은 이상한 포즈를 취했다.

"기숙사에서 책을 읽고 있습니다."

"히즈란은 누구지?"

"진짜 이름은 아닙니다. 우리가 그녀에게 붙여준 이름이지요. 어떤 친구들은 그녀에게 계속 연애편지와 시를 쓰지요. 하지만 두려워서 보내지는 못하고 있습니다. 딸이 있다면 그녀처럼 아름답고 똑똑하고 용감했으면 좋겠습니다. 그녀는 히잡을 쓴 소녀들의 리더예요. 그녀는 아무것도 두려워하지 않아요. 아주 심지가 굳은 아가씨이지요. 처음에는 무신론자인 아버지의 영향으로 그녀도 종교가 없었다고 합니다. 이스탄불에서 모델을 했었지요. 텔레비전에 나와 다리와 엉덩이를 보여주기도 했고요. 텔레비전 샴푸 광고를 찍기 위해서 이곳으로 왔습니다. 가장 지저분하고 가장 더럽지만 가장 아름다운 거리이기도 한, 가지 아흐멧 무흐타르 파샤 대로에서 갑자기 카메라 앞에서 멈춰 서서는 머리를 한 번 흔들고, 허리까지 내려오는 멋진 갈색 머리를 깃발처럼 펼치고는, '아름다운 카르스의 더러움에도 불구하고 제 머릿결은 블렌닥스 샴푸 때문에 항상 반짝거려요.'라고 말했다 합니다. 그 광고는 전 세계에서 방송될 것이고, 전 세계는 우릴 보고 웃겠지요. 히잡 투쟁의 초창기였는데, 교육연구원을 다니는 여학생 두 명이 텔레비전에서 그녀를 보았고, 또 이스탄불 부잣집 총각들과의 추악한 루머들을 다룬 가십 신문에 나오는 사진들 때문에 알아보았지요. 그리고 몰래 그녀를 선망했답니다. 그 여학생들은 그녀에게 차 한 잔 함께 마시자고 초대를 했답니다. 히즈란은 비웃는 심정으로 초대에 응했고요. 그곳에서 그 여학생들과 함께 있는 것이 지루해 이렇게 말했다고 합니다. '너희들의 종교가 (네, 우리의 종교가 아니라 너희들의 종교라고 말했답니다.) 머리카락을 감추는 것을 명령하고, 정부는 감추는 것을 금지하고 있어. 그렇다면 너희들도 누구처럼 (외국 록 스타의 이름을 말했다고 합니다.) 머리를 다 밀어버려. 그리고 코에 둥근 고리 모양으로 된 코걸이도 하라구! 그러면 전 세계가 너희들에게 관심을 가질 거야.' 그 여학생들의 처지는 너무나 비참했지요. 그녀의 조롱에 그저 같이 웃었다고 합니다! 이에 용기를 얻은 히즈란은 '너희들을 중세의 어둠 속으로 이끄는 이 천 조각을 벗어버려!' 라고 말하며 그녀들 중 가장 어리둥절한 표정을 하고 있는 여학생의 히잡에 손을 뻗쳐 벗기려 했답니다. 그런데 그 손이 순간 꼼짝하지 않았답니다. 그녀는 바로 바닥에 엎드려 그 여학생에게, 그 여학생의 멍청한 동생은 나와 같은 반이에요, 용서를 빌었답니다. 그녀는 다음 날, 그 다음 날, 그 다음 날도 그녀들을 만나고는 다시는 이스탄불로 돌아가지 않았답니다. 그녀는 히잡을, 억압받는 아나톨리아 무슬림 여성의 정치적 깃발로 만들어줄 성녀입니다. 절 믿으세요."

"그렇다면 자네 작품에서 그녀가 처녀라는 것 이외에 왜 다른 것은 전혀 언급하지 않았지? 네집과 파즐은 왜 히즈란에게 먼저 그녀의 생각을 물어보지 않았나?"

2시간 3분 후면 한쪽 눈이 총알로 산산조각이 날 운명인 네집은 그 아름다운 눈을 거리 쪽으로 돌리고는 어둠 속에서, 천천히, 흐르는 시행(詩行)처럼 내리는 눈을 무심히 바라보았다. 팽팽한 정적이 흘렀다.

"그녀예요! 그녀라구요!"

네집이 속삭였다.

"누구?"

"히즈란요! 저기 거리에 그녀가 있어요!"

13
내 종교에 대해
무신론자와는 논쟁하지 않아요

눈 속에서 카디페와의 산책

그녀는 거리에서 안으로 들어오고 있었다. 보라색 외투를 입고 있었고, 눈에는 공상과학 소설 속의 등장인물을 연상시키는 검은 안경을, 머리에는, 카의 어린 시절부터 여자들이 죽 써왔고, 이제는 정치적 이슬람의 상징이 된 히잡을 쓰고 있었다. 젊은 여자가 자신을 향해 다가오는 것을 알아챈 카는 교실에 선생님이 들어오자 자리에서 벌떡 일어나는 학생처럼 일어섰다.

"저는 이펙 언니의 동생 카디페예요."

여자는 약간 미소를 지으며 말했다.

"모두들 당신을 기다리고 있어요. 아버지가 보내셨어요."

"제가 여기 있는 건 어떻게 알았지요?"

"카르스에 사는 모든 사람은 매 순간 모든 것을 알고 있지요. 그것이 무엇이든 카르스에 있다면요."

그녀는 웃지 않고 말했다.

그녀의 얼굴에 슬픈 표정이 나타났다. 카는 이유를 알 수 없었다.

"시인이자 소설가인 내 친굽니다!"

카는 네집을 소개했다. 그들은 서로를 바라보았지만 악수는 하지 않았다. 카는 그 이유가 긴장 때문이라고 생각했다. 후에 시간이 많이 흐른 후 그 당시를 회고하면서는, 두 이슬람주의자가 '히잡' 때문에 악수를 하지 않았다는 결론을 내리게 되었다. 네집은 새하얗게 변한 얼굴로 마치 외계에서 온 히즈란을 보듯 그녀를 바라보았다. 그러나 카디페의 태도나 모습은 너무나 평범해서 찻집에 있던 남자들 중 그 누구도 뒤돌아 그녀를 쳐다보지 않았다. 그녀는 언니처럼 아름답지도 않았다.

하지만 눈을 맞으며 그녀와 함께 아타튀르크 대로에서 걸어갈 때 카는 행복했다. 히잡으로 감싸인, 언니처럼 아름답진 않지만 평범하고 깨끗한 얼굴, 언니와 같은 담갈색 눈〔目〕속을 바라보며 편히 얘기할 수 있었기 때문에 그녀가 매력적으로 다가왔다. 카는 자신이 그녀의 언니를 배반하고 있다고 느꼈다.

전혀 예상치 못하게도 그들은 먼저 날씨에 대해 얘기했다. 카디페는 매시간 정각에 시작되는 라디오 뉴스를 들으며 하루를 채우는 노인이 아는 것만큼 세세한 것까지 알고 있었다. 시베리아에서 오는 저기압의 추운 날씨는 이틀 더 지속될 것이며, 이 눈이 계속 내리면 이틀 더 차량 왕래가 불가능할 것이다. 사르카므시에는 적설량이 160센티미터에 다다랐고, 카르스인들은 기상 예보를 믿지 않으며, 정부가 국민들의 사기를 떨어뜨리지 않기 위해 항상 기온을 오류 도 높여 발표한다는 것이 모두들 알고 있는 공공연한 비밀이라고 설명했다.(하지만 그 누구도 카에게 이 문제를 언급하지 않았다.) 예전에 이스탄불에 있을 때는 언니와 함께 항상 눈이 더 많이 내리기를 바랐었다. 눈은 인생의 아름다움과 인생이 짧다는 느낌을 불러일으켰고, 모든 적의에도 불구하고 실은 인간들이 서로 닮아 있으며, 우주와 시간은 무한하지만 인간 세계는 좁다는 것을 느끼게 해주었다. 그녀는 그렇기 때문에 눈이 오면 사람들을 서로를 끌어안는다고 했다. 눈은 적의, 탐욕, 분노 위에 내려, 모든 사람을 서로 가깝게 하는 것 같았다.

그들은 잠시 침묵했다. 모든 가게가 문을 닫은 세힛 젠기즈 토펠 거리를 조용히 걷고 있을 즈음, 거리에는 아무도 보이지 않았다. 카는 카디페와 함께 눈 속을 걷는 것이 좋았지만 그만큼 불안하기도 했다. 그는 거리 끝에 있는 가게에서 새어나오는 빛에 눈을 고정시켰다. 마치 뒤돌아 카디페의 얼굴을 한 번 더 본다면 그녀를 사랑하게 될 것만 같아 두려웠다. 카는 그녀의 언니를 정말 사랑했을까? 그의 마음속에는 미친 듯이 사랑에 빠지고 싶다는 바람이 있었다. 그 자신도 이를 알고 있었다. 거리의 끝에 도달했을 때, '저녁에 공연될 연극으로 인해 자유나라당 후보 지흐니 세빌 씨의 집회는 연기되었습니다' 라는 종이가 나붙은 네온사인 간판 뒤에 있는 작고 좁은 네세 맥주 집에서, 수나이 자임을 위시한 모든 연극단원들이 연극이 시작되기 20분 전, 인생의 마지막인 듯 맥주를 마시는 모습이 보였다. 그들은 갈증이 극에 달한 사람들 같았다.

맥주 집 간판에 붙여진 선거 유세 포스터 사이로 노란 종이에 인쇄된 '인간은 신의 걸작이며, 자살은 신에 대한 모독이다' 라는 문구를 보자 카는 카디페에게 테스리메의 자살에 대해 어떻게 생각하는지 물었다.

"독일 친구들에게 들려줄 흥미로운 이야깃거리가 생겼군요. 이스탄불 신문에는 말할 것도 없고요."

그녀는 약간 분노하며 말했다.

"나는 카르스를 잘 알지 못해요. 이곳에 대해 알면 알수록, 이곳에서 일어난 일을 외부의 그 누구에게도 설명할 수 없을 거라는 느낌이 들어요. 인간 삶의 나약함과 쓸데없이 겪어야 하는 고통에 눈물지을 뿐이지요."

"고통을 모르는 무신론자들만이 고통을 쓸데없이 겪는다고 생각하지요. 조금이라도 진정한 고통을 겪는다면, 불신(不信)을 오랫동안 견디지 못하고 믿음을 갖게 될 테니까요."

"하지만 테스리메는 고통의 마지막 지점에서 자살을 택해 믿음 없이 죽었소."

카는 아직 남아 있는 술기운에 이끌린 고집으로 말했다.

"그래요, 테스리메가 자살을 해 죽었다면 그것은 그녀가 죄를 짓고 죽었다는 의미가 되지요. 코란의 니사장* 29절에서 자살을 명백하게 금지하고 있으니까요. 하지만 그녀가 자살을 해 죄를 지었다고 해서, 우리 가슴속에서 그녀에 대해 느끼는 깊은 사랑이 감소되었다는 의미는 아니에요."

"그러니까, 종교가 저주하는 일을 저지른 불운한 소녀이지만, 그래도 그녀를 진정으로 사랑한다고 말하는 것이오? 이제, 신을 필요로 하지 않는 서양인들처럼, 가슴이 아니라 이성으로 신을 믿고 있다고 말하고 싶은 거요?"

카는 카디페에게 영향을 주려고 애를 쓰며 물었다.

"코란은 신의 명령이에요. 명백하고 명확한 명령은 우리 종들이

---

* 코란의 제42장.

논쟁할 것들이 아니지요. 물론 이는 우리 종교에 논쟁할 부분이 없다는 의미는 아니에요. 하지만 전 저의 종교에 대해 무신론자나 세속주의자들과는 논쟁하고 싶지 않아요. 죄송합니다만."

"당신이 옳아요."

"전 세속주의자들에게 이슬람이 세속 종교라는 것을 설명하려고 애쓰는 아첨꾼도 아니에요."

"당신이 옳아요."

"두 번이나 제 말이 옳다고 하시는군요. 하지만 당신이 제가 정말 옳다고 믿는다고는 생각하지 않아요."

미소를 지으며 카디페가 말했다.

"또 당신이 옳아요."

카는 미소를 짓지 않고 말했다.

그들은 한동안 말없이 걸었다. 어쩌면 언니 대신 그녀를 사랑할 수 있었을까? 카는 히잡을 쓴 여자에게 성적 매력을 느끼지 못했으리라는 것을 아주 잘 알고 있었다. 하지만 그래도 한순간 그 비밀스런 공상에 빠져 있는 자신을 어찌할 수는 없었다.

사람들로 붐비는 카라다으 대로에서 빠져나왔을 때, 그는 먼저 시에 대해 언급하면서 서투르게 옆길로 새며 네집도 시인이라고 덧붙였다. 그리고 신학고등학교에서 그녀가 히즈란이라는 이름으로 많은 학생들의 선망이 대상이 되고 있다는 것을 아느냐고 물었다.

"어떤 이름으로 부른다고요?"

카는 히즈란에 대해 언급되는 다른 이야기들도 요약해 설명해 주었다.

"그럴 리가 없어요. 제가 알고 있는 신학고등학교 학생들에게서도 들은 적이 없어요."

몇 걸음 옮기고 나서는 미소를 지으며 말했다.

"하지만 샴푸 이야기는 들은 적이 있어요."

그녀는 히잡을 쓴 소녀에게 서양 언론의 이목을 집중시키기 위해 머리를 밀라는 제안을 맨 처음 한 것은, 이스탄불에서 혐오를 받고 있는 부유한 신문기자였다고 말해 주었다. 그녀가 이 이야기를 한 것은, 자신에 대해 언급되는 이야기의 원천을 말해 주기 위함이었다.

"그 이야기에서 사실은 한 가지뿐이에요. 그래요, 히잡을 쓴 친구들을 처음 만났을 때는 조롱이나 해볼 심사였어요. 물론 호기심도 있었어요. 그래요, 조롱하고 싶은 마음과 호기심으로 갔었어요!"

"그 다음은 어떻게 되었나요?"

"교육원에서 입학 허가서를 내주었기 때문에 그리고 어차피 언니가 카르스에 있기 때문에 이곳으로 왔어요. 결국에는 그 여학생들과 같은 반 친구가 되었지요. 믿지 못하겠으면, 한번 만나보시든가요. 당시 저는 그녀들이 옳다고 생각했어요. 부모들이 그녀들을 그렇게 키웠고, 종교 교육을 하는 정부도 그녀들을 지지했어요. 수년 동안 히잡을 써왔죠. 그런데 어느 날 '히잡을 벗어라, 정부가 그것을 원한다.'라는 명령을 받은 거예요. 저 같은 경우는 정치적인 의도로 히잡을 썼어요. 제가 한 일이 두렵기도 했지만 한편으로 미소가 지어지더군요. 어쩌면 끊임없이 정부와 대립하는 무신론자 아버지의 딸이라는 것을 상기했는지도 모르지요. 저는 딱 하루만 히잡을 쓸 생각이었어요. 몇 년의 세월이 흐른 후 장난처럼 기억될 것이라 여겼던 달콤한 정치적 행동이었고, '자유에 대한 제스처'였지요. 하지만 정부, 경찰 그리고 이곳의 신문사는 제게 너무나 커다란 관심을 가졌어요. 그저 장난이었다고 말하며 빠져나올 수 없게 되버린 거예요. 그들은 허락 없이 데모를 했다는 이유로 우리를 검거했어요. 하루가

지난 후 교도소에서 나왔을 때, '이제 그만둘래. 어차피 처음부터 신념 따위가 있었던 것은 아니었어!' 라고 말했다면 카르스의 모든 사람들이 제게 침을 뱉었을 거예요. 지금은 내가 옳은 길을 찾을 수 있도록 신이 그 모든 고통을 내렸다고 생각해요. 한때 저도 당신처럼 무신론자였어요. 절 그런 눈으로 보지 말아요. 당신이 절 가엾게 여긴다는 생각이 드니까요."

"그런 의미는 아니오."

"아니에요. 그렇게 바라보았어요. 제 상황이 당신만큼 우습지는 않답니다. 그렇다고 해서 당신에게 우월감을 느끼는 것은 아니지만요."

"당신 아버지는 뭐라고 말씀하시던가요?"

"그럭저럭 원만히 지내왔어요. 하지만 이제 그럭저럭 넘어갈 상태가 아니에요. 아빠와 전 두려워하고 있어요. 왜냐하면 우린 서로를 아주 사랑하니까요. 아빠는 처음에 절 자랑스러워하셨어요. 제가 히잡을 쓰고 학교에 가던 날 그것을 저만의 아주 특별한 저항 방식이라고 생각하셨지요. 아빠는 저와 함께 엄마의 유품인 놋쇠 프레임으로 된 거울을 통해 히잡을 쓴 제 모습을 바라보셨어요. 그리고 거울 앞에서 제 볼에 입맞춰주셨어요. 말은 하지 않았지만 이것만은 확실해요. 아빠는 내가 한 행동이 이슬람주의자로서의 행동이 아니라, 정부에 대항하는 행동이었기 때문에 자랑스러워한 거예요. 아빠에게서는 '내 딸에게는 이런 행동이 어울려.' 라는 분위기가 풍겼지요. 하지만 속으로 아빠도 저처럼 두려워하고 있었어요. 다른 여학생들과 제가 경찰에 연행됐을 때 아빠가 두려워하고 후회했다는 걸 난 알고 있어요. 국가 정보국의 요원들이 주목하고 있는 것은 내가 아니라 아빠라고 생각하면서요. 한때 이곳의 열렬한 좌익사상가들과 민주주의자들의 파일을 가지고 있던 국가 정보국 요원들이 지금은 이슬럼주의자들의 리스트를 작성하고 있어요. 과거 경력이 있는 사람의 딸부터 겨냥한 거죠. 이 모든 것은 제가 뒤가 물러나는 것을 어렵게 만들었고, 아빠도 제가 내딛은 걸음을 지지할 수밖에 없었지요. 하지만 상황은 갈수록 어려워졌어요. 그러니까 어떤 노인들은 집안에서 무슨 소리가 나든, 난로가 타 들어가든 말든, 아내가 바가지를 긁어대든 말든, 돌쩌귀가 삐걱대든 말든 전혀 신경 쓰지 않잖아요. 내가 히잡을 쓴 여학생들과 함께 하는 투쟁에 대해서도 아빠는 그렇게 행동했어요. 아빠는 그 여학생들 중 한 명이 우리 집에 오면, 지나치게 무신론자 같은 행동을 하며 이에 대한 복수를 하셨어요. 결국에는 정부에 대항하라고 용기를 북돋아주는 것으로 변하긴 했지만요. 난 여학생들도 아빠에게 응수할 정도로 성숙하다고 생각하기 때문에 우리 집에서 모임을 갖는 편이에요. 오늘밤 그 여학생들 중 한 명인 한데가 올 거예요. 한데는 테스리메가 자살한 후 가족의 압력에 못 이겨 히잡을 벗기로 결정했어요. 하지만 아직 실행에 옮기지는 못하고 있어요. 아빠는 때로 이 모든 것이 과거 당신이 공산주의를 옹호했던 시절을 연상시킨다고 말씀하시곤 해요. 세상에는 두 종류의 공산주의자가 있지요. 하나는 인민을 인간으로 만들고 나라를 발전시키기 위한 희망으로 참여한 오만한 사람들이고, 다른 하나는 정의와 평등을 믿고 참가한 순진한 사람들. 오만한 사람들은 정권에 집착하며, 모든 사람들에게 조언을 하지요. 그들은 나쁜 영향만 미쳐요. 순진한 사람들은 자신에게 해가 될 일을 할 뿐이에요. 하지만 그들이 유일하게 원하는 것도 바로 이것이지요. 그들은 가난한 사람들의 고통을 함께 나누기를 원해요. 일부러 비참한 생활을 하기도 하면서도. 아빠는 교사였어요. 하지만 직장에서 쫓겨났고, 고문을 당해 손톱 하나가 뽑혔고, 감옥에도 갔었지요. 오랜 세월 엄마와 함께 문방구를 경영했어요. 복사 일도 했고, 프랑스 소설 번역도 하셨어요. 방문 판매로 월부 백과사전을 팔기도 했었어요. 너무 불행하고 가난했던 시기에는 때로 갑자기 우리를 껴안고 울기도 하셨어요. 늘 우리에게 나쁜 일이 생길까봐 아주 두려워하셨죠. 교육원장이 저격당한 후 호텔로 경찰들이 찾아오자 아주 두려워하고 계세요. 그들에게 불만을 토로하기도 했지요. 당신이 라지베르트를 만났다는 소식을 들었어요. 아빠께는 말하지 마세요."

"그렇게 하지요."

카는 잠시 멈춰 서서 머리에 쌓인 눈을 털었다.

"호텔로 가는 길은 이쪽이 아닌가요?"

"이쪽으로도 갈 수 있어요. 눈도 그치지 않고 우리의 대화도 끝나지 않는군요. 카샵라르 거리를 보여드릴게요. 라지베르트는 당신에게서 뭘 원하죠?"

"아무것도."

"우리에 대해, 아빠, 언니에 대해 언급하셨나요?"

카는 카디페의 얼굴에서 걱정하는 표정을 보았다.

"기억이 나지 않는군요."

"모든 사람들이 그를 두려워하지요. 우리도 그렇고요. 여기 이 가게들은 유명한 정육점이에요."

"아버님은 하루를 어떻게 보내시나요? 호텔 밖으로는 나가지 않나요?"

"호텔을 경영하세요. 하인, 청소부, 세탁부, 모든 고용원들을 관리하시죠. 언니와 저도 거들어요. 밖에는 거의 나가지 않으세요. 당신의 별자리는 뭐지요?"

"쌍둥이자리. 쌍둥이자리에 태어난 사람은 거짓말을 많이 한다고 하더군요. 난 잘 모르겠지만."

"쌍둥이자리에 태어난 사람이 거짓말을 많이 한다는 것을 모른다는 건가요, 아니면 당신이 거짓말을 한 적이 있는지 모른다는 건가요?"

"당신이 별자리를 믿는다면 내게 있어 오늘이 아주 특별한 날이라는 걸 어떤 식으로든지 알아야 할 텐데."

"예, 언니가 말했어요. 오늘 시를 쓰셨다고요."

"언니는 당신에게 모든 걸 말하나요?"

"여기에서 우리가 즐기는 두 가지 오락 중 하나지요. 우리는 서로에게 모든 것을 말해요. 나머지 하나는 텔레비전이에요. 텔레비전을 볼 때도 이야기를 하지요. 이야기 할 때도 텔레비전을 보고요. 우리 언니 정말 예쁘지요?"

"그렇지, 아주 아름다워요."

카는 존경을 가득 담아 말했다.

"하지만 동생분도 아름다워요."

이는 예의상 덧붙인 말이었다.

"내가 지금 한 말도 언니에게 말하겠군요."

"아니오, 말하지 않겠어요. 우리 사이의 비밀로 하지요. 비밀을 공유하는 것은 좋은 친구가 되기 위한 가장 좋은 시작이니까."

그녀는 보라색 외투에 쌓인 눈을 털며 말했다.

14

어떻게 시를 쓰나요?

저녁 식탁에서 나눈, 사랑과 히잡 그리고 자살에 관한 대화

그들은 밀렛 극장 앞에서 잠시 후면 시작될 공연을 보기 위해 기다리는 군중들을 보았다. 눈이 끊임없이 내리는데도 불구하고, 뭐 신나는 일 없나 하는 심정으로 모인 할 일 없는 사람들, 셔츠와 재킷을 입고 기숙사와 집에서 나온 젊은이들, 집에서 도망 나온 아이들이 110년 된 건물의 문 앞과 인도에 모이기 시작했다. 아이들과 함께 온 가족들도 있었다. 카는 검은 우산을 카르스에서 처음 보았다. 카디페는 이 프로그램에서 카가 시 한 편을 읽는다는 것을 알고 있었다. 하지만 카는 그 공연에 참가하지 않을 것이고, 어차피 시간도 없다고 말하면서 그 문제에 대한 언급을 피했다.

그는 새로운 시상이 다가오고 있음을 느꼈다. 말을 하지 않으려고 애쓰며 호텔까지 서둘러 걸어갔다. 식사 전 매무새를 가다듬겠다는 핑계를 대고 황급히 자신의 방으로 올라갔다. 코트를 벗고, 작은 책

상에 앉아 신속히 펜을 놀렸다. 시의 주요 테마는 우정과 비밀을 공유하는 사이였다. 눈, 별들 그리고 특별하게 행복했던 날의 모티브, 카디페의 입에서 나온 일련의 표현들을 그대로 시에 옮겨 썼다. 카는 시행들이 줄줄이 나열되는 것을 그림을 바라보듯 희열에 들떠 흥분하며 바라보았다. 카디페와 나누었던 이야기들이 내밀한 이성의 통제 하에서 시에 담겨지고 있는 것을 보았다. 「별들의 우정」은, 모든 사람은 별을 지니고 있고 모든 별은 친구가 있으며, 사람들이 가지고 있는 별은 그 자신을 닮은 반영체이고, 이 반영체를 비밀처럼 가슴속에 지니고 있다는 내용을 다루고 있었다. 시의 음률과 서술이 완벽하다고 느껴져 기분이 좋았지만, 중간 중간 단어와 어떤 시행이 완벽하지 못했던 것은, 그의 생각이 이펙 그리고 저녁 식사에 늦었다는 데 가 있었고, 더불어 그가 극도의 행복감에 젖어 있었던 데에서 그 이유를 찾을 수 있을 것이다.

시를 다 쓰고, 급히 로비를 지나 호텔 주인들이 사는 작은 별채로 갔다. 높은 천장이 있는 넓은 방 가운데에 차려진 식탁 양쪽에 두 딸 카디페와 이펙을 앉히고 그 사이에 투르굿 씨가 앉아 있었다. 식탁의 한쪽에는, 멋진 보라색 히잡 덕택에 카디페의 친구 한데인 것을 한눈에 알아맞힐 수 있는 세 번째 여자가 앉아 있었다. 그녀의 맞은 편에 신문기자 세르다르 씨의 모습도 보였다. 함께 있는 것이 아주 행복해 보이는 이 작은 집단 앞에 놓인 식탁의 무질서와 이상한 아름다움을 보건대, 뒤쪽에 있는 부엌으로 빠르게 왕래하는 쿠르드인 하녀 자히데의 편안하고 능숙한 행동을 보건대, 투르굿 씨와 딸들은 이 식탁에서 저녁마다 오랫동안 앉아 있는 것이 습관화되어 있다는 것이 느껴졌다.

"종일 자네를 생각했고 뭐를 하나 궁금했네. 어디에 있었나?"

투르굿 씨는 자리에서 일어서면서 말했다. 갑자기 카에게 너무나 가까이 다가와 껴안으며 마치 눈물을 보일 듯한 태세였다.

"매 순간 아주 안 좋은 일들이 일어날 수 있기든."

투르굿 씨는 비극적인 분위기로 말했다.

투르굿 씨가 안내한 대로 그의 맞은편 끝자리 쪽에 앉은 후, 따스한 렌즈콩 수프를 수저로 떠먹었다. 식탁에 있던 다른 두 남자가 라크를 마시기 시작했다. 사람들의 관심이 갑자기 바로 뒤에 있는 텔레비전으로 옮겨가자, 카는 오랫동안 하고 싶었던 일을 실행에 옮겼다. 그건 이펙의 아름다운 얼굴을 마음껏 바라보는 것이었다.

그 순간 그가 느꼈던, 끝이 없이 팽창하는 행복감에 대하여 이후에 그의 노트에 자세히 썼기 때문에, 나는 그의 느낌을 전부 다 알고 있다. 그의 팔다리는 행복한 아이처럼 계속해서 움직였고, 마음은 이펙과 그를 프랑크푸르트로 데리고 갈 기차에 올라타야만 하는 것처럼 안달하기 시작했다. 책들, 신문들, 호텔 장부 그리고 영수증들로 어지럽혀져 있는 투르굿 씨의 책상이 보였다. 그 책상 위에 놓인 램프처럼, 아주 가까운 미래에, 프랑크푸르트의 작은 아파트에 있는 책상 위의 램프 불빛도 이펙의 얼굴을 비추게 될 것이었다.

문득 카디페가 자신을 바라보고 있다는 것이 느껴졌다. 카와 눈이 마주치자 언니만큼 아름답지는 않은 얼굴에 한순간 질투의 표정이 엿보였지만, 카디페는 비밀을 공유하는 사람의 미소로 이를 금세 감추었다.

식탁에 앉은 사람들은 곁눈질로 텔레비전을 바라보았다. 밀렛 극장에서의 생방송이 막 시작되었다. 장대처럼 키가 큰 어떤 배우가 좌우로 몸을 굽히고 인사하며 밤의 공연을 시작하고 있었다. 카가 이곳에 온 첫날 버스에서 내릴 때 보았던 극단의 배우였다. 투르굿 씨가 손에 들고 있던 리모컨으로 채널을 돌려버렸다. 그들은 무엇인지 감이 잡히지 않는, 흰 점이 있는 뿌연 흑백 장면을 오랫동안 바라보았다.

"아버지, 우리가 왜 저걸 보고 있어야 하지요?"

이펙이 말했다.

"눈이 내리고 있지 않느냐? 최소한 저게 맞는 장면이며 진짜 뉴스다. 한 채널을 오랫동안 시청하는 것이 내 자존심을 상하게 한다는 것을 알잖니?"

"그렇다면 텔레비전을 끄세요, 아빠. 우린 지금 우리 모두의 자존심을 상하게 하는 또 다른 경험을 하고 있어요."

카디페가 말했다.

"손님에게 설명해 드리렴. 그가 그것을 모른다는 사실이 날 불편하게 하는구나."

투르굿 씨는 부끄러운 표정으로 말했다.

"저 역시 불편해요."

한데가 말했다. 아름다운 검고 커다랗고 성난 눈의 소유자였다. 순간 모두 입을 다물었다.

"네가 말해, 한데. 부끄러워할 것은 없어."

카디페가 말했다.

"정반대야. 부끄러워할 것들이 많이 있지. 그리고 그 때문에 말하고 싶어."

한데의 얼굴이 순간 이상한 기쁨으로 환해졌다. 그녀는 즐거운 추억을 회상하는 듯 미소 지으며 말했다.

"오늘은 우리의 친구 테스리메가 자살한 지 40일째 되는 날이에요. 테스리메는 이슬람과 신의 말씀에 따라 투쟁한 가장 신실한 아이였어요. 그녀에게 있어 히잡은 단지 신에 대한 사랑이 아니라 자신의 믿음과 명예를 의미하는 것이었어요. 그녀가 자살을 하리라고는 그 누구도 상상하지 못했지요. 학교에서는 선생님들이, 집에서는 아버지가 히잡을 벗으라고 가혹하게 압력을 가했지요. 하지만 테스리메는 저항했어요. 그녀는 3년 동안 잘 다니고, 곧 졸업할 예정이었던 학교에서 곧 퇴학당할 위기에 처했어요. 어느 날 경찰청에서 나온 사람들이 구멍가게를 하는 그녀의 아버지를 협박했고, '당신 딸이 맨머리로 학교에 오지 않는다면 이 가게를 폐쇄시키겠소. 당신도 카르스에서 쫓아낼 거요.'라고 말했답니다. 이에 그녀의 아버지는 테스리메를 집에서 내쫓겠다고 협박했는데, 이것이 효과가 없자 마흔다섯 먹은 홀아비 경찰에게 시집보내려는 계획을 세웠어요. 게다가 그 경찰은 손에 꽃을 들고 구멍가게에 드나들기 시작했고요. 테스리메가 '회색 눈의 홀아비'라고 불렀던 그 남자를 얼마나 혐오했던지, 우리에게 그와 결혼하지 않기 위해서라도 히잡을 벗을 결심을 했었다고 말했어요. 하지만 그 결심을 도저히 실행에 옮길 수가 없었지요. 우리들 중 몇 명은 그녀가 회색 눈의 홀아비와 결혼하는 것을 원치 않았기 때문에 그녀의 결심을 찬성했어요. '네 아빠에게 자살해 버리겠다고 협박해!'라고 말한 친구들도 있었지요. 제가 그중 하나였어요. 전 테스리메가 히잡을 벗는 걸 바라지 않았거든요. 몇 번이나 그녀에게, '테스리메, 자살하는 것은 머리를 드러내는 것보다 더 현명한 방법이야.'라고 했어요. 물론 그저 지나가는 말로 한 거였어요. 신문에서 읽은 바로는, 자살은 믿음이 없고 물질세계에 집착하고 희망이 없는 사랑을 하는 사람들이 하는 것이었기 때문에, 자살이라는 말이 그녀의 아버지를 겁줄 수 있다고 생각했지요. 테스리메는 신을 믿는 사람이었기 때문에 자살을 할 것이라고는 전혀 생각도 하지 못했어요. 하지만 그녀가 목을 매달았다는 소식을 들었을 때 전 누구보다도 그 사실을 믿을 수 있었어요. 테스리메의 처지였다면 저 역시 자살을 택했을 거라고 느꼈기 때문이에요."

한데는 울기 시작했다. 모두 침묵했다. 이펙은 한데의 곁으로 가 그녀에게 입을 맞추고는 어루만져주었다. 카디페도 이에 동참했다. 여자들은 서로를 껴안았다. 손에 리모컨을 들고 있던 투르굿 씨도 그녀에게 따스한 말을 건넸다. 그녀가 울음을 그치도록 모두 농담을 주고받았다. 투르굿 씨는 주의를 끌려는 듯 화면에 나타난 기린들에게 집중했다. 한데도 관심을 딴 데로 돌릴 준비가 되어 있는 아이처럼 글썽거리는 눈으로 화면을 바라보았다. 모두들 한 동안 마치 자신들의 삶을 거의 완전히 잊고서는, 아주 먼 어떤 곳의, 어쩌면 아프리카 한가운데일 수도 있는 나무 밑 그늘 속에서 영화의 슬로 모션처럼 행복하게 걷고 있는 기린 한 쌍을 바라보았다.

잠시 후 카디페가 카에게 말했다.

"테스리메가 자살한 후 한데는 그녀의 부모님을 더 이상 불행하게 하지 않기 위해 머리를 드러내고 학교에 갈 결정을 내렸어요. 한데의 부모님은 많은 어려움과 가난 속에서 외동아들처럼 애지중지 그녀를 키웠어요. 그녀의 부모님은 장차 딸이 자신들을 돌볼 거라는 기대를 항상 하고 계셔요. 한데는 아주 똑똑한 친구예요."

카디페는 달콤한 목소리로 속삭이듯, 하지만 한데가 들을 수 있는 목소리로 말했다. 눈에 눈물이 글썽이는 한데도 다른 사람들처럼 화면을 보면서 그녀의 말을 듣고 있었다.

"히잡을 착용한 여학생들은 우리의 투쟁이 중단되는 일이 없도록 하기 위해 그녀를 설득하려고 했지요. 하지만 자살보다는 차라리 맨머리로 사는 것이 낫다는 결론을 내리고 한데의 결정을 도와주기로 했답니다. 히잡을 신의 명령과 믿음의 상징으로 받아들인 여자가 후에 머리를 드러낸 채 사람들 사이에 나가는 것은 쉽지 않은 일이죠. 한데는 며칠 동안 집안에 틀어박혀 집중하려고 노력하고 있어요."

카도 다른 사람들처럼 죄책감 때문에 위축되어 있었지만, 자신의 팔이 이펙의 팔에 닿자 마음속에 행복감이 퍼졌다. 투르굿 씨가 계속 채널을 바꾸고 있을 때, 카는 방금 전의 행복을 다시 찾으려고 이펙의 팔에 자신의 팔을 기댔다. 이펙도 똑같이 자신의 팔에 기대자 그는 저녁 식사 자리에서 번지고 있는 슬픔을 잊었다. 텔레비전 화면에 밀렛 극장이 나타났다. 장대처럼 키가 큰 남자는 자신이 카르스 역사상 최초로 행해지는 생방송에 참여한 감회와 긍지에 대해 말했다. 그리고 공연 프로그램들을 나열했다. 교훈이 담긴 이야기, 국가 대표 골키퍼의 고백, 정치사의 수치스런 비밀들, 셰익스피어와 빅토르 위고의 연극, 기대하지 않았던 고백, 끔찍한 수치, 터키 연극과 영화사에서 기억할 만한 이름과 공로자들, 농담, 노래 그리고 기대하지 않았던 끔찍한 이야기 등. 그리고 카는 '많은 세월이 흐른 후 조용히 고국에 돌아온 가장 위대한 시인'으로 자신의 이름이 언급되는 소리를 들었다. 이펙은 식탁 아래서 카의 손을 잡았다.

"저녁 때 저기에 가는 것을 원하지 않는다고 들었다네."

투르굿 씨가 말했다.

"전 여기에 있는 것이 좋습니다. 지금이 행복합니다."

카는 이펙의 팔에 더 많이 기대면서 이렇게 말했다.

"당신의 행복한 기분을 망치고 싶지 않아요."

한데가 말했다. 순간 모두들 그녀를 두려워했다.

"하지만 오늘밤 제가 여기 온 것은 당신을 만나기 위해서였어요. 당신의 시집을 읽은 적은 없지만, 독일까지 가셨고, 세계를 본 시인이라는 점만으로도 제게는 충분해요. 최근에 시를 쓰셨나요?"

"카르스에서 많은 시가 떠올랐지요."

"제가 어떤 문제에 대해 어떻게 몰입을 해야 하는지 당신이 말해 줄 수 있을 거라고 생각했어요. 어떻게 시를 쓰나요, 제게 말해 줄 수 없나요? 집중을 하면 되지요, 그런가요?"

그건 독일에서 터키 독자들과 함께 했던 시의 밤에서 여성들이 시인에게 가장 많이 물었던 질문이었다. 그럼에도 불구하고 카는 여느 때와 같이 아주 특별한 질문이라도 받은 양 움찔했다.

"시가 어떻게 쓰여지는지를 단정적으로 얘기하기는 좀 그렇고. 좋은 시는 외부에서, 아주 먼 곳에서 오는 것 같습니다."

그는 한데가 의심스런 눈길로 쳐다보는 것을 보았다.

"몰입한다는 건 어떤 의미지요, 말씀해 주세요. 전 온종일 애를 씁니다. 하지만 제 눈앞에는 보고 싶은 모습, 그러니까 히잡을 쓰지 않은 제 모습은 떠오르지 않아요. 그 대신 제가 잊고 싶어하는 것들만 떠올라요."

"예를 들면?"

"히잡을 쓰는 여자들의 수가 늘어나자, 그것을 벗으라고 설득시키기 위해 앙카라에서 어떤 여자를 보냈어요. 그 '상담전문가'는 한 방에서 몇 시간 동안 우리들과 일일이 만났지요. 우리에게, '아버지가 엄마를 때리니? 형제는 몇이니? 아버지는 한 달에 얼마를 버니? 이슬람 의상을 입기 전에는 무엇을 입었니? 아타튀르크를 좋아하니? 집의 벽에 어떤 그림들이 걸려 있니? 한 달에 몇 번 극장에 가니? 남자와 여자는 평등할까? 신과 정부 중 누가 더 위대할까? 결혼하면 아이는 얼마나 낳을 생각이니? 가정 안에서 능욕 당한 일이 있니? 등등의 수많은 질문을 했어요. 그리고 우리의 답변을 종이에 쓰고는, 우리의 신상명세서를 작성했어요. 그녀는 립스틱 칠한 입술에, 머리도 염색했고, 히잡을 쓰고 있지 않고, 패션 잡지에 나오는 여자들처럼 멋지고, 뭐랄까, 실은 아주 수수했어요. 난처한 질문으로 우리들 중 누군가를 울리긴 했어도 그녀가 맘에 들기도 했어요. 우리들 중에는 카르스의 더러움과 진흙이 그녀에게 묻지 않았으면 하고 바라는 아이들도 있었지요. 그 일이 있은 후 저는 꿈에서 그녀를 보기 시작했어요. 하지만 처음에는 별로 관심을 두지 않았어요. 지금은 히잡을 벗고 머리칼을 드러낸 채 사람들 사이에서 돌아다닐 상상을 할 때면, 제 자신이 그 '상담전문가'로 보여요. 저도 그녀처럼 멋진 여자가 되어 있고, 가는 굽의 높은 구두를 신고, 그녀가 입은 것보다 더 노출이 심한 옷을 입고 있어요. 남자들은 제게 관심을 표하지요. 전 그 상황이 부럽기도 하고 부끄럽다는 생각도 들었어요."

"한데, 부끄러운 얘기는 하지 않아도 돼."

카디페가 말했다.

"아니야, 얘기할 거야. 왜냐하면 부끄럽긴 하지만 나의 상상이 수치스럽진 않으니까. 내가 히잡을 벗는다 해도, 남자들을 유혹하고 욕정을 탐닉하는 그런 여자가 될 거라고는 생각하지 않아. 히잡을 벗는 것은 내가 신념을 가지고 하는 행동이 아니기 때문이야. 하지만 한편으로는, 확신이 없거나 원하지 않는 순간에도 욕정에 휩싸일 수 있다고 생각해. 여자 남자 할 것 없이 우리 모두는 밤마다 꿈속에서, 일상에서라면 전혀 원하지 않을 것이라고 생각하는 사람들과 죄를 범하니까. 그렇지 않나요?"

"그만해, 한데."

카디페가 말했다.

"제가 한 말이 맞지 않나요?"

"아니, 그렇지 않아."

카디페는 이렇게 말하고는 카를 바라보았다.

"2년 전에 한데는 아주 잘생긴 쿠르드족 청년과 결혼을 하려고 했었어요. 그런데 그 청년이 정치에 관여하게 되었고, 누군가 그를 죽였어요."

"내가 히잡을 벗지 않는 것은 그것과 아무런 관계가 없어."

한데는 분노하며 말했다.

"내가 결행하지 못하는 까닭은 히잡을 벗고 있는 나의 모습을 상상하는 데 집중하지 못하기 때문이에요. 집중할 때마다 상상 속의 저는 그 '상담전문가' 처럼 나쁜 이방인이나, 욕정에 집착하는 여자로 변해요. 히잡을 벗고 교문에서 학교 안으로 들어가, 복도를 걸어 교실로 들어가는 저의 모습을 한 번이라도 떠올릴 수만 있다면, 이 일을 감행할 힘이 생길 거예요. 그러면 자유로워지겠지요. 그렇게 되면, 저의 의지와 바람으로 히잡을 벗는 셈이 될 테니까요. 하지만 도저히 그 장면에 몰입할 수가 없어요."

"그 장면을 그렇게 중요하게 생각하지 마. 그 순간 네가 무너지더라도 넌 우리의 변함없는 친구 한데니까."

카디페가 말했다.

"아니야. 내가 너희들로부터 이탈해서 히잡을 벗으려는 결정을 한 것에 대해 속으로는 날 비난하고 무시하고들 있다는 거 알아."

한데는 이렇게 말하고는 카를 바라보았다.

"때로 상상 속에서 한 소녀가 히잡을 벗고 학교에 가, 복도를 걸어가고, 내가 아주 그리워하는 우리 교실로 들어가요. 전 그 순간의 복도 냄새와 교실의 무거운 분위기도 기억해요. 바로 그 순간 저는 교실과 복도를 분리하는 창문에서 그 소녀를 보고는, 내가 본 그 소너가 내가 아니라 다른 사람이라는 걸 알고는 울기 시작해요."

모두들 한데가 다시 울 거라고 생각했다.

"제가 다른 사람이 되는 것이 두렵진 않아요. 단지 지금의 상태로 전혀 돌아오지 못할 거라는 것, 더욱이 지금 상태의 저를 잊는 것이 절 두렵게 해요. 사람은 실상 이 때문에 자살할 수도 있어요."

그녀는 다시 카를 바라보며 도발적인 투로 물었다.

"자살할 생각을 하신 적이 있나요?"

"아니요. 하지만 카르스의 여성들을 만난 후로 그 문제에 대해 많이 생각하고 있어요."

"우리와 같은 상황에 처한 많은 소녀들에게 있어 자살욕구는 우리의 몸을 책임진다는 의미예요. 속아서 처녀성을 잃은 친구들, 원하지 않는 남자와 억지로 결혼을 해야 하는 소녀들은 모두 이 때문에 자살을 해요. 자살을 순수한 욕구로 보지요. 자살에 관해 시를 쓴 적이 있나요?"

한데는 본능적으로 이펙을 바라보았다.

"언니의 손님을 제가 너무 지루하게 만들었나요? 그렇다면, 카르스에서 '온' 시가 어디에서 왔는지 말해 주세요. 당신을 귀찮게 하지 않을 테니."

"시가 오고 있다고 느낀 그 순간 그 시를 내게 보낸 존재에게 감사하는 마음이 가슴에 가득 차지요. 아주 행복해지니까요."

"당신이 시에 몰입하게 만드는 것도 그 사람인가요? 그는 누구지요?"

"확신할 순 없지만 신이 나에게 시를 보냈다고 느낍니다."

"신을 믿지 않는 건가요, 아니면 신이 당신에게 시를 보냈다는 것을 믿지 않는 건가요?"

"나에게 시를 보내는 것은 신입니다."

카는 어떤 영감으로 이렇게 말했다.

이에 투르굿 씨가 말했다.

"그는 이곳에서 정치적 이슬람이 어떻게 부상했는지를 보았어. 어쩌면 그를 협박했겠지. 그래서 두려워서 신을 믿기 시작했고."

"아닙니다, 진심에서 우러나오는 것입니다. 나는 모두와 같은 사람이 되고 싶습니다."

"두려워하고 있군. 자네를 비난하고 싶네."

"그렇습니다, 두렵습니다."

카는 이렇게 말하며 갑자기 목소리를 높였다.

"그것도 아주 많이!"

그는 마치 누군가 자신에게 총부리를 겨누고 있는 것처럼 자리에서 일어났다. 이 행동은 그 식탁에 앉아 있던 사람들을 순간 당황하게 만들었다.

"어느 쪽인가!"

투르굿 씨는 마치 자신도 누군가가 자신들을 향해 총부리를 겨누고 있다는 것을 알아챈 듯 소리쳤다.

"두렵지 않아, 난 괜찮아."

한데가 혼잣말을 했다.

하지만 그녀도 다른 사람들처럼 위험이 있는 방향을 알기 위해 카의 얼굴을 쳐다보고 있었다. 몇 년이 흐른 후 신문기자 세르다르 씨는 나에게, 그 순간 카의 얼굴은 새파랗게 질려 있었지만, 두려움이나 현기증 때문에 기절하려는 사람의 표정이 아니라 어떤 깊은 행복감이 얼굴에 나타났다고 말했다. 게다가 하녀는 끈질기게도, 방에 빛이 나타났다고, 모든 것이 빛으로 뒤덮여 있었다고 설명했다.

그날 이후로 그녀의 눈에 비친 카는 성자 반열에 올라 있었다. 방에 있던 사람들 중 누군가가 그 순간, "시가 왔어"라고 말했고, 모두는 그것을 자신들을 겨누고 있는 무기보다도 더욱더 큰 흥분과 두려움으로 맞이했다.

나중에 이 당시의 일을 회상하여 노트에 기록할 때, 카는 그 방에 감돌았던 기다림의 긴장을 어린 시절에 했던 영혼 불러오기 모임에서의 그 두려운 기다림의 순간에 비유했다. 25년 전 니샨타쉬의 뒷골목에 있던 집에서는 젊은 나이에 과부가 된, 뚱뚱한 친구의 어머니가 밤에 강신술 모임을 주관하곤 했었다. 그곳에는 다른 불행한 주부, 손가락이 마비된 피아니스트, 우리가 "그 사람도 와요?"라고 물었던 중년의 신경질적인 여배우와 빽 하면 기절하는 그녀의 여동생, 한물 간 여배우에게 '수작을 거는' 은퇴한 장군, 뒷방을 통해 우리를 몰래 거실로 들어오게 했던 뚱뚱한 친구와 카 그리고 나도 참석하곤 했었다. 초조한 기다림의 순간, 누군가는 "아, 영혼아, 왔다면 소리를 내라!"라고 말했었다. 그리고 긴긴 정적이 흘렀다. 잠시 후 희미하게 들리는 달그락거리는 소리, 삐걱거리는 의자 소리, 신음 소리 혹은 사람의 다리를 치는 둔탁한 구타 소리가 들려왔다. 누군가는 "영혼이 왔어!"라고 두려움에 떨며 말하곤 했다. 하지만 지금의 카는 영혼과 만난 사람 같지는 않았다. 그는 부엌 문을 향해 걸었다. 행복한 표정을 하고서.

"술을 많이 마셨군. 가서 그를 좀 도와주거라."

투르굿 씨가 말했다.

이미 카에게 뛰어가는 이펙을 보고, 마치 자신이 그녀를 그에게 보내기라도 한 것처럼 이렇게 말했다. 카는 부엌 문 옆에 있는 의자에 털썩 앉았다. 호주머니에서 노트와 연필을 꺼냈다.

"이렇게 모두가 일어서서 나를 바라보고 있을 때는 쓸 수가 없어."
"그럼 방으로 안내할게."
이펙이 앞장서고, 카는 그녀의 뒤를 따라갔다. 자히데가 빵 만들 때 넣는 시럽 냄새가 나는 부엌과 추운 방을 지나 반쯤 어두운 방으로 들어갔다.
"여기서 쓸 수 있겠어?"
이펙이 전등을 켰다.
카는 깨끗한 방과 정리가 잘 된 두 개의 침대를 보았다. 자매의 서랍 달린 탁자, 책상 용도로 사용하는 작은 탁자 위에 놓인 로션이 든 튜브들, 립스틱, 작은 병에 든 화장수, 아몬드 기름 그리고 평범한 술병 컬렉션, 책, 지퍼가 달린 가방 그리고 빗, 연필, 액막이용 구슬, 목걸이, 팔찌들이 가득 든 스위스 초콜릿 상자를 보았다. 그는 얼어붙은 창가에 있는 침대에 앉았다.
"여기서 쓸 수 있을 것 같아. 하지만 날 두고 가지 마."
"왜?"
"모르겠어."
카는 잠시 말을 멈췄다. 그리고 말을 이었다.
"두려워."
그는 어린 시절 삼촌이 스위스에서 사온 초콜릿 상자를 묘사하는 것으로 시를 쓰기 시작했다. 상자 곁에는 카르스 찻집의 벽에도 있던 스위스 풍경이 있었다. 후에 카가 카르스에서 자신에게 '온' 시를 이해하고 분류하고 정리하기 위해 썼던 글에 의하면, 시에 언급된 상자 안에서 처음 꺼낸 것은 장난감 시계였다. 이틀 후 카는, 이펙이 어린 시절에 이것을 가지고 놀았다는 것을 알게 된다. 그리고 이 시계를 시작으로 장차 어린 시절과 인생의 시간에 대해 몇 가지를 말하게 된다.

"네가 내 곁에 항상 있었으면 해. 널 미치도록 사랑하니까."

"나에 대해 알지도 못하잖아."

카는 훈계하는 분위기로 말했다.

"두 종류의 남자가 있지. 첫 번째 종류는, 사랑하기 전에 그 여자가 어떤 샌드위치를 좋아하고, 어떻게 머리를 빗고, 어떤 행동에 대해 신경을 쓰는지, 아버지에게 어떤 때 화를 내는지, 그녀에 대해 언급되는 다른 이야기나 전설들을 다 알아야 한다고 생각하는 남자. 두 번째 종류는, 난 이 범주에 들어가. 여자에 대해 아주 조금 알아야 사랑에 빠진다고 생각하는 남자지."

"그러니까 날 알지 못하기 때문에 날 사랑한다는 거야? 그게 정말 사랑이라고 생각해?"

"그런 사랑이 모든 것을 희생할 수 있는 사랑이야."

"그렇다면 내가 어떤 샌드위치를 좋아하고 어떤 것에 연연해하는지를 본 후에는 사랑이 끝나겠지."

"아니야. 그때 우리의 정은 깊어질 것이고, 우리 육체를 휘감은 욕구는 서로를 묶는 행복과 추억으로 변할 거야."

"일어나지 마, 침대 가장자리에 앉아."

이펙이 말했다.

"아버지가 같은 지붕 아래 있는데 키스를 할 순 없어."

카는 그래도 키스를 했다. 그녀는 처음에는 거부하지 않았다. 하지만 잠시 후 카를 밀면서, "아버지가 집에 계셔."라고 말했다.

카는 한 번 더 억지로 그녀의 입술에 입을 맞추며 침대 가장자리에 그녀를 앉혔다.

"한시라도 빨리 결혼해서 여기서 도망쳐야 해. 프랑크푸르트에서 우리는 정말 행복할 거야."
잠시 정적이 흘렀다.
"날 알지도 못하면서 어떻게 사랑할 수 있지?"
"네가 아름답기 때문에…… 너와 행복해질 수 있다고 상상했기 때문에…… 네게 모든 것을 부끄러워하지 않고 말할 수 있기 때문에…… 난 우리가 쉬지 않고 사랑을 나누는 모습을 상상해."
"독일에서는 뭐 했어?"
"쓸 수 없는 시를 쓰는 일에 전념했고…… 자위행위…… 외로움은 기본적으로는 자존심의 문제야. 사람은 자신의 체취에 자만하며 그 속에 파묻히지. 진정한 시인의 물음은 항상 같아. 오랫동안 행복하면 시는 평범해지지. 오랫동안 불행해도 시를 생생하게 쓸 힘을 찾지 못해. 행복과 진정한 시는 아주 짧은 기간 함께 존재해. 그 기간이 지나면 행복은 시와 시인을 평범하게 만들거나, 진정한 시는 행복을 망가뜨리지. 프랑크푸르트로 돌아가 불행할 것을 생각하면 이제는 정말 두려워."
"이스탄불에서 살면 되잖아."
카는 그녀를 유심히 바라보았다.
"이스탄불에서 살고 싶은 거야?"
지금 그가 원하는 것은 이펙이 자신에게 무엇인가를 바라는 것이었다.
그녀는 이를 감지하고는 이렇게 말했다.
"아무것도 원하지 않아."
카는 자신이 너무 서둘렀다는 생각에 후회가 들었다. 카르스에서는 아주 조금 머물 수밖에 없다는 것을, 얼마 지나지 않아 이곳에서는 숨을 쉴 수 없다는 것을, 서두르는 것 이외에 다른 방도가 없다는 것을 느꼈다. 그들은 밖에서 들려오는 희미한 대화 소리와 눈을 짓이기며 창문 앞을 지나가는 마차 소리에 귀를 기울였다. 이펙은 문지방에 서 있었고, 무심코 손에 든 빗에 뭉쳐 있는 머리칼을 떼어내고 있었다.

"이곳에서는 모든 것이 너무나 빈곤하고 절망적이기 때문에 무언가를 원하는 바람조차도 단념하게 만드는 거야. 너도 그래. 이곳에서는 단지 죽음을 꿈꿀 수 있을 뿐이야…… 나와 결혼해 주겠어?"

이펙은 대답하지 않았다.

"부정이라면 아무 말도 하지 마."

카는 말했다.

이펙은 빗에 시선을 고정시킨 채 말했다.

"모르겠어. 사람들이 우릴 기다리고 있어."

"무슨 일이 벌어지고 있다는 감이 와. 하지만 그게 무엇인지 알 수가 없어. 네가 설명해 줘."

그 순간 정전이 됐다. 이펙이 꼼짝 않고 있자 카는 그녀를 안고 싶었다. 하지만 독일로 홀로 가게 될 것이라는 두려움이 그의 온몸을 에워쌌다. 그는 꼼짝할 수가 없었다.

"이런 어둠 속에서는 시를 쓸 수가 없을 거야. 나가자."

"내가 무엇을 해주면 날 사랑할 수 있겠어?"

"네 자신이 되기만 하면 돼."

이펙은 이렇게 말하고는 방에서 나갔다.

카는 그곳에서 앉아 있는 것이 너무나 행복했기 때문에, 자리에서 일어나는 것이 너무나 힘겨웠다.

그는 부엌 바로 옆에 있는 그 추운 방에 다시 앉았다. 그리고 흔들리는 촛불 밑에서 머릿속에 있던 '초콜릿 상자'라는 제목의 시를 초록색 노트에 적었다.

그가 다시 일어섰을 때 부엌에 이펙의 모습이 보였다. 그녀를 안고, 그녀의 머리카락 속에 얼굴을 묻기 위해 가려는 찰라, 갑자기 그의 머릿속에 있는 모든 것이 암흑처럼 뒤엉켰다.

부엌의 촛불 아래서 이펙과 카디페가 서로 껴안고 있었다. 팔을 서로의 목에 감은 그들은 마치 애인 같은 모습이었다.

"아빠가 두 사람을 보고 오라고 해서."

카디페가 말했다.

"그래."

"카는 시를 썼어?"

"물론. 하지만 지금은 그대들을 도와주고 싶군."

카가 어둠 속에 나오며 말했다.

카는 부엌으로 들어갔다. 촛불이 떨리고 있을 뿐, 그곳에는 아무도 없었다. 그는 재빨리 컵에 라크를 따르고는 단숨에 들이켰다. 눈에서 눈물이 흐르자 급히 물 한 잔을 마셨다.

부엌에서 나오자 문득 암흑 같은 어둠 속에 있는 자신을 발견했다. 촛불로 밝혀진 식탁을 보고는 그쪽을 향해 걸었다. 식탁에 앉은 사람들과 함께 벽에 드리워진 커다란 그림자들도 카를 바라보았다.

"시는 썼는가?"

투르굿 씨가 물었다. 그는 카가 거실로 돌아오는 것을 보고 잠시 기다린 후에 말을 던진 참이었다. 카에게 크게 신경 쓰지 않는 듯이 행동하고 싶었다.

"네."

"축하하네."

그는 카의 손에 잔을 들려주고는 라크를 채웠다.

"무엇에 대해 썼는가?"

"여기서는 누구와 만나 이야기하든지 그 사람 말이 옳다는 생각이 듭니다. 독일에 있을 때는 밖과 거리에서 마주칠 수 있었던 두려움이 지금은 내 마음속에 있습니다."

"이해해요."

한데가 아는 척하며 말했다.

카는 고마워하는 심정으로 그녀에게 미소를 지어 보였다. '히잡을 벗지 마.'라고 말하고 싶은 충동이 일었다.

"누구와 만나든지 그들을 믿었기 때문에, 교주 에펜디를 만나서도 신을 믿는다고 말했다면 비난하고 싶군. 교주 에펜디가 신을 대변하지는 않네!"

투르굿 씨가 말했다.

"이곳에서는 누가 신을 대변하지요?"

한데가 도전하듯 물었다.

하지만 투르굿 씨는 그녀에게 화내지 않았다. 그는 고집이 세고 논쟁을 좋아하는 사람이지만, 무자비한 무신론자는 될 수 없는 온화한 사람이었다. 카는 투르굿 씨가 딸들의 불행을 걱정하는 만큼이나, 그 자신의 세계관이 무너져 사라지는 것을 두려워하고 있음을 알 수 있었다. 이는 정치적인 우려가 아니라, 그의 삶의 유일한 즐거움, 즉 매일 밤 딸들과 손님들과 함께 몇 시간이고 정치와 신의 존재 그리고 빈곤에 대해 논쟁하길 즐기는 한 남자가 식탁의 중심에 있는 그의 자리를 잃을지도 모른다는 두려움이었다.

전기가 들어왔다. 방이 갑자기 환해졌다. 이 도시 사람들은 전기가 나가고 들어오는 것에 얼마나 익숙해졌는지, 카가 어린 시절 이스탄불에서 그러했듯이, 전기가 들어와도 즐거운 비명을 지르지 않았고, 세탁기가 고장났을지도 모르니 가 봐, 촛불은 내가 끌 거야 라는 등의 행복한 동요도 없었다. 사람들은 아무 일도 없었다는 듯이 행동했다. 투르굿 씨는 텔레비전을 켜고, 리모컨으로 채널을 바꾸기 시작했다. 카는 카르스가 너무나 고요한 곳이라고 여자들에게 속삭였다.

"그건 우리가 이곳에서 우리들의 목소리조차 두려워하기 때문이지요."

한데가 말했다.

"그게 바로 눈의 정적이야."

이펙이 말했다

일종의 패배감에 사로잡혀 모두들 오랫동안 천천히, 채널이 바뀌는 텔레비전을 바라보았다. 식탁 밑에서 이펙과 손을 잡게 되자, 카는 이곳에서 낮에는 이 일 저 일로 소일하고, 밤에는 이 여자와 손을 잡고 위성 채널을 보며 전 생애를 행복하게 보낼 수도 있을 거라는 생각이 들었다.

15
우리 모두에겐 인생에서 진짜 원하는 무엇인가가 있어요

밀렛 극장에서

　이펙과 전 생애를 카르스에서 보내며 행복해질 수 있을 거라는 생각을 한 지 정확히 7분 후, 눈 속에서 혼자 전생터에 나가는 사람처럼 밀렛 극장의 밤 공연에 참여하기 위해 뛰고 있을 때 카의 가슴은 콩콩 뛰었다. 그 짧은 7분 동안에 모든 것이 제 나름의 속도로 전개되었다.

　먼저 투르굿 씨가 밀렛 극장의 생방송 장면을 화면에서 보여주었다. 그곳에서 흘러나오는 범상치 않은 소리들 때문에 모두들 그곳에서 무슨 일이 벌어지고 있다는 것을 감지했다. 이는 그들에게 하루 밤만이라도 흥분된 무엇인가를 경험하고 싶다는 바람을 불러일으켰지만, 한편으로는 나쁜 일이 벌어질 수도 있다는 가능성 때문에 그들을 두렵게 했다. 참을성 없는 군중의 환호와 함성을 들으며, 앞좌석에 앉은 도시의 유지들과 뒷좌석에 앉은 젊은이들 사이에는 긴장감이 감돌고 있음을 느꼈다.

무대에는 한때 터키 전체가 알았던 국가 대표 골키퍼가 있었다. 15년 전 있었던 비극적인 국가 대항 경기에서 영국이 넣은 열한 개의 골 중에서 겨우 첫 번째 골에 대한 이야기를 끝냈을 때, 그날 공연의 진행자인 키가 장대처럼 크고 마른 남자가 화면에 나타났다. 골키퍼는 마치 국영 방송에서 그러하듯이 광고 시간인 줄 알고 입을 다물었다. 마이크를 손에 쥔 진행자는 손에 들고 있던 종이를 보며 몇 초 분량의 광고 두 개를 읽었고 (페브지 파샤 대로에 있는 타달 구멍가게에 카이세르 산(産) 훈제 쇠고기가 입하되었다, '학문' 학원 대학 입시 야간반 등록이 시작되었다.) 그날 밤의 다채로운 공연 프로그램을 두 번씩 반복하여 알려주더니, 시 낭송을 할 카의 이름도 열거하면서 슬픈 표정으로 카메라를 바라보며 덧붙였다.

"하지만 저 멀리 독일에서 저희 국경 도시를 찾아오신 위대한 시인이 여전히 우리 곁으로 오지 않아 카르스 시민들을 정말로 안타깝게 하고 있습니다."

"저런 말을 듣고도 자네가 가지 않는다는 건 큰 실례야."

투르굿 씨가 곧바로 말했다.

"하지만 제게 밤 공연에 올 수 있냐고 묻지도 않았습니다."

"여기 관습이 그러하네. 초대한다고 해도 가지 않았을 게 뻔하지 않나. 이제 가야만 하네. 안 그러면 그들을 무시한다는 인상을 주게 될 거야."

투르굿 씨가 말했다.

"우린 여기서 텔레비전으로 당신을 볼게요."

한데가 의외로 의욕적으로 말했다.

동시에 문이 열리고 야간 접수계 담당 직원이 들어왔다.

"교육원장이 병원에서 죽었대요."

"가련한 사람……."

투르굿 씨가 말했다. 그러고는 카를 뚫어지게 바라보았다.

"이슬람 신자들이 우리 모두를 하나하나 없애기 시작했어. 목숨을 부지하고 싶으면 한시라도 빨리 신을 믿는 게 좋을 거야. 안타깝게도 카르스에서는 온건한 믿음을 가진 옛 무신론자는 곧 위험을 면할 수 없을 테니까."

"옳으신 말씀입니다. 저도 제 가슴 깊은 곳에서 느끼기 시작하는 신에 대한 사랑에 온 생애를 바칠 결심을 했습니다."

카의 말은 빈정거리는 듯한 어조로 들렸지만, 그가 미리부터 이 대답을 마음속에 준비하고 있던 것은 아닌가 하는 의심스런 생각이 들었다.

그때 자히데가 노련하게 한 손에 커다란 냄비, 다른 한 손에는 전등 빛이 손잡이에 반사되는 알루미늄 국자를 들고 다정한 엄마처럼 미소 지으며 식탁으로 왔다.

"냄비 바닥에 한 사람분 수프가 더 있어요. 버리면 아깝지요. 여자분들 중 누가 드실래요?"

카에게 무슨 일이 일어날 것만 같다며 밀렛 극장에 가지 말라고 말하던 이펙도, 한데와 카디페와 함께 미소 짓는 쿠르드인 하녀를 돌아보았다.

그 순간 문득 카는, 이펙이 "저요!"라고 말한다면, 그녀는 나와 프랑크푸르트에 갈 것이고 우린 결혼하게 될 거야, 라고 생각했다. 그녀가 그렇게 말하면 밀렛 극장에 가서 나의 시를 읽어야지, 라고 생각하기도 했다.

그런데 곧 이펙이 "저요!"라고 외쳤고, 전혀 즐거운 표정이 없이 접시를 내밀었다.

바깥의 커다란 송이로 내리는 눈 속에서 카는 생각했다. 자신은 카르스에서 이방인일 뿐이며, 이곳을 떠나면 도시는 쉽게 잊혀질 거라고. 하지만 이 생각은 그리 오래 가지 않았다. 그는 운명적인 느낌에 휩싸였다. 인생의 논리를 해석하고 행복을 찾고 싶은 깊은 그리움을 느꼈다. 하지만 적어도 그 순간만큼은 행복하고자 하는 바람이 충분히 강하지 못했다.

밀렛 극장까지 뻗어 있는, 선거 유세 깃발로 물결치는 눈 덮인 거리는 텅 비어 있었다. 카는 고드름이 얼어 있는 넓은 처마, 웅장하지만 낡고 오래된 건물의 외관을 보고는 한때 이곳에서 누군가(티프리스에서 무역을 하는 에르메니아인들? 유제품 농장에서 세금을 걷는 오스만 제국의 파샤들?)가 행복하고 평안하며 즐거운 삶을 영위했으리라는 느낌이 들었다. 이 도시를 소박한 문명의 중심으로 만든 그 모든 아르메니아인들, 러시아인들, 오스만 제국 사람들, 초기 터키 공화국 사람들은 이제 떠나고 없었다. 그들이 떠난 후 아무도 이곳에 오지 않았기 때문에 거리가 텅 빈 것 같았다. 버려진 도시라는 느낌은 있었지만 아무도 없는 거리가 두려움을 불러일으키지는 않았다. 카는 옅은 오렌지 빛이 도는 창백한 가로등과 얼음이 언 유리 진열장 뒤에 있는 창백한 네온등 빛이 보리수나무와 플라타너스 가지에 쌓인 눈 더미와 전신주 가장자리에 달린 커다란 고드름을 비추는 모습을 감탄스레 바라보았다. 눈은 환상적이고 신성한 정적 속에서 내리고 있었고, 자신이 내는 희미한 발소리와 가쁜 숨소리 이외에는 아무 소리도 들리지 않았다. 개 한 마리도 짖지 않았다. 마치 세상의 끝에 온 것 같았고, 지금 바라다 보이는 세상의 모든 것이 오직 내리는 눈을 주시하고 있는 것 같았다. 카는 창백한 가로등 주위의 눈송이들을 바라보았다. 천천히 내리는 눈송이 중 일부는 고집스레 위로, 어둠 속으로 솟아 올라가기도 했다.

카는 아이든 사진관 처마 밑으로 들어갔다. 가장자리에 얼음이 언 간판에서 흘러나오는 붉은 빛 아래서 자신의 코트 소매에 내려앉는 눈송이를 문득 유심히 바라보았다.

바람이 불었다. 간판의 붉은 빛이 갑자기 꺼지자 맞은편에 있던 보리수나무도 어두워지는 것 같았다. 맞은편 찻집의 반쯤 열린 문과 문지방 사이에 숨어서, 밀렛 극장 문 앞의 군중들과 약간 떨어진 곳에서 기다리고 있는 경찰 버스를 구경하고 있는 사람들을 보았다.

극장 홀로 들어가자, 내부의 소음과 사람들의 움직임 때문에 머리가 어지러웠다. 공기 속에는 짙은 술 냄새, 입김 냄새 그리고 담배 냄새가 섞여 있었다. 가장자리에는 많은 사람들이 서 있었다. 구석에 있는 매점에서는 사이다와 시밋을 팔고 있었다. 카는 역겨운 냄새가 나는 화장실 문 앞에서 속삭이며 이야기하는 젊은이들을 보았다. 그는 한쪽에 서서 기다리는 푸른색 유니폼을 입은 경찰과 조금 더 전방에서 무전기를 들고 서 있는 사복 경찰들 옆을 지나갔다. 어떤 아이는 아버지의 손을 잡고, 주위의 소음에도 아랑곳없이 모든 정신을 집중하여 병 속에 집어넣은 이집트 콩이 움직이는 모습을 구경하고 있었다.

카는 가장자리에 서 있는 사람들 중 누군가 다급히 손을 흔드는 것을 보았다. 하지만 자신에게 손을 흔드는 것인지 확신이 서지 않았다.

"멀리서, 코트를 보고 당신을 알아봤어요."

카는 네집의 얼굴을 가까이에서 보자 마음속에 어떤 심오한 사랑의 감정이 스쳤다. 그들은 힘껏 껴안았다.

"선생님이 오실 줄 알았어요. 정말 기뻐요. 뭐 하나 여쭤봐도 될까요? 제 머릿속엔 두 가지 중요한 사안이 있어요."

"한 가지를 묻겠다는 건가, 두 가지를 묻겠다는 건가?"

"선생님은 정말 영리하시군요. 이성이 전부는 아니라는 것을 이해할 수 있을 만큼."

네집은 카와 더 편히 이야기를 나눌 수 있는 구석으로 그를 데리고 갔다.

"히즈란 혹은 카디페에게 내가 사랑하고 있다는 것을, 내 인생의 유일한 의미가 그녀라는 것을 말하셨어요?"

"아니."

"그녀와 함께 찻집에서 나갔잖아요. 저에 대해 전혀 언급하지 않았나요?"

"자네가 신학고등학교 학생이라는 것은 말했네."

"다른 것은요? 그녀는 아무 말도 하지 않았나요?"

"응."

네집은 잠시 말을 하지 않았다. 그러고는 애써 이렇게 말했다.

"그녀가 나에 대해서 아무 말도 안 한 것이 당연해요."

침을 한 번 삼키고는 말했다.

"카디페는 저보다 네 살이 많거든요. 제 존재를 인식하지도 못했겠지요. 선생님은 어쩌면 그녀와 비밀스런 것들에 대해 대화를 나누었겠지요. 비밀스런 정치 문제에 대해서 언급했을 수도 있고요. 이러한 것들은 묻지 않겠습니다. 단지 한 가지가 궁금할 뿐이에요. 이건 지금 제게 있어 아주 중요한 것입니다. 제 남은 인생이 달려 있어요. 카디페가 나란 존재를 인식하는 데는 수많은 세월이 걸리겠지요. 그리고 그때는 이미 그녀가 결혼을 했을 수도 있겠지요. 선생님의 대답 여하에 따라 저는 그녀를 죽을 때까지 사랑할 수도 있고, 지금 당장 그녀를 잊을 수도 있어요. 제발 즉시, 숨기거나 뜸들이시지 말고 사실을 말해 주세요."

"질문이 뭔가?"

카는 공식적인 분위기로 말했다.

"천박한 것에 대해 말씀을 나누셨나요? 텔레비전에 나오는 엉뚱한 것들, 작고 사소한 잡담들, 돈으로 살 수 있는 하찮은 것들. 아시겠어요? 카디페는 보이는 것처럼, 천박하고 사소한 것들에는 신경을 쓰지 않는 심오한 사람인가요? 제가 그녀를 쓸데없이 사랑하고 있는 건가요?"

"아니야. 우린 천박한 것에 대해 이야기하지 않았네."

카는 자신의 대답이 네집에게 치명적인 영향을 미쳤다는 것을 알 수 있었다. 그리고 젊은이가 초인적인 노력으로 기운을 되찾으려고 하는 모습을 얼굴에서 읽을 수 있었다.

"하지만 그녀가 비범한 사람이라는 것을 알아보셨겠지요?"

"그래."

"선생님도 그녀를 사랑할 수 있을까요? 아름답잖아요. 아름다울 뿐 아니라, 그 어떤 터키 여성에게서도 찾아볼 수 없는 독립심이 있어요."

"그녀의 언니도 아름다워. 문제가 아름다움에 있다면."

카는 말했다.

"아름다움이 문제가 아니라는 말씀인가요? 숭고한 신이 내게 지속적으로 카디페를 생각하게 만드는 데 있어 그 의미는 뭐지요?"

그는 경이감을 불러일으키는 순진한 표정과 함께, 50분 후면 한쪽이 심하게 뭉개지고 말 커다란 초록색 눈을 부릅떴다.

"글쎄."

"아니에요, 선생님은 알지만 말씀하시지 않는 거죠."

"아니, 정말 모른다네."

네집은 도와주려는 듯 말했다.

"작가는 중요한 모든 것을 말할 수 있는 거예요. 제가 작가가 된다면, 말해지지 않은 것들을 말하고 싶을 거예요. 한 번만이라도 모든 것을 말할 수 있으세요?"

"질문을 기다리고 있네."

"우리 모두에겐 인생에서 바라는 어떤 것, 진짜로 바라는 어떤 것이 있지요, 그렇지요?"

"그렇지."

"선생님에게는 그것이 무엇인가요?"

카는 입을 다물고 미소 지었다.

"제 것은 아주 단순해요."

네집은 자랑스럽게 말했다.

"카디페와 결혼하는 것, 이스탄불에서 사는 것 그리고 이 세상 최초로 무슬림 공상과학 소설 작가가 되는 것이랍니다. 불가능한 일일지도 모릅니다. 하지만 그래도 원해요. 선생님의 바람은 말씀해 주지 않으셔도 됩니다. 선생님을 이해하니까요. 선생님은 저의 미래예요. 지금 내 눈 속을 들여다보는 시선을 보고 깨달았어요. 선생님은 제게서 당신의 젊은 시절을 보고 계시지요? 그 때문에 절 좋아하고요."

네집의 입술 끝에 행복하고 영악한 미소가 나타났다. 카는 이것이 두려웠다.

"그렇다면 자넨 20년 전의 내가 되는 건가?"

"그렇습니다. 어느 날엔가 제가 쓸 공상과학 소설에는 정확히 이런 장면이 있을 거에요. 죄송합니다만 제 손을 선생님 이마에 얹어 봐도 될까요?"

카는 머리를 약간 앞으로 내밀었다. 네집은 이전에도 이러한 행동을 했던 사람처럼 편하게 손바닥을 카의 이마에 댔다.

"지금 20년 전의 선생님이 무얼 생각했는지 말할게요."

"파즐과 했던 것처럼 말인가?"

"우린 동시에 같은 것을 생각합니다. 선생님과 저 사이에는 시간이라는 것이 있습니다. 제 말을 들으세요. 어느 겨울 날, 선생님은 고등학교를 다니고 있었습니다. 눈이 오고 있었어요. 상념에 잠겨 있군요. 선생님은 마음속으로 신의 소리를 들었어요. 하지만 '그'를 잊기 위해 애를 쓰는군요. 모든 것이 총체라는 것을 느끼지만 그것을 당신에게 느끼게 해준 이를 외면한다면 더 불행하고 더 영리해질 거라고 생각하고 있어요. 선생님이 옳았어요. 당신은 오로지 영리하고 불행한 사람들이 좋은 시를 쓸 수 있다는 것을 알고 있었거든요. 좋은 시를 쓰기 위해 신을 믿지 않는 고통을 용감하게 감수하셨군요. 마음속에 있는 그 목소리를 잃으면 온 세상에 홀로 남게 되리라는 생각은 아직 하지 못하셨어요."

"자네 생각이 맞아. 난 그렇게 생각해. 자네도 그런 생각을 하고 있나?"

"곧바로 그 질문을 하실 거라는 걸 알고 있었어요."

네집이 다급하게 말했다.

"선생님도 신을 믿고 싶지 않으세요? 믿고 싶으시지요, 그렇지 않습니까?"

네집의 손이 너무 차가워서 카는 깜짝 놀랐다. 네집은 카의 이마에서 손을 거두었다.

"이 문제에 관해서는 할 말이 많습니다. 제 마음속에서 '신을 믿지 마.'라는 소리를 들어요. 어떤 것의 존재를 너무나 절실하게 믿을 때면, 어떤 의심이나 호기심을 느끼게 되거든요. 만약 그것이 존재하지 않는다면 어떡하지, 하는. 이해하시죠? 아름다운 나의 신의 존재에 대해 신념을 갖고 살아갈 수 있다고 이해하면서도, 마치 어린 시절에 엄마와 아버지가 죽는다면 어떻게 될까, 라고 생각했던 것처럼, 때로 혹 신이 없다면 어떻게 될까, 라고 생각하는 겁니다. 그러면 눈앞에 무엇인가가 떠올라요. 어떤 풍경이에요. 이 풍경이 신의 사랑에서 힘을 얻는다는 것을 알기 때문에 난 두려워하지 않아요, 호기심을 갖고 그것을 바라보지요."

"그 풍경을 내게 설명해 주겠나."

"선생님 시에 쓸 건가요? 제 이름을 언급하지 않아도 좋습니다. 다만 한 가지 부탁을 들어주세요."

"말해 보게."

"최근 6개월 동안 카디페에게 세 통의 편지를 썼습니다. 한 통도 보내지 못했지요. 부끄러웠기 때문이 아니라, 우체국에서 일하는 사람들이 편지를 열고 읽을까봐서요. 카르스인들의 절반은 사복 경찰이니까요. 이곳 군중들의 절반도 그렇고요. 모두들 우릴 지켜보고 있을 겁니다. 우리 쪽 사람들도 예외는 없어요."

"우리 쪽 사람들이 누군데?"

"카르스의 모든 젊은 이슬람주의자들 말입니다. 선생님과 무슨 이야기를 했는지 궁금해하고 있어요. 그들은 이곳에 문제를 일으키려고 왔지요. 세속주의자들과 군대가 오늘밤 일을 벌일 거라는 것을 알고 있으니까요. 그 유명한 「조국 혹은 히잡」이라는 옛 연극을 상연할 겁니다. 히잡을 쓴 처녀들을 모욕하게 될 겁니다. 전 정치를 치가 떨리게 싫어합니다. 하지만 제 친구들이 혁명을 일으키는 것은 정당하다고 봅니다. 그들처럼 제가 열성적이지 않기 때문에 절 의심하고들 있어요. 지금은 편지를 줄 수 없어요. 모든 사람이 보고 있으니까요. 하지만 그 편지를 카디페에게 전해 주었으면 합니다."

"지금도 아무도 보고 있지 않아. 당장 내게 편지를 주고, 그 풍경을 설명해 주게."

"편지는 이곳에 있습니다. 하지만 제가 갖고 있지는 않습니다. 문 앞에서 하는 수색이 두려웠어요. 제 친구들도 제 몸을 뒤질 수 있고요. 무대 가장자리에 있는 문을 통해 나가면 복도 끝에 화장실이 있습니다. 정확히 20분 후에 거기서 만나지요."

"그럼 그때 풍경을 설명해 줄 텐가?"

"그들 중 누군가가 우리 쪽으로 오고 있어요."

그는 눈길을 피했다.

"저 사람을 압니다. 그쪽을 쳐다보지 마세요. 친한 척은 하지 말고 그저 평범하게 대화하는 시늉을 하세요."

"알겠네."

"카르스 전체는 선생님이 이곳에 온 이유를 궁금해하고 있어요. 그들은 선생님이 우리 정부의 비밀 임무를 띠고 이곳에 왔고, 게다가 서양의 권력이 보냈다고 생각하고 있어요. 제 친구들이 선생님에게 이런 내용을 물어보라고 했습니다. 소문이 사실인가요?"

"그렇지 않네."

"그들에게 뭐라고 하지요? 이곳에 무엇 때문에 오셨습니까?"

"모르겠어."

"알지만 부끄러워서 또 말을 못 하고 계시군요."

잠시 정적이 흘렀다.

"선생님은 불행하기 때문에 이곳에 오셨습니다."

"그걸 어떻게 알지?"

"눈을 보면 알 수 있습니다. 선생님처럼 불행한 눈빛을 가진 사람을 본 적이 없어요. 저도 지금 행복하지 않습니다만, 전 젊어요. 불행은 제게 힘을 주지요. 행복보다는 불행을 선호하는 나이입니다. 카르스에서는 바보들과 악인들만이 행복해질 수 있어요. 하지만 저도 선생님 나이쯤에는 감싸 안을 행복이 있었으면 하고 바랄 겁니다."

"나의 불행은 나를 삶에 대항하게 만들지. 내 걱정은 하지 말게."

"다행이군요. 제게 화가 난 것은 아니시지요? 선생님 얼굴을 보면 내 머릿속에 떠오르는 모든 것, 가장 엉뚱한 것조차 다 말할 수 있을 것 같습니다. 친구들에게 말한다면 곧바로 놀림감이 되어버릴 테지만요."

"파즐도 말인가?"

"파즐은 달라요. 내게 나쁜 짓을 하는 사람들에게 복수를 하고 내가 무엇을 생각하는지 다 아는 친구죠. 이제는 선생님이 말씀을 하세요. 그 남자가 우릴 바라보고 있습니다."

"어떤 남자?"

카는 앉아 있는 사람들 뒤에 밀집한 군중들을 쳐다보았다. 머리통이 배 같은 남자 한 명, 여드름이 난 젊은이 두 명, 눈썹이 위로 치켜 올라간 가난한 옷차림의 젊은이들. 모두는 지금 무대를 바라보고 있었다. 술 취한 듯 비틀거리는 사람도 있었다.

"오늘밤 술을 마신 사람이 나만은 아니군."

카는 중얼거렸다.

"그들은 불행해서 술을 마십니다. 선생임은 마음속에 숨겨진 불행을 견디기 위해 술을 마셨고요."

네집이 말했다.

그 말이 끝날 무렵 그는 갑자기 군중 속으로 사라졌다. 카는 그가 한 말을 정확히 들었는지 확신할 수 없었다. 하지만 머릿속은 극장 홀을 가득 메운 그 모든 소음에도 불구하고 마음에 드는 음악을 듣는 것처럼 편했다. 누군가 그에게 손을 흔들었다. 관객들 사이에 '예술인'에게 지정한 몇 개의 빈자리가 있었다. 공손하지만 투박해 보이는 무대감독이 카를 좌석으로 안내했다.

그날 밤 카가 무대에서 본 것들을, 나는 몇 년이 흐른 후 국경 카르스 텔레비전 방송국의 자료 보관실에서 가져온 비디오를 통해 보았다. 무대에서는 어떤 은행 광고를 비웃는 작은 패러디 공연을 하고 있었다. 하지만 카는 오랫동안 터키에서 텔레비전을 보지 않았기 때문에 무엇이 풍자이며 무엇이 모방인지 이해할 수가 없었다. 그렇지만 돈을 예금하기 위해 은행에 가는 남자가 지나치게 점잔을 빼며 신사인 척을 해대는 통에, 그가 서양인을 패러디 한 것임을 알 수 있었다. 카르스보다 작고 외딴 마을의, 여자들과 고위층 인사들이 출입하지 않는 찻집에서라면, 브레히트주의 혹은 바흐친주의를 따르는 공연을 하는 수나이 자임 극단은 이를 더 외설적으로 공연했을 것이다. '은행카드'를 받은 점잔 빼는 고상한 남자는 관객들을 웃음의 도가니로 몰아넣는 동성연애자로 변한다. 나중에 카는 머리에 켈리도르 샴푸와 린스를 부어대는, 콧수염 달린 여장 남자가 수나이 자임이라는 것을 알아챘다. 여장을 한 수나이는, 남자들이 출입하는 외딴 찻집에서 분노에 찬 가난한 군중들을 '반자본주의 카타르시스'로 안도시킬 때처럼, 음탕한 욕설을 하며 켈리도르 샴푸 병을 항문에 넣는 시늉을 했다. 그 다음으로, 수나이의 부인인 푼다 에세르는 사랑받는 소시지 광고를 패러디 했다. 그녀는 손에 들고 있던 둘둘 말린 소시지를 손에 들고 무게를 가늠하면서, 음탕한 느낌을 풍기며 "말인가요? 당나귀인가요?"라고 말했다. 그러고는 무대 밖으로 서둘러 내려왔다.

뒤를 이어 1960년대에 유명했던 골키퍼 우랄이 무대에 나왔다. 이스탄불에서 있었던 국가 대항 경기에서 영국 팀이 어떻게 열 골을 넣었는지를 당시 유명 여배우와의 사랑 이야기를 섞어가며 이야기해주었다. 그의 이야기는 관객들에게 이상하고도 가학적인 희열을 느끼게 해주었고, 모든 이들에게 터키인들의 가련한 모습을 보고 웃을 수 있는 기회를 주었다.

16
신이 없는 곳

네집이 본 풍경과 카의 시

20분이 지나 카는 서늘한 복도 끝에 있는 화장실로 들어갔다. 얼마 있어 네집도 볼일을 보기 위해 서 있는 사람들 곁에 와 있었다. 한동안 서로 모르는 사람처럼, 화장실 한 칸 앞에 늘어선 줄의 뒤쪽에 기다리고 서 있었다. 높은 천장에는 양각으로 장식된 장미와 잎사귀들이 장식되어 있었다.

화장실 칸 하나가 비자 그들은 같이 안으로 들어갔다. 카는 늙고 치아가 없는 어떤 노인이 그들을 보고 있음을 알아챘다. 안에서 빗장을 건 후 네집은, "그들이 우리를 보지 못했어요."라고 말했다. 그는 기뻐하며 카를 안았다. 그리고 능란한 태도로, 운동화 신은 발을 벽 쪽의 약간 높은 곳으로 디뎌 위쪽으로 올라서더니, 손을 뻗쳐 물탱크 위에 있는 봉투를 찾았다. 바닥으로 내려온 네집은 봉투 위에 쌓인 먼지를 조심히 불었다.

"카디페에게 이 편지를 전할 때 한 가지만 말해 주세요. 많이 생각했습니다. 카디페가 이 편지들을 읽은 순간부터 전 그녀에게 어떤 희망이나 기대도 걸지 않을 거예요. 이 말을 카디페에게 아주 분명하게 전해 주서야 합니다."

"그녀가 자네의 사랑을 안 순간 그 어떤 희망도 걸지 않을 거라면, 왜 그녀에게 알리려는 거지?"

"전 선생님처럼 삶과 열정을 두려워하지 않아요."

네집은 카의 마음을 상하게 했을까봐 말을 덧붙였다.

"이 편지들은 제게 유일한 해결책입니다. 전 누군가를, 아름다움을 열정적으로 사랑하지 않고는 살아갈 수 없어요. 누군가를 행복하게 사랑해야만 해요. 하지만 그러기 위해서는 먼저 카디페를 제 머릿속에서 씻어내야 합니다. 카디페를 잊은 후 나의 모든 열정을 어디에 바칠 건지 짐작하십니까?"

그는 카에게 편지를 건네주었다. 카는 편지를 받아 호주머니에 넣으면서 물었다.

"글쎄?"

"신입니다."

"자네가 본 풍경을 설명해 주게."

"먼저 저 창문을 여세요. 여긴 냄새가 지독하군요."

카는 힘겹게 녹슨 손잡이를 밀어내 작은 창문을 열었다. 그들은 어둠 속에서 천천히 고요하게 내리는 눈송이들을 어떤 기적을 목격하는 것처럼 감탄하며 바라보았다.

"우주는 너무나 아름다워요!"

네집이 속삭였다.

"인생에서 가장 아름다운 것은 뭐라고 생각하나?"

잠시 정적이 흘렀다.

"모두 다요!"

네집이 비밀을 말하듯 말했다.

"하지만 인생은 우릴 불행하게 하지 않나?"

"그렇죠. 하지만 그건 우리 잘못입니다. 우주 혹은 그걸 창조한 사람이 아니라."

"내게 그 풍경을 설명해 주게."

"먼저 손을 제 이마에 얹고 제 미래를 말해 주세요."

네집은 26분 후 뇌와 함께 뭉개질 눈을 크게 떴다.

"전 아주 길게 아주 의미 있고 꽉 찬 삶을 살고 싶어요. 제게 아주 좋은 일이 많이 일어날 것도 알고 있습니다. 하지만 20년 후에 제가 뭘 생각하고 있을지는 알 수가 없어요. 그것이 아주 궁금합니다."

카는 오른손을 네집의 부드러운 이마에 얹었다.

"아, 아, 세상에!"

카는 아주 뜨거운 것을 만지기나 한 듯 네집의 관자놀이에서 손을 뗐다.

"여기가 아주 활동적인걸."

"말해 주세요."

"20년 후 그러니까 자네가 서른일곱 살이 되면, 이 세상의 모든 악(그러니까 극도의 빈곤과 빈곤한 사람들에게 대한 경멸, 부자들의 사치와 교활함)과 이 세상의 모든 잔인함, 폭력 그리고 야비함(그러니까 자살하고 싶은 마음과 죄책감을 불러일으키는 모든 것)의 원인은 모든 사람이 똑같이 생각하는 것의 결과임을 알게 될 거야. 이 때문에 모두가 도덕을 가장하며 바보가 되어 죽어가는 이곳에서는, 오로지 악하고 부도덕적이어야만 좋은 사람이 될 수 있을 거라는 걸 느끼게 되지. 하지만 이도 아주 끔찍한 결과가 될 거라는 걸 자넨 알고 있어. 왜냐하면 떨리는 내 손 밑에서 느껴지는 것은……."

"그게 뭐지요?"

"자넨 아주 영리한 친구야. 그러니 그것이 무엇인지 지금 틀림없이 알고 있을걸. 먼저 말해 보게나."

"무슨 말씀이세요?"

"자네가 겪는다는 그 죄책감, 가난한 사람들의 비참함과 불행 때문이라고 했던 죄책감은 실상 이것 때문이야."

"당치도 않아요. 지금…… 제가 신을 믿지 않을 거라는 얘긴가요? 그럼, 그렇게 된다면, 차라리 죽는 게 낫습니다."

"엘리베이터에서 무신론자가 된 그 가련한 교장처럼 그건 하룻밤에 이루어지는 건 아닐세. 너무나 서서히 진행될 것이기 때문에, 본인조차 알아챌 수 없겠지. 천천히 죽을 것이기 때문에, 오랫동안 다른 세상에 있을 것이기 때문에, 다음 날 아침 일어나 자신이 라크를 퍼마시고 죽었다는 것을 알게 된 남자처럼 느끼게 될 거야."

"선생님도 그런가요?"

카는 그의 이마에서 손을 거두었다.

"정반대지. 난 오랜 세월을 걸쳐 천천히 신을 믿기 시작했네. 그게 얼마나 천천히 진행되었는지 카르스에 와서야 알게 되었어. 이 때문에 난 이곳에서 행복해, 그리고 시를 쓸 수 있게 되었어."

"지금 선생님은 행복하고 현명해 보입니다. 선생님에게 이걸 묻고 싶어요. 사람이 정말 미래를 알 수 있을까요? 모른다 하더라도 알고 있는 것을 믿고 평안할 수 있을까요? 제가 쓸 첫 공상과학 소설에 이 문제를 다룰 거예요."

"어떤 사람들은 알지…….《국경 도시 신문》의 주인인 세르다르 씨. 오늘밤 일어날 일을 미리 알고 발행했어, 보게."

그들은 카가 호주머니에서 꺼낸 신문을 함께 봤다.

" '……공연은 흥겨운 환호와 박수로 가끔 중단되었다.' "

"행복이라고 하는 것은 이런 건가 봅니다. 우리에게 일어날 일을 미리 쓸 수 있다면, 그리고 우리가 쓴 멋진 일들을 즐길 수 있다면, 우린 인생의 시인들이 될 수 있을 거예요. 신문에 선생님이 최근에 쓴 시를 낭송했다고 쓰여 있군요. 어떤 거죠?"

그때 누군가 화장실 문을 두드렸다. 카는 네집에게 '그 풍경을' 즉시 설명하라고 말했다.

"지금 말할게요. 하지만 나한테 들었다고는 아무에게도 말하지 마십시오. 선생님과 너무 친하게 지내는 것을 사람들이 좋아하지 않으니까요."

"아무에게도 말하지 않겠네. 어서."

이에 네집은 흥분하며 말했다.

"전 신을 사랑합니다. 때로, 당치도 않지만, 신이 없다면 어떻게 될까, 라고 제 자신에게 부지불식간에 묻기도 해요. 그러면 눈앞에 두려운 풍경이 떠오르지요."

"계속하게."

"그 풍경을, 밤에, 어둠 속에서, 창문을 통해 보지요. 밖에는 성벽처럼 높고 어두운 두 개의 하얀 벽이 있어요. 마치 두 개의 성이 마주 보고 있는 것처럼요! 전 그 사이에 있는 좁은 통로를, 거리처럼 펼쳐진 그 통로를 두려워하며 바라봐요. 신이 없는 곳의 거리는 카르스처럼 눈에 덮여 있고, 진흙탕이지만 보라색이에요! 거리 가운데에서 내게 '멈춰!' 라고 말하는 사람이 있지만, 난 거리의 끝, 이 세상의 끝을 바라보고 있어요. 그곳엔 나무 한 그루가 있습니다. 잎사귀도 없는 벌거벗은 마지막 나무죠. 갑자기 내가 쳐다보기 때문에 나무는 새빨갛게 변해서 불타오르기 시작해요. 그러면 전 신이 없는 곳을 궁금해했던 나 자신에게 수치심을 느껴요. 순간 빨간 나무가 갑자기 조금 전의 어두운 색으로 변해요. 다시는 쳐다보지 말아야지 생각하는데도, 결국 제 자신을 억제하지 못하고 다시 보게 됩니다. 세상의 끝에 서 있는 나무는 다시 새빨갛게 변해서 불타오르기 시작해요. 이는 아침까지 계속되지요."

"그 풍경이 두려운 이유가 뭔가?"

"가끔 악마의 부추김으로 인해 그 풍경이 이 세상에 속할 수도 있다는 생각을 해요. 하지만 내 눈앞에 떠오르는 것은 단지 나의 상상일 뿐일 거예요. 제가 말한 그곳이 이 세상에 있다면, 그건 가당치도 않게, 신이 없다는 의미가 되니까요. 그게 사실일 리가 없기 때문에, 지금 남은 유일한 가능성은 제가 신을 믿지 않는다는 거지요. 죽음보다 더 가혹하지만."

"그렇군."

"백과사전을 본 적이 있습니다. 무신론자(atheist)라는 단어의 어원은 그리스어 athos라고 하더군요. 그리고 이 단어는 신을 믿지 않는 사람이 아니라, 신에게 버림받은 외로운 사람을 의미한답니다. 그러니 사람은 절대 무신론자가 될 수 없지요. 신은 우릴 버리지 않으니까요. 무신론자가 되기 위해서는 서양인이 되어야 해요."

"난 서양인이 되고 싶고 동시에 신을 믿고 싶다네."

"신이 버린 사람은, 매일 밤 찻집에 가서 친구들과 웃으며 카드놀이를 해도, 매일 반에서 친구들과 큰 소리로 웃고 즐기고 대화를 나누어도, 뼈저리게 외로운 법이지요."

"그래도 애인이든 뭐든 위로받을 무언가가 있을 수 있지."

"선생님이 그녀를 사랑하는 것처럼 그녀도 선생님을 사랑해야만 가능하지요, 그건."

누군가 다시 문을 두드리자 네집은 카를 껴안고 어린아이처럼 카의 볼에 입을 맞추고는 밖으로 나갔다. 카는 밖에서 기다리던 사람을 힐끗 보았다. 하지만 바로 그때 그 사람은 다른 화장실로 뛰어 들어갔다. 그래서 카는 빗장을 다시 걸어 잠그고 밖에서 내리는 멋진 눈을 보며 담배 한 대를 피웠다. 네집이 설명한 풍경을, 시를 떠올리듯 단어 하나하나를 상기했다. 폴록에서 아무도 오지 않는다면 네집이 보았다던 그 풍경을 시처럼 쓸 수도 있으리라는 생각이 들었다.

폴록에서 온 남자! 이는 고등학교 졸업반 시기 카와 함께 한밤중까지 문학에 대해 토론할 때 우리가 아주 좋아했던 이야깃거리였다. 영국 시를 조금이라도 알고 있는 사람들이라면, 콜리지가 「쿠빌라이 칸」이라는 시 앞에 해놓은 메모를 안다. 소제목이 '꿈에 나타난 환상, 시의 일부' 인 이 시 도입부에서 콜리지는 병 때문에 복용했던 약(실은 기분이 좋아지려고 아편을 피웠던 것이다.)의 영향으로 깜박 졸았고, 잠에 빠져들기 전에 읽고 있던 책의 문장들이, 깊은 잠 속에서 펼쳐진 멋진 꿈에서 각각의 사물과 시로 변했다는 설명을 해놓고 있다. 고뇌하지 않고 저절로 만들어져 지어진 시! 게다가 잠에서 깨어나자마자 이 시 전문을 단어까지 모두 기억하고 있었다. 그는 종이, 펜, 잉크를 꺼내고 호기심에 가득 차 시를 한 행 두 행 빠르게 써 내려가기 시작했다. 우리가 알고 있는 멋진 행들을 쓰고 있는데 누군가 문을 두드리는 바람에 일어나 열어주었다. 그 사람은 가까운 도시 폴록에서 돈을 좀 빌리기 위해 온 사람이었다. 그러나 돈을 쥐어주고 그 남자를 내쫓은 후 급히 책상으로 다시 돌아왔을 때, 이미 시의 나머지 부분은 머릿속에서 사라진 후였고, 단지 시의 분위기나 단어 몇 개가 머리에 겨우 남아 있을 뿐이었다.

폴록에서 온 사람이 없어 카의 주위를 분산시키지 않았기 때문에 그가 무대에 불려 나갔을 때에, 카는 시를 여전히 머릿속에 담고 있을 수 있었다. 무대에서 그는 누구보다도 컸다. 입고 있던 회색 코트가 그곳에 있던 다른 모든 사람들과 그를 구별되게 했다.

어수선했던 극장 홀이 갑자기 조용해졌다. 일부는, 그러니까 흥분한 학생들, 실업자들, 항의하는 정치적 이슬람주의자들은 어떤 때 웃고 어떤 때 반응을 보여야 하는지를 모르기 때문에 조용히 있었다. 앞줄에 앉은 공무원들, 하루 종일 카를 지켜본 경찰들, 주지사 보좌관, 경찰청장 비서 그리고 학생들은 그가 시인이라는 것을 알고 있었다. 진행자는 그 정적이 당혹스러웠다. 그는 카에게 텔레비전 '문화 프로그램'에서나 할 법한 질문을 했다.

"당신은 시인이고 시를 쓰시는 걸로 알고 있는데, 시를 쓰는 것은 어렵습니까?"

비디오를 볼 때마다 잊고 싶게 만드는 이 짧고 서투른 인터뷰를 통해, 홀에 있던 사람들은 시를 쓰는 것이 어려운지 않은지보다는 카가 독일에서 왔다는 사실을 알게 되었다. 진행자는 또다시 다음과 같은 질문을 던졌다.

"우리의 아름다운 도시 카르스를 어떻게 생각하십니까?"

카는 잠시 주저한 후 말했다.

"아주 아름답습니다. 하지만 아주 가난하고 슬프기도 합니다."

뒷줄에 앉아 있던 신학고등학교 학생들이 웃었다. 누군가가, "당신의 영혼이 가난한 거야!"라고 소리쳤다. 이에 용기를 얻은 예닐곱 명이 자리에서 일어났다. 그들 중 절반은 조롱을 했고, 절반은 알아들을 수 없는 말로 소리를 질러댔다. 후에 카르스에 갔을 때, 투르굿 씨는 내게 당시 호텔에서 텔레비전을 보고 있던 한데가 이 말을 듣고는 울기 시작했다고 말해 주었다.

"당신은 독일에서 터키 문학을 알리고 있는데."라고 진행자가 말하는데, 누군가, "여기에 왜 왔는지 말하라고 해요!"라고 소리쳤다.

"전 아주 불행했기 때문에 이곳에 왔습니다. 여기에서는 행복합니다. 이제 제 시를 읽을 테니 들어주시기 바랍니다."

잠시 혼란스러웠고 고함 소리가 들려왔지만 곧 조용해지자 카는 시를 낭송하기 시작했다. 몇 년이 흐른 후 나는 그날 밤 풍경을 담은 비디오테이프를 손에 넣고, 사랑과 선망의 눈길로 내 친구를 바라보았다. 처음으로 그렇게 많은 사람들 앞에서 시를 낭송하는 그를 보았다. 조심스레 차분히 걷는 사람처럼 그는 정신을 가다듬고 시를 낭송하고 있었다. 인공적인 것과는 너무나 거리가 멀었다! 무엇인가를 기억하려는 것처럼 두 번 잠시 멈춘 것 말고는, 끝까지 문제없이 자연스레 시를 낭송했다.

내집은, 그 시가 조금 전에 자신이 설명한 '풍경'에 의거하고 있다는 것을, '신이 없는 곳'과 관련해 자신이 말한 내용이 모두 시에 들어가 있음을 알아채고는, 무언가에 홀린 것처럼 자리에서 일어섰다. 하지만 카는 눈 내리는 모습을 상기시키는 낭독 속도를 늦추지 않았다. 한두 번 박수 소리가 들렸다. 뒷줄에 앉아 있던 누군가가 일어나 소리쳤다. 다른 사람들도 그에게 가세했다. 그들이 시행에 답을 했던 것인지, 아니면 지루함을 참지 못했던 것인지는 알 수가 없다. 잠시 후 초록색 장막 위로 비친 그의 실루엣을 제외하면, 이것이 내가 본 나의 27년 지기 친구의 마지막 모습이었다.

17

조국 혹은 히잡

히잡을 불태운 소녀에 대한 연극

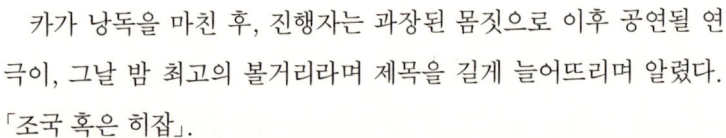

카가 낭독을 마친 후, 진행자는 과장된 몸짓으로 이후 공연될 연극이, 그날 밤 최고의 볼거리라며 제목을 길게 늘어뜨리며 알렸다. 「조국 혹은 히잡」.

신학고등학교 학생들이 앉아 있는 중간과 뒤쪽 좌석에서 몇 번의 항의와 한두 번의 휘파람 소리, 그리고 야유 섞인 비난의 소리가 들렸고, 앞좌석에 앉은 공무원들 사이에서는 동조하는 듯한 한두 번의 박수 소리가 들렸다. 홀을 꽉 채운 군중들은 무슨 일이 일어날까 하는 기대로 반은 호기심, 반은 두려움에 차서 구경하고 있었다. 조금 전에 극단이 보여준 '경박함', 그러니까 푼다 에세르가 패러디 한 외설적인 광고 방송, 굳이 등장한 밸리 댄스, 수나이 자임과 함께 재현된 전(前)여자 수상과 그녀의 뇌물꾼 남편의 모습 등은 앞줄에 앉은 공무원들의 기분을 찜찜하게 만들었지만, 역으로 관중들은 즐거워했다.

관중들은「조국 혹은 히잡」역시 마찬가지로 즐기고 싶어했다. 하지만 계속해서 목소리를 높이는 신학고등학교 학생들의 훼방노름은 그들의 기분을 상하게 했다. 무대에서의 대화도 전혀 알아듣지 못하게 되었다. 하지만 그 20분짜리 원시적이며 구식인 연극은 벙어리나 귀머거리조차 모두 이해할 수 있는 드라마 구조로 짜여 있었다.

1. 검은 히잡을 쓴 여자가 길거리를 걸으며 혼잣말을 하고 생각을 한다. 어떤 이유 때문에 불행하다.
2. 여자는 히잡을 벗으며 자유를 선언했고, 지금은 머리에 아무것도 쓰지 않고 있어 행복하다.
3. 그녀의 가족, 약혼자, 가까운 사람들, 턱수염이 난 무슬림 남자들은 여러 가지 이유로 그녀의 자유에 반대하며 다시 히잡을 쓸 것을 강요한다. 이에 화가 난 여자는 히잡을 불태운다.
4. 손에 묵주를 든 덥수룩한 턱수염의 광신자들이 격렬하게 대응을 하며 그녀의 머리채를 잡아끌며 막 죽이려는 찰나.
5. 공화국의 젊은 군인들이 나타나 그녀를 구해 준다.

이 짧은 연극은 1930년대 중반과 제2차 세계대전 중, 여성들을 히잡와 종교적 압력에서 벗어나게 하기 위해, 서구 지향주의 정부의 지지를 얻어 아나톨리아의 고등학교와 시민 회관에서 여러 번 공연된 바 있었다. 그리고 1950년 이후로는 민주주의와 케말주의* 혁명의 강도가 약해지자 이 작품도 잊혀지게 되었다. 히잡을 쓴 여자 역할

* 터키 대통령 케말 아타튀르크의 주도로 정치, 문화적 서구화와 함께 보편적 근대화를 지향한 운동.

을 맡은 푼다 에세르는, 많은 세월이 흐른 후 이스탄불의 음향 스튜디오에서 나를 만났을 때, 그녀의 어머니가 1948년 큐타흐야 고등학교에서 같은 역할로 공연한 것을 자랑스럽게 여긴다고, 이후에 발생한 사건 때문에 카르스에서는 자신이 당연히 느껴야 했던 행복을 경험하지 못했다고 말했다. 그녀는 마약으로 인해 망가지고, 지치고, 피로한 공연 예술가들이 흔히 그러하듯 모든 것을 망각하는 증상이 있었지만, 나는 그날 밤의 일을 있는 그대로 모두 설명해 달라고 간청했다. 그날 밤 일어난 일을 목격한 다른 사람들도 많이 만나봤기 때문에 지금 여러분에게 상세하게 설명해 주려 한다.

밀렛 극장을 꽉 채운 카르스 관객들은 제1막부터 경악하고 있었다. 「조국 혹은 히잡」이라는 제목을 통해 시사적이며 정치적인 연극을 기대하긴 했지만, 이 오래되고 짧은 연극을 기억하는 한두 명의 노인을 제외하고는 그 누구도 실제로 히잡을 쓴 여자가 등장하리라고는 예상하지 못했다. 히잡은 정치적 이슬람주의자들의 상징이었으니까. 히잡을 쓴 정체를 알 수 없는 여자가 무대 위 어둠 속을 거닐 때, 사람들은 현재 그녀가 무슨 일인가 때문에 슬퍼하고 있다는 분위기를 눈치 채지 못했다. 오히려 그녀의 걸음걸이에서는 거의 오만함에 가까운 자존심이 느껴졌다. 이슬람 복장을 경시하는 것으로 잘 알려진 '급진적인' 공무원들조차 그녀에게 존경심이 들 정도였다. 그래서 히잡 속에 숨겨진 여자의 얼굴을 알아챈 기민한 신학고등학교 학생이 폭소를 터뜨렸을 때, 앞좌석에 앉은 사람들은 버럭 화를 냈다.

제2막에서 여자가 계몽주의적이며 자유로운 행동의 시작으로 검은 히잡을 벗기 시작하자, 처음에는 관중들 모두가 두려움을 느꼈다. 서구화를 지향하는 세속주의자들조차 자신들의 꿈이 마침내 실현되는 광경을 두려워하고 있었다. 그들은 실상 정치적 이슬람주의자들을 두려워하기 때문에 카르스에서 모든 것이 옛날처럼 계속 유지되어가기를 바랐다. 그들은 공화국 초창기처럼 정부의 위협으로 히잡을 벗기는 일은 상상조차 하지 않고 있었고, 단지, '이슬람주의자들이 이란에서처럼 서구화된 여성들에게 히잡을 착용할 것을 강요하거나 강제하지만 않는다면 괜찮다'라고 생각하고 있었다.

후에 투르굿 씨는 카에게 이렇게 말했다.

"앞줄에 앉아 있던 그 모든 케말주의자들은 다 겁쟁이야!"

히잡을 쓴 여자가 무대에서 보란 듯 히잡을 벗는 모습에 경악한 것은 무슬림들뿐만이 아니었다. 홀에 있던 모든 사람들이, 이 광경이 뒤에 서 있던 일련의 젊은이들뿐 아니라 실업자들까지 분노케 만들까봐 두려워하고 있었다. 바로 그때 앞좌석에 앉아 있던 어떤 교사가 일어나, 우아하고 단호하게 히잡을 벗고 있는 푼다 에세르에게 박수를 보냈다. 하지만 목격자들의 증언에 의하면 그것은 현대적인 여성성을 찬양하는 정치적 행동이 아니었다. 통통하게 드러난 그녀의 팔과 아름다운 목덜미가, 그렇지 않아도 술 때문에 몽롱한 그의 머리를 어지럽게 했던 것이다. 뒷줄에 있던 한 무리의 젊은이들은 분노하며 이 외롭고 가난한 교사를 야유했다.

앞좌석에 앉아 있는 공화주의자들도 이 상황이 썩 마음에 들지는 않았다. 히잡 속에서 영리해 보이는 얼굴의 학구적이며 순수한 시골 처녀 대신, 외설적인 밸리 댄서였던 푼다 에세르의 얼굴이 나오자 그들도 당혹스러웠던 것이다. 단지 창녀나 부도덕한 여자들이 히잡을 벗는다는 의미란 말인가? 그렇다면 이건 이슬람주의자들의 메시지와 다를 바가 없지 않은가. 앞좌석에서 주지사 보좌관이 "뭔가 잘못되었어!"라고 외치는 소리가 들려왔다. 다른 사람들도 어쩌면 그에게 아첨하는 의미로 동조의 신호들을 보냈지만, 푼다 에세르는 아랑곳없었다. 앞좌석에 앉은 사람들이 자신의 자유를 주장하는 계몽주의자 공화국 처녀를 이해와 우려가 섞인 마음으로 바라보고 있을 때, 신학고등학교 학생들 사이에서 한두 마디 위협하는 소리가 들려왔다. 하지만 이에 위협을 느낀 사람은 아무도 없었다. 앞좌석에 앉은 주지사 보좌관, 한때 PKK 테러단의 뿌리를 뽑은 근면하고 용감한 경찰청 차장, 다른 고위급 공무원들, 육지 측량부 지국장, 쿠르드어 음악 테이프를 수거하여 수도 앙카라로 보내는 일을 하는 문화부장(그는 부인, 두 딸, 넥타이를 맨 아들 넷 그리고 조카 세 명을 데리고 그곳에 왔다.), 사복을 입은 장교들과 그 부인들은 문제를 일으키려는 건방진 신학고등학교 학생들의 소동을 두려워하지 않았다. 홀 사방에 사복 경찰이 깔려 있었고, 홀 가장자리에는 정복을 입은 경찰이, 무대 뒤에도 사병들이 대기하고 있었던 것이다. 하지만 더 중요한 것은 그 공연이 텔레비전 생방송으로 중계되고 있었기 때문에, 지역 방송임에도 불구하고, 그들에게 터키 전국과 앙카라가 자신들의 모습을 보고 있다는 느낌을 불러일으켰던 것이다. 앞좌석에 앉아 있는 정부 고위층 관계자도 홀에 있는 다른 관객들처럼, 머리 한편으로는 무대에서 일어나는 일들이 텔레비전에서 방영되고 있다는 것을 생각하며 구경하고 있었다. 단지 이러한 이유로 무대에서 펼쳐지는 통속성, 정치적인 도발 그리고 말도 안 되는 상황들이 그들에게는 실상보다 더 섬세하고 마술적으로 보였다. 텔레비전 카메라가 여전히 돌아가고 있는지 보기 위해 자꾸 고개를 돌리는 사람들, 뒷줄에서 손을 흔드는 사람들, "세상에, 다들 우릴 보고 있을 거야!"라는 두려움으로 홀의 가장 구석진 곳에 꼼짝 않고 서 있는 사람들도 있었다. 극장 현장에 없는 사람들도, 텔레비전을 통해 무대 공연을 보고 싶다는 바람보다는, 촬영을 하는 방송국 스텝들이 있는 극장에 가 보고 싶다는 욕망이 더욱 컸다.

푼다 에세르는 조금 전에 벗은 히잡을 무대에 있는 구리 대야 안에 빨래처럼 넣고는, 세제를 넣듯이 휘발유를 조심스레 붓고 주무르기 시작했다. 휘발유를 넣은 통이 우연히도 당시 카르스 주부들이 많이 사용하던 세제 통이었기 때문에, 홀에 있던 모든 사람들은 물론이고 모든 카르스 사람들이, 반항하던 서구주의 처녀가 생각을 바꿔 얌전히 빨랫감을 주무르고 있다고 생각하며 마음을 놓았었다.

"그렇지, 깨끗하게 빨아야지!"라고 뒷줄에 있던 누군가가 소리 질렀다. 사람들은 웃었다. 앞줄에 앉아 있던 공무원들은 기분이 약간 상했지만, 홀에 있던 모든 사람들은 결국 같은 생각을 하고 있었다. 누군간 또, "오모*는 사용하지 않는 거야?"라고 소리쳤다.

그들은 신학고등학교 학생들이었다. 그들의 외침은 사람들을 불안하게 만들기도 했지만 웃기기도 했기 때문에, 관객들은 그들에게 별다른 항의를 하지 않았다. 앞좌석의 공무원들만큼이나 홀에 있던 사람들도 이 구식의 과격 공화주의적이며 선동적인 정치적 연극이 별 탈 없이 지나갔으면 하고 바라고 있었다. 후에 내가 이야기를 나눠본 많은 사람들도 당시 같은 생각을 하고 있었노라고 했다. 공무원과 가난한 쿠르드인 학생들을 포함해, 그날 밤 밀렛 극장에 있던 카르스인들 대부분은 단지 색다른 연극의 경험을 즐기고 싶었을 뿐이다. 개중 몇 명의 신학교 학생들은 어쩌면 그날 밤의 흥취를 깨고자 하는 의도가 있었겠지만, 사람들은 그다지 많이 개의치 않았다.

푼다 에세르도 광고에 자주 등장하던 빨래하는 모습을 선보이며 진짜 주부처럼 그 장면을 오래 끌었다. 잠시 후, 그녀는 검은색 히잡

---

* 세탁용 가루비누 상품명.

을 대야에서 꺼내고는 빨랫줄에 걸 것처럼 관객들에게 보이더니 국기처럼 펼쳐 보였다. 무슨 일이 일어날지 몰라 당황한 관객들의 놀란 시선 속에서 그녀는 호주머니에서 꺼낸 라이터를 검은색 히잡 끝자락에 대고 불을 붙였다. 순간 정적이 흘렀다. 터질 듯 히잡을 에 워싸는 불길의 숨소리. 홀 전체가 이상하고 두려움을 주는 빛으로 환해졌다.

많은 사람들이 공포에 휩싸여 자리에서 일어났다.

그 누구도 이러한 것을 예상하지 못했다. 세속주의자조차 두려워 하게 만든 광경이었다. 여자가 불길에 휩싸여 있는 히잡을 바닥에 던지자, 사람들은 110년 된 무대 비품들, 카르스가 가장 부유했던 시기부터 자리를 지켜온 더럽고 술 장식이 달린 벨벳 커튼에 불이 붙을까봐 걱정을 했다. 활은 시위에서 떠났다. 홀에 있던 사람들은 공포에 휩싸였다. 이제 무슨 일이든지 일어날 수 있었다.

신학고등학교 학생들 사이에서 갑자기 야유와 휘파람 소리 그리고 분노에 찬 비명 소리가 들려왔다.

누군가 소리쳤다.

"종교의 적들! 불신자, 무신론자들!"

앞좌석에 앉은 사람들 역시 경악한 감정에서 벗어나지 못하고 있었다. 다시 그 외롭고 용감한 교사가 자리에서 일어나, "조용히 하고 연극을 보십시오!"라고 말했지만 아무도 그 말을 듣지 않았다. 야유, 고함 소리, 구호들이 그치지 않았고, 사건이 커질 것이 예상되자 혼란스런 바람이 일었다. 지역 보건부장인 의사 네브잣 씨는 넥타이를 맨 아들들, 머리를 땋은 딸, 그리고 공작새처럼 형형색색의 고급 축면사 드레스를 입은 아내를 자리에서 일으켜 세워 출구 쪽으로 데리고 갔다. 도시에 일을 보러 앙카라에서 온 옛 카르스 출신 부자들 중 가죽상인 사득 씨와 그의 초등학교 동창이며 인민당원이자 변호사 사빗 씨도 함께 일어났다. 카는 앞좌석에 앉은 사람들이 공포에 휩싸인 것을 보고는 자리에 앉아 주저하고 있었다. 앞으로 소동이 일어날 것이기 때문에, 아직 초록색 노트에 쓰지 않은, 머릿속에 들어 있는 시를 잊을까봐 두려워 자리에서 일어날까 생각했다. 극장 밖으로 나가 이펙 곁으로 돌아가고 싶기도 했다. 그때, 풍부한 지식과 점잖은 행동으로 인해 모든 카르스인들이 존경해 마지않는 전화국장 레자이 씨가 연기로 덮여 있는 무대로 다가가 말했다.

"부인, 부인이 공연한 케말주의 연극이 아주 맘에 들었소. 하지만 이제 그만 하구려. 보시오. 모든 사람들이 불안해하고 있고, 폭동이 일어날 수도 있소."

바닥에 던져진 히잡에 붙은 불은 곧 꺼졌다. 연기 속에 있던 푼다 에세르는 이제, 그 전문을 1936년에 나온 '국민의 집' 출간 도서 목록에서 찾을 수 있는,「조국 혹은 히잡」의 작가가 가장 자랑스러워하는 모놀로그를 하고 있었다. 그 사건이 있은 후 4년이 지나 이스탄불에서 만나게 된 그 작가는, 아흔 둘의 노령에도 불구하고 여전히 정정했다. 그는 자신에게 와서 덥석 안기는 손자들(실은 손자들의 아들들)을 나무라면서, 내게 자신의 모든 작품(『아타튀르크가 오고 있다』, 『고등학생들을 위한 아타튀르크 연극』, 『그에 관한 나의 추억들』을 포함해서) 중 안타깝게도 지금은 잊혀진 그 작품의 바로 그 장면에서, 1930년대 고등학교 여학생들과 공무원들이 자리에서 일어나 눈물을 흘리며 박수를 쳤다는 얘기를 들려주었다. (카르스에서의 공연과 사건에 대해 그는 전혀 모르고 있었다.)

지금은 신학고등학교 학생들의 야유, 위협적이며 분노에 찬 고함소리 이외에는 아무것도 들리지 않았다. 관중석 앞좌석을 휘감은,

죄책감과 두려움으로 인한 정적에도 불구하고, 푼다 에세르의 대사를 들을 수 있는 사람은 거의 없었다. 분노에 찬 소녀는 히잡을 벗어 던진 이유를 말하고 있었다. 사람 혹은 민중의 고귀함은 의상이 아니라 영혼에 있다. 지금 우리는 우리의 영혼을 어둡게 하는 수구주의의 상징인 히잡, 페즈*, 터번에서 벗어나 문명적이며 현대적인 종족의 곁으로 유럽으로 달려가야 한다. 뒷줄에서 누군가 외친, 이 상황에 적합한 분노에 찬 대답이 홀 전체에 울려 퍼졌다.

"너나 발가벗고 유럽으로 뛰어가, 홀딱 벗고 뛰어가!"

앞줄에서조차 폭소와 동의의 박수 소리가 들려왔다. 앞좌석에 앉은 사람들은 두려워졌다. 많은 사람들과 함께 카도 이때 자리에서 일어났다. 모두들 한 마디씩 했고 뒷줄에 있는 사람들은 분노를 터트리며 고함을 질렀다. 출구를 향해 발걸음을 옮기면서도 사람들은 뒤를 돌아보았다. 푼다 에세르는 거의 아무도 들을 수 없었던 모놀로그를 계속했다.

---

* 붉은색에 장식술이 달린 원통형 터키 모자.

18
쏘지 마세요, 총이 장전되어 있어요!

무대에서의 혁명

그 이후로 모든 것이 눈 깜짝할 사이에 일어났다. 무대에 텁수룩한 수염을 하고 납작한 모자를 쓴 두 명의 광신도가 나타났다. 손에는 목을 조르는 끈과 단도가 들려 있었다. 히잡을 벗고 불태우며 신의 명령에 도전장을 던진 푼다 에세르를 벌하려는 결연한 의지를 두 배우가 실감나게 연기했다.

푼다 에세르는 그들의 손에 잡히자 벗어나기 위해 유혹하는 듯한 자세로 몸을 꼬았다.

그녀는 계몽주의 영웅의 모습은 간데없이, 시골 유랑극단에서 자주 재현했던 '능욕 당해 마땅할 여자'처럼 연기하고 있었다. 으레 그러하듯 희생양처럼 고개를 떨어뜨리고 애원하는 눈빛으로 남자 관객들에게 성적인 호소를 했지만, 기대했던 만큼의 흥분은 불러일으키지 못했다. 광신자 중 한 명은(조금 전 아버지 역할로 나왔던 남자가 서투르게 분장을 했다.) 그녀의 머리채를 잡고 바닥에 뉘었고,

다른 한 명은 성인 아브라함이 아들을 희생시키는 장면을 묘사한 르네상스 그림을 연상시키는 포즈로 그녀의 목에 단검을 갖다 댔다. 이 모든 장면에는 공화국 초기 서구화된 지식인과 공무원들 사이에 유행했던 '수구적인 종교인들의 혁명'에 대한 무서운 상상들이 많이 가미되어 있었다. 누구보다 놀란 것은, 앞좌석에 앉은 나이 많은 공무원들과 뒤에 앉은 보수적인 노인들이었다.

푼다 에세르와 '두 명의 이슬람 원리주의자'는 그 포즈를 전혀 흐트리지 않고 정확히 18초 동안 꼼짝 않고 그대로 서 있었다. 홀에 있던 군중들은 이 시간 동안 통제력을 잃었기 때문에, 이후에 내가 만난 많은 카르스 사람들은 그 세 사람이 더 오랫동안 그렇게 꼼짝 않고 서 있었다고 진술했다. 신학고등학교 학생들을 분노케 했던 것은 단지 무대에 나온 '광신자들'의 추한 모습, 악한 행위, 풍자 혹은 히잡 문제로 갈등하는 소녀를 묘사한 것만이 아니었다. 그들은 이 모든 장면이 과감하게 연출된 선동 행위라는 것을 알아챘다. 이에 자신들이 고함을 지르고 무대에 무엇인가(오렌지 반쪽, 방석 등)를 던지며 분노를 표출했을 때, 자신들이 그들이 쳐놓은 덫에 더욱더 깊이 빠졌다는 것을 알게 되었고, 속수무책 때문에 더욱더 분노했다. 그들 중 정치 투쟁 경험이 가장 많고, 작은 키에 어깨가 넓은 졸업반 학생이었던 압둘라흐만 외즈(사흘 후에 아들의 시신을 옮기기 위해 시바스에서 온 아버지는 아들의 이름을 다르게 기입했다.)는 친구들을 진정시켜 조용히 자리에 앉히려고 했지만 아무런 소용이 없었다. 홀의 다른 쪽에서 단순히 호기심에서 사람들이 쳐대는 박수 소리와 야유가 분노한 학생들의 기세를 배가시켰다. 더 중요한 것은, 주위의 다른 소도시들에 비해 아직 '영향력이 없던' 카르스의 젊은 무슬림들이 그날 밤 처음으로 용감하게 한목소리를 내고 있다는 점, 앞줄에 앉은 정부 고위층과 군인들에게 두려움을 줄 수 있다는 점이었다. 그 사실이 놀라우면서도 또한 행복했던 것이다. 이제 텔레비전이 이 사건을 전 도시에 생중계하고 있는 상황에서 시위의 맛을 만끽하지 않을 수는 없었다. 이렇게 해서, 빠르게 번지는 소동과 난리법석의 저변에 일견 즐기고자 하는 바람이 있었다는 사실은 잊혀지게 되었다. 비디오테이프를 몇 번이나 봤기 때문에, 어떤 학생들이 구호와 욕설을 던질 때조차 웃고 있었다는 것을. 그들을 고무시키는 박수 소리와 야유도 실은 이해할 수 없는 '연극'의 밤의 막바지를 즐기고 자신들의 지루함을 알리고 싶었던 평범한 염원이었음을 알 수 있었다. 누군가는 나에게, "앞줄에 앉았던 사람들이 이 의미 없는 소란과 소동을 심각하게 받아들이며 당황하지 않았더라면, 이후의 사건은 전혀 발생하지 않았을 것이오."라고 했다. "8초 만에 당황하여 자리에서 일어난 고위층 공무원들과 부자들은 일어날 일을 벌써부터 알고 있었고, 이 때문에 가족들을 데리고 자리에서 일어났으며, 모든 것은 미리 앙카라에서 계획한 것"이라고 말한 사람들도 있었다.

소란과 소동 때문에 머릿속에 있던 시가 잊혀질까 두려워 카도 이 때 홀에서 나왔다. 그때 텁수룩한 수염의 '수구주의' 테러리스트들의 손아귀에서 푼다 에세르를 구원해 줄 구원자가 무대에 나타났다. 그 사람은 수나이 자임이었다. 그는 머리에 아타튀르크와 독립전쟁 영웅들이 썼던 종류의 모피 달린 모자를 쓰고 있었고, 1930년대 당시의 군복을 입고 있었다. 그가 무대에 당당한 발걸음으로(다리를 약간 전다는 것을 진혀 내색하지 않고) 나오자마자, 두 명의 수구주의 광신자들은 두려워하며 스스로 바닥에 엎드렸다. 이전에 언급했던 그 외롭고 나이 든 교사는 자리에서 일어나 온 힘을 다해 수나이에게 박수를 보냈다. 한두 사람이 "브라보! 만세!"라고 소리쳤다. 수나이 자임에게 강한 조명이 비추어지자 그는 모든 카르스 사람들에게 아주 다른 세계에서 온 멋진 사람으로 보였다.

모든 사람들은 그의 아름다움과 빛나는 모습을 알아보았다. 1970년대 체 게바라, 로베스피에르, 엔베르 파샤의 역할을 함으로써, 좌익 학생들 사이에서 인기를 끌었던 그 강하고, 결단력 있고, 비극적인 분위기와 연약하며 약간은 여성스런 듯한 아름다움은, 그의 다리를 불구로 만든 장기간의 아나톨리아 소도시 순회공연에도 불구하고, 완전히 소진되어 시들지는 않았던 것이다. 그는 하얀 장갑을 낀 오른손 검지를 입술이 아닌 턱 밑에 우아한 제스처로 갖다 대고는 "조용히 하십시오!"라고 말했다.

이렇게 할 필요도 없었다. 대사에도 없었을 뿐만 아니라, 관객들은 이미 입을 다물고 있었기 때문이다. 서 있던 사람들도 즉시 자리에 앉았고, 다른 말이 들려왔다.

"그들은 고통 받고 있다!"

이 말은 아직 끝난 말이 아니었다. 왜냐하면 누가 고통 받고 있는지 아무도 이해하지 못했던 것이다. 과거에는 이 말을 하면 국민, 민족이 연상되곤 했다. 카르스인들은 고통 속에 있는 것이 자신들인지, 아니면 푼다 에세르인지, 아니면 공화국인지 이해할 수 없었다. 그래도 이 말이 주는 느낌은 알 수 있었다. 홀 전체가 두려움 섞인 깊은 정적에 파묻혔다.

수나이 자임이 외쳤다.

"명예롭고 숭고한 터키 민족이여, 계몽을 향해 떠난 이 위대하고 고귀한 여행에서 아무도 당신들을 되돌아오게 할 수 없다. 두려워하지 마라. 이슬람 원리주의자, 비열한 놈들, 수구주의자들은 역사의 수레바퀴에 걸림돌이 될 수 없다. 공화국, 자유 그리고 계몽을 방해하는 손들은 부러지리라!"

 네집의 자리에서 두 좌석 옆에 앉아 있던 용감하고 흥분한 어떤 학생의 조롱 섞인 대꾸가 겨우 들렸을 뿐, 홀에는 깊은 정적과 감탄이 뒤섞인 두려움이 감돌았다. 모두들 꼼짝 않고 돌처럼 앉아 있었고, 지루한 밤을 의미 있게 만들어줄 구세주의 달콤하고 강한 한두 마디 말, 저녁 때 집에서 말할 수수께끼 한두 가지를 말해 줄 것을 기대했다. 그러나 수나이 자임은 입을 다물었다. 동시에 커튼의 양쪽에서 군인이 한 명씩 나타났다. 홀 뒷문으로 들어와 좌석을 따라 걸어온 세 명의 군인이 무대에 올라와 그들과 합류했다. 현대 연극에서처럼 배우들이 관객들 사이를 걷는 것이 카르스 사람들을 두렵게 만들었지만 나중에는 모두들 즐거워했다. 동시에 관객들은 뛰어서 무대로 나온 안경 낀 전령 소년을 알아보고는 웃음을 터트렸다. 안경 낀 그 소년은 밀렛 극장 맞은편에 있는 신문 판매소 주인의 영리하고 사랑스런 조카였다. 그 소년이 항상 그곳에 있었기 때문에 모든 카르스 사람들은 그를 알고 있었다. 소년은 수나이 자임에게 다가갔다. 수나이 자임이 몸을 숙이자 그의 귀에 대고 무엇인가를 속삭였다.

 소년의 말을 들은 수나이 자임은 매우 유감스러워하는 표정을 지었다.

 "교육연구원장이 병원에서 타계하셨다고 합니다. 그 비열한 살인 행각 이후로 다시는 공화국과 세속주의와 터키 미래를 향한 공격이 있어서는 안 될 것입니다!"

 이 소식을 들은 홀에 있던 사람들이 채 진정되기도 전에 무대에 있던 군인들이 어깨에서 장총을 내려, 장전을 하고 관객에게 거누었다. 커다란 굉음과 함께 총이 발사되었다.

이것은, 그저 가볍게 농담하는 식으로 겁을 주려는 행동일 수도 있었고, 연극의 상상 세계에서 현실의 슬픈 소식에게 전하는 신호였을 수도 있었다. 연극을 별로 접해 보지 못한 카르스 사람들은 그것이 서양에서 유행하는 새로운 연출 방식일 것이라고 생각했다.

그래도 좌석 사이에서 겁먹은 움직임과 웅성거림이 흘러 나왔다. 총 소리 때문에 두려워진 사람들은 이 웅성거림을 다른 사람들도 자신들처럼 두려워하고 있다는 의미로 해석했다. 한두 명이 자리에서 일어나려 했고, 무대에 있던 '텁수룩한 수염의 이슬람 원리주의자들'은 더욱더 몸을 사렸다.

"아무도 움직이지 마십시오!"

수나이 자임이 말했다.

동시에 군인들은 다시 장전을 한 뒤 군중을 향해 겨냥했다. 네집으로부터 두 좌석 옆에 있던 작은 키의 용감한 학생이 바로 그때 자리에서 일어나 구호를 외쳤다.

"빌어먹을, 신을 믿지 않는 세속주의자 놈들! 빌어먹을 무신론자 파시스트 놈들!"

군인들은 다시 총을 쐈다.

발포와 함께 홀에는 충격과 공포의 기운이 감돌았다.

바로 직후 뒷줄에 앉아 있던 사람들은, 조금 전에 구호를 외친 그 학생이 의자에 쓰러졌다가 재빨리 다시 일어나 버둥대는 모습을 보았다. 내내 신학고등학교 학생들의 익살스럽고 이상한 행동을 보고 웃었던 몇몇 사람들은, 그 학생을 보고서도 웃을 뿐이었다. 그는 죽음의 고통을 겪는 듯 온 몸을 버둥대며 좌석들 사이로 쓰러졌다.

관객들 중의 일부는 세 번째 발사가 있은 후에야 정말로 자신들을 향해 발포가 됐다는 사실을 깨달았다. 공포탄을 쏠 때와는 다르게,

그 소리가 단지 귀뿐만 아니라, 밤에 거리에서 군인들이 테러리스트들을 쫓을 때처럼 뱃속에서도 들렸기 때문이다. 46년 동안 홀을 따뜻하게 했던 독일제 난로에서 이상한 소리가 들렸고, 난로 연통에 구멍이 뚫려, 화가 끓어오르는 찻주전자의 주둥이에서 나오는 수증기처럼 연기가 새어 나오기 시작했다. 홀의 중간 줄에서 자리에서 일어나 무대를 향해 걸어가는 누군가의 피투성이 머리도 이제는 알아보게 되었다. 혼란의 시초가 느껴지고 있었다. 하지만 홀에 있는 사람들 대부분은 여전히 동상처럼 조용히 꿈쩍 않고 있었다. 악몽을 꿀 때 느끼는 고독감이었을까. 그래도 매번 앙카라에 갈 때마다 국립 극장에서 상연되는 모든 연극을 관람하는 것을 습관화한 문학 교사인 누리에 부인은 연극 음향 효과의 생생함에 감탄을 했기 때문에 앞줄 자리에서 처음으로 일어나 무대에 있는 배우들에게 박수를 보내기 시작했다. 바로 그때 네집이 발언권을 요구하는 성급한 학생처럼 자리에서 일어났다.

바로 직후 군인들은 네 번째 발포를 했다. 후에 사건 조사를 위해 앙카라에서 파견된 소령 계급의 조사관이 몇 주 동안 비밀리에 작성한 자세한 보고서에 의하면, 이 발포로 인해 두 명이 사망했다. 이들 중 한 명은 이마와 눈에 총알이 박힌 채 쓰러진 네집이었다. 하지만 이에 대해서는 다른 소문들도 들었기 때문에 그가 즉사했다고는 말하지 않겠다. 앞줄과 중간 줄에 앉아 있던 모든 사람들의 공통적인 진술에 의하면, 네집 역시 세 번째 발포 이후에 공중에서 날아다니는 총알의 존재를 눈치 챘고, 이를 아주 다르게 해석했다는 것이었다. 그는 총에 맞기 2초 전에 자리에서 일어났고, 많은 사람들이 들을 수 있는 (하지만 비디오테이프에는 녹음되지 않았다.) 소리로 이렇게 말했다고 한다.

"멈춰요, 쏘지 마세요, 총이 장전되어 있어요!"

홀에 있던 모든 사람들이 이제는 사실로 받아들이면서도, 이성으로는 받아들이고 싶지 않았던 내용을 이렇게 말로서 발설했던 것이다. 처음 발포가 되었을 때 발사된 다섯 발의 총알 중 하나는 25년 전 카르스의 마지막 러시아 영사가 그의 개와 함께 영화를 보았던 특별관람석에 장식된, 석고로 만든 월계수 잎에 적중했다. 발포를 해야 했던 시릿 출신의 쿠르드인이 아무도 죽이고 싶지 않았기 때문이다. 다른 총알들도 이와 같은 근심 속에서 이번에는 약간 서툴게 극장의 천장을 명중시켰다. 110년 된 석회와 페인트 조각들이 밑에 있는 당황한 군중들 위로 눈처럼 쏟아져 내렸다. 또 다른 총알은 맨 뒤에, 생방송 카메라가 설치되어 있는 약간 높은 단상 밑, 한때 가난하고 꿈 많은 아르메니아 처녀들이 모스크바에서 온 연극단, 곡예사 그리고 살롱 오케스트라들을 값싼 표로 사서 구경할 때 잡고 있던 나무 난간에 박혔다. 네 번째 총알은 촬영 카메라에서 멀리 떨어져 있는 구석의 좌석을 뚫고 나와, 아내와 과부 처제와 함께 앉아 있던, 트랙터와 농기구 부품들을 파는 무히딘 씨의 어깨에 박혔다. 처음엔 그도 조금 전의 석회 조각들 때문에 천장에서 무엇인가가 떨어진 것인 줄 알고는 위를 쳐다보았다. 다섯 번째 총알은 무슬림 학생들의 뒤쪽에 앉은, 트라브존에서 카르스로 군복무를 하는 손자를 보러 온 어떤 할아버지의 왼쪽 안경알을 깨뜨리고는, 뇌로 파고 들어갔다. 총알은 그렇지 않아도 졸고 있던 할아버지를 부지불식간에 조용히 죽게 했고, 목덜미에서 빠져나와 의자 등받이를 뚫고는, 얇고 납작한 빵과 계란을 팔고 잔돈을 건네주고 있던 열두 살짜리 쿠르드족 아이가 들고 있던 봉투 속 삶은 계란들 중 하나에 박혔다.

나는 자신들을 향해 총을 쏘았는데도 불구하고, 밀렛 극장에 있던 군중 대부분이 왜 꼼짝 않고 있을 수밖에 없었는지를 해명하기 위해 이런 세부적인 내용들을 서술하고 있다. 군인들이 두 번째 발포를 했을 때, 관자놀이, 목 그리고 심장 바로 위에 총을 맞은 학생은 이전에도 지나치게 용감하다는 것을 보여주었기 때문에 끔찍한 놀이를 하는 것이라 여겨졌다. 다른 두 발의 총알들 중 하나는 뒷줄에 앉아 별로 목소리를 내지 않았던 다른 신학고등학교 학생의(이 학생의 이모의 딸은 이 도시 최초의 '자살 소녀'였다.) 가슴에, 다른 한 발은 영사기의 2미터 위, 벽에서 60년 동안 작동하지 않고 있던 시계의 먼지와 거미줄로 덮인 숫자 판에 적중했다. 같은 곳에 세 번째 발포로 박힌 총알의 존재는 저녁 무렵 선발된 일급 저격수들 중 한 명이 코란을 두고 맹세한 것을 실천에 옮기지 않았음을, 누군가를 죽이는 임무를 회피했음을 증명했다. 그 조사관은 보고서에 이와 비슷한 문제로, 세 번째 발포에서 사살된 맹렬한 이슬람주의자 학생이, 동시에 국가 정보국 카르스 지부에 소속되어 있었던 부지런하고 성실한 스파이였다는 점을 밝히면서, 국가를 상대로 고소한 가족에게 보상금 지급은 법적인 근거가 없다고 밝히고 있다. 마지막 두 발은 카르스의 모든 수구주의자들과 신실한 종교인들의 사랑을 한 몸에 받았고 칼레이치 마을의 우물을 만든 르자 씨와, 이제는 걷는 것이 힘든 그에게 일종의 지팡이 노릇을 하던 하인을 동시에 저세상으로 보냈다. 이 두 사람이 홀 한가운데에서 숨을 헐떡거리며 신음하는 동안, 군중들 대부분이 꼼짝하지 않고 총에 다시 장전을 하는 군인들을 바라다보기만 했다는 것은 해명하기 힘들다. 세월이 흐른 후 이전히 이름을 밝히기를 거부하는 유제품 농장 주인은, "뒷줄에 앉아 있던 우리들은 어떤 끔찍한 일이 일어났다는 것을 알았습니다. 우리는 자리에서 움직여 주의를 끌면, 재앙이 우리를 목표로 삼을 것만 같아 그저 숨죽인 채 사태를 바라볼 수밖에 없었습니다!'라고 말했다.

네 번째 사격에서 발사된 총알들 중 하나가 어디를 관통했는지는 소령 계급의 조사관도 밝혀내지 못했다. 총알 하나는 월부로 백과사전과 실내용 게임 도구들을 팔기 위해 앙카라에서 온 젊은 장사꾼에게 부상을 입혔다. (그는 두 시간 후에 출혈 과다로 죽었다.) 또 다른 총알은 1900년대 초 가죽상인 아르메니아 부자들 중 한 명인 키르코르 치즈메지얀이 극장에 왔던 밤에, 모피로 몸을 감싼 가족들과 자리잡았던 특별관람석의 아래쪽 벽에 커다란 구멍을 냈다. 네집의 초록색 눈 한쪽과 넓고 깨끗한 이마 중간을 관통한 다른 두 발은, 과장된 주장에 의하면 그를 즉사시키지 못했다. 나중에 상황을 설명한 사람들의 말에 의하면 젊은이는 순간 무대를 보면서, "보여요!"라고 말했다고 한다.

문 쪽으로 뛰어가는 사람들, 비명을 지르는 사람들, 고함을 지르는 사람들은 이 마지막 발포 이후에 완전히 몸을 웅크렸다. 생방송을 중계했던 카메라맨도 벽 밑에 몸을 던졌는지, 계속해서 좌우로 움직이던 카메라도 꿈쩍 않고 있었다. 시청자들은 화면에서 단지 무대에 있는 사람들과, 앞줄에 소리 없이 점잖게 앉아 있던 관객들만을 볼 수 있을 뿐이었다. 그래도 도시의 대부분의 사람들은 화면에서 들리는 총성, 비명 소리, 소음과 소란 소리를 통해 밀렛 극장에서 무슨 일이 벌어지고 있다는 것을 알았다. 자정 무렵 무대에서 상연되는 연극이 지루하다고 생각하며 졸기 시작한 사람들도 나중에는 18초 동안 발포된 총성 때문에 눈을 화면에 고정시켰다.

수나이 자임은 시청자들의 관심의 순간을 눈치 챌 만큼 경험이 많은 사람이었다.

"영웅적인 병사들이여, 당신들은 임무를 완수했습니다."

그러고는 우아한 행동으로 여전히 바닥에 누워 있는 푼다 에세르에게 돌아서서, 과장된 몸짓으로 몸을 굽히더니 그녀에게 손을 내밀었다. 여자는 구원자의 손을 잡고 일어났다.

앞줄에 앉은 은퇴한 공무원들은 자리에서 일어나 그들에게 박수를 보냈다. 앞줄에 있던 몇 명이 더 합류를 해 환호를 보냈다. 두려움 혹은 군중 심리 때문에 뒷줄에서도 몇 명이 박수를 쳤다. 홀의 나머지는 쥐 죽은 듯이 고요했다. 모든 사람들이 마치 술에서 깨어나는 것 같았다. 어떤 사람들은 숨이 넘어가는 사람들을 보았지만, 모든 것이 연극의 일부라고 결론을 내리는 안도감으로 알 듯 모를 듯 미소를 짓기 시작했고, 어떤 사람들은 구석에 웅크리고 있다가 머리를 들려고 했는데, 수나이 자임의 목소리가 그들을 두렵게 만들었다.

"이건 연극이 아닙니다. 혁명의 시작입니다."

조롱하는 듯한 목소리였다.

"우린 조국을 위해 모든 일을 해야 합니다. 명예로운 터키 군대를 믿으십시오! 병사들이여, 이들을 데리고 가시오!"

두 명의 병사가 무대에 있던 텁수룩한 수염의 두 명의 이슬람 원리주의자들을 데리고 갔다. 다른 병사들이 총을 다시 장전하고 관객들 사이로 내려가고 있을 때 누군가가 무대로 뛰어 올라갔다. 이상했다. 그 사람은 군인도 아니고 배우도 아니었다. 무대에는 어울리지 않는, 아름다움이 배제된 행동 때문에 금세 알 수 있었다. 카르스 사람들은 모든 것이 장난이었다고 말을 하겠지, 라는 희망으로 그를 바라보았다.

"공화국 만세! 군대 만세! 터키 민족 만세! 아타튀르크 만세!"

서서히 막이 내리기 시작했다. 그도 수나이 자임과 함께 두 걸음 앞으로 나와 장막 앞에 남게 되었다. 손에는 크륵칼레 권총을 들고 있었고, 검은 옷을 입고 군화를 신고 있었다. 그는 "망할 놈의 광신자들!"이라고 말하며 계단을 내려와 관객들 사이로 들어갔다. 그의 뒤로 장총을 든 두 명이 더 나타났다. 군인들이 신학고등학교 학생들을 체포하고 있을 때 이 세 명은 두려운 눈으로 자신들을 바라보는 관객들에게는 다가가지 않고 곧장 구호를 외치며 출구를 향해 단호하게 걸어갔다.

그들은 아주 행복해 보였고 아주 흥분해 있었다. 왜냐하면 그들은 오랜 논쟁 끝에 합의를 한 후 마지막 순간에 카르스의 작은 혁명과 이 연극에 동참하기로 결정을 내렸기 때문이다. 카르스에 온 첫날 그들을 만난 수나이 자임은, 공연하고자 하는 '예술 작품'이 이런 은밀한 일에 연루된, 손에 무기를 든 모험가들에 의해 더럽혀질 것을 우려하여 하루 종일 저항을 했다. 하지만 예술을 이해하지 못하는 저속한 사람들에 맞서 무기를 사용할 줄 아는 사람이 필요할 거라는 주장을 결국 거부하지 못했다. 이후에 그는 이 결정에 대해 아주 후회를 했으며, 사람들이 피를 흘린 것에 대해 양심의 가책을 느꼈다고 한다. 하지만 많은 것이 그러했듯이 이도 단지 소문일 뿐이었다.

몇 년이 흐른 후 내가 카르스를 방문했을 때, 반은 무너지고, 반은 아르첼릭 전자제품 대리점의 창고로 바뀐 밀렛 극장을 보여준 대리점 주인은, 그날 밤 그리고 그날 이후의 재앙에 대한 나의 질문을 그냥 넘기려는 의도로, 그 옛날 아르메니아 사람들이 살았던 시기부터 지금까지 카르스에서는 많은 살인, 나쁜 짓 그리고 학살이 저질러졌다고 말했다. 그리고 이곳에 살고 있는 가난한 사람들을 조금이라도 행복하게 만들고 싶다면, 이스탄불로 돌아가, 카르스에 드리워져 있는 과거의 죄가 아니라 깨끗한 공기와 착한 사람들에 대해 써야 한다고 말했다. 그는 어둡고 곰팡내 나는 창고 건물로 변한 극장 홀에서,

냉장고, 세탁기 그리고 난로 유령들 사이에서, 그날 밤이 남긴 유일한 흔적을 내게 보여주었다. 그건 키르코르 키즈메지얀이 연극을 구경했던 특별관람석 아래쪽 벽을 맞힌 총알이 뚫어놓은 커다란 구멍이었다.

19
눈이 너무나 아름답게 내리는구나

혁명의 밤

연극의 막이 내리고, 두려움에 떠는 관객들의 시선 속에서 손에 권총과 장총을 들고 소리를 지르며 밖으로 뛰어나간 남자들 중 맨 앞에 있던 사람은, 별명이 Z. 데미르콜인 신문기자였다. 그는 과거 공산주의자였다. 1970년대 소련 공산주의 단체의 일원이었던 그는 작가, 시인 그리고 무엇보다도 '경호원'으로 유명했다. 1980년 터키에서 군사혁명이 일어난 후 독일로 도망쳤고, 베를린 장벽이 무너진 후, 쿠르드족 게릴라와 이슬람 원리주의자들에 맞서 현대화를 지향하는 정부와 공화국을 수호하기 위해 특별 면죄를 받아 터키로 돌아왔다. 그의 옆에 있던 두 명의 남자는, 데미르콜의 동지로 1979~1980년 당시 밤마다 이스탄불 거리에서 총싸움을 하던 터키 민족주의자 투사들이었다. 이들을 결속시킨 것은 정부를 수호한다는 임무와 모험을 선망하는 정신이었다. 어떤 사람들의 말에 따르면

이들 모두는 처음부터 정부 스파이였다고 한다. 밀렛 극장에서 한시라도 빨리 빠져나오기 위해 두려움에 떨며 계단을 내려가던 사람들은 그들이 누구인지 전혀 몰랐기 때문에, 그들이 위에서 여전히 계속되고 있는 연극의 일부인 줄만 알았다.

Z. 데미르콜은 거리로 나왔다. 그리고 수북이 쌓인 눈을 보고는 아이처럼 팔짝 팔짝 뛰며 기뻐하면서 공중을 향해 총 두 방을 쐈다. 그러고는 "터키 민족 만세! 공화국 만세!"라고 고함을 질러댔다. 극장 앞에서 해산하고 있던 군중들은 한쪽으로 물러섰다. 두려움 가득한 얼굴로 그들을 바라보는 사람도 있었고, 자신들이 일찍 집으로 돌아가는 것을 사죄하는 심정으로 멈춰 선 사람도 있었다. Z. 데미르콜과 동료들은 아타튀르크 대로를 따라 위쪽으로 뛰어갔다. 그들은 구호를 외치며 술에 취한 사람처럼 고함을 질러댔다. 눈 속을 헤치며 서로를 의지하며 걸어가던 노인들, 가족들과 집으로 돌아가던 아버지들은 주저하면서 그들에게 박수를 보냈다.

신이 난 세 명의 남자는 큐축 카즘베이 대로의 모퉁이에서 카의 뒤를 따라왔다. 그들은 카가 자신들을 알아보고는 자동차에게 길을 내주듯 인도로, 보리수나무 밑으로 몸을 피하는 것을 보았다.

Z. 데미르콜이 말했다.

"시인 양반, 그들이 당신을 죽이기 전에 당신이 그들을 죽이시오. 알겠소?"

아직 쓰지 못하고 있던, 이후에 '신이 없는 곳'이라는 제목을 붙일 시를 카는 이때 잊어버리고 말았다.

Z. 데미르콜과 동료들은 아타튀르크 대로 위쪽을 향해 걸어갔다. 카는 그들의 뒤를 따라가고 싶지 않아, 왼쪽으로 돌아 카라다으 대로로 접어들었다. 그리고 머릿속에 있던 시가 흔적 없이 사라져버렸다

는 것을 알게 되었다.

마음속에서 젊은 시절 정치 모임을 나올 때 느꼈던 수치심과 죄책감이 들었다. 모임이 그의 마음을 불편하게 한 것은, 그가 니샨타쉬의 부유한 부르주아 출신이었기 때문이 아니라, 그곳에서 나누는 대화들이 대부분 극도로 유치한 과장들로 가득 차 있었기 때문이다. 카는 잊어버린 시가 다시 떠오를 수도 있을 거라는 희망으로, 곧바로 호텔로 돌아가지 않고 조금 더 배회하기로 결정했다.

텔레비전에서 본 것 때문에 당황하며 창밖을 바라보는 몇 명의 호기심 많은 사람들을 보았다. 극장에서 일어난 끔찍한 일에 대해 카가 어느 정도 알고 있었는지 말하기는 어렵다. 극장 건물에서 나오기 전에 총격이 시작되었지만, Z. 데미르콜과 동료들을 포함한 그 모든 것이 연극의 일부라고 생각했을 수도 있다.

그의 모든 신경은 잊어버린 시에 집중되어 있었다. 대신 다른 시가 오고 있다는 것을 느끼자, 그는 그 시가 더 무르익으리라는 생각에서 머릿속 한구석에 저장해 두기로 했다.

멀리서 두 방의 총성이 더 들려왔다. 그 소리는 눈 속에서 메아리치지 않고 사라졌다.

눈이 너무나 아름답게 내리는구나! 눈송이가 너무나 굵게, 너무나 단호하게, 그치지 않을 듯 고요히 내리고 있구나! 넓은 카라다으 대로는 무릎까지 오는 눈 밑으로, 어두운 밤 속으로 사라지며 펼쳐져 있는 비탈길이었다. 하얗고 신비스러웠다! 아르메니아인들이 살았던 3층짜리 아름다운 건물에는 아무도 없었다. 보리수나무 한 그루에 매달려 있는 고드름은, 그 아래에 있는 보이지 않는 자동차 위에 쌓인 눈과 하나가 되어, 반은 얼음 반은 눈으로 된 망사 커튼을 만들어내고 있었다. 카는 아르메니아 스타일로 지어진 텅 빈 단층 건물의 나무로 못질된 어두운 창문 앞을 지나갔다. 자신의 숨소리와 발소리를 듣고 있으려니, 마음속에서, 인생과 행복이 처음으로 그를 초대하는 것만 같았다. 그러나 한편 그 부름에 단호하게 등을 돌릴 수 있을 것 같은 어떤 힘을 느꼈다.

주지사 관저 맞은편, 아타튀르크 동상이 서 있는 작은 공원에는 아무도 없었다. 러시아 시절의 건물이자, 카르스의 가장 웅대한 건물인 재무국 건물 앞에도 아무런 움직임이 없었다. 이 건물은 70년 전 제1차 세계대전 이후 러시아 짜르와 파디샤의 군대가 이 지역에서 퇴각했을 때, 터키인들이 카르스에 세운 독립정부의 본부와 의회 자리였다. 길 맞은편에는, 같은 운명을 맞은 정부의 수상 관저였기 때문에 영국 군대에 의해 습격당한 오래된 아르메니아 건물이 있었다. 현재는 주지사 관저이기 때문에 철저한 경비가 이루어지는 건물이라 카는 그쪽으로 접근하지 않고 오른쪽, 공원 쪽으로 꺾어서 걸어갔다. 다른 건물처럼 아름답고 슬픈 오래된 아르메니아 건물 앞에서 약간 밑으로 내려갔는데, 옆에 있는 텅 빈 공터의 가장자리에서 꿈속처럼 고요히 그리고 천천히 멀어지는 탱크를 보았다. 약간 앞쪽의 신학고등학교 근처에는 군용트럭 한 대가 서 있었다. 트럭 위에 눈이 별로 쌓여 있지 않은 것을 보니 그곳에 온 지 얼마 되지 않았음을 알 수 있었다. 총성 한 방이 들려왔다. 카는 되돌아갔다. 주지사 관저 앞에 있는, 창문에 성에가 낀 초소 안에서 몸을 녹이려고 애를 쓰는 경찰의 눈을 피해 오루드 대로에서 아래쪽으로 내려갔다. 호텔 방으로 돌아갈 때까지 눈의 정적이 유지될 수 있다면, 머릿속에 있는 새로운 시와 그와 연관된 기억들을 간직할 수 있다고 생각했다.

비탈길의 중간까지 왔을 때 반대편 인도에서 소음이 들려왔다. 카는 천천히 걸었다. 두 사람이 전화국의 문을 발로 차고 있었다.

눈 속에서 차의 램프 빛이 나타났고, 이후 체인이 감긴 바퀴 소리가 들렸다. 전화국 쪽으로 다가온 검은 자동차에서, 조금 전 극장에서 일어나려고 생각했을 때 보았던 위엄 있어 보이는 사람과 손에 무기를 들고 양모 베레모를 쓴 사람이 내렸다.

모두 문 앞에 모였고 논쟁이 시작되었다. 카는 목소리 그리고 가로등 빛으로 인해 문 앞에 있는 사람들이 Z. 데미르콜과 동료들인 것을 알게 되었다.

"어떻게 열쇠가 없을 수 있어! 당신 전화국장 아니야? 전화선을 끊으라고 이곳에 보냈는데, 열쇠를 안 가져왔다니 말이 돼!"

누군가 말했다.

"도시의 전화선은 여기가 아니고, 이스타시욘 대로에 있는 새 전화국에서 끊습니다."

전화국장이 말했다.

"이건 혁명이야. 우린 이곳으로 들어가야겠어. 새 전화국에도 우리가 원하면 갈 수 있어, 알겠어? 열쇠 어딨어?"

Z. 데미르콜이 말했다.

"이 눈은 이틀 후면 그칠 것이고, 길도 열릴 겁니다. 그러면 정부는 우리 모두에게 책임추궁을 할 거예요."

"당신이 두려워하는 그 정부가 바로 우리야. 빨리 열어!"

Z. 데미르콜은 언성을 높여 말했다.

"공문 허가서가 없으면 열 수 없습니다."

"그럼 두고 봐."

이렇게 말한 후 Z. 데미르콜은 권총을 꺼내 공중에 두 발을 쐈다.

"이놈을 벽으로 끌고 가. 고집 피우면 죽여버리겠어."

아무도 그의 말을 진짜로 믿지 않았다. 하지만 장총을 든 그의 동료들은 레자이 씨를 전화국 벽 쪽으로 끌고 갔다. 총알이 뒤에 있는 창문을 부수지 않도록, 레자이 씨를 약간 오른쪽으로 밀었다. 구석에 있는 눈이 너무 부드러웠기 때문에 전화국장은 바닥에 쓰러졌다. 그들은 그에게 미안하다고 하면서 손을 잡아 그를 일으켜 세웠다. 그리고 그의 넥타이를 풀어서 그것을 이용해 등뒤로 손을 묶었다. 이 와중에 그들은 아침까지 카르스에 있는 모든 매국노들을 죽일 거라는 말도 하고 있었다.

Z. 데미르콜이 명령을 내리자 그들은 장전을 했다. 그러고는 사형 사격대처럼 레자이 씨 앞에 섰다. 바로 그때 멀리서 총성이 들려왔다. (그것은 신학고등학교 기숙사 정원에 있던 병사들이 쏜 위협사격이었다.) 모두들 아무 말도 하지 않고 기다렸다. 온종일 내렸던 눈은 거의 그치고 있었다. 너무나 아름답고 너무나 마술적인 정적이었다. 잠시 후 누군가, 마지막 담배를 피우는 것이 노인(그는 전혀 나이 든 사람이 아니었다.)의 권리라고 말했다. 그들은 레자이 씨의 입에 담배를 물려주고 라이터로 불을 붙였다. 전화국장이 담배를 피우는 사이, 지루했던지 그들은 장총의 개머리판과 육중한 신발로 전화국 문을 부수기 시작했다.

"국가 재산이 아깝군. 날 풀어주시오, 문을 열 테니."

모퉁이에 있던 전화국장이 말했다.

그들이 안으로 들어가자 카는 가던 길을 계속 갔다. 가끔 총성이 들려왔지만 개가 울부짖는 소리처럼 신경 쓰지 않았다. 고요한 밤의 아름다움에 온 신경을 집중했다. 오랫동안 비어 있던 낡은 아르메니아인 집 앞에 섰다. 그리고 폐허가 된 교회와 그 정원의 유령 같은 나뭇가지에 매달린 얼음을 경건하게 바라보았다. 도시의 창백한 노란 가로등, 그 죽은 빛 속에서 모든 것이 너무나 슬픈 꿈인 것만 같았다.

카는 죄책감이 들었다. 그러나 한편으론 마음속을 시로 채우게 한 이 고요하고 잊혀진 도시에 감사하다는 생각이 가득 했다.

조금 떨어진 곳의 인도에서 "무슨 일이 있는지 보고 올게요."라고 말하는 아들에게, 창문에서 그를 나무라며 집 안으로 들어오라고 말하는 화난 어머니가 보였다. 카는 그들 사이를 지나갔다. 파익베이 대로 모퉁이에 있는 신발가게에서 다급히 나오는 자기 나이 또래의 두 남자를 보았다. 한 명은 몸집이 크고, 다른 한 명은 아이처럼 마른 사내였다. 12년 동안 일주일에 두 번 아내들에게 "찻집에 다녀올게."라고 말하고 나와서는, 이 접착제 냄새가 나는 가게에서 몰래 만나온 두 연인은, 위층에서 들려오는 텔레비전 소리를 통해 통행금지령이 내려졌다는 소식을 듣고는 당황했던 것이다. 카는 파익베이 대로로 접어들어 두 블록을 걸었다. 아침에 문 앞에 송어 진열대를 내놓았던 가게 맞은편에 탱크가 서 있었다. 골목처럼 탱크도 마술적인 정적 속에서 죽은 사람처럼 꼼짝 않고 있었기 때문에 그는 탱크 속에 아무도 없을 거라는 생각이 들었다. 하지만 이때 뚜껑이 열렸다. 그 안에서 머리 하나가 나와 그에게 즉시 집에 돌아가라고 말했다. 카는 카르팔라스 호텔로 가는 길을 물었다. 하지만 그 군인에게 대답을 듣기 전, 맞은편에서 《국경 도시 신문》의 어두운 사무실을 발견하고는 돌아가는 길을 생각해 냈다.

따스한 호텔의 환한 로비가 그의 가슴을 기쁨으로 가득 채웠다. 손에 담배를 들고 텔레비전을 보는 잠옷 차림의 투숙객들 얼굴에서 무언가 심상치 않은 기운을 느꼈다. 하지만 좋아하지 않는 문제를 그냥 넘어가는 아이처럼 그의 이성은 모든 것을 자유롭고 가볍게 미끄러지듯 지나쳤다. 투르굿 씨의 거처에 가벼운 마음으로 들어갔다. 사람들은 여전히 식탁에 모여 텔레비전을 보고 있었다. 투르굿 씨는 카를 보고는 벌떡 일어났다. 그리고 나무라는 듯한 목소리로 그가 안 와서 아주 걱정했다고 말했다. 그가 다른 말을 하려고 하는데, 카와 이펙의 눈이 서로 마주쳤다.

"시를 아주 멋지게 낭독했어. 당신이 자랑스러워."

카는 이 순간을 죽을 때까지 잊지 못할 것 같았다. 너무나 행복해, 다른 여자들의 질문과 투르굿 씨의 궁금해 죽겠다는 표정이 없었더라면 눈에서 눈물이 흘렀을 것이다.

"군인들이 아마도 무슨 일인가를 벌이는 것 같군."

투르굿 씨가, 희망을 가질 일인지 걱정을 해야 할 일인지 판단이 안 서 답답한 마음으로 말했다.

식탁은 지저분했다. 누군가 귤껍질 속에 담뱃재를 털어놓았다. 아마도 이펙이 그랬을 것이다. 이럴 때 아버지의 먼 친척인 뮤니래 고모가 그랬던 것처럼. 카의 어머니는 그녀와 이야기할 때 항상 '부인'이라는 단어를 빠트린 적은 없었지만 그녀를 무시했었다.

"통행금지령이 내려졌네. 극장에서 무슨 일이 있었는지 우리에게 말해 주게."

투르굿 씨가 말했다.

"저는 정치에 관심이 없습니다."

카가 말했다.

그 말이 무심코 튀어나왔다는 것을 이펙 그리고 모든 사람들은 알았다. 하지만 그래도 죄책감을 느꼈다.

이곳에서 아무 말 하지 않고 오랫동안 이펙을 바라보며 앉아 있고 싶었다. 하지만 집안을 감싸고 있는 '혁명의 열기'가 그를 불안하게 하고 있었다. 어린 시절 군사 혁명이 일어났던 밤의 좋지 않은 기억 때문이 아니라, 모든 사람들이 그에게 계속 질문을 던졌기 때문이다. 한데는 구석에 잠들어 있었다. 카디페는 카가 보고 싶어하지 않는 텔레비전을 보고 있었고, 투르굿 씨는 사태 진행에 대하여 흥미 반 걱정 반으로 안절부절못했다.

카는 한동안 이펙 옆에 앉아 그녀의 손을 잡았다. 그녀에게 위층 방으로 오라고 말했다. 그녀와 더 이상 진전이 없는 것이 그에게 고통을 주었다. 그는 방으로 올라갔다. 익히 알고 있는 나무 냄새가 났다. 코트를 문 뒤에 있는 고리에 조심스럽게 걸었다. 침대 머리맡에 있는 작은 램프를 켜자, 지하에서 들려오는 웅웅 소리처럼 피곤함이 온몸에 밀려와 눈꺼풀을 뜰 수가 없었다. 그는 마치 자신의 몸이, 자신이 들어와 있는 방과 호텔과 함께 떠다니는 것 같이 느껴졌다. 머릿속에 떠오르는 새로운 시를 빠르게 공책에 적고 있을 때, 그는 자신이 쓴 시행들과 지금 앉아 있는 침대가, 호텔 건물과 눈이 오는 카르스 도시, 그리고 모든 세상이 하나의 신성한 통일체인 것처럼 느껴졌다.

시에 '혁명의 밤'이라는 제목을 붙였다. 어린 시절 군사 혁명이 일어났던 밤에, 온 가족이 잠에서 깨어 라디오 앞에서 행진곡을 듣던 풍경에서 시는 시작되고 있었다. 시의 그 다음은 모두 함께 하는 명절 식사로 이어졌다. 이 때문에 그는 이후에 이 시가 혁명을 다루고 있지 않다고 판단했으며, 이 시는 '기억'이라는 명칭이 붙은 눈송이들의 나열이었다고 생각하게 되었다. 시에서 중요한 주제들 중 하나는, 세상에 재앙이 일어나고 있을 때에도 시인은 마음의 일부를 그것으로부터 격리시킬 수 있다는 내용과 관련되어 있었다. 이렇게 할 수 있는 시인이라면 현재를 환상처럼 살 수 있을 것이다. 시인이 해내기 힘든 일이 바로 이것이다! 카는 시를 다 쓴 후 담배에 불을 붙였다. 그리고 창밖을 바라보았다.

20
조국과 민족에게
축복이 있길!

밤 그리고 아침

카는 정확히 10시간 20분 동안 깊은 잠을 잤다. 꿈속에서 눈이 내리는 것을 보았다. 반쯤 열린 커튼 사이로 보이는 하얀 거리에 눈이 다시 내리고 있었다. 카르팔라스 호텔이라고 씌어 있는 분홍색 간판을 밝히는 창백한 램프 빛 아래서 눈은 지극히 부드러워 보였다. 카가 장시간을 편안히 잘 수 있었던 것은 그 경이롭고 마술적인 눈의 부드러움이 카르스 거리에 울려 퍼진 총성을 빨아들였기 때문인 것처럼 느껴졌다.

탱크 한 대와 두 대의 군용트럭이 진압해 들어간 신학고등학교 기숙사는 두 블록 위에 있었다. 충돌이 있었던 것은, 아르메니아 공예가들의 섬세한 솜씨를 보여주는 정문에서가 아니라, 졸업반 학생들이 사는 기숙사와 강당으로 들어가는 나무 문에서였다. 군인들은 먼저 위협을 가할 요량으로 눈 덮인 정원에서 공중의 어둠을 향해 총을 쏘았다. 정치적 이슬람주의자 학생들 중 과격분자들은 밀렛 극장의 밤 공연에 참석하고 그곳에서 체포되었기 때문에 기숙사에 남은 학생들은 단순 가담자이거나 관심이 없는 부류였다. 하지만 텔레비전에서 본 장면들 때문에 흥분하여 문 뒤에 책상과 걸상들로 바리케이드를 만들었고, "신은 위대하다!"라며 구호를 외치기 시작했다. 극도로 흥분한 한두 명의 학생은 식당에서 훔친 포크와 칼을 화장실 문을 통해 병사들에게 던지기 시작했다. 그리고 가지고 있던 단 한 자루의 권총으로 장난삼아 발포를 한 것이 그만 군인들의 조준사격을 유발시키고 말았다. 이마에 총알을 맞은 아름답고 가냘픈 학생이 쓰러져 죽었다. 대부분 울고 있는 잠옷 차림의 중학생들, 오로지 무엇인가를 했다는 느낌을 갖기 위해 이 투쟁에 참여해 후회하는 학생들, 그리고 얼굴과 눈이 벌써 피투성이가 된 저항자들. 이들이 모두 함께 버스에 태워져 매를 맞으며 경찰청으로 연행되어 갈 때, 도시의 시민들 중 이 사건을 아는 사람은 거의 없었다. 폭설 때문이었다.

시민들은 깨어 있었다. 하지만 그들의 관심은 창문이나 거리가 아니라 여전히 텔레비전을 향해 있었다. 밀렛 극장에서의 생방송을 통해 수나이 자임이 이것은 연극이 아니라 혁명이다, 라고 말을 한 후, 군인들이 홀의 소란을 정리하고 시체와 부상자들을 들것으로 날랐다. 이사이 모든 카르스인들이 잘 알고 있는 주지사 보좌관 움만 씨가 무대로 나와 여느 때와 같은 공식적이고 신경질적이지만 신뢰감을 주는 목소리로, 처음 출연하는 '생방송'에 약간 긴장하며, 다음 날 12시까지 카르스에 통행금지령이 내려졌다는 사실을 공지했다. 그가 내려온 무대에 아무도 올라가지 않았기 때문에 이후 20분 동안 시청자들은 화면에서 밀렛 극장의 커튼만을 볼 수 있었다. 후에 방송이 중단되다가 다시 같은 커튼이 화면에 나타났다. 잠시 후 커튼이 천천히 열리고 조금 전의 모든 '공연'이 재방송되기 시작했다.

텔레비전을 보며 도시에서 무슨 일이 일어났는지를 이해하려고 하던 시청자들은 대부분 혼란에 빠졌다. 졸리고 반쯤 술에 취한 사람들은 시간의 혼돈 속에 사로잡혔다. 어떤 사람들은 밤과 죽음이 되풀이될 것이라 느꼈다. 사건의 정치적인 면에 관심이 없는 시청자들의 일부는 이 재방송을, 내가 몇 년 후에 그랬듯이, 카르스에서 그날 밤 일어난 일을 이해하는 데 도움이 될 기회로 여기고 집중하여 시청하기 시작했다.

이렇게 해서 시청자들은 푼다 에세르가, 울면서 미국 손님들을 맞이하는 전 여자 수상을 흉내 내거나, 혹은 광고를 패러디한 후 신나게 밸리 댄스를 추는 모습을 다시금 시청하게 되었고, 그사이 할릴 파샤 상가에 있는 국민 평등당 본부는 노련한 경찰들에 의해 점거되었다. 그곳에 있던 유일한 사람인 쿠르드족 고용인은 체포되었고, 서랍과 문서함에 있던 모든 서류와 기록 역시 전부 압수당했다. 장갑차를 탄 경찰들은 압수한 서류와 기록에서 명단과 주소를 파악하여 당 집행부 위원들을 차례로 연행해, 내란죄 그리고 쿠르드 민족주의자라는 죄목으로 구속했다.

카르스의 민족주의자들로 지명된 이들은 단지 그들뿐만이 아니었다. 이른 아침 디고르 길 초입에서 눈으로 덮이기 전에 발견된, 무랏 마크가 새겨진 불 탄 택시에서 나온 시체 세 구는, 경찰청 보고에 의하면 쿠르드 민족주의 게릴라들이었다. 몇 달의 시도 끝에 이 도시로 잠입한 이 세 명의 젊은이는 그날 저녁 극장에서 발생한 사건에 겁을 먹은 나머지 택시를 타고 산으로 도주하려는 결정을 내렸지만, 폭설로 길이 막힌 것을 보고는 정신이 혼미해졌고, 자기들끼리 싸움을 하다가 그들 중 누군가가 터뜨린 폭탄으로 목숨을 잃었다고 한다. 보건소에서 청소를 하는, 죽은 세 사람 중 한 명의 어머니는, 사실은 손에 무기를 든 사람이 자신의 집을 찾아와 아들을 연행해 갔다는 진정서를 냈다. 택시 기사의 형은 자기 동생이 쿠르드 민족주의자가 되고 싶어하기는커녕 쿠르드족도 아니라는 주장이 담긴 진정서를 제출했지만 처리되지 않았다.

카르스인들은 쿠데타가 일어났다는 것을 알고 있었다. 탱크 두 대가 천천히 검은 유령처럼 돌아다니고 있는 이 도시에 적어도 이상한 어떤 일이 벌어지고 있다는 것은 알고 있었다. 하지만 텔레비전으로 연극이 생방송되고 있었기 때문에, 또한 창문 앞에 옛날이야기의 한 대목처럼 줄기차게 내리는 눈과 함께 일어난 일이었기 때문에, 공포감을 느낀 사람들은 많지 않았다. 정치와 관련된 사람들만이 약간 걱정을 하고 있었을 뿐이다.

예를 들면 모든 카르스인들이 존경하는 신문기자이자 민속학 연구자인 사둘라흐 씨는 평생 많은 군사 쿠데타를 보아왔기 때문에 텔레비전에서 통행금지령 공지를 듣자마자, 자신에게 다가오고 있는 교도소 생활을 미리 준비했다. 그는 트렁크에, 입지 않고는 잠을 잘 수 없는 파란 바둑무늬 잠옷, 전립선 약, 수면제, 양모로 된 납작한 모자, 양말, 이스탄불에 살고 있는 딸이 손자를 안고 미소 지으며 찍은 사진, 차근차근 수집한 쿠르드족 만가(輓歌)에 대해 쓴 책의 초고를 넣었다. 그리고 아내와 함께 차를 마시며 텔레비전에서 두 번째로 푼다 에세르가 밸리 댄스를 추는 모습을 보며 기다렸다. 자정이 훨씬 지나 누군가 문을 두드리자 아내와 작별을 했다. 그는 트렁크를 들고 문을 열었다. 밖에 아무도 보이지 않자 그는 눈이 쌓인 거리로 나갔다. 신비로운 유황색 가로등 빛 아래서 눈으로 덮인 고요한 거리의 아름다움을 마주하며 어린 시절 카르스 개천에서 스케이트를 타던 일을 떠올리고 있을 때, 정체불명의 사람들이 그의 머리와 가슴에 총을 발사했다.

몇 달이 흐른 후 눈이 녹아들며 발견된 여러 시체들로 그날 밤 다른 살인들도 저질러졌다는 것이 밝혀졌다. 하지만 조심성 있는 카르스 언론매체가 그러했던 것처럼, 나 역시 독자들이 더 이상 근심하게 않도록 이 사건들에 대해 언급하려 않으려고 노력할 것이다. 이 '범인이 밝혀지지 않은 범행'들을 Z. 데미르콜과 동료들이 저질렀다는 식의 소문들은 최소한 그날 밤의 이른 시기에는 맞는 말이 아니다. 그들은 약간 늦었지만 전화선을 끊는 데 성공했고, 방송국에 침입해 방송이 혁명을 지지하고 있다는 것을 확인했다. 그날 밤 끝 무렵, 그들은 '굵은 목소리로 영웅적인 민요를 부르는, 국경 지역 가수'를 찾는 일에 주력했다. 진정한 혁명을 위해서는 라디오와 텔레비전에서 국경 지역의 영웅적인 민요들이 방송되어야 했기 때문이다.

그들은 군대 막사, 병원, 자연과학 고등학교 그리고 이른 아침에 문을 여는 찻집 등에서 그 민요 가수를 수소문했고, 결국 야근 소방관들 사이에서 찾아냈다. 그 민요 가수는 처음에는 자신이 체포되었으니 결국 총살당할 거라고 여겼지만 그들은 그를 곧장 스튜디오로 데리고 갔다. 카는 아침에 일어나자마자 그의 시적인 목소리를 들었다. 로비에 있는 텔레비전에서 벽을 뚫고, 커튼 사이를 빠져나와 들려오고 있었다. 기묘하게 밝은 눈〔雪〕빛이 반쯤 열린 커튼 사이 들어와, 높은 천장과 고요한 방을 지극히 힘차게 비추고 있었다. 잠을 푹 잤기 때문에 피로가 가시긴 했지만, 침대에서 일어나기도 전에 그는, 그의 마음속에 힘과 결단력을 꺾는 죄책감이 있다는 것을 알게 되었다. 그는 평범한 호텔 투숙객처럼, 집을 떠나 다른 곳 다른 욕실에 있다는 기쁨을 만끽하며 얼굴을 씻고 면도를 했다. 그리고 옷을 갈아입고는 무거운 놋쇠에 매달려 있는 열쇠를 가지고 호텔 로비로 내려갔다.

텔레비전 화면에서 민요 가수를 보았다. 깊은 정적이 호텔과 도시를 에워싸고 있었다. 로비에 앉은 사람들은 조심스럽게 무언가를 속삭였다. 어젯밤 무슨 일이 일어났는지, 이성이 자신에게 감추고 있는 모든 것이 상기되었다. 접수계에 서 있는 아이에게 차갑게 웃어 보였다. 그는 폭력과 정치적 집착이 자신을 파괴하는 도시에서 시간을 허비하고 싶지 않는 급한 여행객처럼, 바로 옆에 있는 식당으로 가 아침 식사를 하고 싶었다. 한구석에서 김을 내뿜고 있는 세마외르* 위에 통통한 찻주전자가 올려져 있었다. 접시 안에 얇게 썰어 놓은 카르스 치즈와 움푹한 그릇 안에 들어 있는 윤기 잃은 올리브를 보았다.

카는 창가 테이블에 앉았다. 망사 커튼 사이로 너무나 아름답게 보이는 눈 덮인 거리를 하염없이 바라보았다. 텅 빈 거리에 커다란 슬픔이 배어 있었다. 카는 어린 시절과 청년 시절 통행금지령이 내려졌던 군사 혁명들이 떠올랐다. 인구 조사와 투표자 조사, 수색이 행해졌고, 모든 사람들을 라디오와 텔레비전 앞에 모이게 했다. 라디오에선 행진곡이 흘러나왔다. 계엄령 포고와 금지 사항들을 공지할 때면 카는 항상 텅 빈 거리에 나가고 싶었다. 어린 카는, 주위의 모든 아주머니, 아저씨들이 한 가지 문제를 둘러싸고 뭉쳤던 군사 혁명 시절을, 라마단 축제 놀이를 즐기듯 좋아했었다. 카가 어린 시절을 보낸 이스탄불 중·상류층 가족들은 자신들을 위해 더 안전하다고 여겨지는 군사 쿠데타에 대한 만족감을 들키지 않기 위해, 매번

---

* 차 끓이는 용기.

쿠데타가 일어난 후 적용되는 일토당토않은 규제들(인도의 돌에다 회칠을 하는가 하면, 길에서 머리나 턱수염을 기른 사람들을 보면 경찰과 병사가 억지로 세워놓고 아무렇게나 잘랐다.)을 조용히, 미소 지으며 비꼬았다. 이스탄불의 상류층 터키 부르주아는 군인들을 두려워했기도 했지만 한편으로 궁핍한 생활과 규율 속에서 사는 그들을 은근히 무시하곤 했다.

수백 년 전에 버려진 도시를 연상케 하는 거리의 아래쪽에서 군용 트럭이 올라오는 것을 보자, 카는 어린 시절 그랬던 것처럼 주의를 집중했다. 식당에 새로 들어온 소장수 같은 남자가 갑자기 카를 껴안고는 그의 뺨에 입을 맞추었다.

"축하합니다, 신사나리! 조국과 민족에게 축복이 있기를!"

마치 옛날 종교 명절 때 하던 것처럼, 어른들은 군사 쿠데타가 일어난 후면 서로에게 이러한 말로 축하 인사를 건네곤 했었다. 카는 그 사람에게 "축복이 있기를!" 같은 유의 말을 중얼거렸다. 이런 행동을 했다는 것이 부끄러웠다.

부엌문이 열렸다. 순간 카의 얼굴에 있던 모든 피가 빠져나가는 것 같았다. 그 문에서 이펙이 나왔던 것이다. 그들은 서로 눈이 마주쳤다. 순간 카는 어떻게 해야 할지 몰랐다. 자리에서 일어나고 싶었다. 하지만 이펙은 그에게 미소를 지어 보이고는 조금 전 자리에 앉은 그 사람을 바라보았다. 그녀의 손에는 쟁반이 들려 있었고, 그 위에 찻잔과 접시가 놓여 있었다.

지금 이펙은 찻잔과 접시를 그 남자의 테이블 위에 놓고 있었다. 종업원처럼.

비관, 후회 그리고 죄책감이 카를 에워쌌다. 이펙에게 제대로 인사도 건네지 못한 자신을 질책했다. 무언가가 있었다. 카는 자신이 그것으로부터 숨을 수 없다는 것을 알고 있었다. 모든 것이 잘못되었다. 어제 자신이 한 모든 것들. 그녀에게, 깊이 알지 못하는 여자에게 갑자기 청혼한 일, 그녀와 키스를 한 일(이건 멋졌다.), 자신을 제어하지 못한 일, 모두 함께 저녁 식사를 할 때 그녀의 손을 잡았던 일, 더욱이 그녀의 현기증 나는 매력에 빠져 술 취한 터키 남자처럼 모든 사람들 앞에서 감정을 드러낸 일 등. 카는 그녀에게 무슨 말을 해야 할지 알 수 없었다. 단지 이펙이 영원히 옆 테이블 시중을 들었으면 하고 바랄 뿐이었다. 소장수 같은 남자는 우악스럽게, "차!"라고 소리쳤다. 손에 들고 있던 쟁반을 비운 이펙은 자동적으로 세마외르 쪽으로 향했다. 그 남자에게 차를 준 후 이펙이 자신의 테이블로 다가오자 카의 심장 박동이 빨라지기 시작했다.

"어때? 잘 잤어?"

미소를 지으며 이펙이 말했다.

어젯밤 그리고 어제의 행복에 대한 이런 식의 표현이 카는 두려웠다.

"눈이 전혀 그칠 것 같지 않군."

카는 어렵사리 말했다.

그들은 조용히 서로를 관찰했다. 아무 말도 할 수 없었다. 말을 하면 오히려 부자연스러워질 것 같았다. 그는 아무 말도 하지 않고, 자신이 유일하게 할 수 있는 일이라는 듯, 약간 사시기가 있는 그녀의 커다란 담갈색 눈 속을 들여다보았다. 이펙은 카의 마음이 어제와 같지 않음을 알 수 있었다. 카는 다른 사람이 되어 있었다. 카는 이펙이 자신의 마음이 어둡다는 것을, 이를 이해하며 받아들인다는 것을 느꼈다. 그녀의 이런 이해심 때문에, 그는 평생 이 여자에게 얽매이게 될 것만 같았다.

"눈은 이런 식으로 더 올 거야."

이펙이 조심스레 말했다.

"빵이 없다."

"어머, 미안해."

이펙은 급히 세마외르가 있는 테이블로 갔다. 쟁반을 놓고 빵을 자르기 시작했다.

카가 빵을 달라고 한 것은 그 상황을 견딜 수가 없어서였다. 지금은 '나도 가서 빵을 자를 수 있는데'라는 포즈로 여자의 뒷모습을 바라보고 있었다.

이펙은 하얀 양모 스웨터에 긴 갈색 스커트를 입고 있었으며, 70년대에 유행했다가 지금은 아무도 매지 않는 꽤 넓은 벨트를 매고 있었다. 그녀의 키는 카의 키와 걸맞았다. 카는 그녀의 손목이 마음에 들었다. 그녀와 함께 프랑크푸르트로 돌아가야 한다. 그러지 못하면 맞잡았던 그녀의 손과, 반은 장난 반은 진심으로 키스한 그녀의 입술과, 그가 느꼈던 행복한 감정은 고통스런 추억으로 남을 것이었다.

빵을 자르던 이펙이 손놀림을 멈추자, 그는 재빨리 시선을 다른 곳으로 돌렸다.

"손님, 접시에 치즈와 올리브를 올려놓을게요."

이펙이 큰 소리로 말했다. 이 식당에 다른 사람들도 함께 있다는 것을 상기시키기 위해 그녀가 자신을 '손님'이라고 불렀다는 것을 알았다.

"네, 부탁드립니다."

카도 다른 사람들이 들으라는 식으로 대답했다. 서로 눈이 마주치자 조금 전 그가 그녀의 뒷모습을 바라보고 있었음이 얼굴에 역력히 드러났다. 이펙이 남녀 관계를, 그 자신이 전혀 소질이 없는 미묘한 관계에 대해 잘 알고 있을 거라는 생각이 들자 두려워졌다. 그리고 이미, 자기 인생에서 유일한 행복의 가능성이 그녀라는 것이 두려웠다.

"조금 전에 군용트럭이 빵을 배달해 왔어."

이펙이 말했다. 카의 가슴을 아리게 하는 달콤한 눈길로 미소를 지으며.

"자히데 아주머니가 통행금지령 때문에 발이 묶이는 바람에 내가 주방 일을 보고 있어. 군인들이 아주 무서웠어."

왜냐하면 군인들이 한데 혹은 카디페를 연행해 가기 위해 온 것일 수도 있었기 때문이다. 게다가 그녀의 아버지를 연행하려고 왔을 수도 있고.

"밀렛 극장의 피를 닦으라고 병원 직원들을 데리고 갔대."

이펙이 속삭이며 말했다. 그러고는 테이블에 앉았다.

"대학 기숙사, 신학고등학교, 정당들을 급습했대."

그곳에서 죽은 사람도 있다고 했다. 수백 명의 사람을 체포했고, 이들 중 일부는 아침에 풀어주었다고 했다. 그녀가 정치 압제가 있던 시절의 그 독특했던 분위기로 속삭이며 말을 시작하자, 카는 20년 전 대학 구내매점의 풍경이 떠올랐다. 이러한 유의 고문과 학대 이야기들이 속삭임을 통해 전해지곤 했다. 이러한 것들에 대해 분노와 슬픔뿐만 아니라 묘한 긍지를 가지고 언급했던 시절이었다. 당시에는 일종의 죄책감과 우울함으로 터키에서 살고 있다는 것을 잊고 싶었고, 집에 돌아가 책을 읽고 싶을 뿐이었다. 지금은 이펙이 말을 마치는 것을 도와줄 심산으로, "정말 끔찍한 일이야, 정말 끔찍해!"라는 말을 준비하고 있었다. 이 말은 입 안에서만 맴돌았다. 하지만 매번 말할 기회를 잡다가도 부자연스러울 거라고 느끼며 그만두었고, 수줍은 듯 빵과 치즈만 먹고 있었다.

이펙이, 신학고등학교에 다니는 자녀들의 시체를 확인하라고 쿠르드족 마을에 보낸 차가 길에서 멈추었다는 것을, 가지고 있는 무기를 정부에 반납하는 데 모두에게 하루의 시간 여유를 주었다는 것을, 코란 강좌와 정당 활동이 금지되었다는 것을 소곤거리며 전해 줄 때, 카는 그녀의 손을, 눈 속을, 아름다운 긴 목을, 갈색 머리가 드리워진 목덜미를 바라보았다. 그는 그녀를 사랑하는 것이었을까? 문득 그들이 프랑크푸르트의 카이저 거리를 걷는 모습을, 밤에 영화를 보고 집으로 돌아오는 모습을 상상해 보았다. 하지만 비관적인 생각이 그의 영혼에 퍼졌다. 그녀가 바구니에 든 빵을 가난한 집에서나 하는 것처럼 두껍게 자르고 있었다. 더 못마땅한 것은, 두껍게 썬 빵을 허름한 식당에서나 하는 것처럼 피라미드 모양으로 쌓아 올리는 것이 아닌가.

"제발 딴 얘기를 해줘."

카가 조심스럽게 말했다.

이펙은 호텔에서 두 건물 떨어진 곳에서, 뒤뜰로 도망가려다 신고를 받고 출동한 경찰에 의해 붙잡힌 남자에 대해 말하고 있었다. 그녀는 입을 다물었다. 카는 그녀의 눈 속에서 두려움을 보았다.

"어젯밤 난 너무 행복했어. 알겠지만 몇 년 만에 처음으로 시를 썼으니까. 하지만 지금은 네가 말한 그 이야기들을 듣고 있을 수가 없어."

"어제 낭독한 시는 아주 멋졌어."

"내가 완전히 불행해지기 전에 날 좀 도와줄 수 있겠어?"

"어떻게 해야 하는데?"

"지금 위층 내 방으로 올라갈 거야. 잠시 후에 와서 내 머리를 좀 안아줘. 잠시만 말이야, 그 이상은 아니야."

더 이상 말을 잇기도 전에, 이펙의 두려워하는 눈을 본 카는 그녀가 그렇게 하지 않을 것임을 알았다. 그는 자리에서 일어났다. 그녀는 촌사람이었다, 이곳 출신이었다. 그녀는 카에게 이방인이었고, 그는 이방인이 이해할 수 없는 것을 그녀에게 원했던 것이다. 여자의 얼굴에 나타난 이해할 수 없다는 표정을 보자, 애초에 이런 바보 같은 제의를 하지 말았어야 했다는 생각이 들었다. 빠르게 계단을 오르면서 그녀를 사랑한다고 단정 지었던 자신을 질책했다. 방으로 들어가 침대에 몸을 던졌다. 처음에는 왜 이곳에 오는 바보 같은 짓을 했는지 후회가 들었고, 나중에는 프랑크푸르트에서 터키로 온 것이 잘못이었다는 생각을 했다. 20년 전 아들이 평범한 삶을 살기 원했기 때문에 시와 문학에서 떼어놓으려고 애를 썼던 어머니는, 마흔두 살 된 아들의 행복이 카르스 시에서 '주방일'을 하는, 빵을 두껍게 써는 여자에게 달려 있다는 것을 안다면 뭐라고 하실까? 아들이 시골 출신의 교주 앞에 무릎을 꿇고 눈물을 흘리며 신에 대한 믿음에 대해 고백했다는 것을 듣는다면 아버지는 뭐라고 하실까? 다시 내리기 시작하는 슬프고 커다란 눈송이가 창문 앞을 천천히 지나가고 있었다.

누군가 문을 두드렸다. 카는 벌떡 일어나 희망에 들뜬 마음으로 문을 열었다. 이펙이었다. 하지만 그녀의 얼굴에는 전혀 다른 표정이 어려 있었다. 아래에 군대 차량이 와 있으며 두 사람이 도착했는데, 그중 한 명은 군인이고 카에 대해 물었다고 했다. 자신이, 카가 여기에 있으며 그에게 그들의 메시지를 전해 주겠다고 했다고 덧붙였다.

"알았어."

"원하면 일이 분 정도 같이 있어줄게."

카는 그녀를 방 안으로 끌어 당겼다. 문을 닫고 입을 맞춘 후, 그녀를 침대 머리맡에 앉혔다. 그리고 그녀의 품에 자신의 머리를 맡겼다. 그들은 이렇게 한동안 조용히 앉아 있었다. 창을 통해, 110년 된 시청 건물의 눈 쌓인 지붕 위를 돌아다니고 있는 까마귀를 바라보았다.

"이 정도로 됐어, 고마워."

카는 고리에 걸린 회색 코트를 조심스레 집어 들었다. 계단을 내려가며 프랑크푸르트를 상기시키는 코트의 냄새를 맡았다. 독일에서의 모든 삶이 그리워졌다. 카우프호프 백화점에서 코트를 사던 날, 금발의 판매원이 그를 도와주었다. 이틀 후에 코트 길이를 수선하느라 다시 한 번 만나게 된 그의 이름은 한스 한센이었다. 꿈결에서 그를 떠올린 것은, 어쩌면 그의 이름이 너무나 전형적인 독일 이름이기 때문일 수도 그가 금발이었기 때문일 수도 있을 것이다.

21
하지만 아무도
알아보지 못하겠는데요

카, 춥고 끔찍한 방에서

그들은 카를 데려가기 위해 당시 터키에서도 거의 사용하지 않고 있던 구식 군용트럭을 보냈다. 호텔 로비에서 카를 맞이한, 매부리코에 평복을 입은 하얀 피부의 젊은이는 카를 트럭 앞좌석의 중앙에 앉혔다. 자신은 그 옆 문 쪽에 앉았다. 마치 카가 문을 열고 도망가기라도 할 것처럼. 하지만 그는 카를 무척이나 정중하게 대했고, '선생님'이란 호칭을 사용했다. 카는 그가 사복 경찰이 아니라 국가 정보국의 정보원이며, 카에게 난폭한 행동을 하지 않을 거라는 결론을 내렸다.

그들은 텅 빈 도시의 새하얀 길을 지나갔다. 계기판 일부가 고장 나 작동을 멈춰버린 군용트럭의 운전석은 꽤 높은 곳에 있었기 때문에, 카는 간간이 열려 있는 커튼을 통해 몇몇 집 안을 들여다볼 수가 있었다. 텔레비전이 켜져 있었다. 하지만 카르스 대부분의 지역은 커튼을 내리고 생각에 잠겨 있었다. 운전사와 매부리코 남자도 생판 모르는 거리를 가고 있는 듯, 와이퍼가 어렵사리 눈을 헤쳐내고 있는 앞 유리를 통해 바깥 풍경을 바라보았다. 그들은 마치 꿈속에서 나올 것 같은 골목들, 발트해 양식의 오래된 러시아 가옥들, 눈 덮인 아름다운 보리수나무에 매료된 것처럼 보였다.

트럭은 경찰청 앞에서 멈췄다. 그들은 트럭 안에서 꽤나 추위에 떨었기 때문에 잰걸음으로 건물 안으로 들어갔다. 어제와는 달리 안이 너무나 혼잡하고 분주하여, 예측을 했음에도 불구하고 카는 두려워졌다. 사람들이 많이 모여 함께 일하는 장소에서나 볼 수 있는 그런 이상한 혼잡함과 분주함이었다. 법원 복도, 축구장 출입구, 버스 터미널이 떠올랐다. 하지만 요오드 냄새를 풍기는 병원에서 느껴지는 공포와 죽음의 분위기도 있었다. 가까운 곳에서 누군가 고문을 당하고 있다는 생각, 죄책감 그리고 두려움이 그의 영혼을 휘감았다.

어제 저녁 무렵 무흐타르와 함께 올라갔던 계단을 다시 오를 때는 본능적으로, 이곳 사람들 특유의 행동과 느긋함을 받아들이려고 애썼다. 열린 방문을 통해, 빠르게 쳐 내려가는 타자기 소리, 무전기에 대고 외치는 고함 소리, 차 주문하는 소리가 들렸다. 문 앞에 있는 긴 나무의자에는, 머리와 복장 상태가 엉망이고 얼굴에 멍이 든 채 심문 순서를 기다리는 수갑 찬 젊은이들을 보았다. 카는 그들과 눈이 마주치지 않으려고 애썼다.

어제 무흐타르와 함께 들어갔던 방과 비슷한 방으로 그를 데리고 갔다. 그들은 카가 살해범의 얼굴을 보지 못했다고 말했음에도 불구하고, 어제 사진을 보고는 알아내지 못했지만 아래층에 검거되어 있는 학생들을 보면 기억이 날지도 모른다고 했다. 카는 '혁명' 이후 경찰이 국가 정보국 관리들의 손으로 넘어갔고, 이 둘 사이에 반목이 있음을 알게 되었다.

동그란 얼굴의 국가 정보국 정보원은 카에게 어제 오후 4시경에 어디에 있었는지 물었다.

순간 카의 얼굴은 잿빛으로 변했다. "사람들이 사데띤 에펜디 교주를 만나는 게 좋을 거라고들 해서……"라고 말하는데 그가 말을 막았다.

"아니, 그 전에 말야!"

카가 입을 다물자, 정보원은 카가 라지베르트와 만났음을 상기시켰다. 이미 처음부터 모든 것을 알고 있었는데, 카를 부끄럽게 해서 유감스럽다는 듯이. 카는 이를 좋은 의도로 해석하려고 했다. 평범한 경찰관이었다면, 그와의 만남을 숨긴 것에 대해 추궁하며 경찰은 모든 것을 알고 있다고 거드름을 피울 것이었기 때문이다.

동그란 얼굴의 국가 정보국 정보원은 '유감'이라는 분위기를 풍기며, 라지베르트는 실상 거친 테러리스트이며, 거물급 음모자인 데다 이란이 양성한 공화국의 적이라고 말했다. 라지베르트가 그 텔레비전 진행자를 죽인 것은 확실하며 이 때문에 체포 명령이 내려져 있는데, 그는 터키 전국을 돌아다니며 이슬람 원리주의자들을 조직하고 있다고 했다.

"누가 그와의 만남을 주선해 주었소?"

"이름을 모르는 신학고등학교 학생이었습니다."

"그 학생도 확인해 주셔야겠소. 자세히 보시오. 밀실 문 위에 있는 감시창을 통해 보시오. 두려워할 건 없소, 그들은 당신을 알아보지 못할 테니까."

그들은 넓은 계단을 통해 카를 아래층으로 데리고 갔다. 백 년 전쯤 이 가늘고 긴 건물이 아르메니아인 재단의 병원이었을 때, 이곳은 땔감 창고와 고용인 숙소로 사용되었다. 이후 1940년대에 건물이 국립 고등학교로 전환되며 벽을 허물자, 이곳은 기숙사가 되었다. 이후 서양의 적 마르크스주의자가 될 많은 카르스 젊은이들은 1960년대에 이곳에서 유니세프가 보낸 분유로 만든 아이란을 마셨고, 역겨운 냄새 때문에 토할 것 같은 기분을 느끼며 생전 처음 생선기름으로 만든 알약을 복용했다. 이 넓은 지하의 일부는 지금은 복도 그리고 복도와 통하는 14개의 작은 밀실로 변모해 있었다.

행동으로 보건대 이전에도 이러한 일을 해본 경험이 있는 것처럼 보이는 한 경찰이 카의 머리에 장교 모자를 세심하게 씌웠다. 카를 호텔에서 데리고 온 매부리코의 국가 정보국 정보원은 모든 것을 아주 잘 알고 있는 듯, "저들은 장교 모자를 아주 두려워하지요."라고 말했다.

오른쪽에 있는 첫 번째 문에 다가가자 경찰은 밀실 철문 위에 있는 작은 창문을 거칠게 열었다. 그는 온 힘을 다해, "차렷, 장교님이 오셨다!"라고 소리쳤다. 카는 손바닥만 한 창문을 통해 안을 들여다보았다.

약간 큰 침대 크기의 밀실 안에는 5명이 있었다. 어쩌면 더 많았을 수도 있다. 서로 겹쳐져 서 있었기 때문이다. 모두 맞은편 더러운 벽에 기대 서 있었는데, 군대를 다녀오지 않았기 때문에 차렷 자세가 서툴렀다. 사전에 교육을 시켰는지, 시키는 대로 모두들 눈을 감고 있었다. (카는 어떤 젊은이들은 반쯤 감은 눈꺼풀 사이로 자신을 보고 있다고 느꼈다.) '혁명'이 일어난 지 겨우 11시간밖에 지나지 않았음에도 불구하고, 머리는 죄다 깎이고, 구타를 당해 눈과 얼굴이 퉁퉁 부어 있었다. 안은 복도보다는 밝았다. 하지만 카가 보기에 그들은 모두 비슷비슷하게 생긴 것 같았다. 정신이 몽롱했다. 연민, 두려움 그리고 수치심이 마음속을 가득 채웠다. 그들 사이에 네집이 보이지 않자 안심이 됐다.

두 번째 그리고 세 번째 창문에서도 카가 아무도 알아보지 못하자, 매부리코의 국가 정보국 정보원이 말했다.

"두려워하실 것 없습니다. 길이 뚫리면 곧바로 여길 뜨실 거 아닙니까."

"하지만 아무도 알아보지 못하겠는데요."

카는 약간 거만스럽게 말했다.

이후에 그는 몇 명을 알아보았다. 무대에 있던 푼다 에세르에게 농지거리를 던진 젊은이와 계속해서 구호를 외쳐대던 다른 젊은이도. 그들을 고발하면 경찰과 협력할 의도가 있다는 것을 증명하는 셈이 될 테니, 네집을 만났을 때 그를 못 본 척할 수 있을 거라는 생각이 들었다. (어쨌든 이 젊은이들의 죄는 심각한 것이 아니었으니까.)

하지만 그는 그 누구도 고발하지 않았다. 한 밀실에서는 얼굴과 눈이 피범벅이 된 어떤 젊은이가, "장교님! 우리 어머니에게 알리지 말아달라고 말씀 좀 해주세요"라고 애걸했다. 아마도 혁명 시초의 흥분으로 누군가 주먹과 장화발로 이 젊은이들을 구타한 것 같았다. 마지막 밀실에서도 카는 교육원장을 쏜 사람과 비슷해 보이는 사람은 보지 못했다. 두려움에 떨고 있는 이곳 젊은이들 사이에도 네집이 없는 것을 확인하고 마음이 편해졌다.

그들은 다시 위층으로 올라갔다. 동그란 얼굴의 정보원과 그에게 명령을 내리는 사람들은 한시라도 빨리 교육원장의 살해범을 찾아 카르스인들에게 혁명의 성공을 알리고 싶어했다. 그들은 살해범을 즉시 교수형에 처하려는 단호한 결정을 내린 것이 확실했다. 방에는 은퇴한 소령 한 명이 있었다. 통행금지령이 내려졌음에도 불구하고 어렵사리 경찰청을 찾아온 이유는 체포된 조카 때문이었다. 적어도 고문은 면하기 어려운 젊은 친척이 '정부에 대해 불평을 하지 않도록' 해달라고 부탁하고 있었다. 그 아이의 가난한 어머니는 정부가 모든 학생들에게 무상으로 양모 코트와 재킷을 나누어준다는 거짓말에 속아 아들을 신학고등학교에 입학시켰으며, 실은 가족 모두 공화주의자이며 아타튀르크주의자라고 했다. 동그란 얼굴의 정보원은 은퇴한 소령의 말허리를 잘랐다.

"소령님, 저희는 누구에게도 가혹한 대우를 하지 않습니다."

그리고는 카를 한쪽으로 끌고 갔다. 살인범과 라지베르트의 측근이(그는 이 두 사람이 동일 인물이라고 추측하고 있었다.) 어쩌면 수의과 대학에 연금된 사람들 중에 있을지도 모른다고 말했다.

이렇게 해서 호텔에 있던 카를 이곳으로 데리고 온 매부리코의 남자와 이전에 탔던 군용트럭에 다시 타게 되었다. 카는 텅 빈 거리의 아름다움을 보게 되었다는 생각과 드디어 경찰청을 빠져나올 수 있다는 생각 그리고 담배를 피울 수 있다는 기쁨으로 행복했다. 카의 가슴 한편에서는 군인들이 쿠데타를 일으켜, 나라를 종교인들에게 넘겨주지 않게 되어서 다행이라고 생각했다. 하지만 그럼에도 불구하고, 경찰 그리고 군인들과 협력하지 않고 양심을 지킬 것을 속으로 맹세했다. 바로 그때 새로운 시가 그에게도 파고들었다. 너무도 강하고 흥분되는 느낌이이서, 그는 매부리코의 국가 정보국 정보원에게 "찻집에서 차 한 잔 만 마서도 될까요?"라고 물었다.

도시에 두 걸음 간격으로 볼 수 있는 손님 없는 찻집의 대부분은 닫혀 있었다. 하지만 구석에서 대기하고 있던 군용트럭의 눈에 띄지 않게, 카날 골목 안에 문을 연 찻집을 보았다. 안에는 통행금지령이 해지되기를 기다리는 종업원 아이 말고도 구석에 앉아 있는 세 명의 젊은이가 있었다. 그중 한 명은 장교 모자를 쓴 사람과 평복 차림의 두 사람이 문으로 들어오는 것을 보고는 긴장을 했다.

매부리코의 남자는 즉시 코트 속에서 권총을 꺼냈다. 카에게서 존경심을 불러일으킬 만한 전문가다운 행동으로, 커다란 스위스 풍경이 걸려 있는 벽으로 젊은이들을 밀어붙였다. 그는 몸수색을 하면서 신분증을 요구했다. 상황이 그리 심각하지 않다는 판단을 내린 카는 꺼진 난로 바로 옆에 있는 한 테이블에 앉았다. 그리고 머릿속에 있는 시를 편히 써 내려가기 시작했다.

이후에 '꿈의 거리' 라는 제목을 붙일 시의 시작은 눈 덮인 카르스 거리였다. 하지만 36행으로 이루어진 이 시에는 옛 이스탄불 거리, 아르메니아인들이 남긴 유령 도시 아니, 카가 꿈에서 본 텅 비고 무섭고 멋진 거리에 관한 내용도 많이 포함되어 있었다. 카는 그 자리에서 시를 완성했다. 흑백텔레비전에서는 아침에 들었던 민요 가수의 노래 대신 밀렛 극장의 혁명이 재방송되고 있었다. 골키퍼 우랄이 자신의 사랑과 들어간 골에 대한 이야기를 새로 시작하는 것으로 봐서 20분 후면 카 자신이 시를 낭독하는 모습을 볼 수 있을 것이었다. 잊어버려 노트에 쓰지 못했던 시를 카는 기억하고 싶었다.

찻집의 뒷문으로 네 명이 더 들어왔다. 매부리코의 국가 정보국 정보원은 권총을 꺼내 들고는 그들을 벽에 일렬로 세웠다. 찻집을 운영하는 쿠르드인이 '장교님' 이라고 불렀던 국가 정보국 정보원에게 그 사람들은 거리에만 적용되는 통행금지령을 위반하지 않았으며, 거리가 아니라 마당과 정원을 거쳐 이곳으로 왔다고 말했다.

국가 정보국 정보원은 명민한 감각으로 그 말의 사실 여부를 확인하려고 했다. 그들 중 한 명은 신분증도 없었고, 두려워서 사시나무 떨듯 떨고 있었다. 국가 정보국 정보원은 그에게 그가 왔던 길로 해서 그의 집으로 함께 가보자고 말했다. 그러고는 트럭을 운전했던 부하를 불러, 벽에 세워놓은 젊은이들을 감시하라고 했다. 시 노트를 호주머니에 넣은 카도 그들의 뒤를 따라갔다. 찻집의 뒷문을 나가니 눈 덮인 추운 마당이 나왔다. 낮은 벽을 넘어, 얼음이 언 계단 세 개를 올라갔다. 그들은 사슬에 묶인 개 짖는 소리를 들으며, 카르스 대부분의 건물이 그러하듯 페인트칠이 되어 있지 않은 허름한 시멘트 건물의 지하실로 내려갔다. 석탄과 수면(睡眠) 냄새가 났다. 앞장섰던 남자는 웅웅거리는 증기난방 보일러 옆에 두꺼운 종이 상자와 채소 궤짝들로 칸을 만들어놓은 어떤 곳으로 들어갔다. 카는 날림으로 만든 침대에서 자고 있는 하얀 얼굴의 기가 막히게 아름다운 젊은 여자를 보고는 본능적으로 고개를 돌렸다. 그사이 신분증을 제시하지 못했던 남자는 매부리코의 국가 정보국 정보원에게 여권을 내밀었다. 카는 증기난방 보일러에서 들려오는 소음 때문에 그들이 어떤 이야기를 나누는지는 들을 수가 없었다. 하지만 반쯤 어두운 곳에서 그 남자가 두 번째 여권을 꺼내는 것을 보았다.

그들은 돈을 벌려고 터키에 온 그루지야인 부부였다. 찻집으로 돌아왔을 때, 국가 정보국 조사관에게서 신분증을 되돌려 받은, 벽에 기대어 있던 젊은이들은 즉시 그 부부에 대해 불평을 토로하기 시작했다. 여자는 결핵 환자였다. 하지만 도시에 오는 유제품 농장주들 그리고 가죽 상인들에게 몸을 팔고 있었다. 남편도 다른 그루지야인들처럼 반값에 흔쾌히 일을 했기 때문에, 어쩌다 한번 노동자 시장에서 사람이라도 찾을 때면 터키인들의 일을 가로채고 있다고 했다. 돈도 없고 구두쇠였기 때문에, 수도과 관리인의 손에 한 달에 미화 5달러를 쥐어주고 그 보일러실에서 살고 있었던 것이다. 소문에 의하면 그들은 고국에 돌아가 집을 사서는 죽을 때까지 놀고먹을 거라고 했다. 상자 속에는 이곳에서 싸게 산, 티프리스로 되돌아가면 팔 가죽 제품들이 있었다. 그들은 두 번 추방이 되었지만, 다시 방법을 찾아 이 보일러실에 있는 '그들의 집'으로 돌아오는 데 성공했다. 젊은이들은 뇌물을 먹는 경찰들은 절대로 제거하지 못하는 카르스의 이런 세균들을 군대가 쫓아내야 한다고 열변을 토했다.

이렇게 해서 찻집 주인은 손님들에게 커다란 기쁨으로 차를 대접하게 되었고, 매부리코의 국가 정보국 정보원의 권유로 이 실업자 젊은이들은 주춤거리며 테이블에 앉았다. 그들은 자신들이 군사 쿠데타에서 기대하고 있는 것, 바람 그리고 썩은 정치인들에 대한 불평과 함께, 마치 고발하려는 사람처럼 많은 소문들을 털어놓았다. 불법 가축 도살, 전매품 창고에서 돌아가고 있는 속임수들, 싼 임금을 노리고 아르메니아 불법 노동자들을 냉동 트럭에 태우고 와 바라크에서 재우면서, 하루 종일 일을 시키고는 한 푼도 지불하지 않는 청부업자들……. 이 실업자 젊은이들은 시 선거에서 승리할 것으로 예상되던 '광신자'와 쿠르드 민족주의자들을 제압하기 위해 '군사 쿠데타'가 일어났다는 사실을 전혀 감지하지 못하는 것 같았다. 어젯밤부터 카르스에서 일어난 일이, 도시의 실업과 만연한 부도덕에 종지부를 찍고 그들에게 일자리를 주기 위해 일어난 혁명이라고 믿고 있었다.

수의과 대학의 상황은 경찰청에서 본 것보다 더 나빴다. 얼음처럼 차가운 복도를 걷고 있으니, 어느 한두 사람에게 동정을 느낄 여력이 없다는 것을 깨닫게 되었다. 이곳에는 쿠르드 민족주의자들, 가끔 이곳저곳에 폭탄을 던지고 성명서를 배포한 전력이 있는 좌익 테러리스트들 그리고 국가 정보국 리스트에 이들의 지지자라고 기입된 모든 사람이 연행되어 있었다. 경찰들, 군인들 그리고 검사들은 이 두 그룹의 연대 활동에 참가한 사람들, 쿠르드족 게릴라들이 산에서 내려와 도시 속으로 침투하는 데 부역한 사람들, 그리고 그 외의 다양한 혐의자들을, 정치적 이슬람주의자들에게 가하는 것보다 더 무자비하고 가혹한 방법으로 혹독하게 심문하고 있었다.

키가 크고 몸집이 큰 경찰이 걷기 힘든 노인에게 도움을 주는 것처럼 다정하게 카의 팔짱을 끼었다. 그러고는 그를 끔찍한 작업을 하는 강의실로 안내했다. 내 친구가 나중에 쓴 노트에서 그러했듯이, 나도 그곳에서 그가 목도한 것들에 대해 많은 언급을 하지 않으려고 노력하겠다.

첫 번째 강의실에 들어가 거기 있던 혐의자들의 상태를 3초에서 5초쯤 본 후에, 카는 처음으로 이 세상에서의 인간의 여행이 얼마나 짧은지를 생각했다. 심문을 당한 혐의자들을 바라보고 있으려니 다른 세기, 먼 곳에 있는 문명 세계, 가보지 못한 나라와 관련된 어떤 환상과 기대들이 꿈속처럼 눈앞에 떠올랐다. 그곳에 있는 사람들은 자신들에게 부여된 생의 끝에 도달한 촛불처럼 꺼져가고 있었다. 카는 노트에서 이곳을 노란 방이라고 언급했다.

카는 두 번째 강의실에서는 조금 덜 머물렀다. 이곳에서는 누군가와 눈이 마주쳤고, 어제 도시를 배회할 때 찻집에서 본 얼굴임을 기억해 냈다. 카는 죄책감이 들어 눈길을 피했다. 지금 그들은 아주 먼 꿈의 나라에 있는 것만 같았다.

세 번째 강의실은 신음 소리, 눈물 그리고 영혼으로 느낄 수 있는 깊은 정적이 가득했다. 전지전능한 신의 힘이 우리에게 지식을 주지 않아, 이 세상에서의 삶을 고통으로 변하게 한 것만 같았다. 이 방에서는 그 누구와도 눈길이 마주치지 않았다. 그는 앞을 보고 있었지만 눈앞에 있는 사람들을 보지 않았다. 자신의 머릿속에 있는 어떤 색을 보았을 뿐이다. 이 색은 빨간색과 가장 비슷했기 때문에 이후 이 방을 빨간 방이라고 불렀다. 이전에 본 두 강의실에서 느꼈던 느낌, 생은 짧고 인간은 죄인이라는 느낌이 이곳에서도 교차되었다. 이 느낌은 그가 본 끔찍한 광경에도 불구하고 카에게 편안함을 주었다.

수의과 대학에서 역시 그 어떤 인물도 확인하지 못한 것이 그들에게 의심과 불신을 키우리라는 것을 카 자신도 알고 있었다. 네집을 만나지 않은 것이 얼마나 안심이 되었던지, 매부리코의 남자가 마지막으로 확인 차원에서 사회보험병원 시체 안치실에 있는 시체들을 봐달라고 말하자 카는 흔쾌히 그러겠다고 했다.

사회보험병원의 지하실에 있는 시체 안치실에 들어서자 그들은 먼저, 가장 의심이 가는 사람의 시체를 카에게 보여주었다. 구호를 외치다가, 군인들이 두 번째 발사를 했을 당시 총알 세 발을 맞고 쓰러진 이슬람주의자였다. 그는 조심스레 시체로 다가가 경건하고 긴장된 모습으로 인사를 하듯 그를 바라보았다. 하지만 카는 그를 알지 못했다. 대리석 위에 추운 듯 누워 있는 두 번째 시체는 왜소한 노인이었다. 총알이 뚫고 지나가 뭉개진 왼쪽 눈은 피를 너무 많이 흘려 시커먼 구멍으로 변해 있었다. 경찰은 그가 이곳에서 군복무를 하는 손자를 보기 위해 트라브존에서 온 사실을 확인할 길이 없었고, 그의 왜소한 외양이 의심을 샀기 때문에 카에게 보여준 것뿐이었다. 카는 낙관적으로 잠시 후 만날 이펙을 생각하며, 세 번째 시체로 다가갔다. 이 시체도 한쪽 눈이 형체를 알아볼 수 없을 정도로 망가져 있었다. 순간 그것이 시체 안치실에 있는 모든 시체들에게 일어난 일이라는 생각이 들고 말았다. 그는 다가가 죽은 젊은이의 하얀 얼굴을 가까이에서 확인했다. 그 순간 그의 마음속에서 무엇인가가 쿵 하고 주저앉았다.

네집이었다. 그 천진한 얼굴. 그는 무엇인가를 물어보는 아이처럼 입술을 앞으로 내밀고 있었다. 카는 병원의 서늘함과 정적을 느꼈다. 젊음의 상징인 여드름. 매부리코. 지저분한 교복. 눈물이 흐를 것만 같았다. 카는 너무나 당혹스러워 잠시 정신이 혼미했다. 그러나 눈물은 흐르지 않았다. 12시간 전에 자신의 손을 얹었던 이마 가운데에 총알 구멍이 나 있었다. 네집을 시체처럼 보이게 하는 것은 푸르스름한 안색이 아니라, 나무처럼 뻣뻣하게 굳은 몸이었다. 카의 마음속에 자신이 살아 있다는 것에 감사하는 생각이 스쳐 지나갔다. 카는 앞으로 몸을 숙였다. 뒷짐 지었던 손을 풀고는 네집의 어깨를 잡고 두 볼에 입을 맞추었다. 볼은 차가웠다. 하지만 아직 경직되어 있지는 않았다. 한쪽만 남은, 반쯤 뜬 초록색 눈이 카를 보고 있었다. 카는 몸을 일으켜, 매부리코의 남자에게 이 '친구'가 어제 길에서 자신을 가로막고 그 자신을 공상과학 소설 작가라고 밝혔으며, 이후에 자신을 라지베르트에게 데리고 갔다고 말했다. 그리고 그에게 입을 맞춘 이유는 이 '젊은이'가 순수한 영혼을 가졌었기 때문이라고 말했다.

22

아타튀르크를 연기할 적임자

수나이 자임의 군대 경력과 연극 경력

카가 사회보험병원의 시체 안치실에서 본 시체들 중 하나를 확인했다는 사실이 서둘러 준비한 공중 보고서에 기입되었다. 카와 매부리코 남자는 군용트럭에 타고는, 겁먹은 개들이 가장자리에 물러나 보고 있던 선거 포스터와 자살 반대 포스터가 걸려 있는 텅 빈 길을 지나갔다. 창문의 닫힌 커튼들이 살짝 열리고, 장난꾸러기 아이들과 호기심 많은 아버지들이 트럭을 흘낏 쳐다보는 모습이 보였다. 하지만 그러한 것들이 눈에 들어올 리 만무했다. 네집의 얼굴, 뻣뻣하게 경직되어 누워 있던 모습이 눈앞에서 사라지지 않았다. 호텔에 도착하면 이펙이 위로해 줄 거라고 상상했다. 하지만 트럭은 텅 빈 도시 광장을 지난 후 아타튀르크 대로 밑으로 내려갔다. 그러고는 밀렛 극장에서 두 골목 밑에 있는, 러시아 통치 시기의 유산인 90년 된 건물로부터 조금 떨어진 곳에서 멈췄다.

그곳은 카르스에서의 첫날 밤, 그 아름다움과 방치된 모습 때문에 카를 슬프게 했던 단층 저택이었다. 도시가 터키인들의 손으로 넘어온 이후 그리고 공화국 초기에, 러시아와 장작 및 가죽 무역을 했던 유명한 상인 마루프 씨와 그 가족이 이곳에서 요리사, 하인, 말이 끄는 썰매 그리고 마차를 거느리며 23년 동안 호화롭게 살았었다. 그러다 제2차 세계대전 말 냉전 초기에, 터키 보안국이 러시아와 무역을 하는 카르스의 유명한 부자들을 스파이 죄목으로 체포하여 압력을 가하자, 그 부자들은 다시는 그곳으로 돌아오지 않을 심산으로 사라지고 말았다. 저택도 주인의 부재와 유산 상속 재판 때문에 20년 가까이 비어 있었다. 1970년대 중반 몽둥이를 휘두르는 마르크스주의 소수파 정당의 분파가 이 저택을 점령한 후 본부로 사용했고, 일련의 정치적 살인들이 이곳에서 계획되었다. (시장이자 변호사였던 무자페르 씨는 부상당한 채 구출되었다.) 1980년에 일어난 군사 혁명 이후 이 건물은 한동안 비어 있었고, 이후 그 옆에 작은 가게를 산 약삭빠른 가전제품 상인의 창고로 사용되다가, 3년 전 이스탄불과 아라비아에서 양복점을 하면서 모은 돈으로 고국에 돌아온 진취적이며 몽상가적인 재단사의 오버로크 공장으로 전환되었다.

카는 안으로 들어갔다. 오렌지색 장미 무늬가 있는 벽지의 부드러운 빛 아래 이상한 고문 기계처럼 보이는 단추 기계와 커다란 구식 재봉틀, 벽의 못에 걸려 있는 커다란 가위가 눈에 들어왔다.

수나이 자임은 카가 그를 이틀 전 처음 보았을 때 입고 있었던 헤진 코트와 스웨터 차림 그대로였고, 군용 장화를 신고 있었으며, 손가락 사이에 필터 없는 담배를 끼고 방 안에서 서성거리고 있었다. 카를 보자 마치 사랑하는 옛 친구를 본 것처럼 얼굴이 환해졌다. 뛰어와 그를 안고 볼에 입을 맞추었다. 그 입맞춤에는 마치 호텔에서 만난 소장수 같은 남자처럼 '쿠데타가 일어난 조국에 축복이 있기를!' 이라고 말하는 분위기가 배어 있었다. 그리고 이상하리만큼 지나치게 우호적인 분위기도 있었다. 이스탄불 출신의 두 인간이 카르스처럼 가난하고 외딴 곳에서 어려운 상황 하에서 만났으니 그럴 만도 하다고 생각했다. 하지만 그렇게 어려운 상황을 만드는 데 수나이 자임이 어떤 역할을 했는지 카는 이제 너무나 잘 알고 있었다.

"침울한 검은 독수리가 내 영혼 속에서 매일 비상한다네."

수나이는 비밀스런 분위기로 자랑스러워하며 말했다.

"하지만 난 말려들지 않을 걸세. 자네도 잘 견디게. 모든 것이 다 잘 될 거야."

커다란 창으로 눈 빛이 스며 들어왔다. 넓은 방은 높은 천장의 가장자리에 새겨진 양각 장식 그리고 커다란 난로와 함께 한때의 호화로움을 드러냈다. 카는 손에 무전기를 들고 있는 남자들, 계속해서 자신을 훑어보는 건장한 경호원, 복도로 열리는 문 옆에 놓인 책상 위의 지도, 무기, 타자기, 그리고 서류들을 보았다. 이곳은 '혁명'의 지휘본부였다. 그리고 수나이의 손에는 막대한 힘이 있었다.

수나이는 방 안을 서성거리며 말했다.

"한때 우리에게도 가장 안 좋은 시기가 있었지. 가장 한적하고 가장 가난하고 가장 비참한 시골 지역에서, 연극을 상연할 장소는 고사하고 밤에 잠 잘 호텔 방조차 구할 수 없던 시절 말일세. 그곳에 살던 옛 친구들이 진즉 그 도시를 떠나버렸다는 것을 알았을 때, 침울함과 우울함이 내 영혼 속에서 서서히 꿈틀거리기 시작했지. 그것에 지배당하지 않으려고, 현대 예술 세계에서 온 우리 사자(使者)들에게 관심을 갖는 이가 있을 거라는 생각에서 의사들, 변호사들, 교사들을 일일이 다 방문했지. 손에 쥔 주소에 아무도 살지 않는다는 것을 알았을 때, 경찰에서 공연 허가를 내주지 않을 때, 혹은 마지막 희망으로 허가를 얻기 위해 만나려고 했던 군수조차 내 방문을 거절했을 때, 내 영혼 속에 있는 어둠은 날 삼킬 것만 같았어. 내 가슴속에서 자고 있던 독수리가 천천히 날개를 펴고는 나의 목을 조르기 위해 비상을 했지. 그러면 세상에서 가장 허름한 찻집에서, 그것도 없으면 버스 터미널 입구의 단상에서, 때론 여배우 중 한 명에게 추파를 보내는 역장의 도움으로 역에서, 소방서 주차장에서, 텅 빈 초등학교 교실에서, 헛간 같은 식당에서, 이발소 앞에서, 상가 계단에서, 마구간에서, 인도에서 연극을 올렸다네. 나는 그 침울함에 항복하지 않았어."

복도로 열리는 문을 통해 푼다 에세르가 안으로 들어오자, 수나이는 '나' 대신 '우리'로 인칭을 바꾸었다. 그 부부가 너무나 가까운 사이로 보였기 때문에 카는 이러한 인칭 변화가 너무나 자연스럽게 느껴졌다. 거대한 몸집의 푼다 에세르는 급하고 우아하게 카에게 다가와 악수를 청하고는, 남편에게 무언가를 속삭이더니 왔던 것처럼 똑같이 급한 모양새로 나갔다.

"그건 우리들에게 가장 비참한 날들이었지. 언론은 우리가 사회, 이스탄불, 앙카라에 있는 바보들의 눈 밖에 났다는 내용을 보도했어. 내 인생의 가장 큰 기회, 오로지 천부적인 재능을 가진 운 좋은 사람들에게 오는 그 기회를 잡던 날, 그렇지, 나의 예술로 역사의 흐름을 저지할 수 있었던 바로 그날 갑자기 모든 것이 내 발 밑에서 사라졌을 때, 난 순식간에 가장 비참한 진흙탕 속으로 빠져들었어. 침울함과 대면하게 되었지만 그 진흙 속에서도 난 포기는 하지 않았어. 진흙 속으로 빠져들면 들수록, 더러움, 비참함, 빈곤과 무지 속에서 진정한 가치, 그 귀중한 것에 도달할 것이라는 신념을 잃지 않았다네. 자네는 왜 그렇게 두려워하고 있나?"

하얀 와이셔츠를 입은 의사 하나가 손에 가방을 들고 복도에 나타났다. 꾸민 듯한 성급함으로 혈압기를 꺼내 수나이의 팔에 부착하고 있을 때, 그가 창에서 쏟아지는 하얀 빛을 얼마나 '비극적인' 모습으로 바라보던지, 카는 1980년대 초에 어떻게 그의 인기가 하락했는지를 기억해 냈다. 하지만 수나이가 유명했던 1970년대의 모습을 카는 더 잘 기억하고 있었다. 정치적 좌익 극단이 황금기를 구가할 당시, 많은 배우들 가운데서도 수나이의 이름이 부각되었던 것은 단지 그의 연기력과 열성 때문만은 아니었다. 그는 주연을 맡은 많은 연극에서 관객들에게 천부적인 지도자의 느낌을 주었다. 젊은 터키 관객들은 권력의 주인이었던 강력한 역사적 인물들, 나폴레옹, 레닌, 로베스피에르, 혹은 엔베르 파샤 같은 과격 혁명가들, 혹은 그들에 비유되는 터키 민중의 영웅들을 재연했던 연극에 등장하는 수나이를 좋아했다. 고등학생들과 진보적인 대학생들은 고통 받는 민중을 위해 그가 우렁차고 감동적인 목소리로 고민하는 모습에 감동했다. 폭군에게서 뺨을 맞아도 고개를 들고 "훗날 꼭 이를 문책할 것이다."라고 말하는 의연한 모습과 최악의 시기(꼭 감옥에 들어간다.)에 고통스럽게 이를 악물고는 동지들에게 희망을 주는 모습을 사랑했으며, 필요하면 민중의 행복을 위해 가슴이 찢어지더라도 가혹한 무력을 행사하는 모습에 눈물을 글썽이며 열광적인 박수를 보냈다. 특히 연극의 말미에서 권력을 쥔 후 악인들을 벌할 때 보이는 단호함에서는 군대 훈련을 받은 적이 있음을 느낄 수 있었다. 본디 그는 쿨레리 사관 고등학교에서 공부를 했다. 후에 나룻배를 타고 이스탄불로 도망 와 베이오울루에 있는 극장들에서 시간을 보내고 「얼음이 녹기 전에」라는 연극을 몰래 학교에서 공연하려고 하다가 졸업반 때 퇴학을 당했다.

 1980년에 일어난 군사 혁명은 이 모든 정치적 좌익 성향의 연극 상연을 금지시켰다. 정부는 아타튀르크 탄생 백주년을 기념하여 텔레비전에서 방영될 위대한 아타튀르크 영화를 만들기로 결정했다. 과거에는 아무도 금발에 푸른 눈을 한 이 위대한 서구화 운동의 영웅을 터키인이 재현할 수 있으리라고 생각하지 않았었다. 이런 위대한 민족 영화의 주연에는 언제나 로렌스 올리비에, 커드 유르겐, 찰톤 헤스톤 같은 서양 배우들이 어울린다고 생각되었다. 그러나 이번에는 《휴리엣* 신문》이 이 일에 관여해 '이제는' 아타튀르크를 터키인이 재현할 수 있을 거라는 여론을 형성했다. 그리고 아타튀르크의 역할을 누가 맡을 것인지는 배역 선정 쿠폰을 잘라 신문사로 보낸 구독자들이 결정할 것이라고 발표했다. 예비 심사위원들이 선정한 후보자들 중 한 명이었던 수나이 자임은, 오래 지속된 민주주의 정착 시기 이후 실시된 국민 투표의 첫 날부터 현저한 표 차이로 선두를 달리게 되었다. 터키인들은 몇 년 동안 과격 혁명가 역할을 했었고, 미남에다 당당하고 믿음직한 인상을 주는 수나이가 아타튀르크를 연기할 수 있을 거라고 기대했던 것이다.

 수나이가 저지른 첫 번째 실수는 자신이 국민에 의해 뽑혔다는 것을 지나치게 심각하게 받아들였다는 점이었다. 그는 툭하면 텔레비전과 신문에 나와 모두에게 연설을 했다. 푼다 에세르와의 행복한 결혼 생활을 보여주는 사진들을 찍기도 했다. 그의 집을 비롯한 일상 생활과 정치적 관점을 보여주며, 자신이 아타튀르크 역할에 적격이라고 은근히 주장했다. 자신의 일련의 취향과 성품(라크, 춤, 옷맵

---

* 터키어로 '자유'를 의미한다.

시, 고상함)이 '그'와 비슷하다는 뜻이었다. 그는 손에 『아타튀르크의 연설문』을 들고 포즈를 취하며 그것을 통독했음을 암시하기도 했다. (발 빠르게 행동한 훼방꾼 칼럼니스트는 그가 가지고 있는 책이 요약본이라고 조롱했고, 그러자 수나이는 도서관에 가 원본을 들고 포즈를 취했다. 하지만 이 사진은 그의 온갖 노력에도 불구하고 같은 신문에 나오지 못했다.) 그는 전시회 오프닝, 콘서트, 중요한 축구 경기에 참석했고, 모든 것을 묻는 삼류 신문기자들에게 아타튀르크와 그림, 아타튀르크와 음악, 아타튀르크와 스포츠에 관해 연설을 했다. 그는 과격 혁명가에게는 전혀 어울리지 않게 모든 사람에게 사랑 받고자 하는 욕구로, 서양의 적인 '광신자' 성향 신문과도 인터뷰를 했다. 이들 신문들 중 하나에, 실은 별로 선동적이지 않는 질문에 대답을 하면서, "물론 언젠가 국민이 합당하다고 여긴다면 마호메트의 역할도 할 수 있습니다"라는 말을 무심코 덧붙인 적이 있었다. 불운하게도 이 말이 분란의 시초가 되었다.

정치적 이슬람주의 성향의 작은 잡지는 그 누구도 예언자를 연기할 수는 없다고 썼다. 처음에는 "그는 우리 예언자에게 무례를 범했다."라고 보도되었으나, 시간이 흐르며 '모욕했다'라는 논조로 바뀌었다. 군대도 정치적 이슬람주의자들의 입을 막지 못하자, 그 불을 끄는 일이 수나이에게 떨어졌다. 그는 분란을 진정시키고자 손에 코란을 들고 자신이 예언자 마호메트를 너무나 사랑하고 있고, 그도 현대적인 예언자였음을 보수적인 독자들에게 알리는 일에 착수했다. 이는 '국민이 뽑은 아타튀르크'가 코란을 들고 서 있는 모습에 분개한 아타튀르크주의자 칼럼니스트들에게 기회를 주고 말았다. 그들은 아타튀르크가 한 번도 광신자들에게 아부하지 않았다는 논지의 칼럼을 써내기 시작했다. 손에 코란을 들고 영적인 분위기로 포즈를 취한 사진은 군사 쿠데타 지지 성향의 신문에 계속해서 실렸고, 그들은 '이 사람이 아타튀르크인가?'라고 물었다. 이에 이슬람주의 언론도, 이 문제로 논쟁을 벌이기 위해서였다기보다는 방어 본능으로 상대를 공격하기 시작했다. 수나이가 라크를 마실 때 찍은 사진을 게재하는 것으로 시작하여, '그도 아타튀르크처럼 라크 애주가!' 혹은 '우리 예언자를 연기할 사람이 이 사람인가?' 라는 소제목을 사용하기 시작했다. 이스탄불 언론에서 이런 식의 이슬람주의자와 세속주의자 간의 싸움은 한 달이 멀다 하고 일어나기 일쑤였지만, 이번에는 수나이 자임이 그 논쟁의 정점에 있었다.

일주일 안에 수나이 자임의 많은 사진들이 신문에 실렸다. 수년 전에 연기했던 텔레비전 광고에서 맛있게 맥주를 마시는 모습, 청년 시절에 출연했던 영화에서 매 맞는 장면, 망치와 호미가 그려진 깃발 앞에서 주먹을 불끈 쥐고 있는 모습, 역할 때문에 아내가 다른 남자와 키스를 하는 장면을 바라보는 모습 등. 소문도 무성했다. 그의 아내는 레즈비언이다, 그는 여전히 옛날처럼 공산주의자이며, 불법 포르노 영화에서 더빙을 했고, 돈을 위해서라면 아타튀르크뿐만 아니라 모든 역할을 맡을 것이다, 동독 자본으로 바흐친 연극을 올렸으며, 군사 쿠데타 이후 해외에서 인권 조사차 온 스위스 여성 단체 일원들에게 '고문을 한다' 는 이유로 터키에 대해 불만을 표했다는 등. 곧이어 그를 사령부로 호출한 '높은 계급의 장교' 는 군대의 결정이라며 수나이에게 아타튀르크 역할 후보에서 물러나라고 통보했다. 이 장교는 자신이 무엇이라도 되는 듯, 군대가 정치에 간섭한다고 우회적으로 비판을 하는 이스탄불 신문기자들을 앙카라로 불러 호통을 친 후 마음 상한 그들에게 초콜릿을 대접했던 그 호인이 아니고, 같은 '공보활동 부서' 에서 근무하는 덜 유쾌한 군인이었다. 그는 수나이의 우울함과 두려움을 보고서도 전혀 부드러워지지 않았으며, 정반대로 수나이가 '아타튀르크 역할에 뽑힌 사람'을 가장하여 자신의 정치적 관점을 드러낸 사실을 조롱했다. 이틀 전 수나이는 고향을 방문했었다. 마치 사랑받는 정치인이라도 된 듯 카퍼레이드를 했고, 수천 명의 실업자들과 연초 생산자들이 환호를 하며 그를 맞이했다. 그는 마을 광장에 있는 아타튀르크 동상으로 올라가 박수 속에서 동상과 악수를 했다. 그리고 후에 이스탄불에서, "장차 연극 무대를 떠나 정치 입문을 할 겁니까?"라고 물어온 인기 잡지 기자에게, "국민이 원한다면!"이라고 대답했다. 수상실에서는 아타튀르크 영화가 '무기한' 연기되었다고 발표했다.

　수나이는 흔들림 없이 이런 역경을 빠져나올 정도로 경험이 많은 사람이었다. 하지만 그 이후에 발생한 상황이 치명적이었다. 오랫동안 아타튀르크 역할을 따내기 위한 캠페인을 하느라 너무 많은 텔레비전 프로그램에 나갔고, 이에 모든 사람들이 그의 목소리를 아타튀르크의 목소리로 알아듣고 있었기 때문에, 그에게는 더 이상 더빙 일이 들어오지 않았다. 아타튀르크 역할을 맡는 데 실패한 사람이 손에 페인트 통을 들고 벽을 칠하거나, 혹은 자신이 광고하는 은행에 아주 만족한다고 말하는 것이 이상해 보인다고 판단하여, 질 좋고 튼튼한 물건을 선택하는 분별 있는 아버지 역할에 그를 쓰던 텔레비전 광고주들도 그에게 등을 돌렸다. 최악의 상황은, 신문이 보도하는 모든 것을 곧이곧대로 믿는 국민들이 이제 그를 아타튀르크와 종교의 적으로 믿고 있다는 점이었다. 그는 자기 아내가 다른 남자들과 키스를 해도 아무 말도 하지 않는다고 믿는 사람들도 생겨났다. 아니 땐 굴뚝에 연기 날까, 하는 분위기가 조성되었던 것이다. 상황이 이렇게 꼬이자, 그의 연극을 보러 오는 사람들도 줄어들었다. 거리에서 그를 보면 대놓고, '창피한 줄 알아!' 라고 조롱했다. 그가 예언자를 비방했다고 믿는 사람들 중, 매스컴을 타고 싶었던 어떤 신학고등학교 학생은 밤 공연을 하고 있는 극장에서 그에게 칼을 뽑아 들었고, 몇몇 사람들은 그의 얼굴에 침을 뱉었다. 불과 5일 동안에 벌어진 일이었다. 이리하여 부부는 자취를 감추고 말았다.

그 이후의 일에 관해서는 많은 소문이 떠돌았다. 베를린으로 건너가 브레히트 베를린 앙상블에서 연극 교육이라는 명목으로 테러리즘을 배웠다는 소문도 있었고, 프랑스 문화부의 보조금을 받아 이스탄불 쉬쉬리에 있는 프랑스 정신병원 라 뻬*에 입원했다는 말도 있었다. 하지만 사실 그들은 흑해 연안에 있는 푼다 에세르의 화가 어머니 집에 도피해 있었다. 그리고 다음해에 안탈랴**의 평범한 호텔에서 '레크리에이션 담당' 일을 구해, 그는 술탄으로 아내는 밸리 댄스를 추는 하렘 부인 역할로 무대에 섰다. 푼다 에세르가 이후 10년 동안 소도시들에서 그 역량을 과시할 밸리 댄서 경력의 시작은 이로부터 연유되었다. 그들은 오전에는 백사장에서 독일인 구멍가게 주인이나 네덜란드 관광객들과 배구를 했고, 오후에는 알지도 못하는 독일어를 써가며 카라괴즈와 하지와트*** 분장을 하여 아이들을 즐겁게 해주었다. 수나이가 이 모든 광대 역할을 감내한 기간은 고작 3개월이었다. 그는, 무대뿐만 아니라 아침에 백사장에서도 하렘과 페즈가 등장하는 터키식 농담들을 즐기고 싶어 푼다 에세르와 시시덕거리던 스위스 이발사를, 공포에 휩싸인 관광객들 앞에서 구타했다. 이후 그들은 안탈랴를 비롯, 주변 예식장과 댄스홀에서 밸리 댄

* 프랑스어로 '평화' 라는 의미.
** 터키 지중해 지역에 위치한 휴양 도시.
*** 터키의 전통적인 그림자 연극.

서 혹은 '연극적인 연예인'으로 일했다고 알려져 있다. 수나이는 무대에서 싸구려 가수들, 불을 삼키는 마술사, 삼류 코미디언들을 소개할 때도, 결혼제도, 공화국 그리고 아타튀르크에 관한 짧은 연설을 했다. 푼다는 밸리 댄스를 추었고, 이후 둘은 꽤나 엄숙한 분위기로 「맥베스」의 왕 살해 장면 같은 것을 8분에서 10분 정도 연기한 후 박수를 받곤 했다. 후에 아나톨리아 순회공연을 하게 될 연극단의 씨앗이 자라난 것이 이런 밤 공연에서였다.

혈압을 재고, 경호원이 가져온 무전기로 누군가에게 명령을 내리고, 그에게 가져온 서류들을 읽은 후 수나이는 역겹다는 표정으로 얼굴을 찡그렸다.

"서로를 고발하지 못해 안달이로군."

그는 몇 년 동안 외딴 아나톨리아 마을들을 돌아다니면서 이 나라의 모든 남자들이 의욕을 상실한 채 무기력하게 살아가는 모습을 보았다고 말했다.

"그들은 찻집에서 며칠이고 아무것도 하지 않고 앉아 있지. 마을마다 수백 명, 아니 터키 전국에 있는 수천수백만 명의 실업자, 실패자, 무기력한 남자들이 그럴 거야. 잘 차려 입을 여건도, 기름때가 묻은 얼룩진 재킷의 단추를 여밀 의지도, 손발을 움직일 힘도, 어떤 이야기를 끝까지 들을 집중력도, 농담을 하면 웃을 기운도 없는 인생들."

대부분은 불행해서 잠도 자지 못한다고 했다. 생이 단축될까 하여 담배를 피우고, 말을 하다가도 그 말을 끝까지 하는 것이 무의미하다고 생각하여 도중에 그만두는 사람들. 재미있어서가 아니라 주위를 휘감은 침울함을 견딜 수 없어 텔레비전을 보는 그들은, 죽고 싶어도 자신들이 자살할 가치도 없다고 생각한다고 했다. 될 대로 되라는 식으로 가장 가난한 정당의 가장 형편없는 후보자에게 표를 던지고,

계속해서 희망을 약속하는 정치인들보다는 계속해서 처벌을 언급하는 군사 쿠데타를 일으킨 사람들을 선호한다고 했다. 이사이 방에 들어온 푼다 에세르는 모든 마을의 가정에는 필요 이상으로 많이 낳은 아이들을 돌보느라, 남편들은 어디 있는지도 모르는 곳에서 하녀일, 연초 수확 일, 카펫 짜는 일, 간병 일을 하며 몇 푼 안 되는 돈을 버는 불행한 아내들이 있다고 말했다. 하루 종일 아이들에게 소리를 질러대고 눈물을 흘리며 인생을 연명해 가는 이 여자들이 없었다면, 더러운 옷을 입고 더러운 수염을 기르고, 아무런 낙도 직업도 할 일도 없는 수백만의 아나톨리아 남자들은 추운 밤 길모퉁이에서 얼어 죽는 거지들 같은 신세가 되었을 거라고 했다. 그들은 어쩌면 술에 취해 하수구에 처박혀 죽는 취객들이나 잠옷을 입고 슬리퍼를 신은 채 구멍가게에 빵을 사러 갔다가 길을 잃은 노망 든 할아버지들처럼 사라져갔을 것이다. '이 비참한 도시 카르스'에서 그렇듯 그들의 수는 너무나 많으며, 그들이 유일하게 좋아하는 것이라곤, 여자들 덕을 보며 살고 있으면서도 자신들의 처지가 너무나 수치스러워 그녀들을 학대하는 것뿐이라고 했다.

"난 이 불행한 형제들을 그 비참함과 침울함 속에서 해방시키려고 아나톨리아에서 10년을 보냈네."

수나이는 자기 연민이 전혀 없는 목소리로 말했다.

"그들은 나를 공산주의자, 서구의 스파이, 여호와의 증인이라고 몰았지. 나는 포주고 내 아내는 창녀라며 우리를 체포했고, 고문과 구타를 가했지. 우리를 능욕했고 돌을 던졌어. 하지만 그들은 나의 연극과 우리 극단이 선사하는 행복과 자유를 사랑하는 법도 배웠지. 지금 나는 내 인생에 있어 가장 커다란 기회를 잡았네. 나약하게 행동할 수는 없지."

방으로 두 명의 남자가 들어왔다. 한 명이 수나이에게 또 무전기를 내밀었다.

카는 무전기에서 흘러나오는 대화를 통해 수카프 마을의 판잣집 중 하나가 포위되었고, 집 안에서 발포를 했으며 그 집에 쿠르드족 게릴라 한 명과 그 가족이 있다는 내용을 알 수 있었다. 수나이는 무전기 저편으로 명령을 내렸고, 부하들은 그에게 '지휘관님'이라는 호칭을 사용했다. 잠시 후 같은 인물이, 이번에는 혁명의 리더에게가 아니라 같은 반 친구와 이야기하듯 수나이에게 어떤 문제에 대해 보고를 하고 나서 그의 의견을 물었다.

"카르스에는 작은 여단이 있다네."

수나이는 카가 관심을 보이는 것을 눈치 채고 말했다

"정부가 냉전 시기에 러시아의 공략에 대비하여 주요 병력을 사르카므시에 주둔시켰지. 이곳에 있는 병력은 러시아 군대가 공격을 해올 시 그를 지연시키는 임무를 맡았고. 지금은 아르메니아 국경을 수호하기 위해 여기에 주둔하고 있지."

수나이는 이틀 전 카와 함께 에르주룸발 버스에서 내린 후 예실유르트 식당에서 30년 지기 친구인 오스만 누리 촐락과 만났다고 말했다. 그는 수나이의 쿨레리 사관 고등학교 동창으로, 그 당시 피란델로가 누군지 사르트르의 연극이 무엇인지를 아는 유일한 친구였다.

"그는 나처럼 규율 위반으로 학교에서 퇴학당하지는 않았지만, 그렇다고 군대에 헌신적이지도 못했어. 그 때문에 고급 지휘관으로 진급하지 못했고. 어떤 사람들은 그가 키가 작아서 장군이 되지 못할 거라고 귀띔을 해주더군. 그는 분노에 찬 우울한 사람이라네. 하지만 직업적인 문제에서 비롯되었다기보다는 아내가 아이를 데리고 그의 곁을 떠났다는 게 더 컸겠지. 그는 외로움, 실업 그리고 이 작은 도시의 입방아 때문에 답답해하는 친구였어. 물론 그 자신이 누구보다 뒷공론을 많이 하는 사람이기도 했지만 말일세. 혁명 이후에 내가 급습했던 불법 도축 현장과 농협의 대출 문제나 코란 강좌와 관련된 부패에 대해 처음으로 나에게 언급을 해준 것이 그 친구였지. 식당에서 술을 많이 마셨었는데, 날 보자 아주 반가워하더군. 자신의 외로움을 불평하기도 했고 말이야. 그러더니 약간은 부끄러워하기도 하고 약간은 자랑스러워하는 듯한 분위기로, 자신이 그날 밤 카르스에서 제일 높은 사람이 되었다며, 다음 날 아침 일찍 일어나야 한다고 말을 하더군. 여단장은 부인의 관절염 때문에 앙카라로 갔고, 부관인 대령은 사르카므시의 긴급회의에 불려갔으며, 주지사는 에르주룸에 갔다고 말야. 모든 힘이 그에게 있었지. 여전히 눈이 내리고 있었고, 매년 겨울 그러하듯 길이 며칠 차단될 것이 분명했어. 나는 이것이 내 인생의 기회라는 것을 알게 되었고, 내 친구에게 라크 한 잔을 더 주문해 주었지."

사건 이후에 앙카라에서 파견된 소령 계급의 조사관에 의하면, 카가 조금 전에 무전기로 목소리를 들은 수나이의 사관 고등학교 친구인 오스만 누리 촐락 대령이 그 이상한 군사 쿠데타 제안을 받아들인 것은, 그저 그것을 농담이라고, 고작해야 술자리에서 재미로 꾸며보는 변덕스런 계획이라고만 생각했기 때문이었다. 탱크 두 대로 일을 끝마칠 수 있다고 먼저 말을 꺼낸 것도 그저 농담 삼아 해본 말이었다. 하지만 이후에는 수나이에게 겁쟁이라는 놀림거리가 되지 않으려고, 그리고 그들이 한 일을 결국 앙카라도 만족스러워할 것이라는 생각에서, 본인 의지로 적극적으로 그 일에 착수했다. 그 어떤 개인적인 원한이나 분노 혹은 이익을 위해서가 아니었다. (소령의 보고서에 의하면 가엾게도 촐락은 이 원칙을 위반했는데, 어떤 여자 문제 때문에 줌후리엣 마을에 있는 아타튀르크주의자 치과의사의 집을 습격했다.) 집과 학교를 습격하는 데는 중대 절반의 인원과 트럭, 그리고 부속품이 모자랐기 때문에 아주 조심스레 사용해야 했던 두 대의 T-1 탱크 외에 다른 군사력은 투입되지 않았다. '범인이 밝혀지지 않은 범행'의 혐의자인 Z. 데미르콜과 그 동료들로 구성된 '특수팀'을 제외하면, 이런 비범한 시기가 올 거라고 예상하고는, 모든 카르스인들의 파일을 작성하고 시 인구의 10분의 1을 고발자로 이용했던 국가 정보국과 경찰청의 부지런한 공무원들이 쿠데타에서 중요한 역할을 했다. 이들은 쿠데타의 첫 번째 계획부터 미리 눈치를 챘다. 그리고 밀렛 극장에서 세속주의자들이 데모를 벌일 거라는 소문을 도시에 퍼뜨릴 때 너무나 흥분한 나머지, 휴가를 받고 카르스를 떠나 있던 친구들에게 전보를 보냈다. 이 축제를 놓치지 않으려면 가능하면 빨리 돌아오라는 공문이었다.

그때 다시 시작된 무전기 대화를 통해, 카는 수카프 마을에서의 총격전이 새로운 국면을 맞이했다는 것을 알게 되었다. 먼저 무전기에서 세 발의 총성이 들려왔고, 몇 초 후 눈 덮인 초원에 메아리로 울려 퍼진 부드러운 총성이 다시 들려왔다.

"잔인하게 대하지 마. 하지만 혁명과 정부가 강력하다는 것을, 우리가 얼마나 확고하다는 것을 느끼게 해줘."

수나이는 무전기에 대고 이렇게 말했다. 그리고 왼손의 엄지와 검지 사이에 턱을 괴고 깊은 상념에 빠진 채 너무나 특별한 모습으로 서 있었다. 카는 수나이가 1970년대 중반 역사물 연극에서 이와 똑같은 대사를 했다는 것을 기억해 냈다. 지금은 옛날처럼 미남이 아니었다. 피곤에 절어 있었으며 안색은 창백했다. 수나이는 테이블 위에서 1940년대 사용했던 군용 망원경을 집어 들었다. 그리고 10년 동안 아나톨리아를 돌아다니며 입었던 두껍고 헤진 코트를 입고 모피 모자를 썼다. 그는 카의 팔을 잡고는 밖으로 데리고 나갔다. 추위는 순간 카를 당혹스럽게 만들었다. 인간의 기대와 환상, 정치, 일상적인 음모가 카르스의 추위에 비해 너무나 사소하고 미약하게 느껴졌다. 동시에 수나이의 왼발이 생각했던 것보다 훨씬 많이 불편하다는 것을 알아챘다. 그들은 눈 덮인 인도를 걸었다. 오로지 자신들만이 새하얀 도시의 거리를 걷고 있다는 생각에 가슴속이 행복으로 가득 찼다. 오래된 저택이 들어선 눈 속의 아름다운 도시는 삶의 기쁨과 사랑하고픈 바람을 안겨주었다. 하지만 이것이 전부가 아니었다. 카는 지금 권력에 가까이 있다는 희열을 맛보고 있었다.

수나이가 말했다.

"이곳은 카르스에서 가장 아름다운 곳일세. 이것으로 나의 극단과 함께 카르스에 온 것이 세 번째가 되는군. 매번, 저녁 때 날이 저물면 난 이곳으로 왔네. 버드나무와 보리수나무들 밑에 서서 까마귀와 까치 소리를 들으며 슬픔에 잠겼지. 성과 다리, 400년 된 목욕탕을 바라보면서 말이야."

그들은 지금 얼음이 언 카르스 개천 위, 다리에 서 있었다. 수나이는 왼쪽 맞은편 언덕에 간간이 있는 판잣집들 중 하나를 가리켰다. 카의 눈에 그 바로 아래 길 위쪽에 서 있는 탱크 한 대와 더 전방에 있는 군용 차량 한 대가 보였다.

"그쪽을 보고 있다."

수나이는 무전기에 대고 이렇게 말했다. 잠시 후 무전기에서 두 번의 총성이 들렸다. 후에 개천이 만든 계곡에서 메아리치며 되돌아오는 소리가 들었다. 그들에게 보낸 인사였던가? 조금 떨어진 곳에, 다리의 진입로에서 그들을 기다리는 두 명의 경호원이 있었다. 그들은 러시아의 대포로 무너진 부유한 오스만 제국 파샤들의 저택 자리에 100년 후에 자리 잡은 가난한 판잣집들과, 한때 부유한 카르스 부르주아들이 놀이를 하며 즐겼던 외곽의 공원과 그 뒤에 있는 도시를 바라보았다.

"역사와 연극이 같은 재료로 만들어졌다는 것을 처음 안 것은 헤겔이었네. 마치 연극에서처럼 역사도 누군가에게 '역할'을 주지. 배우들이 연극 무대에 오르는 것처럼, 역사의 무대에도 소수의 선택된 자들만이 오르게 되는 것이야."

계곡 전체가 폭음 소리로 진동했다. 탱크 위에 있는 기관총이 불을 뿜기 시작한 것이었다. 대포도 발사됐지만 목표물을 적중시키지는 못했다. 군인들은 수류탄을 던졌다. 개 한 마리가 짖고 있었다. 판잣집의 문이 열리고 두 명이 밖으로 나왔다. 그들은 손을 들고 있었다. 바로 그 순간 창문 밖으로 불길이 터져 나왔다. 손을 들고 밖으로 나온 사람들이 땅에 엎드렸다. 신나게 짖어대며 주위를 뛰어다니던 검은 개는 꼬리를 흔들며 바닥에 누운 사람들 사이를 파고 들어갔다. 누군가 뛰어가는 모습이 보였다. 카는 군인들이 쏜 총소리를 들었다. 남자는 바닥에 쓰러졌다. 이후 정적이 찾아왔다. 시간이 흐른 후 누군가 고함을 질렀다. 하지만 수나이의 관심은 이미 다른 데가 있었다.

그들은 경호원들과 함께 양복점으로 돌아왔다. 옛 저택의 아름다운 벽지를 보자 카는 가슴속에 솟아나는 새로운 시를 거부할 수 없었다. 그는 한쪽으로 물러났다.

'자살과 권력'이라는 제목의 이 시에서 카는 아무런 주저 없이, 조금 전 수나이와 함께 있을 때 느꼈던 권력의 희열을, 그와의 우정에서 느꼈던 묘미와 자살한 소녀들에게 느꼈던 죄책감을 묘사했다.

시간이 흐른 후 카는, 카르스에서 목격한 사건들을 가장 강력하고 가장 확실하게 표현할 수 있었던 것이 이 '건전하고 사려 깊은' 시에서였다고 생각하게 되었다.

23

공정하신 신은 그것이 이치나
믿음의 문제가 아니라
삶 전체에 관한 문제임을 알고 계시다네

수나이와 함께 사령부에서

수나이는 카가 시를 완성한 것을 보고는 서류들이 잔뜩 쌓여 있는 책상에서 일어나 발을 절면서 다가와 축하의 말을 건넸다.

"어제 극장에서 낭송한 시도 아주 좋았어. 현대 시더군. 하지만 안타깝게도 우리나라 관객은 현대 예술을 이해할 만한 수준이 아니지. 내 작품에 대중이 이해할 수 있는 밸리 댄스와 골키퍼 우랄의 고백 등을 등장시키는 이유가 그 때문이라네. 일단은 그들이 원하는 것을 주고, 더불어 가장 현대적인 '삶의 연극'을 맛보게 하는 것이지. 이스탄불에서 은행의 재정 지원을 받으며 거리 코미디를 하느니, 차라리 대중을 위해 저급한 요소와 고급한 요소를 혼합하여 예술을 만들겠어. 솔직하게 말해 주길 바라네. 경찰청과 수의과 대학에서, 혐의를 받고 있는 이슬람주의자들을 지목하지 않은 이유가 뭐지?"

"아무도 알아보지 못했습니다."

"자네를 라지베르트에게 데리고 간 그 젊은이 말이야. 자네가 그를 아낀다는 걸 알고 군인들은 자네도 검거하려고 했어. 이 혁명 전야에 독일에서 왔고, 교육원장이 총에 맞는 현장에도 있었던 것이 의심을 산 거지. 고문해서 모든 걸 알아내려고 하는 걸 내가 보증을 서서 저지했네."

"고맙습니다."

"하지만 그 젊은이의 주검에 왜 입을 맞추었는지 여전히 알 수가 없군."

"저도 모르겠습니다. 하지만 아주 정직하고 진심 어린 면이 있는 친구였습니다. 예정된 운명이 그렇게 짧은지는 몰랐습니다."

"자네가 동정하는 그 네집이 어떤 아이였는지 한번 볼까?"

그는 서류를 꺼내 읽기 시작했다. 네집은 지난해 3월 학교에서 부당 조퇴를 한 바 있었고, 라마단 기간에 술을 판다는 이유로 네쉐 맥주 집의 유리창을 깬 일련의 조직에 끼기도 했었다. 한때 복지당 지역 당사에서 심부름을 했었는데, 그 자신의 급진적인 사고 때문이었는지 혹은 모두를 두렵게 했던 신경 쇠약 증세 때문이었는지 (지역 당사에 한 명 이상의 밀고자가 있었다.) 출입을 하지 않게 되었고, 최근 18개월 동안에는 선망해 마지않던 라지베르트와의 만남을 시도했다. 국가 정보국 요원들이 '이해할 수 없는' 이야기를 써 카르스에서 75부가 팔리는 이슬람주의 신문에 게재되기도 했고, 그 신문에 칼럼을 쓰는 은퇴한 약사가 자신에게 몇 번 이상하게 입을 맞추었다는 이유로 친구 파즐과 함께 그를 살해하려는 계획을 세웠다. (살해 장소에 갖다 놓으려고 계획했던 편지의 원본은 국가 정보국 문서 보관소에서 도난당했다고 기록되어 있다.) 친구들과 함께 아타튀르크 대로를 활보하는 모습이 자주 발견되었고, 10월 어느 날에는 지나가는 사복 경찰이 탄 차 뒤에다 대고 외설적인 팔뚝질을 하기도 했다.
"국가 정보국은 아주 일을 잘하는군요."
"그들은 자네가 사데띤 에펜디 교주를 만난 것도 알고 있어. 그의 집에는 도청 장치가 되어 있으니까. 그의 앞에 나가 손등에 입을 맞추고, 눈물을 흘리며 신을 믿는다고 말했지? 그곳에 있는 신자들 앞에서 어울리지 않는 행동을 했다는 것도 알고 있네. 그들이 모르는 것은 다만 자네가 이런 행동을 한 이유지. 이 나라의 많은 좌익 시인들이 '아이고, 그들이 정권을 잡기 전에 빨리 신자가 되어야지' 하며 허둥지둥 변절을 하긴 했지만."
카의 얼굴이 홍당무가 되었다. 수나이가 이것을 일종의 나약함으로 치부하는 듯한 기색을 보고는 더욱더 부끄러웠다.
"오늘 아침 목도한 것들 때문에 가슴이 아팠다는 거 알고 있네. 경찰은 젊은이들을 가혹하게 대하지. 그들 중에는 희열을 느끼기 위해 구타를 하는 짐승 같은 놈들도 있어. 하지만 그 문제는 당분간 한편으로 미루어두세."
그는 카에게 담배 한 개비를 주었다.
"젊었을 땐 나도 자네처럼 니샨타쉬와 베이오울루 거리를 걸어다녔지. 미친 듯이 서양 영화를 보고, 사르트르와 에밀 졸라의 모든 작품을 읽었다네. 우리의 미래는 유럽이라고 믿었지. 난 자네가 그 모든 세계가 변하는 것을, 자매들에게 강제로 히잡을 쓰게 하고, 반종교적이라며 이란에서처럼 시를 금지하는 것을 구경만 하고 있을 거라고는 생각하지 않네. 자네는 나와 같은 세계의 사람이고, 카르스에 엘리엇의 시들을 읽은 다른 사람은 없으니까."
"복지당 시장 후보인 무흐타르는 읽었을 겁니다. 시에 아주 관심이 많으니까요."

"그는 체포할 필요조차 없어. 자기를 방문한 첫 번째 군인에게 시장 후보에서 사퇴한다는 내용의 약정서에 사인을 해 건네주었으니까."

수나이는 미소를 지으며 말했다.

폭음이 들려왔다. 창문과 창문들이 흔들렸다. 둘 다 소리가 나는 방향인 카르스 개천 쪽 창문을 바라보았다. 눈으로 덮인 포플러나무와 길 저편 평범하고 텅 빈 건물의 고드름 언 처마 외에는 아무것도 보이지 않자, 그들은 창문 쪽으로 바짝 다가갔다. 문 앞에 있는 경호원 외에 거리에는 아무도 없었다. 정오가 되었는데도 여전히 카르스에는 슬픔이 내려앉아 있었다.

"좋은 배우는 역사 속에 수백 년 동안 침전되어온, 아무도 드러내지 못했고 아무도 표현하지 못했던 힘을 재현해 내는 사람이야. 평생 동안 가장 외로운 곳에서, 가장 낯선 길에서, 가장 진기한 장면에서 자신에게 진정한 자유를 선사할 소리를 찾지. 그것을 찾는 행운을 잡았다면, 두려워하지 않고 끝까지 가야 하는 것이네."

"사흘 후 눈이 녹고 길이 열리면 정부는 이곳에서 흘린 피의 책임을 물을 것입니다. 피에 대한 책임이 아니라, 이 일을 해낸 것이 자신들이 아니라는 점이 탐탁지 않겠지요. 카르스인들 역시 당신과 당신의 작품을 혐오할 것입니다. 그때는 어찌 할 생각이십니까?"

"의사를 봐서 알겠지만 난 심장이 좋지 않아. 인생의 막바지에 이르렀다네. 그런 문젠 신경도 안 써. 지금 생각이 났는데 말야, 교육원장을 쏜 사람을 잡아 교수형에 처하고, 이를 텔레비전 생방송으로 내보내면 이후로 카르스 전체는 쥐 죽은 듯이 고요해질 거야."

"지금도 그렇습니다."

"그들이 폭탄을 몸에 장착하고 자살 공격 준비를 하고 있다고 들었네."

"누군가를 교수형에 처하면 상황이 더 끔찍하게 변할 겁니다."

"유럽인들이 알게 될까 두려워하는 건가? 자네가 선망하는 그 현대적인 세계를 구축하기 위해 그들이 얼마나 많은 사람들을 교수형에 처했는지 아나? 아타튀르크는 자네같이 멍청한 자유주의 몽상가들을 즉시 밧줄에 매달았지. 명심하게. 오늘 자네가 목격한, 검거된 신학 고등학생들은 자네의 얼굴을 절대 잊지 않을 거야. 이미 자신들의 뇌리에 새겨놓았을 테지. 그들은 자신들의 목소리를 알리기 위해서라면 어디든 누구에게든 폭탄을 던질 준비가 되어 있어. 게다가 어젯밤 자네도 시를 읽었으니, 자네 역시 계획의 일부로 간주되겠지. 서구화된 사람들, 특히 대중을 무시하는 잘난 척하는 지식인들이 이 나라에서 숨을 쉬기 위해서는 세속적인 군대가 필요해. 그들을 비호해 주는 군대가 없으면, 광신자들이 그들과 그들의 치장한 부인들의 목을 무딘 칼로 베어버릴 테니까. 그런데도 이 잘난 척하는 인간들은 유럽인이랍네시고, 자신들을 비호해 주는 군인들을 무시하지. 이곳을 이란처럼 만드는 날, 자네처럼 마음 약한 자유주의자가 신학 고등학생들을 위해 눈물을 흘렸다는 것을 누가 기억해 줄 거라고 생각하나? 그날이 오면 그들은, 자네가 약간 서구화되었다는 이유로, 두려움에 차 있고 기도문을 읊지 못한다는 이유로, 서구의 모방자라는 이유로, 넥타이를 맸다는 이유로 혹은 바지를 입었다는 이유로 자네를 죽일 걸세. 그런데 이 멋진 코트는 어디서 샀나? 공연할 때 내가 좀 입어도 되겠나?"

"물론입니다."

"그 멋진 코트에 구멍이 나지 않도록 자네에게 경호원을 붙여주지. 잠시 후 텔레비전에 나가 발표를 할 예정이네. 통행금지는 오후에나 해제될 테니, 거리에는 나가지 말게."

"밖에 나가는 걸 두려워해야 할 만큼 지독한 '이슬람주의' 테러리스트는 카르스에 없습니다."

"일어난 일만으로도 충분해. 무엇보다 그들은 이 나라를 손에 넣으려면, 사람들을 위협해야 한다는 것을 잘 알고 있어. 시간이 흐르면 우리가 느끼는 두려움에 근거가 있었음이 밝혀지겠지. 국민들이 위험한 광신자들을 두려워한 나머지 정부와 군대를 외면한다면 우리는 아시아의 일부 국가들처럼 수구주의와 무정부 상태로 빠지게 될 거야."

그의 당당한 자세, 명령을 내리는 듯한 어조, 상상 속의 관객석 위로 고정시켜 오랫동안 응시하는 시선은 20년 전 연극 무대에서 보았던 수나이의 모습을 연상시켰다. 하지만 카는 웃지 않았다. 자신도 유행이 지나버린 이 연극의 일부인 것처럼 느껴졌기 때문이다.

"제게서 무얼 원하시는지 이제 말씀하시지요."

"내가 없다면 자네는 이 도시에서 살아남을 수 없을 걸세. 이슬람주의자들에게 아첨을 한다 해도 그 코트에 구멍이 뚫리고 말 거야. 카르스 시에서 자네의 유일한 보호자이자 친구는 나뿐이야. 나의 우의를 저버린다면 경찰청 지하에 있는 감방 중 하나에 처박혀 고문을 당할 거라는 것도 잊지 말게. 『줌후리엣 신문』에서 일하는 친구도 자네가 아니라 군인들을 믿을 거라는 걸 기억해야 할 걸세."

"알고 있습니다."

"그렇다면 오늘 아침 자네가 경찰에게 숨기고, 죄책감으로 가슴 한구석에 묻어두었던 것들을 내게 말해 주게."

"전 여기서 신을 믿기 시작한 것 같습니다."

카는 미소 지으며 말했다.

"그리고 여전히 제 자신에게 그것을 숨기고 있는 것 같습니다."

"자넨 자신을 속이고 있어! 혼자서 신을 믿는 것은 아무 의미가 없어. 문제는 가난한 사람들이 믿는 것처럼 믿고 그들 중 한 명이 되는 거야. 그들이 먹는 것을 먹고, 그들과 함께 살고, 그들이 웃는 것에 웃고, 그들이 화를 내는 것에 화를 내야만 비로소 그들의 신을 믿게 돼. 그들과는 생판 다른 삶을 살면서 같은 신을 믿지는 못하지. 공정하신 신은 그것이 이치나 믿음의 문제가 아니라 삶 전체에 관한 문제라는 것을 알고 있다네. 하지만 지금 내가 요구하는 문제는 이것이 아니야. 30분 후면 나는 텔레비전 방송에 나가 카르스인들에게 연설을 할 걸세. 그들에게 희소식을 전하고 싶네. 교육원장을 죽인 살해범이 체포되었다고 말할 거야. 그리고 추측컨대 시장도 동일인이 죽였을 거야. 자네가 오늘 아침 그 사람을 확인했다고 말해 줄 수 있겠나? 텔레비전에 나와 모든 것을 설명해 줄 수 있겠어?"

"하지만 전 누구도 확인한 바가 없습니다."

수나이는 전혀 연극 같지 않은 화난 몸짓으로 카의 팔을 잡고 밖으로 끌어냈다. 그리고 넓은 복도를 지나 마당이 바라다 보이는 새하얀 방으로 밀어 넣었다. 척 봐도 거부감이 드는 방이었다. 불결함보다는 지저분한 분위기가 거슬렸다. 창문의 걸쇠와 벽에 박힌 못을 연결하여 만든 줄에는 양말들이 널어져 있었다. 방구석에 처박아둔 가방 밖으로는 헤어 드라이어 한 대, 장갑들, 셔츠들, 푼다 에세르만 착용할 수 있을 것 같은 커다란 브래지어가 너저분하게 드러나 있었다. 바로 옆의 의자에 앉아 있는 푼다 에세르는 화장품과 종이들을 늘어놓은 책상 위 한구석에서 그릇 속에 담긴 뭔가(과일 스튜 혹은 수프인 것 같았다.)를 수저로 떠먹으며 무엇인가를 읽고 있었다.

"우리는 현대 예술을 위해 이곳에 있는 거야. 우린 손과 손톱처럼 떼려야 뗄 수 없을 정도로 서로에게 예속되어 있지."

수나이는 카의 팔을 더욱더 꽉 잡으며 이렇게 말했다.

카는 수나이가 어떤 의미로 그 말을 하는지 이해하지 못했을뿐더러, 지금 이 상황이 현실인지 연극인지 분간하지 못해 어리둥절해하고 있었다.

"골키퍼 우랄이 실종되었어요. 아침에 나갔다가 돌아오지 않고 있대요."

푼다 에세르가 말했다.

"어딘가에서 술 취해 쓰러져 있을 거야."

"어디에서 술을 마셨겠어요? 모든 가게가 문을 닫았는데. 통행금지중이잖아요. 군인들이 수색하기 시작했대요. 납치되었을 수도 있다고 두려워하고 있어요."

"납치되었으면 좋겠군. 피부 가죽을 벗기고 혀를 자르면 우린 해방될 거야."

최악의 매너와 거친 언어에도 불구하고 카는 그 부부지간에 오고 가는 지극히 섬세한 유희적인 농담과 영혼의 이해를 감지했기 때문에 그들에게 질투 비슷한 존경심을 느꼈다. 동시에 푼다 에세르와 눈이 마주치자 본능적으로 허리를 땅까지 숙여 그녀에게 인사를 했다.

"어제 정말 멋진 연기를 보여주셨습니다."

가식적인 목소리였지만 진심에서 우러난 말이었다.

"무슨 그런 소리를. 우리 연극을 걸작으로 만들어내는 건 연기자가 아니라 관객이랍니다."

푼다 에세르는 약간 부끄러운 듯 이렇게 말했다.

그녀는 남편에게 돌아섰다. 부부는 정부 일로 고민을 하는 부지런한 왕과 왕비처럼 빠르게 말을 주고받았다. 이들 부부는 눈 깜짝할 사이에, 잠시 후 텔레비전에 나갈 때 수나이가 입을 의상(일반인 차림을 할지, 군복 차림을 할지, 아니면 양복을 입을지)을 결정했고, 연설문이 준비되어 있는지를 확인했다.(푼다 에세르는 일부를 미리 써놓았다.) 이전에 머물렀던 쉔 카르스 호텔 주인의 고발(그는 군인들이 호텔을 들락거리며 수색하는 것이 신경 쓰여 두 명의 젊은 투숙객을 고발했다.)에 대해 언급했고, 담뱃갑 위에 써놓은 텔레비전의 오후 프로그램을 읽었다.(밀렛 극장 공연 4회 내지 5회 재방송, 수나이의 연설 3회 재방송, 영웅적인 국경 민요, 카르스 홍보 필름, 국산 영화 「귤리자르」.) 카는 반쯤은 선망하고 반쯤은 감탄하는 눈빛으로 그들을 바라보고 있었다.

"이성은 유럽에 있고 마음은 신학고등학생 투사에게 가 있는, 머리가 복잡한 우리의 시인은 어떻게 하지?"

수나이가 물었다. 이에 푼다 에세르는 달콤하게 미소 지으며 대답했다.

"얼굴을 보니 알 수 있겠군요. 그는 좋은 사람이에요. 우리를 도와줄 거예요."

"하지만 그는 이슬람주의자들을 위해 눈물을 흘려."

"사랑에 빠졌기 때문이에요. 요 며칠 우리의 시인은 지나치게 감상적이군요."

"오호, 우리의 시인이 사랑에 빠졌다고?"

수나이는 과장된 몸짓으로 이렇게 말했다.

"순수한 시인들은 혁명 시기에도 사랑 때문에 바쁠 수 있지."

"그는 순수한 시인이 아니라 순수한 연인이에요."

부부는 실수 없이 이 연극을 해내며 카의 화를 돋우기도 하고 카를 바보로 만들기도 했다. 잠시 후 그들은 재단공장에 있는 커다란 책상에 마주 앉아 차를 마셨다.

수나이가 말했다.

"자네는 우릴 도와주는 것이 가장 현명한 일이라는 결론을 내리게 될 거야. 그러니 말해 주지. 카디페는 라지베르트의 정부야. 라지베르트가 카르스에 오는 이유는 정치를 위해서가 아니라 사랑 때문이라네. 그들이 이 살인자를 체포하지 않은 이유는, 그와 관계된 젊은 이슬람주의자들을 색출하기 위해서였어. 지금은 후회하고 있지만 말야. 어젯밤 기숙사를 습격하기 전 눈 깜짝할 사이에 사라져버렸거든. 카르스에 있는 모든 젊은 이슬람주의자들은 그를 선망하며 따르고 있어. 그는 카르스 어딘가에 있을 거야. 그리고 자네에게 한 번 더 꼭 연락을 취할 걸세. 자네가 우리에게 소식을 전하는 게 어려울 수도 있을 거야. 그러니 자네에게도 녹음기 한두 개를 장착해 주지. 코트에도 무선 송신기를 다는 것이 좋겠군. 그러면 죽은 교육원장하고 똑같은 보호를 받는 셈이니, 안전할 걸세. 자네가 그 장소를 뜨는 즉시 그를 생포하지."

이 생각이 맘에 들지 않는다는 것이 카의 표정에서 즉시 나타났다.

"강요하지 않겠네. 내색하지 않으러 애쓰고 있지만 오늘 행동으로 보건대 자넨 아주 신중한 사람이더군. 자네 자신을 보호할 줄은 알겠지만 그래도 카디페를 조심하는 게 좋을 거야. 그녀는 자신이 들은 모든 이야기를 라지베르트에게 전달한다는 혐의를 받고 있으니까. 집에서 매일 저녁 식사를 할 때도 아버지와 손님들 간에 오고 간 이야기를 라지베르트에게 알려주고 있는 게 분명해. 아마도 아버지를 배반한다는 희열 때문이겠지. 물론 라지베르트에 대한 사랑 때문이기도 하겠지만. 왜 이런 선망이 생겨나는 걸까?"

"카디페에게 말입니까?"

"아니, 라지베르트에게 말이야!"

수나이는 화를 내며 대답했다.

"왜 모두들 그 살인자를 선망하지? 왜 전 아나톨리아에서 그의 이름이 전설이 되어가는 건가? 그와 이야기를 나누어봤으니, 그 이유를 내게 말해 줄 수 있겠나?"

푼다 에세르가 플라스틱 빗을 꺼내 들고 남편의 바랜 머리칼을 다정하고 정성스럽게 빗기기 시작하자 주의가 산만해진 카가 입을 다물었다.

"텔레비전을 통해 내 연설을 듣게나. 트럭으로 자네를 호텔까지 데려다주지."

통행금지령이 해제되기 45분 전이었다. 카는 걸어가고 싶다고 했고 허락을 받았다.

텅 빈 넓은 아타튀르크 대로, 눈에 파묻혀 있는 고요한 거리들, 눈에 덮인 옛 러시아 집들과 보리수나무의 아름다움이 조금이나마 그의 가슴을 시원하게 하려는 찰라, 누군가가 자신을 추적하고 있다는 것을 눈치 챘다. 그는 할릿파샤 대로를 지나 큐축 캬즘베이 대로에서 왼쪽으로 꺾었다. 그를 뒤쫓고 있는 첩자는 부드러운 눈길 속에서 숨을 헐떡이며 그를 따라잡으려고 애쓰고 있었다. 어제 기차역에서 뛰놀고 있던, 이마에 하얀 점이 있는 다정한 검은 개가 첩자의 뒤를 따라오고 있었다. 카는 유스프파샤 마을에 있는 작업장들 중 한 곳에 몸을 숨기고 그를 바라보았다. 그리고 갑자기 그 첩자 앞에 몸을 드러냈다.

"정보를 수집하기 위해 저를 따라오는 겁니까, 아니면 절 보호하기 위해서입니까?"

"좋을 대로 해석하게나, 신사양반."

그 남자는 얼마나 지치고 피곤한지, 카는 고사하고 자기 자신을 보호할 힘조차 없어 보였다. 최소한 쉰다섯 정도는 되어 보였고, 얼굴에도 주름이 가득했으며 눈에 생기도 없었다. 그 자신이 사복 경찰이라기보다는 경찰을 두려워하는 사람처럼 겁을 먹은 채 카를 바라보고 있었다. 터키 사복 경찰들이 신고 다니는 수메르 은행 상표 신발을 신고 있었는데, 그 신발의 앞 코와 밑창이 벌어진 것을 보자 카는 그 사람에게 연민이 느껴졌다.

"당신은 경찰이니 신분증이 있을 겁니다. 저기 에실유르트 술집의 문을 열게 하고 잠시 앉지요."

술집은 오랫동안 문을 두드릴 필요도 없이 곧 열렸다. 카는 이름이 사펫이라는 그 첩자와 함께 라크를 마셨다. 그리고 검은 개와 빵을 나눠 먹으며 텔레비전에서 방송되는 수나이의 연설을 들었다. 그 연설은 이전 군사 혁명 직후에 흘러나오던 다른 수상들의 연설과 전혀 다를 바가 없었다. 수나이가, 외국의 적들이 선동한 쿠르드주의와 이슬람주의, 그리고 유권자의 표를 얻기 위해 무슨 짓이든 다하는 타락한 정치인들이 카르스를 벼랑 끝으로 끌고 가고 있다는 말을 할 즈음, 카는 이미 그의 연설이 지루해졌다.

카가 두 번째 잔을 들고 있을 때 첩자가 텔레비전에 나오는 수나이를 예의바르게 가리켰다. 어수룩한 첩자 같은 표정은 사라지고, 그 대신에 진정서를 제출하는 가련한 서민의 눈빛이 나타났다.

"당신은 저분을 알고 있지요. 게다가 그는 당신을 존경하고 있고요. 간곡한 부탁이 하나 있소. 그에게 줄을 좀 대주시오. 나를 이 지옥 같은 삶에서 벗어나게 해달라고 말이오. 제발 나를 이 독극물 사건 수사 팀에서 빼내 다른 부서로 발령 나게 해주시면 안 되겠소?"

카가 그게 무슨 말이냐고 묻자 그는 자리에서 일어나 술집의 문을 안에서 걸어 잠갔다. 그리고 카가 있는 자리로 와 앉더니 '독극물 사건 수사'에 관하여 이야기를 시작했다. 하지만 가련한 첩자는 그 이야기를 조리 있게 잘 설명하지 못했고, 카의 머리도 술 때문에 몽롱해진 상태였다.

꽤나 복잡해 보이는 그 이야기의 시작은 시내 중심가에 위치한 '모던 뷔페'라는 가게였다. 군인들은 그 가게에 자주 들러 샌드위치와 담배를 사곤 했는데, 국가 정보국 요원들은 최근 그곳에서 파는 계피 음료에 독이 들어 있다고 의심하고 있었다. 첫 번째 희생자는 이스탄불 출신의 예비 보병 장교였다. 2년 전 혹독하기로 정평이 난 어떤 기동훈련을 앞두고, 이 장교는 열에 들떠 몸을 떨기 시작하더니 급기야는 몸을 가눌 수 없을 정도가 되었다. 진료소로 호송된 후 독극물 중독이라는 진단을 받았고, 자신이 곧 죽을 거라고 생각한 장교는 큐축 캬즘베이 대로와 캬즘 카라베키르 대로의 모퉁이에 있는 가게에서 마신 음료 탓이라고 말했다. 화를 내며, 처음 접한 음료라 마셔봤다는 얘기를 덧붙였다. 단순한 중독 사건으로 사람들의 기억 속에서 잊혀지려는 무렵, 이 사건은 약간의 간격을 두고 다른 두 명의 예비 장교가 같은 증상으로 진료소에 호송되면서 세간의 관심을 불러일으키기 시작했다. 그들 역시 첫 번째 장교와 같은 증상을 보이며 몸을 덜덜 떨었고 말을 더듬었다. 탈진 상태가 되어 쓰러진 그들은 호기심으로 마신 계피 음료를 원인으로 지목했다. 카르스 군사령부는 비밀 수사에 착수했다. 이 따뜻한 음료는, 아타튀르크 마을에 사는 어떤 쿠르드족 아주머니가 '내가 발명했어!'라며 집에서 만든 작품이었다. 사람들이 그 맛을 좋아하자 조카가 운영하는 가게에서 판매를 시작했던 것이다. 그 아주머니가 만든 음료에서 몰래 샘플을 채취해 수의과에 분석 조사를 의뢰했지만 독극물은 발견되지 않았다. 사건이 그렇게 종결되려는 무렵, 조사를 담당하던 장군이 아내에게 그 이야기를 했다. 그리고 놀랍게도, 관절염에 좋다는 이유로 아내가 그 음료를 매일 몇 컵씩이나 마셨다는 사실을 알게 되었다. 많은 장교 부인들, 그리고 사실은 많은 장교들도 그 음료가 건강에 좋다는 소문도 있고 해서, 지루함을 달래려는 수단으로 마음껏 마시고 있었던 것이다. 조사 결과, 장교와 그 가족들, 허가를 받고 시내에 나간 사병들, 아들을 면회하러 온 가족들이, 이 가게가 워낙 중심가에 있어 하루에 열 번은 지나쳐야 했고 무엇보다도 카르스에 있는 유일하게 새로운 즐거움이었기 때문에, 그곳에 자주 드나들었다는 사실이 밝혀졌다. 장군은 두려움에 휩쓸려 혹시나 하는 걱정으로 이 사건을 국가 정보국과 총참모 조사관들에게 양도했다.

그 당시 남동 지역에서는 PKK 게릴라들과 목숨을 건 전투가 벌어지고 있었다. 군대가 이 전투에서 승리를 거둘수록, 게릴라에 동참하고자 했던 실업자들이나 할 일도 희망도 없던 일련의 쿠르드족 젊은이들 사이에는 이상하고 두려운 복수욕이 퍼져 나갔다. 그들은 폭탄 터트리기, 납치, 아타튀르크 동상 넘어뜨리기, 상수도에 독극물 타기, 다리 폭파하기 등과 같은 분노에 찬 복수를 꿈꾸었고, 카르스의 찻집에 포진되어 있는 많은 정보국 첩자들이 이를 모를 리 없었다. 이 때문에 이 사건은 심각하게 받아들여졌다. 하지만 너무나 민감한 사안이었기 때문에, 가게 주인을 고문하며 취조하는 것은 적합하지 않다는 판단이 내려졌다. 그 대신 판매가 증가할수록 기분이 좋아진 쿠르드인 아주머니의 부엌과 가게 안에 주(州) 소속 첩자가 밀파되었다. 첩자의 보고에 따르면, 아주머니의 특별한 발명품인 계피, 유리컵, 철 국자의 굽은 손잡이에 감긴 손수건, 잔돈 통, 녹슨 구멍, 점원들의 손에서는 그 어떤 이상한 가루의 흔적도 찾아낼 수 없었다. 하지만 그는 일주일 후 같은 독극물 중독 증상을 보이며 몸을 떨고 먹은 것들을 토해 내게 되었고, 일을 그만둘 수밖에 없었다. 가게 주인의 부엌에 파견된 첩자는 더 부지런한 사람이었다. 집에 출입하는 사람들에서 시작하여 구입한 재료들(당근, 사과, 자두, 말린 뽕, 석류꽃, 찔레꽃 열매 그리고 서양 아욱)에 이르기까지 모든 것을 기입한 보고서를 매일 저녁 써 보냈다. 하지만 얼마 못 가 이 보고서는, 식욕을 돋워주는 이 권할 만한 음료에 대한 제조 비법서로 변하고 말았다. 첩자는 자기가 하루에 유리 물병으로 대여섯 병 정도를 마셨으며, 피해는커녕 이득을 보았다고 했다. 그리고 치료 효과가 있는 진짜 '산(山)' 음료인지라, 유명한 쿠르드족 전설인 「멤 우 진」에도 언급되어 있다고 보고했다. 앙카라에서 파견된 전문가들은 첩자가 쿠르드족이라며 그를 신임하지 않았고, 그의 보고서를 통해, 이 음료가 터키인들에게는 독이 되지만 쿠르드인들에게는 아무런 영향을 미치지 않는다는 결론을 내렸다. 하지만 터키인들과 쿠르드인이 다르지 않다는 정부의 주장에 어긋나기 때문에 이 조사 결과를 밝힐 수가 없었다.

 이스탄불에서 온 의료진은 병을 연구하기 위해 사회보험병원에 특수 진료소를 열었다. 하지만 이곳을 무료 진료소로 여긴 건강한 쿠르드인들과 탈모, 건선(乾癬), 탈장, 말더듬 등과 같은 평범한 고민을 안고 있던 환자들이 진료소를 꽉 채우게 되자 연구의 가능성에 심각한 그늘이 드리워졌다. 이렇게 해서 갈수록 많은 희생자를 내고 있는, 만약 사실이라면 장차 수천 명의 병사를 죽음으로 몰아갈 수도 있는 이 음료 음모를 그 누구의 심기도 상하게 하지 않고 해결하는 일이, 다시 카르스에 있는 국가 정보국 기관, 특히 사펫이 포함된 부지런한 공무원들에게 위임되었던 것이다. 많은 첩자들에게 쿠르드인 아주머니가 열심히 끓인 음료를 마시는 사람들을 감시하라는 임부가 부과되었다. 이제 문제는 독이 카르스인들에게 어떻게 작용하는지가 아니라, 카르스인들이 정말로 독에 중독되는지는 확실하게 밝히는 것이었다. 이렇게 해서 첩자들은 게피 음료를 맛있게 마시는 모든 군인과 일반인들을 그리고 어떤 때는 그들의 집 안까지 감시하기 시작했다. 카는, 공을 많이 들여야 하는 이 일을 하느라 신발 밑창이 들뜨고 정력이 소진된 이 첩자의 고민을, 텔레비전에서 여전히 연설중인 수나이에게 말해 주겠노라고 약속했다.

첩자는 기뻐서 어쩔 줄 몰라 하며, 고마움에 가득 찬 마음으로 카를 포옹하고 입맞춤을 했다. 그리고 자신의 손으로 문의 빗장을 열었다.

24

나는, 카

육각형 눈송이

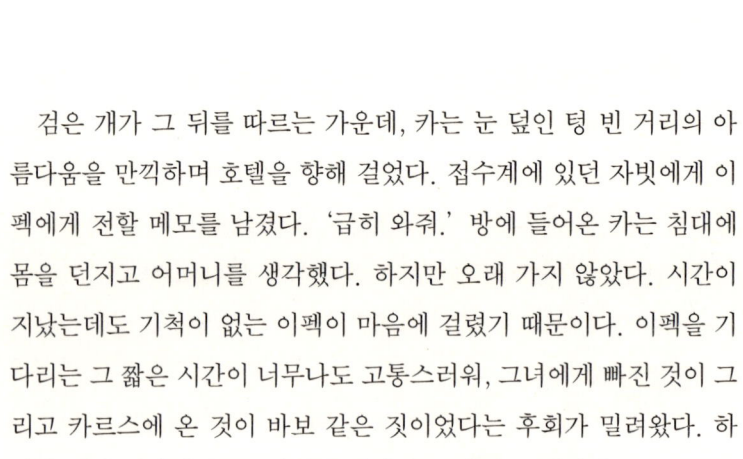

　검은 개가 그 뒤를 따르는 가운데, 카는 눈 덮인 텅 빈 거리의 아름다움을 만끽하며 호텔을 향해 걸었다. 접수계에 있던 자빗에게 이펙에게 전할 메모를 남겼다. '급히 와줘.' 방에 들어온 카는 침대에 몸을 던지고 어머니를 생각했다. 하지만 오래 가지 않았다. 시간이 지났는데도 기척이 없는 이펙이 마음에 걸렸기 때문이다. 이펙을 기다리는 그 짧은 시간이 너무나도 고통스러워, 그녀에게 빠진 것이 그리고 카르스에 온 것이 바보 같은 짓이었다는 후회가 밀려왔다. 하지만 이미 엎질러진 물. 이펙은 여전히 오지 않고 있었다.
　카가 호텔에 돌아온 지 38분이 지나 이펙이 나타났다.
　"석탄 파는 곳에 갔었어. 통행금지가 끝나면 사람들이 가게 앞에서 줄 서 기다릴 거라는 생각에 12시 10분 전에 뒷마당을 통해 나갔어. 12시 이후에는 시장에서 조금 시간을 보냈어. 기다리는 줄 알았으면 곧장 왔을 텐데."

카는 이펙이 방 안으로 가지고 온 활력과 생동감으로 인해 너무나 행복해져서 자신이 누리고 있는 그 순간이 깨질까봐 끔찍이 두려웠다. 이펙의 반짝이는 긴 머리칼과 쉬지 않고 움직이는 작은 손을 바라보았다. (눈 깜짝할 사이 그녀의 왼손은 머리칼을 만졌고, 코, 벨트, 문 가장자리, 길고 아름다운 목을 거쳐 다시 머리칼을 매만진 후, 카가 지금에야 알아차린 새 비취 목걸이를 만지작거리고 있었다.)

"널 미치도록 사랑해, 괴로워."

카가 말했다.

"조급하게 불타오르는 사랑은 같은 속도로 식어버리고 말지. 두려워하지 마."

카는 다급하게 그녀를 안고는 키스를 하려고 했다. 이펙은 카의 다급함과는 정반대로 아주 편안하게 키스를 했다. 그녀의 작은 손이 자신의 어깨를 잡고 있는 느낌, 너무나 달콤한 키스의 느낌이 카를 아찔하게 만들었다. 이펙의 몸이 자신을 향해 파고들었다. 이번에는 이펙도 자신과 사랑을 나눌 생각이 있다는 것을 알 수 있었다. 깊은 비관의 세계에서 흥겨운 행복의 세계로 넘어온 카는, 너무나 행복해서 눈, 이성, 기억이 그 순간 모든 세계를 향해 활짝 열리게 되었다.

"나도 너와 사랑을 나누고 싶어."

그녀가 말했다.

카는 순간 앞을 바라보았다. 이펙은 눈을 들어 단호하게 카의 눈 속을 들여다보았다.

"하지만 전에도 말했듯이, 아버지가 계실 때는 안 돼."

"네 아버지는 언제 외출하는데?"

"나가시는 법이 없어."

이펙은 문을 열었다.

"나 가봐야 해."

그러고는 그곳에서 멀어져 갔다.

이펙이 반쯤 어두운 복도 끝에 있는 계단을 내려가 사라질 때까지 카는 그녀의 뒷모습을 바라보았다. 문을 닫고 침대 가에 앉자마자 호주머니에서 노트를 꺼냈다. 그러고는 빈 페이지에 '속수무책과 곤경'이라는 제목을 붙이고는 시를 써 내려가기 시작했다.

카는 시를 끝내놓고 침대 가에 앉았다. 카르스에 온 이후 처음으로, 자신이 이 도시에 와 한 일이라곤 이펙에게 안달하고 시를 쓴 것뿐이라는 생각이 들었다. 이는 그에게 속수무책이라는 느낌과 함께 해방감을 주고 있었다. 이펙을 설득하여 이곳을 떠날 수만 있다면 그녀와 함께 평생 동안 행복할 수 있을 것이었다. 길을 막아버린 눈에게 고마움을 느꼈다. 이펙을 설득할 수 있는 시간과 이 일을 용이하게 할 수 있는 장소를 제공해 주었기 때문이다.

코트를 입고 아무도 모르게 거리로 나갔다. 시청 쪽이 아니라, 이스티칼르 밀리 대로 왼쪽을 따라 걸어 내려갔다. 빌림 약국에 들어가 비타민 C 정제를 사고는 파익베이 대로에서 다시 왼쪽으로 꺾었다. 식당 창문들을 바라다보면서 캬즘 카라베키르 대로로 접어들었다. 어제까지만 해도 거리를 현란하게 장식했던 선거 유세용 깃발들은 사라지고 없었고, 가게는 모두 열려 있었다. 작은 문방구 겸 카세트 판매점 앞에서는 큰 소리로 음악이 흘러나오고 있었다. 그저 거리로 나오고 싶다는 생각으로 인도를 메운 인파들은 서로를 밀치며 시장을 활보하거나, 와들와들 떨면서 가게 유리창을 바라보았다. 외곽 지역에서 마을버스를 타고 카르스에 와 찻집에서 소일하거나 이발소에서 수염을 깎으며 보내던 사람들은 눈 때문에 도시에 오지 못했다. 카는 텅 빈 이발소와 찻집이 마음에 들었다. 아이들의 모습을 보자 그의 마음속에 있던 두려움이 사라지고 꽤나 행복해졌다. 작은 공터에서, 눈 덮인 광장에서, 공공건물과 학교의 정원에서, 비탈길에서, 카르스 강 위에 있는 다리에서, 아이들은 썰매를 타고 눈싸움을 하고 고함을 지르고 뛰어다니고 코를 훌쩍이고 있었다. 코트를 입은 아이는 거의 없었다. 대부분 교복 윗도리를 걸친 채 목도리와 두건을 쓰고 있었다. 아이들은 쿠데타를 기쁘게 맞이했다. 학교에 가지 않아도 됐으니까. 춥다 싶어 가장 가까운 찻집에 들어간 카는, 첩자 사펫의 맞은편에 있는 테이블에 앉아서 차를 마신 후 다시 밖으로 나갔다.

사펫에게 익숙해진 카는 그가 두렵지 않았다. 누군가 자신을 정말 감시하고 싶다면 보이지 않는 첩자를 붙일 것임을 알고 있었다. 보이는 첩자는 보이지 않는 첩자를 감추기 위한 위장전술일 뿐이다. 때문에 사펫이 보이지 않자 당황한 그가 오히려 그를 찾기 시작했다. 어제 탱크를 보았던 파익베이 대로 모퉁이에서, 손에 비닐 봉투를 든 채 숨을 헐떡이며 자신을 찾고 있는 사펫을 발견했다.

"오렌지가 너무 싸서 안 살 수가 있어야 말이죠."

사펫은 자신을 기다려줘서 고맙다며, 카가 도망치지 않는 걸로 봐서 '거짓 없음'을 증명해 보였다고 말했다.

"이후로 어디에 갈 건지만 말해 주십시오. 그럼 우리 둘 다 쓸데없이 신경 쓰지 않아도 될 겁니다."

카도 자신이 어디로 갈 것인지 알지 못했다. 하지만 유리창에 살얼음이 낀 텅 빈 찻집에 앉아 있노라니, 라크 두 잔을 마시고 나면 사데띤 에펜디 교주에게 가고 싶으리라는 것을 알게 되었다. 지금 이펙을 다시 만나는 것은 불가능했다. 그녀를 생각하며 고통을 겪는 것이 답답했다. 에펜디 교주에게 자신의 마음속에 있는 신에 대한 사랑을 말하고, 신에 대해 세상의 의미에 대해 이야기를 나누고 싶었다. 하지만 국가 정보국 요원들이 자신의 말을 도청하며 비웃을 거라는 생각이 떠올랐다.

그럼에도 불구하고 카는 바이타르하네 거리에 있는 교주의 소박한 집 앞을 지날 때 잠시 멈춰 섰다. 그리고 위쪽 창문들을 바라보았다.

카는 카르스 시립 도서관 앞에 다다랐다. 문이 열려 있었다. 카는 안으로 들어가 진흙투성이 계단을 올랐다. 층계참에 있는 게시판에는 카르스의 7개 지역 신문들이 하나하나 정성스럽게 압정으로 붙여져 있었다. 《국경 도시 신문》처럼 다른 신문들도 어제 오후에 발행되었기 때문에, 쿠데타에 대해서가 아니라 밀렛 극장에서의 공연이 성공적으로 끝났으며 눈이 계속 내릴 거라는 내용만 언급하고 있었다.

방학임에도 불구하고 열람실에는 대여섯 명의 학생들이 있었다. 추운 집을 피해 온 몇 명의 은퇴한 공무원들도 보였다. 한구석에서, 너무 봐서 모서리가 접힌 사전들과 반은 너덜너덜해진 삽화가 수록된 『생물 백과사전』 시리즈를 발견했다. 뒤표지 안쪽에 형형색색의 투명 종이들이 붙어 있었는데, 책장을 넘길 때마다 자동차 혹은 배의 내부기관 작동법이나 남자의 신체 해부도 같은 것을 볼 수 있었다. 카는 본능적으로 제4권의 뒤쪽을 보았다. 엄마의 부른 배 안에, 계란 속에 들어가 있는 것처럼 누워 있는 아기의 모습을 기대했다. 하지만 그림들은 떨어져 나가고 없었다. 찢어진 종이쪽만 남아 있었다.

그런데 그 책의 324쪽에서 이런 문구를 발견했다.

눈 : 물이 대기 속에 떨어질 때, 돌아다닐 때, 혹은 상승할 때 형성되는 고체의 형태. 일반적으로 육각형 형태의 아름다운 결정체를 이룬다. 모

든 결정체는 각기 고유한 육각형 구조로 되어 있다. 눈의 비밀은 고대 이후로 인간의 관심과 선망의 대상이 되어왔다. 1555년 최초로, 스웨덴의 웁살라 시에 사는 목사 올라우스 마그누스는 모든 눈송이는 각기 고유의 육각형 구조가 있으며, 그 형태에서 볼 수 있는 것처럼……

카가 이 부분을 몇 번이나 읽었고, 이 눈 결정체 그림이 당시 그의 마음을 얼마나 움직였는지에 대해서는 말하지 않겠다. 몇 년이 흐른 후 그의 고향집으로 가, 항상 불안하고 의심 많은 그의 아버지와 눈물을 글썽이며 그에 대해 얘기를 나누던 날, 나는 서재를 볼 수 있냐고 양해를 구했다. 내가 찾던 것은 카가 어린 시절과 청년 시절에 읽은 책이 들어 있는 그의 방이 아니었다. 그의 아버지가 자신의 책들을 꽂아두는, 어두운 거실 한편의 책장에 있었다. 멋진 장정의 법학 서적, 1940년대의 국내외 소설들, 전화와 전화번호부 사이에서, 특별한 장정으로 되어 있는 『생물 백과사전』 시리즈를 찾았다. 나는 제4권의 뒤표지를 넘겼다. 안에 들어 있는 산모의 뱃속 그림을 보기 위해서였다. 책을 대강 펼치자 자동적으로 324쪽이 눈앞에 나타났다. 눈에 대한 설명 옆에는 30년 된 압지도 있었다.

카는 숙제를 하는 아이처럼 호주머니에서 노트를 꺼내고는 카르스에서의 열 번째 시를 쓰기 시작했다. 첫 행에서 그는 각 눈송이의 유일함을 칭송했고, 그런 다음 『생물 백과사전』의 제4권 안에서 찾지 못한, 엄마 뱃속에 들어 있는 아기에 관한 기억들을 기술했다. 이어서 카는 자신, 세상에서의 자신의 위치, 자신만의 두려움, 자신의 특성 그리고 자신의 유일무이함을 서술했다. 카는 이 시에 '나는, 카'라는 제목을 붙였다.

아직 시를 다 끝내지 못했는데, 카의 테이블에 누군가가 와 앉았다. 노트에서 고개를 든 카는 깜짝 놀랐다. 네집이었다. 그는 공포나 놀라움을 느끼지 않았다. 다만 쉽게 죽지 않는 누군가를 죽었다고 믿은 죄책감이 들 뿐이었다.

"네집."

카는 그를 안고 입맞춤을 하고 싶었다.

"전 파즐입니다. 선생님을 길에서 보고 따라왔습니다."

그는 사펫이 앉아 있는 테이블에 눈길을 던졌다.

"말씀해 주십시오. 네집이 죽었다는 게 사실입니까?"

"사실일세. 내 눈으로 보았어."

"그렇다면 왜 저를 네집이라고 부르신 겁니까? 그가 죽은 것을 믿지 않으시는 거군요."

"믿을 수가 없다네."

순간 파즐의 얼굴은 잿빛으로 변했다. 그러고는 어렵사리 자신을 추슬렀다.

"네집은 내가 복수해 주길 원하고 있어요. 그가 죽었다는 것을 확신하는 이유가 바로 그것입니다. 하지만 개학을 하면 과거처럼 수업에 열중하고 싶어요. 복수하고 싶지 않습니다. 정치에 관여하고 싶지도 않고요."

"복수는 끔찍한 것이지."

"그래도 그가 원한다면 해야겠지요."

파즐이 말했다.

"선생님에 대한 얘기를 많이 했습니다. 히즈란, 그러니까 카디페에게 그가 쓴 편지를 전해 주셨나요?"

"전해 주었네."

카는 파즐의 시선이 편치 않았다. '전해 주려고 했어.'라고 번복

할까? 하지만 이미 늦었다. 무슨 이유 때문인지 거짓말이 훨씬 안전하게 느껴졌다. 하지만 파즐의 얼굴에 나타난 고통 때문에 마음이 불안했다.

파즐은 두 손으로 얼굴을 감싸고 잠시 흐느꼈다. 하지만 분노가 극심해 눈물을 보이지는 않았다.

"네집이 죽었다면 누구에게 복수를 해야 하지요?"

카가 대답을 하지 않자 그는 카의 눈을 뚫어지게 바라보았다.

"선생님은 알고 계실 겁니다."

"동시에 같은 생각을 한다고 들었네. 그렇다면 그가 누구인지를 알 수 있을 테지."

"하지만 그가 생각하는 것, 그가 내가 생각해 내기를 원한다는 사실이 내 마음을 고통으로 채우고 있습니다."

카는 처음으로 그의 눈에서 네집의 눈에서 보았던 빛을 보았다. 자신이 유령과 마주하고 있다는 생각이 들었다.

"그가 자네에게 생각하도록 강요하는 것이 무엇인가?"

"복수입니다."

파즐은 조금 더 울었다.

카는 파즐의 머릿속에 있는 진짜 생각이 복수가 아닌 것을 알 수 있었다. 파즐이 이 말을 한 것은, 그들을 주의 깊게 바라보던 사펫이 자리에서 일어나 다가오는 것을 본 연후였기 때문이다.

"신분증 좀 볼까?"

사펫은 못마땅하다는 듯 바라보며 말했다.

"학생증은 도서 대출계에 맡겨두었습니다."

파즐은 그가 사복 경찰임을 눈치 채고 내심 두려워하고 있었다. 그들은 함께 대출계로 갔다. 사펫은 두려움에 사로잡힌 여직원의 손에서 신분증을 낚아챘다. 파즐이 신학고등학교 학생임을 알게 되자, '이럴 줄 알았소.' 라는 듯 질책하는 시선으로 카를 바라보았다. 그러고는 아이의 공을 압수하는 어른 같은 태도로 신분증을 호주머니에 넣었다.

"학생증을 찾으려거든 경찰서로 와."
"이 학생은 분란과는 거리가 멉니다. 절친한 친구의 죽음을 지금에야 알게 되었소. 학생증을 돌려주십시오."
카가 말했다.
정오 무렵에는 자신이 카에게 연줄을 부탁했으면서도 사펫은 꿈쩍도 하지 않았다.
카는 사람이 없는 곳에서라면 사펫이 학생증을 돌려줄 것이라고 생각했기 때문에, 파즐에게 6시에 철교에서 만나자고 했다. 파즐은 즉시 도서관에서 나갔다. 이즈음 도서실 전체가 불안에 잠겨 있었다. 모두들 신분증 검사를 받을 거라고 생각했다. 하지만 사펫은 신경도 쓰지 않고 자기 자리로 돌아가 1960년대 초의 《라이프》 지를 뒤적일 뿐이었다. 이란 왕에게 아이를 낳아주지 못해 이혼해야만 했던 슬픈 공주 슈레이야의 기사와 전 수상 아드난 멘데레스가 교수형에 처해지기 전에 찍은 마지막 사진이 실려 있었다.
카는 사펫에게서 파즐의 학생증을 돌려받지 못할 거라는 결론을 내리고 도서관에서 나왔다. 눈 덮인 거리의 아름다움, 신나게 눈싸움을 하는 아이들의 환희를 보자 모든 두려움이 뒷전으로 물러났다. 뛰고 싶은 마음이 들었다. 정부 광장에는 길게 줄을 선 남자들이 덜덜 떨고 있었다. 불룩한 가방 혹은 신문지로 싸 줄로 묶은 꾸러미를 들고 있는 그들은 계엄령 선언을 심각하게 받아들여 집에 있던 무기들을 정부에 양도하려고 하는 경계심 많은 카르스인들이었다. 하지만 그들을 믿지 못하는 정부가 관청 건물 안에 들여놓지 않아 모두들 추위에 떨고 있었다. 대부분의 사람들은 계엄령 선언 이후, 자정에 눈을 파헤쳤다. 그리고 아무도 상상하지 못하는 곳에, 얼음이 언 땅속에 무기를 묻었다.

파익베이 대로에서 걷고 있을 때 카는 카디페와 마주쳤다. 조금 전 이펙을 생각하고 있던 터라, 그의 얼굴은 새빨개졌다. 카디페는 이펙과 연관되어 지극히 아름다워 보였다. 자신을 통제하지 못했더라면 카디페를 껴안고 입을 맞췄을 것이다.

"급히 할 얘기가 있어요. 하지만 당신을 따라오는 자가 있으니 지금은 안 되겠군요. 2시에 217호로 와주시겠어요? 당신 방이 있는 복도 맨 끝의 방이에요."

"거기서라면 확실히 편하게 이야기할 수 있는 겁니까?"

"아무에게도."

카디페가 눈을 커다랗게 떴다.

"이펙 언니에게도 말하지 않는다면 아무도 모를 거예요."

카디페는 자신들을 주시하는 사람들에게 보이려는 듯 공식적인 태도로 카에게 악수를 했다.

"지금 슬쩍 제 뒤를 보세요. 제 뒤에 한 명, 아니면 두 명의 첩자가 있다면 나중에 말해 주세요."

카는 입술 끝으로 가볍게 미소를 지으며, 머리 짓으로 대답했다. 자신의 침착함에 자신조차 놀랐다. 하지만 카디페와 단 둘이 한 방에서, 이펙도 모르게 만난다는 생각이 순간 그의 정신을 혼란스럽게 만들었다. 그전에 우연이라도 호텔에서 이펙과 마주치지 않기를 바랄 뿐이었다.

이렇게 해서 카디페와 만나기 전 시간을 죽이기 위해 카는 거리를 돌아다녔다. 쿠데타에 대해서는 아무도 불평하지 않는 듯 보였다. 그의 어린 시절에 그랬던 것처럼, 마치 새로운 무언가가 시작되어 지루한 생활에 변화가 올 거라고 생각하는 분위기였다. 가방을 든 여자들은 아이들을 데리고 나와 야채 가게와 과일 가게에서 흥정을 했다. 콧수염을 기른 남자들은 모퉁이에 서서 필터 없는 담배를 피우며 지나가는 사람들을 보며 잡담을 했다. 터미널과 시장 사이에 있는 빈 건물의 처마 밑에서 어제 두 번 보았던 장님 시늉을 하던 거지는 그 자리에 없었다. 거리 가운데에 차를 세워놓고 오렌지와 사과를 팔던 상인도 볼 수가 없었다. 가끔 지나다니던 차량들도 거의 보이지 않았다. 하지만 그것이 쿠데타 때문인지 아니면 눈 때문인지는 알 수 없었다. 도시의 사복 경찰 수는 늘어났고(할릿파샤 대로 밑에서 축구를 하는 아이들은 사복 경찰 한 명을 골키퍼로 세워두고 있었다.), 터미널 옆에서 매춘 영업을 하던 호텔들(판 호텔과 휴리엣 호텔), 닭싸움꾼들, 그리고 불법 도축업자들은 '무기한' 활동을 자제하는 상태였다. 가끔 판자촌 마을에서, 특히 밤에 들려오는 폭발음은 애당초 카르스인들에게는 익숙한 것이었기 때문에 신경 쓰지 않았다. 카는 이 무관심의 음악이 주는 자유로움을 만끽했다. 그는 큐축 캬즘베이 대로와 캬즘 카라베키르 대로의 모퉁이에 있는 '모던 뷔페'에 들어가 계피 음료를 주문하여 기분 좋게 들이켰다.

25
지금은 카르스에서 유일하게 자유로운 시간이에요

카와 카디페, 호텔 방에서

16분 후 카는 217호 실에 들어갔다. 남의 눈에 뜨일까봐 긴장을 많이 한 데다 즐겁고 특이한 주제로 대화를 시작하기 위해, 그는 여전히 입에서 그 향이 맴도는 계피 음료를 화제로 삼았다.

"군인들을 독살하기 위해 분노에 찬 쿠르드인들이 그 음료에 독을 탔다는 말이 있었어요. 더욱이 이 일을 조사하기 위해 정부가 비밀 조사관을 파견했다고도 하고요."

카디페가 말했다.

"사실이라고 생각하나요?"

"카르스에 온 모든 지식인과 서구화된 사람들은 이 이야기를 듣자마자 소문을 믿지 않는다는 것을 증명하기 위해 그 음료를 사 마시고 아둔하게 중독이 되지요. 소문은 사실이니까요. 어떤 쿠르드인들은 너무나 불행해서 신도 믿지 않지요."

"그렇다면 정부가 관여했을 텐데?"

"당신은 모든 서구화된 사람이 그러하듯 자신도 모르게 정부를 신뢰하고 있군요. 국가 정보국은 다른 모든 일에 그렇듯이, 이 일도 알고 있어요. 다만 조치를 하지 않을 뿐이죠."

"우리가 이곳에 있다는 것도 알고 있다는 말인가요?"

"두려워 마세요. 아직은 모를 테니까."

카디페는 미소를 지었다.

"언젠가 알게 되겠죠. 하지만 그때까지 우리는 이곳에서 자유예요. 지금은 카르스에서 유일하게 자유로운 시간이에요. 그 가치를 아셔야 해요. 코트 벗으세요."

"이 코트는 날 악으로부터 보호하고 있소."

카는 카디페의 얼굴에서 두려운 표정을 보았다.

이에 그는 이렇게 덧붙였다.

"게다가 이곳은 춥기도 하고."

이곳은 한때 창고로 사용되던 작은 방의 일부였다. 방에는 안마당이 바라보이는 작은 창문과 그들이 주저하며 가장자리에 앉은 작은 침대가 있었다. 그리고 환기가 잘 되지 않는 호텔 방 특유의 습한 먼지 냄새가 났다. 카디페는 팔을 뻗어 구석에 있는 라디에이터의 개폐기를 돌리려고 했다. 하지만 꽉 잠겨 있어 포기하고 말았다. 카가 신경질적으로 자리에서 일어나자 카디페는 애써 미소를 지었.

카는 순간, 카디페가 그와 함께 이 방에 있는 것에 희열을 느낀다는 것을 깨달았다. 자신도 오랜 세월 외롭게 혼자 산 터라 아름다운 여자와 같은 방에 있는 것이 좋았다. 하지만 카디페의 마음은 이러한 '부드러운' 희열이 아니었다. 그녀의 얼굴을 보면 느낄 수 있었다. 그녀의 눈빛은 더 심오하고 파괴적인 것을 말하고 있었다.

"두려워하지 마세요. 오렌지 봉투를 들고 다니던 그 가련한 남자 외에 당신을 따라다니는 다른 사복 경찰은 없었어요. 이는 정부가 당신을 두려워하지 않는다는 것을, 다만 당신에게 약간 겁을 주고 싶을 뿐이라는 것을 의미하지요. 절 따라오는 사람은 없었나요?"

"당신 뒤를 보지 못했소."

카는 부끄러워하며 이렇게 말했다.

"뭐라고요?"

카디페는 순간 독기 어린 눈으로 그를 바라보았다.

"당신은 정말 사랑에 빠졌군요, 그것도 아주 지독하게!"

이 말을 한 후에 그녀는 바로 정신을 가다듬었다.

"죄송해요. 우리 모두는 아주 두려워하고 있어요."

그녀의 얼굴은 다시 아주 다른 표정으로 바뀌었다.

"우리 언니를 행복하게 해주세요. 아주 좋은 사람이에요."

"언니가 날 사랑하는 것 같은가요?"

카는 속삭이듯 물었다.

"사랑하지요. 그럴 거에요. 당신은 아주 매력적인 남자거든요."

카가 이 말을 듣고 당황해하자 카디페가 덧붙였다.

"당신은 쌍둥이자리잖아요."

그녀는 쌍둥이자리 남자는 처녀자리 여자와 잘 어울린다고 했다. 하지만 쌍둥이자리 남자는 이중적인 정체성 때문에 가볍고 얕은 구석이 있을 수 있어서, 모든 것을 심각하게 받아들이는 처녀자리 여자는 그와 행복해질 수도 있고 그를 혐오할 수도 있다고 했다.

"하지만 언니도 당신도 행복한 사랑을 할 권리가 있어요."

그녀는 위로하는 분위기로 이렇게 덧붙였다.

"언니와 이야기를 나눌 때 언니가 나와 독일에 갈 수도 있을 거라는 느낌을 받은 적이 있소?"

"언니는 당신이 미남이라고 생각해요. 하지만 당신을 신뢰하지는 않아요. 신뢰하는 데는 시간이 걸리죠. 당신처럼 인내심이 없는 사람들은 여자를 사랑하는 것이 아니라 쟁취하려고 하지요."

"언니가 그렇게 말하던가요? 이 도시에선 시간이 없어요."

그는 눈썹을 치켜뜨며 말했다.

카디페는 시계를 쳐다보았다.

"여기까지 와주셔서 고마워요. 아주 중요한 문제 때문에 보자고 했어요. 라지베르트가 당신에게 메시지를 전달해 달라더군요."

"내가 그를 다시 만나면, 경찰이 날 추적해서 그를 체포할 거예요. 우리 모두를 고문할 테지요. 경찰은 그가 말하는 모든 내용을 듣고 있어요."

"도청당하고 있다는 건 라지베르트도 알고 있었어요. 그가 당신에게 메시지를 보낸 것은 쿠데타가 일어나기 전이에요. 당신에게 보낸 메시지인 동시에 당신을 통해 서구에 보내려 했던 철학적인 메시지였지요. '자살 문제에 대해 캐러 들지 말라.' 하지만 이제 모든 것이 변했어요. 더 중요한 것이 있지요. 이 때문에 그는 이전의 메시지를 취소하고 새로운 메시지를 전하고 싶어해요."

카디페는 오랫동안 강요를 했고, 카는 결정을 내리지 못하고 있었다. 그리고 한참 후에 말을 꺼냈다.

"이 도시에서 남의 눈에 띄지 않게 이동하는 건 불가능할 듯싶은데."

"마차가 있어요. 매일 한두 번 호텔에 프로판 가스통, 석탄, 물통을 배달하기 위해 마당에 있는 부엌문 앞으로 와요. 다른 곳에도 배달을 하지요. 물건들이 눈비에 젖지 않도록 그 위에 방수 천을 덮어요. 마부는 믿을 만한 사람이고요."

"내가 도둑처럼 방수 덮개 밑에 몸을 숨겨야 한단 말이오?"

"저도 많이 숨어봤어요. 아무도 모르게 도시를 지나는 건 정말 즐거운 일이에요. 그와 만나준다면 언니 문제와 관련해서 당신을 성심껏 돕겠어요. 나로서도 언니가 당신과 결혼하기를 원하니까요."

"왜지요?"

"모든 동생들은 언니가 행복해지기를 바라니까요."

카는 평생 동안 모든 터키 형제자매들 간에 존재하는 혐오감과 의무적으로 결속하는 모습을 보아왔다. 하지만 무엇보다도 카디페의 모습(그녀의 왼쪽 눈썹이 자신도 모르게 치켜 올라갔다. 그리고 순진함을 가장하는 여배우처럼, 혹은 금방이라도 울음을 터트릴 것 같은 아이처럼 입술을 반쯤 내밀었다.)이 자연스럽지 않았기 때문에 그녀의 말을 믿지 않았다. 하지만 카디페가 시계를 보며 17분 후면 마차가 올 거라면서 지금 빨리 그녀와 함께 라지베르트를 만나러 가겠다는 약속을 하면 그에게 모든 것을 말해 주겠다고 재촉했다. 카는 가겠다는 대답을 하고 말았다.

"하지만 먼저 날 왜 이렇게까지 신뢰하는지 들어야겠어요."

"라지베르트는 당신이 수도승이라고 말하더군요. 그는 신이 당신에게 평생 동안의 순수함을 내리셨다고 믿고 있어요."

"좋아요, 그럼."

카는 다급하게 물었다.

"내가 그렇게 특별한지 이펙도 알고 있나요?"

"어떻게 알겠어요? 그건 라지베르트의 관점이에요."

"제발 이펙이 나에 대해 어떻게 생각하는지 말해 줘요."

"실은 언니와 나 사이에 오간 이야기는 다 한 셈이에요."

카디페는 카가 실망하는 모습을 보고는 잠시 생각했다. 혹은 생각하는 척했다. 카는 너무 조급해서 이를 구별할 수 없었다.

"언니는 당신이 흥미 있는 사람이라고 생각해요. 독일에서 오셨고, 많은 것을 이야기해 줄 수 있잖아요."

"그녀를 설득하기 위해 내가 뭘 하면 되지요?"

"첫 순간은 아닐지라도, 여자는 10분이면 그 남자가 누구인지 알 수 있어요. 최소한 자신에게 어떤 의미가 있으며, 그를 사랑하게 될지 여부를 예감할 수 있어요. 예감을 이해하고 판단하기 위해서는 약간의 시간이 필요하지요. 이 기간 동안 남자가 할 수 있는 일은 별로 없다고 봐요. 정말로 그녀를 사랑한다면 당신이 할 일은 그녀에 대해 당신이 느끼는 좋은 감정들을 말하는 것뿐이에요. 왜 그녀를 사랑하는지, 왜 그녀와 결혼하기를 원하는지."

카는 아무 말도 하지 않았다. 그가 슬픈 아이처럼 창밖을 내다보자, 카디페는 카와 이펙이 프랑크푸르트에서 행복할 것이라고 말했다. 이펙은 카르스를 떠나자마자 기분이 좋아질 것이며, 프랑크푸르트 거리에서 그들이 서로 웃으며 영화 보러 가는 장면을 눈앞에 떠올릴 수 있다고 했다.

"프랑크푸르트에서 당신들이 갈 극장 이름을 말해 주세요, 어떤 극장이라도 좋아요."

"필름포룸 회슈트."

"알함브라, 뤼야*, 머제스틱** 같은 극장 이름은 없나요, 독일에?"

"있어요, 엘도라도!"

어디로 떨어질지 결정하지 못하고 있는 눈송이들이 떠도는 마당

---

* 터키어로 '꿈'을 의미한다.
** '웅장한 곳.'

을 보며 카디페가 말을 이었다. 대학 극단에서 활동하던 때였는데, 한번은 친구의 삼촌이 터키-독일 합작 영화에 출연 제의를 해왔다. 머리를 가려야 하는 역할이었는데, 그녀는 거절했다고 말했다. 카디페는 하지만 그 터키-독일에서 이펙과 카는 아주 행복해질 것이라고, 언니는 행복해지기 위해 태어났지만 이를 모르기 때문에 지금까지 행복하지 못했다고 말했다. 아이가 생기지 않은 것이 언니를 슬프게 했으며, 언니를 더욱 불행하게 만든 것은 그녀가 너무 아름답고 너무 섬세하고 너무 예민하고 너무 정직하기 때문이라고(그녀의 목소리는 약간 갈라졌다.) 말했다. 어린 시절부터 언니의 선함과 아름다움은 자신에게 항상 모범이 되었으며(목소리가 더욱더 갈라졌다.) 그 때문에 자신은 늘 못됐고 아름답지 못하다고 느꼈는데, 언니는 카디페가 그렇게 생각하지 않도록 늘 자신의 아름다움을 감추었다고 말했다.(카디페는 결국 울고 말았다.) 카디페는 눈물과 한숨을 오가며, 중학교 다닐 때('그때는 이스탄불에 살았는데 그렇게 가난하지 않았어요.'라고 말했다. 카는 '지금도 가난하지 않다'고 했다. 그녀는 '하지만 우린 지금 카르스에 살고 있어요'라고 말했다.)의 이야기를 꺼냈다. 어느 날 아침 카디페가 지각을 했는데, 생물을 가르치는 메스루레 부인이 물었다. "네 똑똑한 언니도 지각했니?" 그리고 덧붙였다. "널 우리 반에 받아들인 건 너희 언니를 아주 사랑하기 때문이다." 물론 이펙은 지각하지 않았었다.

마차가 마당으로 들어왔다.

마차 가장자리 나무 칸막이 위에는 빨간 장미, 하얀 들국화 그리고 잎사귀들이 그려져 있었다. 오래되고 평범한 마차였다. 늙고 지친 말은 얼어붙은 콧구멍 밖으로 콧김을 내뿜고 있었다. 몸집이 크고 약간 등이 굽은 마부의 외투와 모자에도 눈이 쌓여 있었다. 카는 눈으로 덮인 방수 덮개를 보자 심장이 떨렸다.
"두려워하지 마세요. 당신을 죽이지는 않아요."
카디페의 손에 권총이 들려 있었다. 하지만 카는 권총이 자신을 겨냥하고 있다는 것조차 인식하지 못했다.
"전 신경발작을 일으킨 게 아니에요. 하지만 허튼 짓을 하면 당신을 쏠 거예요. 우린 라지베르트를 만나러 가는 신문기자들, 모든 사람들을 의심해요."
"하지만 가자고 한 건 당신이오."
"맞아요. 하지만 국가 정보국 사람들은 우리가 당신을 수소문할 거라는 걸 알고 당신 몸에 녹음기를 장착해 놓았을 수도 있지요. 그래서 당신이 그놈의 코트를 벗지 않았다는 의심이 가요. 그러니 당장 코트를 벗어 침대에 놓으시지요, 어서!"
카는 시키는 대로 했다. 카디페는 언니의 손만큼이나 작은 손으로 코트를 샅샅이 뒤졌다. 아무것도 찾지 못하자 다시 말했다.
"미안하지만 재킷, 셔츠, 내의도 벗으세요. 녹음기를 등이나 가슴에 붙이기도 하니까요. 카르스에는 하루 종일 몸에 녹음기를 달고 돌아다니는 사람이 백 명 정도는 있어요."
카는 재킷을 벗은 후 의사에게 배를 보여주는 아이처럼 셔츠와 내의를 들어올렸다.
"이제 뒤로 돌아요."
정적이 흘렀다.
"됐어요. 권총을 겨누게 된 것 미안해요. 하지만 만약 녹음기를 달고 있으면, 몸수색을 거부하고 가만히 있지 않을 테니 저도 어쩔 수 없어요."
카디페는 이런 말을 하고도 권총을 내리지 않았다.

"제 말 잘 들어요."

그녀는 위협적인 목소리로 말했다.

"라지베르트에게 우리가 한 이야기와 우리 사이에 대해서는 절대 언급하지 마세요."

그녀는 진찰을 한 후 환자를 위협하는 의사처럼 말하고 있었다.

"언니에 대해 그녀를 사랑한다는 것에 대해 절대 언급하지 마세요. 라지베르트는 그런 음험한 일을 좋아하지 않아요. 만약 당신이 이에 대해 언급한다면, 그가 당신에게 해를 입히지 않더라도 제가 당신을 가만두지 않을 거예요. 그는 보통이 아니기 때문에 무엇인가를 눈치 채고 당신을 떠볼 수 있어요. 언니는 한두 번밖에 못 본 거에요. 알아들었어요?"

"알겠소."

"라지베르트를 정중하게 대하세요. 외국 교육을 받은 오만한 유럽 학자처럼 굴면서 그를 무시하려고 들지 말아요. 어쩌다 그런 바보 같은 짓을 하게 돼도 절대 웃지 말아요. 유럽인들은 자신들을 선망하면서 모방하는 당신 따위에는 관심도 없다는 걸 잊지 말아요. 그들은 오히려 라지베르트 같은 사람들을 두려워하지요."

"알고 있소."

"난 당신의 친구예요. 나에게는 정직하세요."

카디페는 이류 영화에 나오는 것 같은 분위기로 미소 지으며 말했다.

"마부가 방수 덮개를 걷어 올리고 있어요."

"그를 믿으세요. 지난해 아들이 총격전을 하다가 죽었거든요. 자 이제 즐거운 여행을 해볼까요?"

먼저 카디페가 아래로 내려갔다. 그녀가 부엌으로 들어가자, 마차는 마당을 거리와 구분해 주는 아치 통로를 통과하고 있었다. 그는 약속대로 방에서 나와 아래로 내려갔다. 부엌에 아무도 보이지 않자 초조해졌다. 하지만 마당으로 통하는 문가에 마부의 모습이 보였다. 그는 프로판 가스통 사이의 빈 공간에, 카디페 곁으로 가 조용히 누웠다.

절대 잊지 못할 것을 알게 된 이 여행은 단지 8분밖에 걸리지 않았다. 하지만 카에게는 더 길게 느껴졌다. 자신들이 도시의 어디쯤 가고 있는지 궁금했다. 마차가 삐걱거리는 소리와 함께, 가끔씩 마차 곁을 지나가는 사람들의 말소리가 들려왔다. 그리고 옆에 누운 카디페의 숨소리도 들렸다. 마차 뒤를 잡고 얼음 위에서 썰매를 타는 아이들의 소리가 그를 초조하게 만들었다. 하지만 카디페의 달콤한 미소가 너무나 마음에 들어 카 역시 그 아이들만큼이나 행복했다.

옮긴이 • 이난아

한국외국어대학교 터키어과를 졸업하고, 터키 국립 이스탄불 대학에서 터키 문학으로 석사 학위, 터키 국립 앙카라 대학에서 터키 문학으로 박사 학위를 받았다. 현재 한국외국어대학 중앙아시아 연구소 전임 연구원으로 재직 중이다. 저서로 『터키 문학의 이해』, 『오르한 파묵, 변방에서 중심으로』, 『오르한 파묵과 그의 작품 세계』(터키 출간), 『한국어 - 터키어, 터키어 - 한국어 회화』(터키 출간)가 있고, 터키 문학과 문화에 관련한 다수의 논문을 발표했다. 소설 『내 이름은 빨강』 등 40여 권에 달하는 터키 문학 작품을 한국어로 번역했으며, 김영하의 『나는 나를 파괴할 권리가 있다』 등 다섯 편의 한국 문학 작품을 터키어로 번역했다.

눈

1판 1쇄 펴냄 • 2005년 5월 23일
1판 10쇄 펴냄 • 2022년 8월 16일

지은이 • 오르한 파묵
옮긴이 • 이난아
발행인 • 박근섭, 박상준
펴낸곳 • (주) 민음사

출판등록 • 1966. 5. 19. (제16-490호)
서울특별시 강남구 도산대로1길 62(신사동)
강남출판문화센터 5층(우편번호 06027)
대표전화 02-515-2000 • 팩시밀리 02-515-2007
www.minumsa.com

한국어 판 ⓒ (주) 민음사, 2005, Printed in Seoul, Korea

ISBN 978-89-374-8066-9 (04890)
ISBN 978-89-374-8065-2 (전2권)

* 잘못 만들어진 책은 구입처에서 교환해 드립니다.